Amour, cupcakes
et célébrité !

Katie Fforde

Amour, cupcakes et célébrité !

Traduit de l'anglais
par Jeanne Tournevent

ÉDITIONS DE NOYELLES

Titre original : *Recipe for love*
Publié par Arrow Books, groupe Random House Ltd.

Pour plus d'information sur l'auteure, rendez-vous sur : www.katiefforde.com.
Retrouvez-la sur Facebook et sur Twitter @KatieFforde.

Éditions de Noyelles,
123, boulevard de Grenelle, Paris

ISBN : 978-2-298-12705-8

À Franck Fforde et Heidi Crawley,
avec tout mon amour et toute ma gratitude.

Et à Téo Fforde, pour sa présence.

1

Zoé Harper était étendue au soleil sur la berge, écoutant, les yeux fermés, le chant d'une alouette haut dans le ciel. Sur le plancher des vaches, elle percevait le bruissement de l'herbe et le bourdonnement des insectes. La météo avait été variable ces dernières semaines, comme souvent sur les îles Britanniques, mais en ce début d'été, le temps était au beau fixe.

Sachant que le GPS ne passait pas dans le secteur, elle était partie très en avance au cas où elle se serait perdue et était arrivée beaucoup trop tôt. Elle se demanda si elle était au bon endroit, car l'énorme vieux manoir semblait subir d'importants travaux, à en juger par les pans entiers d'échafaudages qui couvraient les façades et les camionnettes d'artisans garées dans l'allée. Fenella Gainsborough, qui était enceinte jusqu'aux yeux et pas encore prête pour recevoir ses invités, avait fourré une carte de la région dans les mains de Zoé et avait envoyé celle-ci faire un tour. Zoé, soulagée d'être enfin arrivée à bon port, s'était fait une joie de laisser sa voiture et de partir explorer les environs à pied. Et comme aucun des autres participants n'était encore arrivé – on ne les attendait pas avant le début de soirée –, Zoé était partie seule à l'aventure.

À présent, elle essayait de se détendre, mais malgré les rayons du soleil qui chauffaient ses paupières, ce n'était pas facile. La distance parcourue depuis Somerby House l'avait quelque peu fatiguée, même si elle ressentait toujours un regain d'énergie. Impatiente de se lancer dans ce concours de cuisine auquel elle était si heureuse de participer, elle ne tenait plus en place. Le fait qu'une captation vidéo de l'événement soit au programme, en vue de sa diffusion à la télévision plus tard dans l'année, accroissait son trac. Zoé se consola en songeant que ce n'était pas du direct. Elle s'étonnait encore d'avoir réussi les rudes épreuves de sélection. Elle s'était inscrite sur les instances de sa mère et de Jenny, sa meilleure amie. Mais voilà qu'elle était étendue dans l'herbe au milieu du nulle part avec le sentiment de s'apprêter à monter sur l'échafaud. Elle poussa un soupir et s'étira. Le mieux était de respirer à fond et d'essayer de s'assoupir un peu.

Juste au moment où la magie de la campagne anglaise commençait enfin à faire son effet, elle entendit une voiture s'engager sur le chemin en contrebas et redevint tout à fait éveillée.

La voiture passa puis s'arrêta, manifestement empêchée d'aller plus loin par la barrière qui bloquait la voie. Zoé s'était aventurée jusque-là une demi-heure auparavant et avait renoncé à l'enjamber. Un grand panneau, sur lequel était écrit « Propriété privée. Défense d'entrer », l'avait incitée à rebrousser chemin.

Zoé tendit l'oreille et entendit le véhicule faire marche arrière avec un bruit sourd. Le conducteur allait devoir reculer jusqu'à l'entrée de la piste, à moins que la voiture ne soit assez petite pour lui permettre de faire demi-tour. Mais le bruit du moteur annonçait une grosse voiture. Celle-ci s'immobilisa soudain, et Zoé entendit le changement de vitesse. Comprenant qu'une manœuvre était en cours, elle se redressa et commença à longer la berge. Il y avait là un fossé caché par des herbes hautes. Elle ne l'aurait pas vu si elle n'avait pas manqué d'y tomber.

Mais il était trop tard. Lorsqu'elle atteignit le chemin, non sans chasser de la main les fétus de végétation agglomérés sur son jean, une des roues arrière de la voiture était suspendue dans le vide au-dessus du fossé. Quant à l'avant du véhicule, il menaçait de basculer dans l'autre fossé qui bordait le côté opposé du sentier. Le conducteur sortit du véhicule et claqua la portière.

— Il n'y a pas idée de mettre un fossé ici ! grommela-t-il.

Il avait une allure impressionnante. Ce grand brun bien bâti n'avait pas l'air d'un homme qui se laisse mettre des bâtons dans les roues par les ponts et chaussées.

Zoé eut envie de rire, mais elle opta sagement pour un simple haussement d'épaules.

— L'endroit ne me paraît pas mal placé, au contraire. Comme ça, le long de la route, pour évacuer les eaux de pluie…

— N'essayez pas de noyer le poisson avec votre logique. Je fais quoi, moi, maintenant ?

C'était sans doute une question rhétorique, mais Zoé la prit au pied de la lettre.

— Appelez votre assistance, une dépanneuse, enfin ce genre de truc.

L'inconnu fit la grimace.

— Est-ce que j'ai l'air d'un type qui a une assistance ?

Zoé pesa le pour et le contre. Elle ne s'était jamais avisée que les adhérents à un service de dépannage avaient un look particulier. Mais en y regardant de plus près… ses cheveux bouclés un peu trop longs… ses mèches roux foncé… Il avait également les yeux verts, une bouche aux lèvres rieuses et un grand nez un tantinet crochu. Elle n'aurait su dire s'il était très beau ou affreusement laid. Mais force lui fut de reconnaître qu'il était extrêmement sexy. C'était le genre d'homme qui se croit à l'abri de tomber en carafe.

— Qu'est-ce que je suis censé faire ? s'enquit-il, toujours de manière rhétorique.

Il réveilla le petit monstre qui sommeillait en Zoé. Elle savait qu'il n'attendait pas de réponse de sa part, à moins qu'elle ne se proposât d'aller chercher de l'aide, mais elle résolut de l'asticoter un peu. Elle se sentait légèrement étourdie.

— Ma foi, il y a tout plein de branches près de la barrière. Nous pourrions essayer de les entasser sous la roue et vous réussiriez peut-être à reculer suffisamment pour faire demi-tour ?

Malgré son désir de le faire tourner en bourrique, c'était une authentique suggestion.

— Vous êtes une petite nana du genre pratique, hein ? lança-t-il, comme si c'était mal d'avoir l'esprit pratique.

Mais il se dirigea néanmoins dans la direction indiquée, non sans lui lancer d'un ton impérieux par-dessus son épaule :

12

— Venez ! Je vais avoir besoin de vous !

« *Une petite nana !* » se répéta-t-elle intérieurement, excédée mais néanmoins contente de pouvoir s'activer un peu afin d'évacuer la tension accumulée à l'approche du concours.

Ainsi Zoé lui emboîta-t-elle le pas. Mais ce faisant, elle se tança, car cela pouvait lui attirer de sérieux ennuis.

Elle avait à présent une petite idée de qui était l'inconnu. D'abord, il se rendait sûrement à Somerby, sans quoi il ne se serait pas aventuré si près du manoir. Arrogant et raisonneur comme il l'était, ce devait être l'un des membres du jury. Elle l'imaginait mal simple candidat à un concours de cuisine. En outre, comme elle avait vu les autres membres du jury à la télévision, il ne pouvait s'agir que de Gideon Irving. C'était une personnalité du monde culinaire, comme critique gastronomique, comme écrivain et chef d'entreprise. Il écrivait dans un style acerbe et souvent cruel, mais il aimait à découvrir de nouveaux chefs et avait attiré l'attention des gourmets sur nombre de jeunes talents.

Sans se montrer franchement impolie avec lui, Zoé ne l'avait pas non plus ménagé. Elle était sûre de ne pas gagner à présent. D'ailleurs, se retrouver seule à seul avec l'un des membres du jury, même en toute innocence, n'était-il pas contraire aux règles ?

Pourquoi, bon sang, n'était-elle pas restée allongée dans l'herbe à écouter l'alouette ? Elle se mit à courir pour le rattraper.

Ils trouvèrent des bûches de bon diamètre en plus des branches. On avait défriché non loin de là. La plupart des troncs avaient été emportés, mais beaucoup de bois était resté au sol.

— Je prendrai les plus gros morceaux pendant que vous porterez ce que vous pourrez.

Elle acquiesça et commença à ramasser des débris de bouleau, de sapin et de hêtre.

— Si cela ne marche pas, commença-t-elle en peinant à suivre le rythme, nous pourrons aller jusqu'au manoir pour leur demander d'envoyer un tracteur ou autre.

— Certes, convint Gideon Irving. Mais essayons d'abord cela.

Sans lui adresser un franc sourire, il la regarda néanmoins d'un œil interrogateur, signe qu'elle ne lui déplaisait pas.

Sans être une inconditionnelle de sa propre beauté, Zoé n'était pas non plus complexée par ses cheveux bouclés châtain foncé, ni par son petit gabarit, ni par la blancheur de sa peau, ni par ses taches de rousseur. Elle savait se faire belle, même si, ce jour-là, elle n'avait fait aucun effort particulier en ce sens. Elle portait un jean, des tennis et une marinière. Elle ne mettait jamais beaucoup de maquillage et n'en portait pas du tout en cette occasion. Elle avait les yeux bleus, des cils noirs, et n'ignorait pas que ses mensurations lui donnaient une allure plus jeune que ses vingt-sept ans.

— O.K.!

Ensemble, ils entassèrent le bois au fond du fossé, construisant ainsi un soutien pour la roue suspendue dans le vide. Ils parlèrent peu, mais Zoé prit plaisir à la tâche. Elle aimait résoudre des problèmes, et lorsqu'elle repéra des pierres écroulées d'un mur de soutènement, elle alla les ramasser.

Il la remercia par un coup d'œil et un grognement, mais cela suffit à sa récompense. Il avait vraiment de très beaux yeux. Elle en fut tout excitée.

— La question est : faut-il que nous fassions la même chose dans l'autre fossé ? s'enquit-il.

— Oui, répondit-elle.

Elle avait déjà envisagé la question tout en comblant le premier fossé.

— Mais avec les pierres, ajouta-t-elle, nous n'en aurons pas pour longtemps.

Zoé était sale et en sueur lorsqu'ils eurent terminé. Gideon avait depuis longtemps enlevé sa veste, et son T-shirt blanc était couvert de boue.

— Conduisez-vous ? s'enquit-il.

— Oui.

— Pouvez-vous suivre des instructions simples ?

— Oui.

Encore une fois, Zoé préféra ne pas se vexer et monta en voiture.

En fait, elle eut une folle envie de rire mais son petit doigt lui dit que ce ne serait pas bien perçu. Les hommes avaient horreur que l'on se moque d'eux lorsqu'ils avaient des problèmes avec leur voiture. Inutile d'être une spécialiste des hommes pour savoir cela.

L'habitacle avait une légère odeur d'eau de toilette raffinée et de cuir. Complexe, le tableau de bord ne se laissait pas saisir au premier regard.

Il passa la tête par la fenêtre ouverte et se pencha au-dessus d'elle.

— Vous accélérez… tout doucement… et nous verrons comment elle réagit.

Quelques instants plus tard, et après avoir soulevé une bonne quantité de boue, il revint vers elle et fit la grimace.

Elle lui sourit d'un air compatissant.

— Je peux toujours retourner chercher de l'aide au manoir, rappela-t-elle.

Puis elle leva les yeux vers lui. Il était également en sueur à présent, et une mèche de cheveux était collée en travers de son front.

Il secoua la tête.

— J'irai si nous n'avons pas d'autre choix.

Après un silence durant lequel il l'examina d'un regard indéchiffrable, il ajouta :

— Essayez la marche arrière.

Après maintes manœuvres et encore plus de remplissage de fossés, la voiture se trouva dans le bon sens. Zoé eut l'impression d'avoir couru un marathon. Elle descendit du véhicule et se rendit compte qu'elle tremblait, même si elle n'avait pourtant fait que manœuvrer une voiture.

— Bien joué ! s'exclama Gideon, tout sourire.

Elle venait de remporter la médaille d'or au 100 m haies.

— Je vous ramène au manoir ? s'enquit-il, toujours souriant.

— Oh !… oui, répondit-elle, ne sachant trop si elle avait les jambes en coton à cause de l'effort fourni ou d'autre chose.

— Dans ce cas, montez ! lança-t-il, voyant qu'elle ne bougeait pas.

Elle retrouva enfin l'usage de ses membres et s'exécuta. À l'intérieur, l'odeur du mâle recouvrait celle de l'eau de toilette et du cuir. Zoé humidifia ses lèvres sèches et regarda fixement par la fenêtre passager. Cette proximité lui paraissait presque excessive, sans qu'elle sache exactement pourquoi. Il la troublait. Et elle n'était pas certaine d'aimer cela.

À l'entrée de la longue allée, il immobilisa la voiture.

— Êtes-vous candidate ?

Elle hocha la tête.

— Êtes-vous membre du jury ? s'enquit-elle, même si elle connaissait la réponse.

Il hocha la tête à son tour.

— Alors, il est préférable que vous descendiez, suggéra-t-il.

— Ouaip !

Après un silence, elle ajouta :

— Peut-être qu'il vaut mieux que nous fassions comme si nous ne nous connaissions pas.

— Si vous voulez, répliqua-t-il. Mais cela n'influencera pas mon jugement.

— Oh ! s'exclama-t-elle en rougissant. Ce n'est pas ce que je voulais dire. C'était une simple suggestion.

— Et vous l'avez faite, lança-t-il en esquissant un semblant de sourire. Cela ne vous aidera pas à gagner.

— Bon, il faut que j'y aille, annonça Zoé.

— Et moi, je vais aller explorer la campagne.

Zoé monta jusqu'au manoir. Elle avait les jambes courbaturées à cause de l'effort fourni. Somerby était une vaste demeure mais pas imposante. Elle était aussi accueillante que l'avait été sa propriétaire lors de leur première rencontre.

Après s'être débarrassée des mouchetures de boue et d'herbe, elle frappa à la porte d'entrée et attendit que Fenella vienne lui ouvrir. Lorsque celle-ci parut, elle ne sembla pas très contente de voir Zoé. Plusieurs chiens se faufilèrent par l'entre-bâillement et allèrent s'ébattre sur le gazon devant la maison.

— Oh, vous revoilà déjà !

— Je le crains, oui, répliqua Zoé. Vous m'avez dit de ne pas revenir avant 16 heures. Et il est pile 16 heures.

Fenella soupira et ramena ses cheveux en arrière.

— Si seulement il pouvait être 14 heures pendant quelques heures encore.

— Un jour peut-être…, s'esclaffa Zoé.

Fenella acquiesça.

— Quoi que l'on fasse et si bien organisé qu'on soit, il y a des jours où rien ne se passe comme on voudrait.

Zoé hésita sur le pas de la porte.

— Quelque chose s'est-il particulièrement mal passé ?

— Non, c'est juste que rien ne s'est particulière-ment bien passé ! soupira-t-elle de nouveau. C'est parce que Rupert – c'est mon mari – s'est absenté.

— Cela tombe mal.

— Oui ! Et j'ai le thé à préparer pour le jury, et j'avais projeté de leur faire un gâteau, mais c'est raté. Je n'aurais pas même le temps de filer en acheter un.

— Ah !

Fenella acheva d'ouvrir la porte en grand.

— Mais entrez. Rien de tout cela ne vous concerne. Je suis sûre que ces gourmets un peu snob adoreront tremper des biscuits anglais trop mous dans leur thé de 17 heures.

— Aucun doute ! convint Zoé avec diplomatie.

— Nous envisageons d'ouvrir un genre de restaurant avec chambres d'hôtes dans la grange. C'est pourquoi nous aurons besoin d'avoir les gourmets snobinards de notre côté.

Elle s'interrompit pour reprendre son souffle et considéra Zoé plus attentivement.

— Que vous est-il arrivé ? On dirait que vous venez de faire du catch dans la boue !

— Je sais. Et c'est d'ailleurs le cas. Enfin, presque…

Devinant probablement que Zoé ne souhaitait pas entrer dans les détails, Fenella poursuivit.

— Je vais vous conduire jusqu'à votre chambre afin que vous puissiez vous laver. Naturellement, vous êtes au courant que ce sont des chambres communes, mais au moins, vous êtes la première. Les chiens !

La petite meute entra d'un pas lourd, et Fenella conduisit Zoé jusqu'au fond de la maison, puis lui fit traverser l'arrière-cour jusqu'à l'étable aménagée où la jeune fille et une autre concurrente devaient être cantonnées. Tous les participants n'avaient pu être logés à Somerby. Certains l'étaient dans des *Bed & Breakfast* des environs. L'étable était pittoresque et nantie d'un poêle à bois, d'une petite gazinière, d'un tout petit sofa et d'un lit à deux places. On avait rajouté un lit une place, sans doute à destination d'un autre concurrent.

— Vous êtes la première, commença Fenella, alors le grand lit est pour vous !

— Excellent ! Mais d'abord une douche s'impose !

— C'est par là, indiqua Fenella. Cela vous embête-t-il que je vous laisse la découvrir seule ? J'ai encore à m'occuper de ce fichu thé.

Zoé eut le sentiment que Fenella n'était pas du genre à jurer à la légère. Elle devait donc être vraiment paniquée.

— Hé ! si je venais vous aider en préparant des scones ou quelque autre gâteau après ma douche ? À quelle heure les attendez-vous ?

Fenella consulta sa montre.

— Dans trois quarts d'heure. C'est trop court pour préparer quoi que ce soit, soupira-t-elle. Une amie qui vit au village devait apporter un gâteau. J'avais tout organisé, mais l'un de ses enfants est malade et elle ne peut pas le laisser seul.

— Je me lave les mains et j'arrive. Les scones ne sont pas longs à faire.

Fenella fit mine de refuser fermement mais finit par adopter un ton suppliant.

— Je ne peux pas vous demander cela.

— Vous ne me l'avez pas demandé, et je préfère ne pas rester sans rien faire. C'est seulement en arrivant ici, la première fois, que je me suis rendu compte à quel point j'étais paniquée par ce concours.

Elle était sincère, car elle avait toujours détesté les examens, mais au moins, les examens n'étaient pas filmés par une équipe de télévision.

— Je serai moins angoissée si je suis active.

— Ainsi, je vous rendrai service en vous permettant de me donner un coup de main ?

— On peut le dire comme ça, gloussa Zoé. Je vais quand même me changer.

— Je vais vous passer une chemise de Rupert. Je m'en sers moi-même. Elle vous protégera mieux qu'une blouse de chirurgien.

Zoé se débarrassa de son sac à dos et retourna avec Fenella jusqu'à l'habitation principale. Chemin faisant, elle remarqua quelques échelles appuyées de-ci de-là et aussi de gros travaux qui restaient à faire sur certaines des dépendances, même si l'ensemble était très pittoresque. Somerby fournirait un magnifique décor au concours de cuisine, et l'endroit était très photogénique en cette saison.

— Nous enfreignons probablement toutes les règles, fit remarquer Fenella lorsqu'elle eut trouvé la farine, le beurre et les œufs. Nous ferions mieux de ne rien en dire à personne. Vous me comprenez, si les membres du jury apprenaient qu'ils dégustent vos scones et si en plus ils étaient délicieux…

— Ce qui est assuré. La pâtisserie est ma spécialité.

— Nous aurions l'air de chercher à vous avantager.

— Je suis bien d'accord, convint Zoé. C'est pourquoi je ne me montrerai pas.

Fenella parut soudain douter à nouveau.

— Êtes-vous vraiment sûre de vouloir les faire ?

— Oh ! oui, il vaut mieux que je fasse quelque chose d'utile plutôt que de me ronger les ongles dans ma chambre.

Ou de donner un coup de main à un automobiliste en rade, si séduisant soit-il…, ajouta-t-elle en pensée.

— Je suis à mon affaire dans une cuisine avec un peu de farine et un four à peu près convenable.

Les scones étaient trop chauds pour les fourrer de confiture et de crème, aussi les disposa-t-elle dans différentes coupelles sur un plateau. Fenella avait voulu s'en charger mais Zoé, qui avait pourtant des connaissances sommaires sur la grossesse, lui signifia que porter de lourds plateaux dans un escalier n'était pas une bonne idée. Elle les monterait donc à l'étage, puis elle se retirerait à la cuisine et laisserait Fenella face au jury. De cette manière, elle éviterait de se faire voir.

Elle disposait justement tout le nécessaire sur la table avant de redescendre chercher davantage d'eau chaude lorsque des voix résonnèrent. Elle comprit alors qu'elle était sur le point d'être prise en flagrant délit.

Après un instant de panique, elle retrouva son sang-froid. Si ce n'était pas Gideon Irving, tout irait bien. Elle garderait les yeux baissés et s'esquiverait sans trop se faire remarquer.

Mais à mesure que les voix se rapprochaient, elle s'avisa que ce ne serait pas aussi simple.

— Je suis tombé dans un satané fossé ! s'exclama Gideon d'une voix rocailleuse. Par chance, une promeneuse qui passait par là m'a donné un coup de main.

Elle se détourna et continua de disposer les assiettes, de mettre les tasses dans les soucoupes, le tout sur le petit guéridon situé dans le renfoncement de la fenêtre. Elle était enveloppée dans une chemise de popeline blanche fournie par Rupert et doutait que l'on pût la reconnaître. Les gens ne se reconnaissaient pas entre eux quand ils ne s'attendaient pas à se rencontrer.

— Certes, poursuivit Gideon, ce n'était qu'un tout petit bout de femme, mais le genre qui conduit et soulève des bûches comme un haltérophile.

Zoé sentit le rouge lui monter aux joues en entendant ce compliment ambigu. Elle subodorait que Gideon n'oserait pas le lui dire en face.

— Et qui était-ce ? s'enquit l'autre membre du jury, un chef avenant qui enseignait l'art de faire le jus de viande aux ménagères dans leur propre cuisine, en s'approchant du guéridon.

— Une simple promeneuse. Personnellement, je ne vois pas l'intérêt de marcher si je n'ai pas besoin d'aller quelque part.

Zoé fut soulagée lorsque Fenella entra et lança :

— Prenez du thé, messieurs.

Zoé en profita pour décamper en marmonnant :

— Je vais chercher un peu d'eau bouillante.

Zoé avait travaillé dans un café les samedis pendant des années et avait toujours aimé s'occuper des clients. Il lui était moins agréable de s'efforcer de passer inaperçue. Elle n'était pas habituée aux subterfuges, et voilà qu'elle avait deux secrets, et tous deux étaient dus à sa propension à aider. Sa mère lui avait d'ailleurs dit que c'était inné. En fait, c'était plutôt une qualité, même si pour l'heure c'était plutôt un inconvénient.

À l'instant où Zoé s'apprêtait à monter l'eau chaude, Fenella refit son apparition.

— Oh, merci ! lança cette dernière. Cela vous embêterait-il de leur apporter l'eau ? Je ne crois pas qu'ils vous aient prêté attention, si ?

Zoé s'apprêtait à lui répondre que Gideon était susceptible de la remarquer, mais se ravisa lorsqu'elle se souvint que Fenella ne devait pas savoir qu'elle avait déjà rencontré le membre du jury. En outre, Fenella était enceinte. Zoé n'eut donc pas le choix. Elle prit le pot.

— Je reviens.

Par chance, Gideon et l'autre membre du jury avaient été trop absorbés par leur conversation pour lui prêter attention. Elle passait un bon moment. Elle songea que la nervosité qu'elle avait refoulée reviendrait en force dès qu'elle retournerait dans sa chambre. Mais cette petite diversion était tombée à point nommé.

— Que vous reste-t-il à faire, Fen ? s'enquit-elle lorsqu'elle fut redescendue.

Fenella avait insisté pour qu'elle l'appelle Fen, arguant que personne ne l'appelait Fenella, sauf quand les gens étaient en colère après elle.

Fenella poussa un soupir.

— Oh ! trois fois rien. Quelques patates au four. Vous dînerez tous au pub pendant que le jury et les gens de la télé dîneront ici. Et ensuite ce sont les présentations officielles ? Ou avant ?

Elle fronça les sourcils et reprit :

— En toute franchise, je trouve l'équipe de production terriblement despotique. Je leur ai donné des noms de taxis des environs, mais non, il a fallu qu'ils fassent venir des gens de Londres pour le transport. Des fous furieux !

Elle écarta une mèche de son front, ce qui donna très envie à Zoé de lui prêter une barrette.

— Quoi qu'il en soit, poursuivit Fenella, je cuisine pour les effrayants membres du jury tandis que le pub du coin, dont c'est le métier, cuisine pour vous.

— Pourquoi ?

— C'est la faute à Rupert. Il a dit aux gens de la télé que c'était plus facile de cuisiner pour six que pour douze. Sauf que ce n'est plus six, avec tous les producteurs et leurs assistants.

Après un silence, elle ajouta :

— Il devrait être rentré pour m'aider. Le ragoût a déjà mijoté. Il ne me reste plus qu'à préparer les légumes, en fait.

Prenant appui contre la table, elle conclut enfin :

— Vous imaginez sans peine à quel point c'est stressant de cuisiner pour des sommités culinaires et des critiques gastronomiques.

— Sans peine, vu que c'est justement la raison d'être du concours.

Zoé songea que Fenella avait la mine très fatiguée et, la voyant se tenir le ventre, s'inquiéta pour elle.

— Et à supposer que Rupert ne rentre pas à temps ?

— Je suis sûre qu'il sera là, répondit Fenella d'une voix moins assurée qu'elle ne l'aurait souhaité.

Zoé prit donc une décision. Fenella, qu'elle appréciait depuis le début, avait besoin d'aide.

— Je vais préparer les pommes de terre pour vous. Quels légumes avez-vous prévus ?

— Des trucs du jardin : des gros haricots, du chou et des asperges du voisin. Ce ne sont que des légumes du jardin.

— Avez-vous prévu une entrée ?

— De la soupe. Rupert a tout prévu.

— Bon, vous voulez que je vous aide ?

Fen se mordilla la lèvre et soupira. Puis elle joua avec un stylo qu'elle prit dans un pot posé sur la table de la cuisine. Elle n'était plus qu'indécision.

— Seulement si Rupert n'arrive pas. Vous devez assister à un dîner, vous aussi. J'ai jeté un coup d'œil à votre emploi du temps. C'est pour vous remettre des instructions, que vous fassiez connaissance, des trucs indispensables.

Après un bref silence, elle reprit :

— Mais si Rupert n'arrivait pas, ce serait merveilleux si vous pouviez m'aider avant d'aller au pub.

Elle sourit et ajouta :

— Le minibus ne passera vous prendre que vers 20 heures. Mon dîner sera servi à 19 h 30.

— En théorie, je pourrai donc monter les plats à votre place puis redescendre à toute vitesse pour monter dans le bus.

Fenella acquiesça.

— Lorsque nous aurons fait refaire la salle à manger, nous aurons un monte-plats, mais comme ce n'est pas une belle pièce élégante, nous n'avons encore rien fait.

— Eh bien, cela ne me dérange pas de faire le monte-plats !

Fenella esquissa un demi-sourire et s'assit sur une chaise.

— Je sais que je ne devrais pas accepter, commença-t-elle, mais je crois que je n'y arriverai pas toute seule.

Prenant un air farouche, elle ajouta :

— Et je vois bien que vous essayez d'oublier vos appréhensions concernant le concours en vous démenant comme une folle pour vous rendre utile.

Zoé s'assit à côté d'elle.

— Je sais.

— En temps normal, je n'en ferais pas tout un plat, c'est le cas de le dire, mais si vous enfreignez quelque règle que ce soit, vous pourriez compromettre vos chances de gagner. Ils pourraient même vous disqualifier avant de commencer !

— Mais rien ne nous dit que c'est contre le règlement. Et puis personne ne s'en apercevra, j'en mettrais ma main au feu. Je m'en suis bien sortie pour le thé, non ? gloussa-t-elle. Je pourrais me déguiser en servante, avec un tablier et une petite coiffe…

— Vous blaguez ! s'exclama Fenella. Mais il se trouve que j'ai un costume de soubrette. Nous avons organisé un goûter edwardien l'an dernier et nous étions toutes déguisées en servantes.

Zoé partit d'un grand rire.

— Allez, je m'occupe des patates et lave les autres légumes et ensuite il sera temps pour moi d'aller attendre le bus.

— Votre colocataire est là. Elle est arrivée pendant que vous étiez à l'étage.

— Oh ! et comment est-elle ?

— Très glamour. J'espère que vous avez posé votre sac sur le lit deux places !

2

Lorsque Zoé retourna à l'étable, elle y trouva une très jolie blonde d'environ son âge qui ressemblait davantage à un mannequin de mode qu'à un cordon-bleu. Hormis l'âge, Zoé ne décela aucune autre ressemblance entre elles. L'autre participante était grande, avait de longs cheveux raides subtilement méchés, portait une tonne de maquillage, des faux cils, une jupe minuscule et un bustier à bretelles malgré la température frisquette. Ses chaussures, qu'elle avait enlevées pour s'allonger sur le grand lit, étaient des sandales à lanières et talons hauts.

Zoé ne se départit pas pour autant de sa bonne humeur, considérant que ces différences de surface ne les empêcheraient pas nécessairement de cohabiter agréablement.

— Salut ! Moi, c'est Zoé, lança-t-elle.

— Cher ! salua le top model. J'espère que tu ne vois pas d'inconvénient à ce que je prenne le grand lit. Je n'arrive pas à dormir dans les lits une place.

— Ah ! mais pourtant tu es très mince. Ce n'est sûrement pas à cause de leur étroitesse.

Cher avait un rire cristallin un peu trop haut perché au goût de Zoé.

— Non ! Ce n'est pas ça, mais j'aime avoir mes aises. C'est à cause de mes grandes jambes.

— Tu ne t'attends pas à ce que je m'apitoie parce que tu as de longues jambes, j'espère ?

— Non, répondit Cher d'un ton sec. Mais j'espère que tu me laisseras prendre le grand lit.

Ce brusque changement de ton fit sourciller Zoé, mais elle renonça à faire valoir qu'elle était arrivée la première. Elles n'étaient plus des gamines et elles devaient de toute façon faire chambre commune. Alors autant s'entendre, même superficiellement. Zoé comprit rapidement que les occasions de disputes ne manqueraient pas avec Cher et qu'en l'occurrence le jeu n'en valait pas la chandelle.

— O.K. !

Elle s'approcha de son sac à dos qui avait été jeté sans ménagement sur le petit lit. Elle l'ouvrit et commença à sortir ses affaires. Il n'y avait pas grand-chose, aussi ne prenait-elle pas d'ordinaire la peine de défaire son bagage. Mais ce jour-là, elle ressentit le besoin obscur de marquer son territoire.

L'armoire était déjà remplie par les vêtements de Cher. Des minijupes, deux shorts (en cas de vague de chaleur sûrement) et des jeans filiformes. De nombreuses paires de sandales à lanières et des sacs à main jonchaient le sol du placard.

Zoé pendit son unique robe, deux jeans et quelques chemisiers et autres hauts. Puis elle sortit sa trousse de toilette.

— J'ai besoin d'une bonne douche et de me laver les cheveux.

À ces mots, elle se rendit dans la salle de bains en espérant que sa colocataire n'avait pas déjà utilisé toutes les serviettes.

Elle se séchait les cheveux avec les doigts – une habitude chez Zoé – lorsque Cher, qui la regardait faire depuis le lit où elle était étendue, lança :

— J'ai un sèche-cheveux si tu veux l'emprunter.

Zoé se retourna.

— Merci, mais je ne les sèche jamais. Ils sont vite secs quand je les ébouriffe juste comme ça.

Cher se leva.

— Tu serais plus belle si tu les séchais au sèche-cheveux. Rien à voir ! Je te le fais si tu veux.

— Ça ira, merci. J'ai décidé voilà des années de ne pas avoir de coiffure qui dépende d'un appareil électrique au cas où j'en serais privée.

Cher haussa les épaules comme si Zoé était folle.

— J'ai été coiffeuse pendant un temps, insista-t-elle néanmoins.

Zoé n'aurait su dire si elle appréciait Cher ou non. C'était le genre de nana qui ne s'intéresse qu'à sa propre apparence et aux gens qui la trouvent belle. Mais sa proposition de la coiffer était généreuse. Sans doute la vue de la coiffure hirsute, débraillée, de Zoé lui était-elle insupportable. Ce qui pouvait trahir un caractère dominateur.

— Donc, qu'est-ce qui t'a poussée à participer au concours ? s'enquit Zoé, songeant qu'il était temps de découvrir sa camarade.

— Oh ! je veux passer à la télévision. Je veux absolument devenir célèbre et je pense que si l'on me voit à l'écran, je recevrai d'autres propositions.

Zoé la considéra d'un air ébahi.

— Tu n'aimes pas cuisiner ?

Zoé haussa les épaules.

— Moyennement.

— Mais tu as passé la sélection ?

— Oui, bien sûr. Je suis douée. C'est juste que ça ne me plaît pas plus que ça. J'ai horreur de me salir les doigts.

Elle s'interrompit et regarda Zoé comme si cette dernière était l'illustration de tout ce qu'elle abhorrait.

— Au moins, mets un peu de maquillage et une robe. Je n'ai pas envie qu'on m'associe à un laideron.

Zoé en crut à peine ses oreilles et se força à ravaler la riposte qui lui brûlait la langue, car elle tenait à ne pas se fâcher avec Cher. Elle enfila sa robe, reconnaissant malgré elle que le top model, bien qu'indélicate à souhait, avait peut-être raison et qu'il était sans doute préférable de faire bonne impression. Elle consulta sa montre. Il était presque 19 heures et il lui fallait trouver un prétexte pour quitter la chambre afin d'aller aider Fenella. Elle s'était d'abord rendue utile afin d'évacuer son stress, mais à présent elle se sentait concernée par l'organisation.

— Je crois que je vais aller flâner un peu. Le coin est très joli.

Comme Zoé s'y était attendue, Cher ne proposa pas de l'accompagner.

— Je ne fais pas de marche. Je n'ai pas les bonnes chaussures.

Zoé jeta un coup d'œil aux sandales de Cher.

— J'ai peine à croire que tu puisses cuisiner avec ça aux pieds ! Tu n'as pas mal aux reins à force de rester debout sur ces talons ?

Comment, en effet, imaginer Cher avec le genre de sabots en plastique que portaient de nombreux chefs? Sa propre paire était dans son sac. Zoé n'en avait pas vu parmi les talons qui jonchaient le sol du placard. Comment également imaginer Cher en pantalon de cuisine? Mais cela dit, Zoé elle-même n'en utilisait pas.

— Je cuisine en baskets. Mais je ne cuisine pas souvent.

Cela piqua encore plus la curiosité de Zoé.

— Comment as-tu fait pour te faire accepter à un concours de cuisine si tu ne cuisines pas souvent?

Cher se dressa sur ses jambes et rejeta ses cheveux par-dessus son épaule.

— Je m'arrange pour que le peu que je cuisine soit extrêmement délicieux.

Tout sourire, elle ajouta:

— J'ai l'intention de gagner le concours.

À ces mots, elle alla jusqu'au miroir et s'y regarda attentivement.

— J'accomplis toujours ce que j'entreprends, qu'il s'agisse de trouver un travail, un mec, n'importe quoi. Cette fois, je vise la célébrité, ce qui signifie que je dois gagner le concours.

La persévérance de Cher était à faire peur.

— Mais pourquoi un concours de cuisine si tu n'aimes pas particulièrement cela? Pourquoi ne pas avoir tenté, que sais-je, moi, *X Factor* ou *Top Model*?

— J'y ai pensé, évidemment, mais j'ai plus de chances de gagner avec la cuisine.

— Qu'est-ce qui te fait croire ça? Tu n'es pas à l'abri de voir débouler un candidat excellent. À commencer par moi!

— Ce n'est pas qu'une question de cuisine. J'ai observé la manière dont les candidates draguent les membres du jury.

Elle considéra Zoé d'un regard plein de pitié et ajouta :

— Et puis je te l'ai dit, je cuisine très bien si je m'en donne la peine. Je ne serai peut-être pas la meilleure cuisinière de la compétition mais je serai la plus jolie et la plus sexy. C'est donc moi qui gagnerai ! Même si tu as bien meilleure allure que tout à l'heure, ne va pas croire que tu as la moindre chance.

Zoé la dévisagea. Après les déclarations précédentes de Cher, la brusquerie de celle-ci ne l'étonna pas.

— Me voilà prévenue ! s'exclama-t-elle avec un sourire forcé.

— Dans ce cas, pourquoi concours-tu ? s'enquit Cher en tournant le dos au miroir, manifestement résignée à ne rien pouvoir ajouter à sa propre perfection.

— Oh ! c'est que j'ai, moi aussi, l'intention de gagner. J'ai besoin de l'argent pour ouvrir une petite épicerie fine ou un petit restaurant, bref un endroit où je pourrais faire la cuisine que j'aime. Et toi, qu'as-tu l'intention de faire avec l'argent ?

— L'argent est le dernier de mes soucis. Mon père est extrêmement riche. Je ne désire que la célébrité et les occasions qu'elle m'offrira.

— Eh bien, que la meilleure toque gagne ! s'exclama Zoé, dont l'apparente désinvolture dissimulait sa résolution de battre Cher coûte que coûte, et pas seulement parce que celle-ci lui avait piqué le lit deux places !

— Alors, tu as quitté un bon boulot et un adorable petit ami pour participer à ce concours ? s'enquit Cher. Je fais un peu d'événementiel, soit dit en passant, parce que mon père me donne juste assez d'argent de poche pour vivre.

— J'avais un boulot potable dans une agence immobilière, mais un employé a été promu à ma place malgré mon ancienneté, alors je n'ai pas eu de scrupules à le lâcher.

Malgré un reste de colère, Zoé n'était pas du genre à avoir des regrets, et puis, de toute façon, elle était bien décidée à monter sa propre affaire.

— Et le petit ami ? J'imagine que tu le fréquentais depuis le lycée avant de t'installer avec lui et d'avoir des gosses, pensa Cher à voix haute.

Puis elle bâilla et ajouta :

— Très peu pour moi, merci !

— Très peu pour moi aussi ! répliqua Zoé, que cette supposition avait rendue furieuse, même si elle comptait bien ne rien en laisser paraître. J'ai pris la décision voilà déjà un moment de ne pas faire dépendre mon bonheur d'un homme. Si la perle rare croise mon chemin et me fait tourner la tête, alors j'imagine que je donnerai suite, mais il devra vraiment sortir de l'ordinaire.

Zoé songea à la chronique sans histoires de sa vie amoureuse qui se résumait à quelques aventures avec de jeunes hommes sincères et très gentils. Elle s'était attachée à tous, mais aucun d'entre eux ne lui avait donné le sentiment de ne pouvoir vivre sans lui. L'image de Gideon couvert de boue et en sueur lui traversa l'esprit, mais elle la chassa aussitôt.

— Respect pour la frangine! s'exclama Cher en hochant la tête. C'est ce que je pense aussi. Aucun intérêt à s'engager avec un minable.

Elle se dirigea vers le petit réfrigérateur.

— J'ai apporté une bouteille de vin, annonça-t-elle. Tu veux un verre?

— Non merci. Je veux garder les idées claires pour demain. J'ai besoin d'aller marcher un peu.

Zoé avait besoin d'une bonne bouffée d'air. Mais elle voulait également aller voir comment s'en sortait Fenella.

Elle traversa la cour en gloussant intérieurement. Cher était franchement culottée, mais à quoi bon s'indigner de ses affirmations péremptoires et de son inflexible détermination à remporter la compétition? Elles devaient faire chambre commune, ce qui deviendrait impossible si elle se fâchait contre le top model et causait des ennuis.

Appréhendant quelque peu de se faire remarquer par l'équipe de tournage et les membres du jury, Zoé fut soulagée de trouver un colosse dans la cuisine, ce qui signifiait que Fenella n'était pas livrée à elle-même. Le colosse en question, à la grande surprise de Zoé, la serra très affectueusement dans ses bras et l'embrassa de la même manière.

— Un grand merci d'avoir aidé ma femme qui est enceinte! remercia-t-il. Vous mériteriez des perles, rubis et cassettes de pièces d'or, mais à défaut, que diriez-vous d'un verre de vin rouge? À moins que vous ne préfériez un gin?

— Rupert! le tança Fenella, qui paraissait bien moins tendue que précédemment. Zoé, vous êtes superbe ! Voici Rupert, mon mari, mais vous l'aviez sans doute déjà compris.

— Bonjour, Rupert, salua Zoé en prenant le verre de vin qu'il lui tendait, non sans se faire l'effet d'une hypocrite d'avoir refusé de boire avec Cher en invoquant une excuse bégueule.

— Asseyez-vous ! Grâce à votre aide, nous ne sommes plus autant en retard, et puis maintenant Rupert va prendre le relais.

Zoé tira une chaise et promena son regard autour d'elle, ce qu'elle n'avait pas eu le temps de faire jusque-là. Elle trouva la cuisine extrêmement bien équipée, avec son piano de la taille d'une voiture, son vieux buffet, sa banquette, sa longue table et son sol dallé. Des tableaux ornaient les murs, ainsi qu'une bibliothèque où s'entassait tout un assortiment de livres de cuisine, de jardinage, de botanique et d'ornithologie, sans oublier les nombreux bibelots. On s'y sentait chez soi.

— J'adorerais avoir une cuisine comme celle-là, déclara Zoé.

— Elle me plairait davantage sans le gouffre financier qui va avec, fit remarquer Rupert, qui venait juste de goûter le ragoût, en jetant la cuiller dans l'évier. Même si, bien sûr, nous aimons notre maison.

— Le contraire serait étonnant ! Elle est superbe.

— C'est vrai, convint Fenella, mais elle coûte trop cher en rénovation et en entretien. Nous passons notre temps à imaginer des solutions pour qu'elle soit rentable. C'est pourquoi nous étions ravis d'accueillir ce concours de cuisine.

— Il a failli nous passer sous le nez, rappela Rupert. À cause d'un mariage en plein milieu du concours.

— Rupert ! Tu n'es pas censé révéler tous nos petits secrets. C'est une surprise. Je veux dire que tout le programme est une surprise. Les candidats ne doivent rien savoir avant la veille des épreuves.

— Soyez certains que je n'en parlerai à personne, gloussa Zoé.

— Par chance, Sarah, l'organisatrice de mariage qui s'en occupe, est une amie, fit savoir Rupert. Et elle a réussi à convaincre les mariés qu'ils feraient de grosses économies s'ils étaient d'accord pour que les candidats préparent leur repas de mariage, malgré le dérangement.

Rupert, considérant manifestement qu'il disposait d'un peu de temps libre, avait rejoint les deux femmes à la table.

— Chéri, ce ne sera pas un dérangement. Nous avons fait en sorte que cela ne le soit pas.

— Cuisiner n'est pas une science exacte, rappela Rupert. Mais le risque est encore plus grand pour un mariage.

— Pas à Somerby ! assura Fenella avec sagesse.

Rupert s'esclaffa et Zoé savoura l'humeur plaisante de ses hôtes. Quelle merveille c'était d'aimer et de se savoir aimé !

Zoé se leva pour partir.

— Servez-vous si vous avez besoin de quoi que ce soit, comme du lait. Vous en trouverez dans le réfrigérateur de la chambre, mais si vous veniez à en manquer, revenez en chercher ici. Il y a également des paquets de biscuits dans cette boîte-là. Rupert a fait le plein.

— Je ne voudrais pas vous priver de quoi que ce soit qui puisse vous servir.

— Pas de souci, assura Rupert. Nous avons des biscuits spéciaux pour les clients. Je n'ai pas le droit de m'en approcher.

Zoé se hâta de retourner à la chambre afin de se laver les dents pour chasser l'odeur de vin rouge de son haleine.

— T'étais où ? s'enquit Cher, cédant à la curiosité.

— Oh ! juste par là, répondit Zoé, la bouche pleine de dentifrice, avec un irrépressible sentiment de culpabilité.

— Bon, si tu ne te dépêches pas, nous allons rater le bus !

Environ deux heures plus tard, ils étaient de retour du pub. Rupert, légèrement stressé, les fit monter à l'étage où les attendaient les organisateurs.

— Et voilà ! s'exclama-t-il en ouvrant la porte d'une vaste salle au centre de laquelle trônait une table immense.

Les candidats entrèrent à la queue-leu-leu.

— Les membres du jury n'ont pas encore fini de dîner, je le crains, ajouta-t-il. Mais une partie de la production est là qui vous attend. Quant à moi, je file servir le dessert.

À ces mots, il quitta la pièce aussi vite que les convenances le lui permirent.

Zoé et les autres concurrents prirent place autour de la table.

— Bonsoir à tous ! salua, avec un très léger accent américain, une belle blonde coiffée à la Marilyn Monroe et aux yeux couleur saphir en entrant dans la pièce.

On devinait sous sa beauté des nerfs à toute épreuve.

— Je m'appelle Miranda. Vous savez probablement déjà que je dirige la société de production responsable de l'émission. Nous sommes tous certains que ce sera un très grand succès. Pour nous et pour vous.

Elle marqua une pause puis reprit :

— Cela promet d'être intense. Comme vous le savez peut-être, vous devrez relever un défi tous les deux ou trois jours.

La tension augmenta d'un cran dans l'assistance tandis qu'elle promenait son regard sur les participants, donnant l'impression, à Zoé du moins, qu'elle était déjà jugée, mais pas en sa faveur.

— Vous serez censés consacrer les autres jours aux préparations, mais vous aurez un jour de repos vers le milieu du séjour. Bref, Mike vous expliquera en détail. J'espère que vous avez eu l'occasion de faire connaissance pendant le repas. N'oubliez pas que même si vous êtes en concurrence, une grande partie du programme implique un travail d'équipe. Vous serez notés sur vos capacités à diriger une brigade ainsi qu'à travailler comme second couteau autant que pour la qualité de votre cuisine.

Ayant terminé, elle jeta de nouveau un regard glacial sur l'assistance. À présent, tous, à l'exception de Cher, paraissaient nerveux. Zoé aimait le travail d'équipe, mais se considérait meilleure comme second de cuisine que comme chef. Aurait-elle les ressources de caractère suffisantes pour établir un programme qui entraîne sa brigade à sa suite ?

— À présent, je laisse la parole à Mike.

Tout le monde applaudit tandis que Miranda se rasseyait.

— Salut, tout le monde ! salua Mike, qu'un dîner au pub avait suffi à transformer en un vieux pote secourable et inoffensif. Bon, contrairement à d'autres émissions de cuisine, vous n'avez pas encore rencontré votre jury…

— On s'en était aperçu…, susurra Cher, enhardie par plusieurs verres de vin qu'elle avait éclusés pendant le repas.

— Pour la raison que les sélections ont été conduites par d'autres personnes.

— Nom d'un chien ! On était présents ! On sait que notre satané jury était trop « occupé » !

Cher avait mimé les guillemets avec ses doigts.

Plus elle parlait, plus elle haussait le ton.

Mike se voulut rassurant.

— Mais vous ferez leur connaissance demain, et je suis sûr que vous avez hâte de les rencontrer.

— J'en mouille ma petite culotte de joie, répliqua Cher sans plus prendre la peine de parler tout bas.

Par chance pour Zoé qui commençait à ne plus savoir où se mettre, le reste de l'allocution de Mike ne fournit à Cher aucune nouvelle occasion de s'illustrer. Zoé écouta d'une oreille distraite, partageant son attention entre Mike et les autres concurrents. Elle avait échangé quelques mots avec certains d'entre eux au pub, tandis qu'elle s'était contentée d'observer les autres à distance.

Il y avait le rebelle à la tignasse presque verticale. Elle avait bavardé avec lui et appris qu'il s'appelait Shadrach. C'était un passionné de cuisine et, comme son nom l'indiquait[1], il aimait être au fourneau. Puis venait Muriel, la fille rondelette, qui s'était fait une joie de fuir sa famille et qui se décrivait simplement comme «bonne cuisinière» mais qui vit en Zoé sa principale rivale.

Auparavant, Cher avait rejoint deux mecs en se déhanchant. Ceux-ci étaient assis, jambes écartées, tapotant du pied afin de canaliser l'afflux de testostérone qui les faisait ressembler à deux cocottes-vapeur. Ils s'appelaient respectivement Dwaine et Daniel et semblaient des compétiteurs-nés. Cher n'avait pas lésiné sur l'aguichage en faisant voleter ses cheveux et s'humidifiant les lèvres, et elle leur avait offert une vue imprenable sur son décolleté. Cela correspondait sans doute à sa vision d'une équipe soudée. D'ailleurs, cela marcherait sûrement, songea Zoé. Mais qu'arriverait-il s'ils tombaient tous les deux amoureux d'elle? Cela pourrait mal tourner, par exemple avec du sang sur le tapis. Pour le moment, assise au premier rang, Cher envoyait des signaux avec ses yeux, ses mains, ses cheveux, des signaux qui disaient: «Regardez-moi!»

Assise juste derrière Zoé et Cher se trouvait une fille plutôt sérieuse qui n'avait pas encore fait entendre le son de sa voix. Elle avait sans doute ses chances de gagner. Elle était timide, avait des

---

1. Dans l'ancienne Babylone, Shadrach avait été jeté dans une fournaise avec deux autres compagnons, fournaise d'où Dieu l'avait sauvé (NdT).

cheveux châtain clair qu'elle retenait en arrière à l'aide d'une barrette de mauvais goût, mais elle affichait une détermination qui ne laissait planer aucun doute, même de loin. Elle se faisait appeler Becca. À côté de celle-ci se trouvaient deux gars entre deux âges, dont l'un s'appelait Bill, et Shona, qui avait déclaré à Zoé lors du dîner qu'elle était «une boule de nerfs».

— O.K., les amis! lança Miranda-Marilyn en se levant de nouveau. Vous n'entendrez plus parler de moi jusqu'à la fin du concours. Comme vous l'a dit Mike, demain vous rencontrerez les membres du jury et découvrirez votre première épreuve. Mais je dois vous mettre en garde, notre jury ferait passer le croquemitaine pour un ours en peluche. La tâche est ardue et vous devrez faire preuve d'endurance pour arriver jusqu'au bout.

À ces mots, elle sortit d'un pas altier, suivie par un jeune type muni d'un bloc-notes, probablement son bras droit.

Chacun s'affairait à présent, bavardant et évaluant la concurrence, comme si le coup d'envoi du concours venait d'être donné. Cela faisait beaucoup de gens à considérer, songea Zoé, mais entre les dix concurrents et les quelques techniciens de la télé, il pouvait difficilement en être autrement.

Quelqu'un s'approcha de Zoé par-derrière.

— Rien de bien inattendu, non? Je me présente: Alan. Nous n'avons pas eu l'occasion de nous parler au dîner.

Alan était de taille moyenne et arborait une épaisse chevelure grisonnante ainsi qu'un léger bronzage. Son visage ne lui était pas inconnu, aussi se demanda-t-elle s'ils ne s'étaient pas déjà rencontrés, à moins qu'il ne soit acteur ou une quelconque célébrité.

— Moi, c'est Zoé, répliqua Zoé en lui tendant la main. Nous nous sommes déjà rencontrés ? Je vous ai vu à la télévision, peut-être ?

Il pencha la tête en avant.

— C'est possible. J'ai été acteur à la journée pendant des années, mais pas ces derniers temps. Je suis passé des planches à la cuisine ! D'où ma participation à ce concours.

— Et qu'en espérez-vous ?

Zoé était curieuse de nature, mais une fois la question posée, elle se demanda si elle ne s'était pas montrée un peu cavalière et se crut obligée de s'expliquer.

— Personnellement, je suis là pour l'argent, mais ma colocataire, Cher – la magnifique blonde qui en met plein les yeux aux deux mecs, là-bas –, recherche la célébrité.

Après un silence, elle ajouta :

— Et vous ?

Alan ne sembla pas s'offusquer de la question.

— J'imagine que je brigue les deux : la gloire et la fortune ! J'ai envie d'un pub gastronomique sur les bords de la Tamise. Vous voyez le genre, avec des péniches à l'ancre devant l'entrée, des entrées estivales, du vin blanc glacé, de beaux jeunes gens, avec des cartes Gold, qui viendraient chez moi parce que ce serait le nouvel endroit à la mode, s'esclaffa-t-il. Mais j'accueillerais aussi les familles. Ce serait un endroit où grand-mère et ses petits-enfants pourraient venir manger dans une atmosphère de détente.

Zoé lui rendit son sourire.

— À vous entendre, on dirait que vous avez déjà rédigé le flyer.

— Je dois reconnaître que j'ai déjà un peu d'expérience dans le domaine. Quoi qu'il en soit, voilà ce que je ferai si je gagne le concours. Et vous ?

— J'aimerais ouvrir une épicerie fine qui proposerait des repas tout prêts pour que les clients puissent avoir accès à des plats à emporter de très bonne qualité.

— Oh, oh ! Excellente idée ! Vous devriez vous entendre avec Gideon Irving. C'est un gros importateur d'huile d'olive, d'olives préparées, de ce genre de trucs, quoi. Il vous faudra des olives si vous ouvrez une épicerie fine.

— Ah oui ? Je croyais qu'il écrivait des livres de gastronomie ?

— C'est le cas, mais il a également des parts dans une grosse coopérative qui importe des denrées fines du monde entier. Ses livres sont une sorte de hobby, même si c'est aussi sa passion.

— Comment avez-vous appris tout ça ?

La curiosité de Zoé était piquée au vif.

— Un de mes cousins a siégé à un comité quelconque avec lui. Apparemment, il a fallu le harceler pour qu'il accepte de faire partie du jury.

— Vraiment ?

Alan confirma d'un hochement de tête.

— Oui ! D'après mon cousin, il a déclaré qu'il n'avait pas envie de se gaver de plats déprimants servis par des vieilles dames qui avaient appris à cuisiner pendant la période de rationnement durant la dernière guerre mondiale.

— Le goujat! Votre cousin était-il présent lorsqu'il a tenu ces propos? Ce pourrait très bien n'être qu'une rumeur.

— Ouaip! Il a même rappelé au comité qu'on l'avait contraint à accepter.

Alan se rembrunit quelque peu et ajouta:

— Il m'a l'air effroyablement arrogant.

— Il l'est! convint Zoé.

Elle avait pu s'en rendre compte par elle-même.

— En plus, il peut se montrer très acariâtre. Il ne supporte pas la bêtise.

Zoé en avait également eu un aperçu.

— Ah!

Alan hocha la tête tel un vieux sage.

— Mieux vaut jouer de prudence. Votre amie Cher risque de tomber sur un os avec lui.

Zoé partit d'un grand rire.

— Certes, mais vous connaissez les hommes, toujours sensibles aux charmes d'une blonde aux longues jambes…

— Pas tous les hommes.

Alan la regarda d'un air à la fois amical et plein de sous-entendus.

Zoé réfléchit à la question. Alan était sympathique mais un peu vieux pour elle. Puis elle se pencha sur le cas Gideon Irving. Il n'était guère plus jeune qu'Alan, et pourtant elle l'avait trouvé extrêmement séduisant. Mais une femme avertie en valait deux. Même si Alan ne lui avait rien appris de très nouveau. Sauf peut-être au sujet des olives.

Peu à peu, la foule se dispersa, les uns regagnant leurs *Bed & Breakfast*, les autres les dépendances transformées en chambres d'hôtes.

De retour dans leur chambre, Cher resta si longtemps dans la salle de bains que Zoé dut se résoudre à se laver les dents sur son lit et à cracher dehors dans un caniveau qui semblait avoir été placé là exprès. Mais au matin, et après que Zoé eut traité en silence sa camarade de peau de vache égoïste, Cher bavarda amicalement avec elle et lui prêta une lotion capillaire qui donna à ses boucles un aspect plus calculé et moins désordonné. Cher était une rusée, trancha Zoé tandis que la jeune femme se tenait derrière elle, apportant la dernière touche à sa coiffure en la regardant dans le miroir.

La rencontre avec le jury devait avoir lieu sous le grand barnum qui avait été installé dans le pré jouxtant la maison. Elles y retrouvèrent les autres concurrents. Ceux-ci étaient occupés à échanger des informations sur leurs logements et à se demander à quelle sauce ils seraient mangés. Presque tout le monde avait le trac. La soirée précédente s'était déroulée un peu comme une fête. À présent, sous le barnum livré aux frimas matinaux, l'ambiance était à la compétition.

— Ça me rappelle quand le réfectoire de l'école se transformait en salle d'examen, tu ne trouves pas ? susurra Zoé à l'oreille de Cher tandis qu'elles retiraient les badges à leurs noms.

Cher la regarda d'un air interrogateur.

— Ah oui ? Je n'ai pas passé beaucoup d'examens.

Zoé, qui se considérait comme une personne relativement posée, ne put s'empêcher de se laisser impressionner par le sang-froid de Cher. À en juger par son attitude, elle n'aurait pas été plus émue si elle avait fait la queue devant un cinéma.

— Viens, suggéra Cher. Mettons-nous au premier rang. Personne ne nous remarquera si nous restons au fond.

Zoé songea que les occasions de se faire remarquer ne manqueraient pas, mais elle lui emboîta néanmoins humblement le pas.

Elles s'assirent et attendirent l'arrivée des membres du jury. Le ventre de Zoé en profita pour se mettre à gargouiller à cause du stress et de son impatience. Elle avait déjà fait connaissance avec l'un d'entre eux, mais, naturellement, elle ne pouvait l'avouer à personne. Zoé se demanda si Gideon ferait attention à elle. Pendant ce temps-là, Cher, digne et belle, apparemment indifférente à la tension environnante, vérifia ses ongles carrés à la recherche d'imperfections mais n'en trouva aucune.

Mike s'avança pour faire un discours, debout devant une table à l'évidence destinée au jury. Zoé devint encore plus agitée. Elle y était enfin. La compétition allait commencer pour de bon. Cher était toujours impassible. Ses ongles de pied étaient également carrés, remarqua Zoé. Celle-ci, qui avait depuis longtemps perdu tout sang-froid, se surprit à triturer nerveusement ses cheveux. Cher s'avisa de la manœuvre du coin de l'œil et abaissa brusquement la main de Zoé. Personne n'avait le droit de semer le bazar dans une de ses créations, même si une autre en était la dépositaire.

48

— O.K., les enfants. Ce qui va suivre ne sera pas diffusé à la télé. Voici de quoi il s'agit en quelques mots.

Et il s'étendit sur les questions de son et d'éclairage ainsi que sur celles du cadrage.

— Vous serez très vite habitués, ce qui est une bonne chose. Mais je vous en prie, faites gaffe à ne pas dire d'obscénités. Le jury va maintenant vous être présenté et ensuite : on tourne !

Zoé jeta un coup d'œil à l'équipe de tournage qui s'activait, caméra à l'épaule et bloc-notes en main. Ils ressemblaient à un attroupement de fourmis. Il lui était presque sorti de l'esprit que la télévision serait présente, car elle s'était surtout concentrée sur l'aspect compétition et la nécessité de faire de son mieux derrière le piano.

— On applaudit le jury !

Ce furent les derniers mots de Mike.

Et tout le monde applaudit bien docilement.

Le premier à faire son apparition fut Fred Acaster, le bienveillant chef d'une émission culinaire qui expliquait aux téléspectateurs des recettes simples avec une délicatesse qui lui valait l'amour de tous. Il était un peu plus âgé qu'il ne paraissait l'être sur le petit écran, mais il n'en semblait pas moins sympathique.

Cher, remarqua Zoé, se redressa et lui accorda toute son attention. Elle donnait l'impression de projeter vers lui une sorte de rayon mystérieux. Il l'aperçut et sourit. Zoé ne comprit pas très bien la manœuvre de Cher, mais il lui sembla soudain qu'il n'y avait plus que le top model et le chef sous le barnum. Elle fut impressionnée.

Le deuxième membre du jury était une femme, Anna Fortune. Elle dirigeait une école de cuisine et avait la réputation de terroriser ses élèves. Elle avait participé à une émission de télévision à l'occasion d'un « retour aux sources » mettant en scène des chefs reconnus. Et elle les avait éreintés. S'il fallait faire bonne impression à quelqu'un, c'était assurément à Anna Fortune. Cependant, Cher ne prit pas la peine d'établir le contact avec elle.

Puis ce fut au tour de Gideon Irving. Zoé se souvenait de lui couvert de boue, en sueur et les cheveux en bataille. Le plus grand désordre régnait toujours sur sa tête, mais ses cheveux étaient propres, ainsi que le T-shirt qu'il portait sous une veste en lin. Forte de l'information confidentielle selon laquelle il avait accepté contraint et forcé de participer à ce jury, Zoé pensa que la mauvaise humeur qui étouffait le grand critique pouvait s'expliquer.

À côté d'elle, Cher rayonnait littéralement. Zoé vit Gideon jeter un coup d'œil à sa colocataire, mais bien malin celui qui aurait pu dire ce qu'il pensait.

Dès qu'Anna Fortune avait fait son apparition, Zoé n'avait pas douté une seconde que c'était elle qui ne ferait qu'une bouchée des participants. Mais Cher n'avait d'yeux que pour les membres masculins du jury. Celui-ci était composé de deux hommes et d'une femme. Le concurrent qui parvenait à mettre les deux hommes de son côté était assuré de la victoire. Zoé fut anormalement intimidée. Préparer de bons petits plats à la maison, voire au petit bistrot où elle avait fait des heures les samedis, était une chose, mais le faire en public en était une autre, d'autant qu'il faudrait s'en acquitter sous l'œil des caméras.

Après les présentations, Anna Fortune entra aussitôt dans le vif du sujet.

— Bien. La première épreuve. Vous tiendrez deux restaurants. Chaque équipe à la tête du sien. Nous vous attribuerons vos fonctions. Écoutez bien la liste des noms.

— Ça s'entend qu'elle est directrice d'école, tu ne trouves pas ? fit remarquer Cher, encore une fois un peu trop fort pour ne pas inquiéter Zoé.

Cette dernière soupira.

La session promettait d'être longue…

3

Zoé se trouva faire équipe avec Dwaine, l'un des garçons, Muriel, la fille plus âgée, Alan, l'ex-acteur et Cher. Bill, Shona, Shadrach, Becca et Daniel concourraient dans un restaurant situé à l'autre bout du village.

Gideon Irving était chargé de distribuer les rôles dans l'équipe de Zoé. Anna était partie rejoindre l'autre équipe. Un véhicule avait été affrété pour que les membres du jury puissent faire la navette entre les deux endroits. Après s'être fait remettre les clés du restaurant par un propriétaire hésitant que Gideon avait dû rassurer, ce dernier s'était attardé sur chacun des visages de l'équipe puis avait déclaré :

— Bon ! Dwaine, vous serez le chef. Muriel : second de cuisine. Alan : commis. Zoé : plongeuse ; et Cher : chef de rang. Vous savez tous en quoi consistent vos rôles ?

— Je fais asseoir les gens et leur apporte le menu ? lança Cher.

Gideon acquiesça.

— Vous faites également la liaison avec l'office, annoncez les bons aux chefs de partie. Le propriétaire a eu la gentillesse de nous laisser deux de ses employés. Et c'est vous également qui arrangez les choses en cas de problème.

— Facile ! s'exclama-t-elle d'une voix si pleine de sous-entendus que Zoé en fut gênée.

— Zoé ? Vous savez quelles sont vos tâches ?

Zoé s'efforça de lui jeter un regard assassin, sans grand succès.

— Laver la vaisselle. C'est pigé !

— Vous ne devrez probablement pas vous en tenir à cela. Et même si la tâche peut paraître ingrate, les occasions de vous illustrer ne manqueront pas.

Après un silence, il ajouta :

— Vous serez régulièrement sous observation, sans oublier le visionnage des séquences filmées durant la journée. Rien de ce que vous ferez – en bien comme en mal – ne passera inaperçu.

Il lança un regard à Cher qui la fit glousser en minaudant, ce qui ne manqua pas de rendre Zoé furieuse.

Lorsqu'il se fut assuré que chacun savait ce qu'il était censé faire, il s'apprêta à partir. Jetant un coup d'œil à Zoé, il lui fit un clin d'œil en passant. Elle rougit, priant pour que personne n'ait rien remarqué.

Le restaurant, comme on pouvait s'y attendre, était situé non loin de Somerby et offrait une cuisine gastronomique simple mais bonne. En lisant le menu, Zoé découvrit qu'ils faisaient les asperges au jambon de Parme servies avec un œuf poché. Cette recette ne présenterait de difficulté pour personne, encore moins pour un membre de l'équipe. Elle fut néanmoins soulagée de ne pas devoir les préparer elle-même. De tous les plats prétendument faciles, les œufs pochés étaient le plus ardu.

Dwaine fut ravi de son rôle de chef, même s'il considéra le menu avec un certain mépris. Selon lui – et il n'était pas avare de confessions –, dans la mesure où le menu ne contenait ni mousse, ni velouté, ni beignet de crabe à carapace molle, ça ne poserait pas le moindre problème.

— Oh, non, j'y crois pas ! Ils vont me faire cuisiner un foutu poulet à la Kiev !

Il continua ainsi à jurer et à pérorer devant cette popote très demandée et proposée à un prix raisonnable jusqu'à ce qu'il se rende compte qu'il était en train de battre le record du monde de jurons en salle et que son public ne paraissait pas du tout impressionné. Heureusement, les caméras ne tournaient pas encore.

— Je suis un vrai cuisinier, commença-t-il en guise de justification. Ce n'est pas dans mes habitudes de servir des plats préparés.

— Il y a un resto avec une cuisine à vue près de chez moi qui accommode toutes sortes de trucs précuisinés, fit remarquer Alan. Sans quoi, il faudrait attendre des heures pour se mettre quelque chose sous la dent.

Dwaine ne fut pas de cet avis.

— Et je ne parle même pas des équipements ! Où est la rôtissoire ? La machine à emballer sous vide ? Le bain-marie ? Non, ce n'est pas dans mes habitudes !

— Tu t'y feras ! assura Zoé. Un chef de ta qualité saura s'en tirer haut la main, j'en suis certaine, ajouta-t-elle en jetant un coup d'œil au bon fonctionnement du lave-vaisselle professionnel et en se réjouissant d'avoir appris à s'en servir au café où elle avait travaillé.

Une fois cette vérification faite, elle fit le tour des autres installations.

Mis à part deux énormes pianos, il y avait un mixeur de marque suisse, un toasteur professionnel, un chalumeau, l'évier séparé pour se laver les mains, un panneau mural indiquant la fonction des planches à découper selon leur couleur et aussi, plus inquiétant, une vitrine avec des couteaux et des hachoirs aux lames impressionnantes. Zoé se demanda si la vitrine fermait à clé. Vu les dispositions de leur chef d'un jour, elle pria pour que ce fût le cas.

Dwaine était convaincu qu'il avait été désigné pour ce poste en raison de ses aptitudes. C'était probable. Il s'était certainement montré brillant lors des sélections, mais les autres n'étaient pas censés le savoir, et la révolte grondait déjà dans les rangs.

Tous avaient reçu une veste blanche et une toque, mais Dwaine avait apporté son propre pantalon de cuisine à très grands carreaux. Et à la place de sa toque de chef, il portait un keffieh à la manière de Marco Pierre White[1]. Puis il sortit sa propre batterie de couteaux. *Tant mieux !* s'exclama intérieurement Zoé en échangeant un regard avec Muriel. Cela résolvait la question de la vitrine fermée à clé ou non.

_____

1. Chef anglais étoilé, ayant participé aux émissions télévisées *Hell's Kitchen* et *Master Chef*.

Dwaine déroula sa pochette de chef qui contenait des lames assez grandes pour abattre des arbustes. Il en sortit un de son étui.

— Regardez-moi celui-ci ! Digne de Jack l'Éventreur ! lança-t-il en exécutant des gestes terrifiants. Il est effilé comme un sabre de samouraï ! Tranchant comme un rasoir !

— Oh ! range-le, tu veux bien ? s'exclama Muriel. Tu vas blesser quelqu'un. Toi-même peut-être. Et après, tu ne pourras pas cuisiner.

Sa réaction maternelle produisit l'effet voulu, et Dwaine arrêta de frimer pendant quelques minutes.

Un silence gêné s'ensuivit, puis l'expression « On tourne ! » retentit, et la première épreuve commença. Zoé songea qu'il faudrait sans doute beaucoup couper au montage pour enlever tous les gros mots qui avaient fusé. Mais ce n'était pas son problème. Ayant repéré l'endroit où la vaisselle sale arriverait et où elle devrait la ranger une fois lavée, elle commença à émincer des oignons. Cela lui avait paru en effet une bonne idée de s'occuper en attendant d'avoir quelque chose à laver.

Gideon Irving entra à l'office. Il le parcourut du regard tel un lion choisissant sa proie parmi un troupeau de gnous. Zoé, qui aurait dû ne pas attirer son attention du fait qu'elle incarnait la version moderne de Cendrillon, fut sa première victime. Il la poussa de côté et s'empara de sa planche à découper.

— Où est le torchon ? Sans un torchon sous la planche, elle glissera sur le plan de travail. Mettez-en un. Tout de suite !

— Mais vous n'êtes pas chef de cuisine, fit remarquer Zoé en prenant un torchon qu'elle plaça sous la planche.

Ce faisant, elle sentit l'œil de la caméra fixé sur eux deux.

— Cela ne veut pas dire que je n'ai pas longuement fréquenté les cuisines des chefs, répliqua-t-il. À présent, voyons votre technique.

Zoé avait pris plaisir à émincer des oignons. Malgré les larmes qu'ils faisaient couler, elle s'en sortait. Elle reprit donc son couteau et s'attaqua à un deuxième oignon.

— Pour commencer, il vous faut un couteau plus gros, intervint Gideon.

Il en choisit un sur le bloc à couteaux.

— Voilà qui est mieux ! Il a davantage de lest.

Il vérifia la lame avec le pouce, puis prit un fusil à aiguiser. Après plusieurs passages, il fut enfin satisfait.

Zoé prit le couteau et s'apprêta à retrancher les racines de l'oignon.

— Non ! s'exclama Gideon. Laissez les racines, sinon il suintera et vous fera encore plus pleurer les yeux. À présent, tranchez-le en deux.

Il la poussa du coude, prit l'oignon et le maintint en position.

— Comme ça, si la lame ripe, vous ne vous couperez pas. Soit en faisant une arche avec la main en le prenant entre le pouce et les autres doigts (il lui montra), soit en le maintenant avec les doigts recroquevillés (il changea de position). Vous voyez ? À vous.

Zoé, qui se sentait à présent complètement déstabilisée, sous l'œil de la caméra, qui plus était, s'essaya timidement à émincer l'oignon.

— C'est mieux! la complimenta Gideon avec moins d'agressivité dans la voix, maintenant qu'il jouait au professeur. Essayez comme ceci…

Quelques instants plus tard, Zoé éminçait les oignons comme une pro. Malgré son côté bourru, Gideon était un bon professeur.

Gideon et le cameraman étaient allés rejoindre Alan qui était occupé à faire des œufs durs, lorsque Dwaine jeta un regard plein de pitié à Zoé.

— J'y crois pas que tu te sois inscrite à un concours comme celui-là sans même savoir comment émincer les oignons!

— Oh, la ferme! répliqua Zoé sans perdre son sang-froid. J'ai réussi les sélections, tout comme toi.

— Certes, mais quand même…

— Fiche-lui la paix! intervint Muriel. Elle se débrouille très bien. Et toi? Tu es prêt?

Gideon, après avoir fondu sur eux comme un aigle de mauvais augure, les laissa se débrouiller tout seuls. Les concurrents restèrent seuls avec l'équipe de tournage.

— O.K.! s'exclama Cher en faisant son entrée, un bout de papier à la main. On a des clients et ils veulent manger genre fissa!

— Pourraient-il se donner la peine de lire le menu? grommela Dwaine, qui semblait résolu à jouer au chef mal luné.

— Ouais, mais qu'est-ce qu'ils peuvent choisir qui ne prenne pas de temps? insista Cher.

Un silence tomba sur la brigade tandis que chacun examinait le menu. Rien ne semblait très rapide à préparer. Même le cassoulet qu'il suffisait de faire réchauffer prendrait quelques minutes à composer.

— Un sandwich ? suggéra Muriel.

— Ils veulent un plat chaud, répondit Cher.

— Un sandwich au pain grillé ? hasarda Zoé. J'ai aperçu du pain de mie.

— Bonne idée, repartit Muriel. Mets le toasteur en route, Alan.

— Peut-on me dire qui commande ici ? gronda Dwaine. Les sandwichs au pain grillé ne figurent pas au menu.

— Qu'est-ce qui sera ultrarapide alors ? s'enquit Cher, à bout de patience.

— Je n'en sais rien, mais je ne servirai pas de foutus sandwichs ! affirma Dwaine d'un air boudeur.

— Les sandwichs sont rapides à faire et, dans la vraie vie, si le client s'en va satisfait, il y a davantage de chances qu'ils reviennent.

Muriel n'en démordait pas.

— Sauf que les sandwichs ne sont pas au menu ! répéta Dwaine. On ne peut pas leur servir quelque chose qui n'est pas au menu sous prétexte que c'est rapide.

— Combien de temps faut-il pour faire un sandwich ? s'enquit Zoé en songeant qu'ils auraient eu tout le temps de gratiner depuis le temps qu'ils discutaillaient.

— Environ dix secondes si on ne perd pas de temps en bavardage, répondit Muriel.

— Je suis avec Dwaine! s'exclama Cher. Je ne crois pas qu'on devrait les laisser faire du hors-piste. Combien de temps faut-il pour faire un risotto?

Zoé et Muriel se regardèrent.

— Je vais aller leur demander ce qu'ils veulent, annonça Zoé. Le risotto prend des heures.

Muriel acquiesça.

— Et n'oubliez pas, tous les deux, que c'est un concours! Et le client est roi. Que penseront les membres du jury si nous laissons repartir les clients le ventre vide? C'est à nous de leur donner satisfaction.

— Je ne suis pas là pour faire des putains de sandwichs!

Fort du soutien de Cher, Dwaine s'était lâché.

— Dans ce cas, nous les ferons, répliqua Zoé. Muriel a raison: les gens viennent ici pour prendre un en-cas chaud. Nous avons de quoi faire chauffer la nourriture, nous pouvons donc les satisfaire! S'il te plaît, Cher, retourne en salle et dis-leur.

Cher croisa les bras et secoua sa tête blonde.

La situation devenait incontrôlable. C'était leur première épreuve et déjà ils se prenaient à la gorge. Bel esprit d'équipe! Zoé soupira, retira sa toque qu'elle ne supportait plus, et alla elle-même en salle.

Une famille – les parents et leurs deux préadolescents – attendait debout, l'air maussade. Elle leur fit un grand sourire.

— Bonjour! Désolée de vous avoir fait attendre. Nous pouvons vous faire des sandwichs au pain grillé assez rapidement. Si vous preniez une table? Qu'est-ce que je vous sers à boire? Café? Thé? Chocolat chaud?

Ils se détendirent aussitôt et prirent leurs aises à une table. Zoé passa derrière le bar pour s'informer du fonctionnement du percolateur et fut soulagée de trouver tout ce dont elle avait besoin. À la hâte, elle ouvrit un paquet de chips, en versa le contenu dans une assiette creuse et la posa sur la table. Puis elle retourna en cuisine.

— O.K., les amis, au boulot !

4

Il était 21 heures et les participants s'étaient rassemblés dans l'une des granges de Somerby où, tous commotionnés, ils buvaient du vin. Un bar improvisé avait été installé à leur intention, comme si les organisateurs avaient pressenti qu'ils en auraient besoin au terme d'une journée éreintante. Ils étaient six. Les trois autres concurrents, qui logeaient au village, étaient déjà rentrés se coucher.

Naturellement, chacun savait que l'un d'entre eux serait éliminé. C'était une compétition. Un candidat quitterait les lieux après chaque épreuve. Mais comme les deux équipes avaient été frappées par la difficulté de la première épreuve, ce détail leur était en quelque sorte sorti de l'esprit. Ce fut ainsi que Dwaine disparut de la circulation sans que personne s'en aperçoive.

Zoé considérait que son équipe avait été une catastrophe. Finalement, Muriel et elle avaient fait tout le travail. Dwaine, recroquevillé sur ses assiettes, avait passé un temps infini à échafauder des montagnes de victuailles, ajoutant un presque rien de ceci, un soupçon de cela sur d'inquiétantes coulures de vinaigre balsamique, jusqu'à ce que le plat ait complètement refroidi et qu'il soit refusé par le client.

Par ailleurs, sa cuisine n'était pas non plus extrêmement savoureuse. Il s'avéra qu'il tenait toute sa science culinaire des émissions de télé, mais qu'il ne goûtait jamais rien. Selon lui, si c'était beau, c'était bon. Et ce fut ce qui le perdit. Il refusa tout compromis. Et, contre vents et marées, il était resté confiant jusqu'à la fin.

Anna Fortune avait fait son apparition en plein service. Elle avait inspecté la cuisine, que Zoé et Muriel avaient transformée en usine à omelette-frites-salade, puis s'en était retournée en faisant ostensiblement la fine bouche.

Après avoir échangé un regard horrifié, Zoé et Muriel s'étaient remises au travail. Alan avait été préposé aux salades, Muriel aux omelettes et Zoé à tout le reste, se partageant entre l'office et la salle et faisant en sorte que tous fussent satisfaits. Pendant ce temps, Cher essuyait les verres et servait le vin, tandis que Dwaine boudait.

À la toute fin du service, Zoé aperçut une silhouette qui s'esquivait comme un loup en maraude. C'était Gideon. Étrangement (ils s'étaient fait la remarque en donnant un dernier coup d'éponge à la cuisine), après le trac initial dû à la présence de l'équipe de tournage, ils avaient complètement oublié celle-ci. Néanmoins, la présence d'un membre du jury revenait à s'activer sous l'œil d'un témoin à qui rien n'échappait.

— Pauvre Dwaine, il était complètement dans les cordes ! lança Zoé en passant la bouteille de vin à Alan qui se trouvait à sa gauche.

— Il n'avait pas beaucoup l'esprit d'équipe, tu ne crois pas ? répliqua ce dernier.

— C'est le moins que l'on puisse dire, confirma Muriel avec véhémence.

— C'était le maillon faible, il fallait qu'il parte, affirma Cher.

Muriel et Zoé échangèrent un regard. Comme maillon de la chaîne, Cher ne s'était pas elle-même montrée très résistante, et pourtant elle était toujours dans la course. Zoé se demanda si Muriel se posait la même question qu'elle, à savoir si Cher devait à son physique d'être encore des leurs et si ce serait toujours le cas.

— Quelqu'un a une idée d'en quoi consistera la prochaine épreuve ? s'enquit Bill, un ancien maçon d'une soixantaine d'années qui appartenait à l'autre équipe.

— J'espère que ce sera une épreuve individuelle, intervint Becca, la fille que Zoé avait tout de suite identifiée comme étant sa principale concurrente, même si celle-ci ne prenait pas souvent la parole. Je travaille mieux toute seule.

— Je trouve que tu t'en es très bien sortie aujourd'hui, fit remarquer Bill. Réalisez des recettes du tonnerre avec Becca !

— Vous croyez que nous serons toujours dans la même équipe ? s'enquit Zoé en songeant qu'elle aurait volontiers échangé Cher contre Bill si l'occasion s'en présentait.

Cher avait l'art de paraître occupée dès que l'objectif de la caméra était sur elle ou qu'un membre du jury était présent, mais elle ne faisait pas grand-chose entre-temps.

— Oh ! j'imagine qu'ils nous mélangeront pour stimuler la compétition, répondit Muriel.

Elle bâilla puis ajouta :

— Je crois que je vais aller me coucher. Je n'ai plus l'énergie d'autrefois.

— Moi aussi, lança Bill. Je te raccompagne. Tu dors dans l'une des étables, c'est bien ça ? Quant à moi, je suis dans la porcherie !

Tous s'avouèrent fatigués ; ainsi le groupe se sépara. Cher et Zoé regagnèrent leur chambre.

— S'ils nous mettent en binômes, je veux faire équipe avec toi, annonça Cher à brûle-pourpoint.

Si celle-ci s'était montrée plus aimable, Zoé eût été flattée, mais elle soupçonna une raison cachée. Elle ne se trompait pas.

— Je trouve qu'on fait bien la paire. Tu me mets bien en valeur, avec ta petite taille et tes cheveux noirs.

— Alors comme ça tu trouves que tu parais plus belle, plus grande et plus blonde quand tu es à côté de moi ? s'enquit Zoé afin d'en avoir le cœur net.

— Ouaip ! Ne sois pas vexée. Tu n'es pas moche. C'est juste que tu n'es pas… Simplement, tu n'es pas aussi belle que moi.

— Entendu, répliqua Zoé, avec le sentiment que moins elle aurait affaire à Cher, mieux cela vaudrait. Je vais aller à la cuisine chercher du lait pour le petit déjeuner. Je crois qu'on n'en a plus.

— Oh ! super. À tout à l'heure.

— Et essaie de faire en sorte d'être sortie de la salle de bains quand je rentrerai.

La cuisine de Somerby était déserte et dégoûtante. Les reliefs d'un copieux dîner encombraient encore la table, et des casseroles, du papier alu graisseux et des verres sales recouvraient le plan de travail. D'autres casseroles encore s'entassaient dans l'évier où elles trempaient. Zoé, que la fatigue avait rattrapée, alla jusqu'au frigo en s'efforçant de ne pas prêter attention au désordre. Ce fut alors qu'elle songea à Fenella qui, enceinte jusqu'aux yeux, avait probablement eu d'excellentes raisons de monter se coucher sans nettoyer. Retrouver un tel chantier au réveil ne serait sûrement pas plaisant pour elle.

— Arrête de vouloir aider tout le monde ! se tança-t-elle à voix haute tandis qu'elle commençait à débarrasser la table et à remplir le lave-vaisselle. Tu ferais mieux de prendre le lait et d'aller te coucher pour récupérer avant l'épreuve de demain.

Mais elle ne s'écouta pas. Elle semblait sur pilotage automatique. Après une journée de nettoyage, elle ne pouvait plus s'arrêter.

Elle finissait de remplir le lave-vaisselle déjà bourré à bloc, lorsqu'une voix retentit derrière elle.

— Que faites-vous ici ?

Elle fit volte-face en priant pour que ce soit Rupert, tout en sachant parfaitement que ce n'était pas lui.

— Je vous retourne la question ! répliqua-t-elle, se souvenant, mais trop tard, qu'elle devait s'efforcer de garder la faveur de ce membre-là du jury.

— J'ai oublié mes notes ici et j'en ai besoin pour demain. Nous sommes encore en réunion à l'étage, expliqua-t-il en désignant une mallette posée sur une chaise. Et vous ?

— Je suis venue chercher du lait pour le petit déjeuner. Fen a dit qu'on pouvait se servir.

— Et Fen garde le lait dans son lave-vaisselle, c'est bien cela ?

Sans doute à cause de la fatigue, Zoé se surprit à sourire.

— Bien sûr, comme tout le monde, non ?

Gideon, qui, à bien y regarder, paraissait également fatigué à cause d'une journée bien remplie, s'autorisa un semblant de sourire en retour.

— J'étais présent quand Fen est allée se coucher. C'est vous qui avez nettoyé tout ce chantier, n'est-ce pas ?

Zoé se demanda si le règlement l'autorisait à aider Fenella ou non.

— Il se pourrait que…

Gideon hocha la tête.

— L'épreuve d'aujourd'hui vous a lavé le cerveau. Et désormais, vous ne pouvez plus voir une assiette sale sans vous sentir obligée de la laver.

Zoé fit une légère grimace.

— Je crois que vous avez peut-être raison.

Elle regarda sous l'évier et trouva des pastilles. Puis elle mit le lave-vaisselle en marche.

— O.K. ! Le lait maintenant !

— Au risque de vous paraître loufoque, je suggère que vous regardiez dans le frigo.

Zoé fit comme si elle n'avait rien entendu. Lorsque, une bouteille de lait en plastique à la main, elle se retourna, Gideon bâillait. Il s'étira au maximum et émit un grognement. Zoé le compara mentalement à un ours, à un ours très sexy, cependant. Les yeux pleins de sommeil, il sourit.

— Vous savez quoi ? J'ai une subite envie de chocolat chaud. Reste-t-il beaucoup de lait dans le frigo ?

Zoé vérifia.

— Des hectolitres !

Puis elle lâcha :

— Je vous en fais une tasse ?

Arrête de te proposer comme ça en permanence ! se tança-t-elle de nouveau. Gideon croirait sûrement qu'elle essayait de lui faire de la lèche, ce qui n'était pas bon du tout.

Mais celui-ci l'arracha à son propre dilemme en secouant la tête.

— Vous vous asseyez. Je suis un spécialiste.

— Du chocolat chaud ? Mais vous êtes critique gastronomique et homme d'affaires !

Gideon Irving ne s'en sortirait pas sans du vrai cacao amer et de la crème.

— Cela ne veut pas dire que je ne sache pas faire un cacao à tomber par terre. Assise !

Zoé tira une chaise et s'assit en se persuadant qu'il ne lui parlait pas comme à un chien mais qu'il insistait pour qu'elle soulage ses pieds, ce qui ne fut pas un luxe. Et puis s'il savait faire le cacao, tant mieux pour lui !

Sa recette comprenait un peu plus de crème, de fouet et de réchauffage que Zoé n'aurait jugé nécessaire, mais lorsqu'il posa un mug fumant et moussant devant elle, l'arôme la transporta immédiatement sur un petit nuage.

— Biscuits ! lança-t-il d'une voix ferme.

— Dans cette boîte, indiqua Zoé en désignant la boîte du doigt. Fen a dit qu'ils étaient réservés aux clients. C'est-à-dire à moi, mais je vous autorise.

Gideon fouilla dans la boîte et en sortit un paquet de biscuits.

— Il y en a d'autres si vous préférez, mais je pense que ceux-ci conviennent mieux avec un chocolat chaud.

Zoé gloussa.

— Qu'est-ce qu'il y a de drôle ? s'enquit-il.

Qu'il s'offusque la fit rire pour de bon.

— Je suis désolée. C'est juste que c'est si… Cela fait très chef de cuisine d'avoir ses biscuits spéciaux pour le chocolat chaud ! Même si je sais par ailleurs que vous n'êtes pas cuisinier.

Il lui jeta un regard qui aurait pu passer pour une mise en garde.

— Je pense que, vu que vous participez à un concours de cuisine, vous devriez attacher plus d'importance à ce genre de choses.

Mais Zoé ne se laissa pas décontenancer.

— Certes, mais ce n'est pas une raison pour que je devienne une imbécile prétentieuse.

Après un bref silence, elle ajouta :

— Vous ne croyez pas ?

— Prendre son art au sérieux ne signifie pas que l'on est prétentieux.

Il tira une chaise et s'assit, serrant son mug de cacao à deux mains.

— Sauf dans votre cas ! rétorqua-t-elle de manière provocante.

— Ce n'est pas la peine de me lancer des éclairs ! C'est moi le spécialiste ici. Vous n'êtes que l'humble compétitrice.

Zoé but une gorgée de chocolat chaud et soupira.

— Je dois reconnaître que malgré les chichis et le bazar, c'est divin.

— Vous me flattez.

— Oh! n'en croyez rien. Mon opinion compte pour du beurre. Je ne suis qu'une «humble compétitrice», après tout.

Il partit d'un grand rire.

— Mais de celles qui font du charme aux membres du jury, assurément. La fille qui servait en salle dans votre équipe pour l'épreuve d'aujourd'hui sait où est son propre intérêt.

— Je suis contente de vous l'entendre dire. Nous sommes bien dans un concours de cuisine.

Il secoua doucement la tête.

— Ce n'est pas drôle, en fait, vous savez?

— Je sais. Mais je prends ce concours au sérieux. Et si je ne gagne pas parce que je n'aurai pas dragué les membres du jury, alors tant pis. Je veux gagner grâce à mon mérite.

Il la considéra avec insistance, puis il dit enfin:

— Je ne sais pas encore bien quels sont vos mérites, mais pour ce qui est de flirter avec les membres du jury, vous vous débrouillez plutôt pas mal.

Zoé fut scandalisée.

— Vous ne vous imaginez tout de même pas que je vous drague? Je plaisantais, c'est tout.

— Alors ça va. Je vous absous.

Ne s'était-elle pas montrée un peu trop badine avec lui? se demanda-t-elle. Gideon avait le don de la rendre prolixe, et, au fond, elle ne trouvait pas cela désagréable. Il lui semblait beaucoup moins redoutable dans la petite cuisine de Somerby. Néanmoins, elle devait redoubler de prudence.

— Parfait! Car j'ai l'intention de gagner dans les règles.

— Vous avez toute mon admiration, répliqua-t-il. Puis il ajouta :

— Et pourquoi désirez-vous gagner ?

Zoé se félicita d'avoir su ramener la conversation en terrain plus sûr.

Elle réfléchit, puis elle dit :

— Je veux gagner parce que j'adore manger et cuisiner. J'ai quitté un boulot pour participer et j'ai absolument besoin du prix.

Regrettant aussitôt ses paroles, elle rectifia d'un air contrit :

— Je ne fais pas une fixation sur l'argent ni sur la célébrité. Je veux monter une épicerie fine. La somme en jeu m'y aiderait.

— Rien de plus normal.

Il la regardait à présent avec un peu trop d'insistance. Aussi décida-t-elle de lui poser une question.

— Et vous ? Avez-vous des projets qui vous tiennent à cœur ? Ou bien n'avez-vous plus rien à vous prouver ?

Il s'esclaffa.

— Loin de là ! Et, oui, j'ai des projets qui me tiennent à cœur.

— Peut-on savoir lesquels ?

— Je me fais l'effet d'une Miss Monde quand j'en parle, mais j'aimerais vraiment faire quelque chose dans le domaine de l'éducation culinaire. Jamie Oliver a déjà fait beaucoup, mais j'aimerais apporter ma petite pierre à l'édifice.

Il remuait les restes de son cacao tout en parlant, l'air concentré. C'était assurément un projet qui lui tenait à cœur.

— Alors pourquoi ne vous lancez-vous pas ? Cela n'a rien de déshonorant, que je sache.

— Je n'ai pas encore trouvé la bonne tribune. C'est un projet de grande envergure, mais je le ferai. Un jour…

— Je pense que c'est un projet super ! Bien mieux que de vouloir simplement ouvrir une épicerie fine.

Zoé était ravie d'apprendre qu'il avait des idéaux. Elle ne l'en trouva que plus séduisant.

— Nous ne pouvons pas tous nous occuper de rendre le monde meilleur, et les épiceries fines sont une excellente chose.

Zoé acquiesça.

— Ne me lancez pas sur le sujet. Je bouillonne d'idées…

Puis, soudain, elle bâilla.

— Allez, vous devriez aller vous coucher. Vous avez besoin de repos. Vous avez un concours à gagner.

— Je me sens brusquement affreusement coupable.

— Pourquoi ? s'enquit Gideon, perplexe.

— De vous avoir parlé de mon projet. Il ne faudrait pas que cela vous influence en ma faveur.

Il rit.

— Croyez-moi, je suis incorruptible. Vous ouvrirez probablement un jour votre épicerie fine, même si vous ne gagnez pas.

— Peut-être… Quoi qu'il en soit…

Elle s'interrompit, répugnant à partir, même si elle savait qu'il le fallait.

— À mon avis, si vous le voulez vraiment, vous l'obtiendrez.

Il semblait prendre son hésitation pour un manque de confiance en soi.

— Vous avez sans doute raison.

Elle se sentait étrangement libre de dire ce qu'elle pensait avec Gideon. Elle se sentait même plus à l'aise avec lui qu'avec les jeunes hommes de son âge et de milieux similaires. La cuisine y était également pour quelque chose, dans la mesure où elle invitait aux confidences.

Peut-être ressentait-il la même chose, car au lieu d'aller retrouver ses collègues qui devaient s'impatienter, il lança :

— Et alors, c'est comment de loger sur place ?

— Cela ne fait qu'une seule nuit, mais Fen et Rupert sont très accueillants. C'est pour cette raison que j'ai fait un peu de rangement pour eux. Ils se sont montrés adorables avec moi.

— Dans ce cas, il n'est pas impossible que je me fasse donner un lit ici en y allant au culot.

— Pourquoi ? Votre hôtel n'est-il pas confortable ?

— Absolument confortable ! Je suis simplement allergique aux hôtels. Je passe trop de temps en déplacement. C'est pourquoi je préférerais dormir chez l'habitant.

Zoé eut une pensée pour Fenella qui avait déjà beaucoup trop à faire.

— Eh bien, je crois que vous ne devriez pas.

Il fut interloqué.

— Et pourquoi non ?

— Oh ! je n'y verrais personnellement aucun inconvénient, bien sûr, mais Fen est enceinte. Si vous séjourniez ici, cela lui ferait un gros surcroît de travail.

— Vous êtes sûre ?

— À cent pour cent ! Elle devrait préparer un petit déjeuner convenable, veiller à ce que votre chambre soit en ordre… Bref, tout un tas de choses dont elle pourrait se passer.

Il la regarda attentivement.

— Vous prenez vraiment soin d'elle.

— Non… Enfin, si, peut-être… Je la plains d'avoir à s'occuper de tout ce monde alors qu'elle est sur le point d'accoucher.

Il réfléchit un instant.

— O.K. Si je promets de ne pas exiger, ni même d'accepter, d'attention particulière, pas même un petit déjeuner, ni le ménage de la chambre, et aussi de ne pas rentrer soûl à point d'heure, puis-je leur demander s'ils ont un lit d'appoint pour moi ? Ils seront payés par la chaîne de télé, après tout.

Zoé fit la grimace.

— Évidemment, cela ne me regarde pas…

— Pas le moins du monde.

— Mais si vous vous en tenez à ces conditions et modalités…

— Oh, oh ! vous parlez comme un document officiel à présent, la taquina-t-il.

— Je vous autorise à leur demander si vous pouvez rester.

Gideon se leva et prit le mug vide de Zoé.

— Je leur dirai que j'ai la permission de leur rottweiler apprivoisé.

— Oh non, je vous en prie, ne faites pas ça ! s'exclama Zoé, soudain redevenue grave. Ils se sentiraient humiliés, pour ne pas dire très fâchés. Je ne veux pas.

— O.K., cela restera notre secret.

Zoé se leva et ramassa le lait. Gideon s'approcha d'elle d'un pas décidé.

— Bonne nuit, salua-t-il.

Elle crut un instant qu'il s'apprêtait à l'embrasser sur la joue, ainsi qu'il l'aurait sans doute fait en d'autres circonstances, mais il ne se passa rien.

Serrant la bouteille de lait dans sa main, elle tourna les talons et sortit.

Pour son plus grand soulagement, Cher dormait lorsqu'elle entra dans la chambre. Elle n'eut pas à subir d'interrogatoire ni à répondre que, non, elle n'avait pas dû traire la vache. D'ici à leur réveil, elle aurait trouvé une bonne excuse. Cher avait un caractère soupçonneux. Zoé avait parfois l'impression de faire chambre commune avec l'Inquisition espagnole, même si elle n'avait rien à se reprocher. Après tout, rien dans le règlement ne stipulait qu'il était interdit de boire un chocolat avec l'un des membres du jury. À moins qu'elle n'ait pas bien lu ?

5

— Pas de yaourt, pas de fruits rouges et pas de pain ! fit remarquer Cher en inspectant le réfrigérateur le lendemain matin.

— Ah ! s'exclama Zoé, ne sachant que dire d'autre. Bon, il ne me reste plus qu'à aller chercher du pain, j'imagine.

— Vu le temps que tu as mis hier soir pour aller chercher le lait, tu aurais pu en pétrir une miche !

Zoé laissa échapper un soupir. Cher marquait un point. Aucune des excuses alléguées n'avait pris. Ce n'était d'ailleurs pas très étonnant.

— Eh bien, puisque tu connais le chemin, commença Cher, tu ferais mieux d'y aller au petit trot !

Réprimant une fois de plus une repartie cinglante, Zoé se hâta de quitter l'étable. Cher était franchement exécrable ! Zoé, qui étouffait à cause de la personnalité envahissante de sa colocataire, fut soulagée de déguerpir. D'autant que toutes sortes de raisons lui faisaient préférer l'habitation principale de Somerby. Elle traversa la cour et pénétra dans la cuisine par la porte de derrière.

Fenella était déjà à pied d'œuvre et avait ses propres objections.

— C'est vous qui avez rangé la cuisine hier soir, n'est-ce pas ?

— Désolée, je voulais juste…

— Oh, mais pas du tout ! s'exclama Fenella en s'approchant pour la prendre dans ses bras. Ce n'était pas un reproche ! Je n'ai pas eu le courage d'affronter cette montagne de vaisselle, ni Rupert d'ailleurs. Il a dit qu'il la ferait ce matin, mais je me suis levée avant lui.

Elle se massa le ventre puis reprit :

— Je ne dors pas très bien. J'ai cru que des lutins étaient venus pendant la nuit. Tout est rutilant !

— Ben, c'est que j'étais ennuyée pour vous. Vous avez tant à faire en plus d'être enceinte.

— Vous êtes adorable ! J'espère de tout cœur que vous gagnerez.

Fenella ouvrit une grande panetière et en sortit une miche de pain.

— Est-ce cela que vous étiez venue chercher ? Les femmes de ménage apportent leur pain aux autres, mais comme vous logez si près de la maison, je suis censée vous l'apporter, expliqua Fenella en manière d'excuse. Mais depuis quelque temps, je suis devenue si énorme que je n'arrive plus à tout faire.

— Cela ne me dérange pas de venir le chercher, et puis il a l'air délicieux !

— Nous avons une superboulangerie. Nos clients raffolent de notre pain.

Zoé songea à un autre de leurs clients potentiels et faillit mettre Fenella en garde afin de pouvoir se dédouaner en cas de besoin. Puis elle s'avisa qu'il valait mieux ne rien dire, sinon Fenella risquait de se demander comment Zoé était au courant des projets de Gideon.

Elles bavardèrent quelques minutes à propos de tout et de rien. Puis Fenella lança soudain :

— Je me posais une question. Avez-vous fait du chocolat chaud avant de repartir avec le lait hier soir ?

Zoé trouva instantanément la parade.

— Oui… oui, je me suis fait un chocolat. J'espère n'avoir rien fait de mal ?

— Bien sûr que non ! Vous êtes ici chez vous. Bon sang, quand les lutins vous rendent visite pendant la nuit, on ne leur reproche pas de boire un cacao.

— Alors, tant mieux ! Je ferais mieux de rapporter le pain avant que Cher commence à manger sa propre main. Non qu'il y ait beaucoup à manger…

Fenella gloussa.

— Même enceinte, elle ne fera jamais du 40 !

Zoé secoua la tête.

— Aucune chance !

Puis elle prit la miche et ajouta :

— À plus !

— Bye ! lança Fenella. Je ne vous demande pas pourquoi il y avait deux mugs sur l'égouttoir.

À l'évidence, Fenella était curieuse d'en apprendre davantage, mais Zoé se contenta de hausser les épaules.

— Encore un coup des lutins ! Vous savez comment ils sont !

Puis elle se sauva avant que Fenella ne lui pose d'autres questions.

Cependant, Zoé fut sensible au fait que Gideon avait lavé les mugs. Peut-être tiendrait-il sa promesse de ne pas causer de soucis supplémentaires à Fenella.

— O.K., les amis ! lança Mike en guise de rappel à l'ordre.

Ils s'étaient réunis sous le barnum dont les pans se gonflaient légèrement sous les assauts d'un vent frais de mai. Le temps était redevenu variable.

— L'épreuve d'aujourd'hui…, commença-t-il en criant presque afin d'être entendu et de capter l'attention générale. Elle s'étalera sur deux jours et portera sur l'utilisation de produits locaux.

Cher se retourna afin de vérifier si les caméras étaient braquées sur elle, mais celles-ci étaient tournées vers d'autres cibles, à moins qu'elles ne fussent éteintes à ce moment-là. Le reste de l'assistance avait les yeux fixés sur Mike. Les candidats étaient plus unis depuis la première épreuve.

— Le premier point consistera à vous procurer vos produits, expliqua Mike en suivant ses notes. Vous disposerez d'une liste de fournisseurs, d'un budget et nous vous y conduirons par groupe en voiture. Cela afin de s'assurer que vous achetez bien « local » ! Pour ceux qui sont venus en voiture, nous vous demanderons de nous remettre vos clés pour qu'il n'y ait pas de triche.

— Et ensuite ? s'enquit Bill. Qu'est-on censés faire avec nos ingrédients du coin ?

— Cuisiner tout seul afin de confectionner un excellent repas en trois plats. Le budget imparti est conséquent, alors ne regardez pas à la dépense. La seule restriction est : achetez local.

— A-t-on droit à l'huile d'olive ? s'enquit Shadrach, le cuisinier intransigeant, sa voix trahissant sa panique.

Daniel approuva la question d'un hochement de tête et prit la parole à son tour :

— Et au sel et au poivre ?

— J'allais y venir, répondit Mike. Nous avons dressé une liste des exceptions à la règle du « achetez local ». L'huile, le sel et le poivre y figurent. Je vais maintenant vous remettre une liste de commerces, ainsi que les règles stipulant ce qui est considéré comme local. Vous avez une heure pour imaginer votre repas, ensuite les véhicules viendront vous prendre pour vous emmener chez vos fournisseurs. Nous apprécierions que vous vous regroupiez par quatre environ en fonction de vos destinations respectives afin de coordonner les trajets. Vous serez filmés chez les divers commerçants. Et, j'allais oublier, vous repartirez directement avec votre marchandise.

Zoé fut enthousiasmée. Cette épreuve était tout à fait dans ses cordes.

— Je crois qu'on va bien s'amuser, lança-t-elle à Cher qui se trouvait tout près.

— Quoi ? Des aliments du coin ? Tu trouves ça emballant, toi ? Pas moi. Quand est-ce qu'ils nous feront passer une épreuve à peu près correcte ? Nous voilà partis pour un bœuf-carottes !

Zoé jeta un regard inquiet autour d'elle au cas où quelqu'un (même vaguement) du coin aurait entendu le sarcasme et s'en serait offusqué. Puis elle retourna d'un pas lent à la chambre en découvrant la liste des fournisseurs. Sa plus grande difficulté consisterait à choisir ses ingrédients, car il y avait abondance de choix. Elle fut quelque peu surprise, mais pas fâchée, de constater que Cher n'était pas sur ses talons.

Une heure plus tard, armée de son carnet de rigueur et d'un sac, Zoé retourna vers l'entrée principale de la maison. Là, une file de taxis attendait sous le regard de Fenella qui, téléphone en main, paraissait troublée.

— Que se passe-t-il? s'enquit Zoé.

— Je crois qu'ils n'ont pas envoyé assez de taxis, répondit Fenella. Je regrette que la société de production ne nous ait pas demandé quelle compagnie solliciter.

— Bah! ce n'est pas votre problème, si?

Il semblait à Zoé qu'il y avait plus de véhicules qu'il n'en fallait. Les candidats montaient déjà en voiture, leurs cabas calés sous leurs vestes.

Mike la rejoignit.

— Ah! Zoé, je savais bien qu'il manquait quelqu'un!

— Je suis arrivée à l'heure, fit-elle remarquer d'un ton dépité.

Mike consulta sa montre.

— Ouais, probablement. Quoi qu'il en soit, ils n'ont pas envoyé assez de véhicules...

— Je vous l'avais dit! s'exclama Fenella.

— Ce qui veut dire qu'ils ont dû se serrer comme des sardines, genre trois personnes à l'arrière! Je crois que la compagnie de taxis n'a pas compris que l'équipe de tournage était aussi du voyage.

Fenella secoua la tête, plus par dépit que d'indignation.

— Le problème est qu'il n'y a pas assez de place pour vous emmener, Zoé, annonça Mike, l'air contrarié.

— Quoi ? s'exclama Zoé, avec la soudaine impression d'être la cinquième roue du carrosse. J'imagine que Cher n'a pas été obligée de se serrer comme une sardine, qu'il y avait de la place pour elle !

Mike parut aussitôt tout penaud.

— Elle est partie à toute vitesse avec seulement un cameraman dans la voiture.

— Vous n'auriez pas dû la laisser faire ! lança Fenella, d'un ton indigné, cette fois. Ce n'est pas juste !

— Je sais, convint Mike. Mais, franchement, je croyais qu'il y aurait largement assez de place pour tout le monde, et puis je ne suis pas assez sportif pour rattraper une voiture en courant et l'arrêter en me jetant en travers de sa route ! Vous allez voir, Zoé va pouvoir y aller. Elle aura même un véhicule pour elle toute seule, dès que le premier taxi reviendra. Je suis sûr qu'il sera bientôt là.

— C'est scandaleux ! protesta Fenella en prenant Zoé par le bras avant de l'emmener dans la cuisine. Mais rien de tout cela ne serait arrivé s'ils m'avaient demandé quelles compagnies de taxis des environs sont fiables.

Gideon se trouvait dans la cuisine où il bavardait avec Rupert. Lorsqu'elle le vit, Zoé essaya de faire marche arrière. Ils semblaient destinés à se rencontrer. Elle avisa un petit sac de voyage dans un angle et subodora que Gideon avait reçu la bénédiction de leurs hôtes qui lui avaient donné une chambre. À son grand étonnement, elle en fut plutôt contente.

— Inutile de vous sauver parce que je suis là, lança-t-il. Je ne mords pas. En fait, seulement une fois par mois, à la pleine lune.

Rupert partit d'un grand rire.

— Notre pauvre Zoé n'a pas pu avoir de taxi parce qu'ils n'en ont pas envoyé assez, expliqua Fenella.

— Tu l'avais vu venir, n'est-ce pas, ma chérie? renchérit Rupert. Zoé, prenez un café pour vous consoler. Je viens juste d'en préparer. C'est d'ailleurs le moins que nous puissions faire pour vous remercier de toute votre aide.

Fenella eut un regard ennuyé qui n'échappa point à son mari.

— Oh! pas d'inquiétude, les filles, les rassura-t-il gaiement. Je serais étonné que les règles interdisent à Zoé de faire la vaisselle!

— Non, bien sûr que non, confirma Fenella. Asseyez-vous, je vais chercher des biscuits.

— Cela ne vous pénalise-t-il pas? s'enquit Rupert en lui tendant un mug de café à l'arôme divin.

— J'imagine que si.

— Cela signifie qu'ils arriveront chez les fournisseurs avant elle et qu'ils disposeront de plus de temps pour concocter leurs menus, intervint Gideon.

— Ma foi, c'est juste. C'est bien ce que je me suis dit, mais je ne peux rien y faire.

Elle but son café lentement. Il était bienvenu. Puis elle laissa son agacement retomber à la faveur de l'ambiance apaisante de la cuisine de Somerby.

— Montrez-moi votre liste de fournisseurs locaux, lança Rupert en tendant la main.

Zoé la sortit de sa poche de jean.

— Hum…, murmura-t-il en parcourant la liste. Il manque deux ou trois bonnes adresses. Pourquoi ne nous ont-ils pas demandé chez qui nous nous fournissons ? Ils se sont comportés comme de gros nigauds sur ce point. Ils auraient dû nous consulter.

— Qui ont-ils oublié ? s'enquit Fenella en buvant une petite gorgée de thé à la menthe poivrée.

— Eh bien, les Rose, pour commencer. Même s'ils sont surtout connus pour leur cidre, ils font aussi un excellent porc ! rappela Rupert. Susan et Rob ne figurent pas non plus sur cette liste. C'est une exploitation laitière, « minuscule mais aux petits oignons ! ».

— Comme ils disent eux-mêmes chaque fois que nous leur rendons visite, précisa Fenella. Comment ont-ils fait pour les oublier ?

— Un quelconque documentaliste basé à Londres ne les aura trouvés dans aucun Bottin, supposa Gideon. Mais cela ne nous empêche pas de nous servir chez eux.

Il jeta un coup d'œil à Zoé qui se surprit à rougir.

— Nous ? Je n'ai le droit de me déplacer que dans un des véhicules officiels. Ils nous ont fait remettre nos clés de voiture pour être sûrs que nous n'enfreindrions pas la règle du « achetez local ».

— C'est à deux pas d'ici, intervint Rupert. Ils sont encore plus « locaux » que certains de ceux qui figurent sur la liste.

Celle-ci ne cessait de le révolter.

— Je vous emmène, annonça Gideon. J'en profiterai pour mon propre compte.

— Mais… le règlement ? répliqua Zoé, malgré sa grande envie de partir en exploration avec Gideon. Il risque d'y avoir conflit d'intérêt ou corruption.

— Je suis membre du jury, pas de la CIA, rappela Gideon en la regardant avec insistance.

— C'est pire, fit remarquer Zoé d'un ton calme. Vous ne croyez pas ?

— Eh bien, nous ne dirons rien à personne, intervint Fenella. Et puis c'est leur faute. Ils n'avaient qu'à envoyer assez de voitures. Vous seriez désavantagée si vous n'y alliez pas avec Gideon.

Gideon se tourna vers Fenella.

— Je me trompe ou vous avez envie de vous débarrasser de moi ?

— Comment avez-vous deviné ? répliqua Fenella en riant. J'attends d'une minute à l'autre une équipe d'artisans qui vient repeindre votre chambre. Il faut que cette suite nuptiale soit prête en quatrième vitesse !

Gideon se rembrunit.

— J'espère que je ne vous retarde pas dans vos travaux en dormant ici.

— Pas le moins du monde, assura Fenella. Ils peuvent travailler quand vous n'êtes pas dans votre chambre. Avec votre permission, bien sûr.

— Aucune objection ! s'exclama Gideon, tout sourire.

Fenella et Rupert ne lui faisaient-ils pas une fleur ?

Fenella se tourna vers Zoé.

— À présent, finissez votre café et fichez le camp ! Et rapportez-moi un jarret de porc. Je vais les appeler pour leur dire ce qu'il me faut. Oh ! et du bacon aussi…

6

Zoé monta dans la voiture de Gideon avec un mélange d'enthousiasme et de nervosité. Elle avait le sentiment de mieux le connaître depuis qu'ils avaient bu un chocolat ensemble, mais elle fut quelque peu prise au dépourvu lorsqu'elle se trouva soudain si près de lui. Elle ne pouvait se cacher son attirance, son désir même, pour le grand critique, mais ceux-ci prirent un tour très concret lorsque leurs bras se touchèrent presque. Elle pria pour parvenir à se concentrer. Elle n'était pas souvent séduite à ce point et cela lui donnait un peu le tournis.

— Avez-vous l'itinéraire ? s'enquit Gideon.

Elle se secoua mentalement, et son cerveau se remit en route.

— Oui. Cela semble assez direct.

Rupert avait griffonné un plan qui était à présent sous les yeux de Zoé.

— Chez lequel allons-nous en premier ? Les cochons ou les vaches laitières ? s'enquit-elle d'un ton professionnel, enfin… presque.

— Lequel est le plus proche ?

— Les vaches, mais il ne faudrait pas que le lait tourne à l'aigre pendant que nous examinons les cochons. Alors, peut-être les cochons en premier ?

Gideon acquiesça, étant parvenu aux mêmes conclusions.

— O.K., je suis entre vos mains, mais ne nous envoyez pas dans les choux !

Comme elle commençait à se détendre et à prendre plaisir à sa compagnie, elle se dit qu'elle pouvait le taquiner.

— Je regrette, mais c'est vous qui vous êtes trompé de chemin et qui êtes resté coincé en travers !

Il haussa les sourcils.

— J'étais sûr que vous me le rappelleriez !

Zoé esquissa un sourire. Quelque chose dans la voix de Gideon établissait un lien entre eux, comme s'ils faisaient équipe, comme s'ils étaient un couple en goguette. Cette idée ne fut pas pour lui déplaire, au contraire, mais elle ne tarda pas à s'en faire le reproche. Ils ne faisaient pas équipe. Gideon était membre du jury d'une émission de téléréalité qui, avec un peu de chance, serait regardée par des millions de téléspectateurs. Quant à elle, elle n'était qu'un des candidats.

De toute façon, c'était une folie de craquer pour Gideon. Il ne la considérerait jamais que comme une distraction de second ordre, faute de mieux. Il avait le genre de physique qui, sans qu'on puisse le qualifier de bel homme, passait à juste titre pour sexy. Ce qui supposait qu'il pouvait avoir toutes les femmes qu'il voulait. Même si Zoé avait eu envie de lui – et, pour être honnête, c'était le cas –, elle aurait été folle de donner libre cours à son désir. Elle devait rester maîtresse d'elle-même. Elle ne pouvait pas se permettre de compromettre ses chances de gagner. Zoé était une jeune femme émancipée qui avait des aspirations, qu'elle n'était pas disposée à sacrifier en se laissant détourner de son but par un homme, si séduisant fût-il.

— Ce doit être ici, lança-t-elle tandis qu'ils amorçaient un virage sans guère de visibilité à cause des haies hautes comme des arbres qui le bordaient. La campagne verdoyait de tout son éclat printanier. Zoé était vraiment heureuse d'être là.

— Rupert a dit que la pancarte était presque entièrement cachée, mais c'est près du chêne foudroyé.

— Je croyais que c'était une blague, mais à présent je vous crois.

Il rétrograda et tourna à l'endroit indiqué par Zoé. Dans un ronflement de moteur, ils s'engagèrent sur un chemin à peine carrossable.

— Mais si vous nous avez fait prendre un cul-de-sac, je compte sur vous pour nous en sortir.

— Ne le fais-je pas toujours ? répliqua-t-elle en lui lançant un regard de défi.

Gideon lui jeta un coup d'œil laissant entendre qu'il n'avait pas l'habitude qu'on relève le gant en sa présence. Zoé décida donc de le provoquer le plus souvent possible, pour son bien, évidemment. Flirter était le péché mignon de Zoé, elle ne pouvait se le cacher.

Le chemin était bordé de vergers avec des cochons qui reniflaient le sol au pied des pommiers. Ce paysage idyllique rendit Zoé nostalgique de la vie rurale. La ville où elle avait vécu jusqu'au début du concours de cuisine n'était pas ce qu'on appelle une grande ville. Néanmoins, la campagne – la vraie, pas celle des magazines – exerçait sur Zoé un attrait extraordinaire.

— J'imagine que ce sont les pommiers qui servent à fabriquer le cidre, lança-t-elle afin de faire oublier son soupir de nostalgie. Peut-être que les pommes fermentées qu'ils mangent donnent une saveur merveilleuse à la viande.

— Sauf s'ils en mangent trop et deviennent des ivrognes.

— Les cochons peuvent-ils être soûls ?

— Oh oui, comme des cochons ! Mais je ne sais pas s'ils attrapent la gueule de bois.

Dès lors, l'imagination de Zoé ne connut plus de frein.

— Vous imaginez le fermier qui leur distribuerait de l'Alka-Seltzer par cuvettes entières !

— Et les rots qui s'ensuivraient ! renchérit Gideon. Charmant !

Zoé le regarda furtivement tandis qu'il garait la voiture. Un homme qui trouvait les cochons « charmants » ne pouvait pas être complètement mauvais. Non qu'elle le pensât méchant, mais elle aurait apprécié qu'il cesse de dire des choses qui le rendaient encore plus séduisant à ses yeux.

Gideon descendit de voiture. Ils ne virent personne dans les parages.

— Ont-ils une boutique ? s'enquit-il auprès de Zoé. Ou une sonnette ?

— Nous sonnerons à la porte d'entrée en espérant que quelqu'un vienne nous ouvrir, soupira-t-elle. Je n'ai pas une grande expérience des fermes, mais je suppose que les fermiers s'y trouvent rarement. Ils sont toujours occupés ailleurs à quelque tâche.

Par chance, ils n'eurent pas à attendre trop longtemps en profitant du soleil et du spectacle des parterres fleuris qui encadraient la porte d'entrée.

— Puis-je vous aider ? leur lança une femme dans la trentaine qui portait une chemise et un jean rentré dans des bottes en caoutchouc.

Elle avait les cheveux attachés en arrière par un élastique et n'était pas maquillée. Son beau sourire rendait tout embellissement superflu.

— Désolée, ajouta-t-elle. Je donnais à manger aux bébés – aux porcelets.

— Oh ! on peut les voir ? demanda Zoé.

— Ne vous prenez pas d'affection pour quoi que ce soit qui puisse finir dans votre estomac ! conseilla Gideon en emboîtant le pas aux deux femmes.

— Je n'ai l'intention de manger aucun d'entre eux, que je sache !

— Je disais seulement cela pour...

L'éleveuse poussa un soupir.

— Je croirais entendre mon mari ! Au fait, je m'appelle Jess Rose. Ce sont Fen et Rupert qui vous envoient ? Ils ont appelé pour me prévenir de votre arrivée. C'est là que ça se passe !

Dans un enclos se trouvait une truie aussi grosse qu'une voiture familiale avec ses douze petits porcelets qui ressemblaient à de petites outres de soie sur pattes.

— Oh, ils sont si mignons ! s'exclama Zoé.

Gideon haussa un sourcil, mais Zoé devina qu'il les trouvait également craquants.

— Oui, ils sont adorables, convint Jess. Mais cela ne nous empêche pas de les manger. Nous leur apportons le meilleur soin possible et une vie au grand air, autant que faire se peut. Et puis ils finissent en boudin !

— Vous ne leur donnez pas de noms ? s'enquit Zoé d'une voix à peine audible.

Jess secoua la tête.

— Pas aux bébés, seulement aux truies reproductrices.

Zoé détourna le regard de ces petites créatures qui reniflaient le sol en frétillant comme des chiots labrador.

— Ne nous attendrissons pas ! Nous sommes en mission ! rappela Zoé. En plus de provisions pour Fen, j'ai besoin d'une excellente pièce de porc pour un concours de cuisine.

— Suivez-moi, lança Jess, tout sourire. Je crois avoir exactement ce qu'il vous faut !

Ils la suivirent jusqu'à un cabanon. Une demi-douzaine de pièces de viande pendaient au plafond.

— C'est de la poitrine, annonça Jess. Ma pancetta maison !

Gideon et Zoé se regardèrent.

— Fen est-elle au courant ? s'enquit Zoé.

— Non ! Je voulais d'abord m'assurer du résultat avant de l'annoncer à la ronde. Mais le résultat est probant.

— J'en veux absolument ! s'exclama Zoé.

— Comment la cuisinerez-vous ? s'enquit Gideon.

— Aucune idée ! Et si je le savais, je ne vous le dirais pas, répliqua Zoé sans vraiment se rendre compte de la puérilité de sa réponse. Est-ce affreusement cher ?

Ils quittèrent la ferme des Rose la banquette arrière chargée de paquets.

— Je suis tellement contente d'avoir pris de la pancetta ! lança Zoé. Personne d'autre n'en aura.

— Vous devrez faire preuve d'originalité pour l'accommoder, fit remarquer Gideon. Disposer d'ingrédients de qualité n'est qu'un début.

— Oh, ce que vous êtes rabat-joie ! Trouvons la ferme qui fabrique le fromage, à présent.

Ce fut alors que Zoé se souvint d'une recette qui figurait dans l'un des livres de sa mère qui datait des années 1970.

Après maints virages et nombre de bifurcations par des chemins de campagne, ils arrivèrent à leur deuxième destination. Zoé prenait de plus en plus plaisir à l'excursion. Gideon était d'une compagnie agréable et c'était une belle journée de début d'été. Tout allait bien dans le meilleur des mondes. En tout cas pour Zoé.

Ils se garèrent à l'arrière d'un autre corps de ferme pittoresque, traversèrent la cour, passèrent devant des vaches à la croupe curieusement zébrée et sonnèrent en espérant s'adresser au bon endroit. Quelques minutes passèrent. Tandis qu'ils se demandaient s'ils n'avaient pas fait erreur, la porte s'ouvrit sur une femme d'allure séduisante qui leur sourit chaleureusement.

— Fen a appelé pour me dire que vous arriviez. Soyez les bienvenus. Je m'appelle Susan. Fen m'a dit que vous vouliez tout voir, pas seulement les fromages et la crème. Mais commençons par eux. C'est par ici…

Zoé emboîta le pas à Susan et à Gideon avec enthousiasme. Cette fermière s'apprêtait à leur vendre des produits exceptionnels que les autres concurrents ne pourraient pas se procurer, ce qui lui conférait un léger avantage. Même si elle se savait bonne cuisinière, elle en soupçonnait quelques-uns d'être meilleurs qu'elle. Ceux-ci n'avaient pas encore vraiment eu l'occasion de s'illustrer. Elle devait donc se munir d'un quelconque atout pour gagner.

— Souhaitez-vous voir le labo de fabrication ou seulement la boutique ?

Gideon consulta sa montre.

— C'est que nous sommes partis depuis un bon moment maintenant !

— Nous avons rendu visite à des bébés cochons avant d'acheter du bacon et du porc, expliqua Zoé. Sans oublier le cidre !

Susan s'esclaffa.

— Je devine d'où vous venez alors. Puisque vous n'avez pas vraiment le temps pour la visite complète – moi non plus d'ailleurs –, venez jeter un coup d'œil à la boutique.

Elle les emmena jusqu'à un petit bâtiment et en ouvrit la porte.

— C'est une ancienne étable.

— Oh ! je dors dans une ancienne étable en ce moment, lança Zoé.

— Rupert et Fen sont vraiment ingénieux, n'est-ce pas ? Entrez jeter un coup d'œil. Presque tout ce que vous voyez là a été fabriqué soit à notre ferme, soit à la ferme d'à côté.

Zoé avait déjà pris sa décision concernant son plat principal et avait déjà son idée pour l'entrée. Il ne lui restait donc plus qu'à en trouver une pour le dessert. Elle désirait faire quelque chose qui sorte de l'ordinaire, ce qui signifiait : pas de fruits de saison.

Gideon s'éloigna pour aller jeter un coup d'œil à la partie commercialisation du fromage, laissant Zoé examiner le stock sans lui imposer sa présence inhibante. Leur petite expédition était-elle contraire au règlement ? Pour rendre justice à Zoé, rien ne stipulait qu'un candidat ne pouvait pas se mettre en quête d'autres fournisseurs en compagnie d'un des membres du jury. Le seul inconvénient était que sa séance d'approvisionnement ne passerait pas à la télé.

— Vous faut-il quelque chose de spécial ? s'enquit Susan lorsque Zoé eut fait le tour de la boutique sans rien prendre.

— Le problème est que je ne sais pas ce qu'il me faut, si ce n'est des ingrédients pour un dessert original, et local bien sûr.

— Les fraises sont délicieuses.

— Je n'en doute pas, mais tout le monde va utiliser des fraises ou des framboises.

Elle prit un pot de miel.

— Le miel de l'oncle Jim est vraiment extraordinaire.

— Je vais en prendre de toute façon. J'adore le miel.

— Moi aussi ! Et il s'accorde à merveille avec le fromage.

Zoé fut soudain très intéressée.

— Ah oui ?

— Oui ! Je vais vous faire goûter.

Susan ouvrit un réfrigérateur et en sortit un morceau de fromage, puis elle prit un pot de miel. Elle en tartina une tranche de fromage.

— Tenez, goûtez-moi ça ! Ce n'est pas un single gloucester parce que nous sommes en dehors de la zone d'appellation contrôlée, mais nous employons la même méthode : une traite écrémée et une traite non écrémée.

Zoé goûta. Pendant qu'elle savourait, Susan poursuivit :

— C'est un ami que j'ai rencontré lors d'une formation fromagère qui le fait, et c'est l'un de mes préférés. Nous l'appelons le single littlechurch. Nous continuons de travailler avec les vaches gloucester parce c'est une race qui n'existe qu'en petit nombre.

Susan se replongea aussitôt dans son réfrigérateur.

— Et voici un fromage de notre propre fabrication qui ressemble à un brie.

— Comment réagit-il avec du miel ? s'enquit Zoé, tout excitée.

— Essayez !

Zoé resta sans voix.

— C'est excellentissime ! s'exclama-t-elle enfin. Vous m'en mettrez aussi.

— Disposez-vous d'un budget illimité ?

— Pas illimité mais assez généreux.

Elle continua de savourer tout en réfléchissant.

— Cependant, pour un dessert, je crois qu'il me faudra aussi quelque chose de plus acide, comme des fruits, mais des fruits rouges.

— Faut-il que ce soit obligatoirement des fruits frais ?

— Je ne pense pas.

Susan désigna ses rayonnages d'un geste de la main.

— Jetez un coup d'œil aux fruits en bocaux, dans ce cas-là.

— Prune Saint-Julien? Qu'est-ce que c'est? Je n'en ai jamais entendu parler.

— Un genre de prune sauvage. Elles poussent dans les haies. Nous en avons ramassé des tonnes l'an dernier. C'est ma mère qui les met en bocaux.

Zoé prit un bocal et examina les petits fruits jaunes qui ressemblaient à des opales d'or.

— Je ne vais pas manquer d'en prendre! Et vous vendez de la crème?

— Bien sûr que je vends de la crème! Et je vous mets au défi d'en trouver de la meilleure ailleurs dans le pays.

Quelques emplettes plus tard – principalement dans des boutiques à la ferme –, ils furent de retour à Somerby. Zoé fut soulagée de n'avoir croisé personne en route. Non qu'elle ait eu le sentiment de faire quoi que ce soit d'illégal, mais elle ne pouvait s'empêcher de penser qu'elle n'aurait pas dû passer tout ce temps avec l'un des membres du jury. Elle était extrêmement satisfaite de ses achats, d'autant que, malgré la présence de Gideon, celui-ci ne savait pas exactement ce qu'elle avait l'intention de cuisiner. Elle se réjouit à l'idée de le surprendre. Fenella et Rupert offraient le thé à tout le monde, et Zoé avait très envie d'un thé avec des scones et de la crème épaisse, surtout qu'elle n'aurait pas à le préparer elle-même.

Gideon se gara devant la maison et Zoé descendit. Au même moment, Cher apparut à l'angle du bâtiment. *Cette fille a un sixième sens !* songea Zoé en se sentant coupable.

— Hé, salut ! On se demandait où tu étais passée. Quelqu'un t'a emmenée finalement ?

Gideon sortit à son tour de la voiture. Cher le dévisagea et se cabra aussitôt.

— Oh, je vois ! lança-t-elle en gloussant de manière charmante. N'est-ce pas contraire au règlement de copiner avec les membres du jury ?

— Ce qui est contraire au règlement, c'est d'empêcher les autres concurrents d'aller acheter leurs ingrédients, répliqua Gideon d'une voix posée.

— Ai-je fait une chose pareille ?

On lui aurait donné le bon Dieu sans confession !

— Vous avez accaparé un taxi pour vous toute seule, ce qui pénalisait Zoé, expliqua-t-il.

— Sans déc' ? Je suis dé-so-lée ! Il y avait pourtant plein de taxis.

Elle exprima ces remords fictifs par un sourire, regardant Gideon par en dessous en faisant papillonner ses faux cils.

— Bah ! t'en fais pas, j'ai tout ce qu'il me faut maintenant, assura Zoé en se disant qu'elle aurait préféré ne rien avoir pour cuisiner que d'assister à cette séance d'aguichage.

Mais elle se reprit bien vite. C'était ridicule. Gideon semblait insensible aux artifices de Cher. Et puis, de toute façon, Zoé n'avait aucun droit sur lui.

Lorsque les candidats eurent déposé leurs ingrédients soigneusement marqués à leurs noms pour qu'ils soient conservés en sécurité en prévision de l'épreuve du lendemain et qu'ils se furent régalés de scones recouverts de crème épaisse, ils regagnèrent leurs chambres. Ils disposaient de temps libre avant le dîner.

Comme Cher s'était mise sous la douche pendant que sa colocataire était allée apporter ses courses à Fenella, Zoé alluma son ordinateur portable en attendant que Cher se décide à sortir enfin de la salle de bains. Elle cherchait une recette en particulier. Elle était justement sur une piste lorsque Cher fit son apparition, enveloppée d'une serviette, et se pencha par-dessus l'épaule de Zoé, laissant tomber une goutte d'eau sur le clavier. Zoé ferma immédiatement la fenêtre et éteignit son ordinateur.

— Tu fais tout un plat du repas que tu vas cuisiner, fit remarquer Cher.

— Tu trouves ? Et toi, peut-on savoir ce que tu projettes ? s'enquit Zoé.

— Oh, motus et bouche cousue ! Sauf si tu me dis ce que tu comptes cuisiner, évidemment. Ce serait dommage qu'on fasse la même chose, après tout.

Zoé n'avait guère le sens du donnant-donnant, mais elle commençait à apprendre.

— O.K. ! D'accord ! répliqua-t-elle gaiement. Ce serait dommage, en effet. Toi d'abord.

Cher se raidit imperceptiblement tout en s'habillant. Elle ne semblait pas gênée de le faire devant Zoé, mais il était vrai qu'avec un corps comme le sien, elle n'avait rien à cacher.

— Non, toi d'abord !

À présent elle se pomponnait face au miroir.

— Si tu veux. Bon, j'ai pensé à cette recette qui était dans un livre de cuisine de ma mère. En gros, c'est une pâte à choux que l'on fait frire.

Cher fit la grimace.

— Ça fait horriblement grossir !

— Aucune importance. Ce n'est pas nous qui le mangerons. Et toi ?

— Bah ! je n'ai pas encore décidé. J'ai besoin d'y réfléchir encore un peu.

Zoé eut envie de protester, mais, en vérité, elle-même n'avait pas encore composé la totalité de son menu. Heureusement que la pâte à choux n'était qu'une de ses nombreuses idées.

Le minibus emmena tout ce beau monde au pub du village, mais seules quelques personnes s'attardèrent après le repas. Cher était matinale. Elle parvint à se faire reconduire à Somerby par un gars du coin rencontré au bar et en qui elle eut suffisamment confiance pour monter dans sa voiture. Mais lorsque Zoé rentra moins de vingt minutes plus tard, elle trouva la porte fermée à double tour.

— C'est totalement absurde ! s'emporta Zoé après avoir frappé à coups redoublés pendant plusieurs minutes.

Elle chercha en vain dans son portable le numéro de Cher afin de l'appeler et de lui demander de venir ouvrir.

— Cher ? cria-t-elle. C'est moi, Zoé. Tu ne dors pas déjà ! Laisse-moi entrer !

Pas de réponse. Il régnait un tel silence que Zoé se demanda si sa colocataire était bien là.

Au bout d'un moment, elle commença sérieusement à s'inquiéter. Cher n'avait-elle pas accepté de se faire reconduire par un inconnu ? *Pourvu qu'elle ne se soit pas fait enlever !* songea-t-elle. Cependant, le conducteur en question semblait bien connu des gens du pub et il s'était longuement épanché sur sa femme et ses enfants.

Nonobstant, Zoé imagina différents scénarios. Leur point commun était que Cher avait été atrocement assassinée. Soudain, elle aperçut une barrette sur le pas de la porte. Zoé était certaine que la barrette s'était déjà trouvée là lors de leur départ pour le pub. Cher devait donc être à l'intérieur.

Elle appela de nouveau à grand renfort de voix, mais n'obtint pas de réponse. Elle décida alors de faire le tour du bâtiment au cas où une fenêtre ou un vasistas serait resté ouvert par lequel elle aurait pu se hisser dans la chambre. Elle fit chou blanc. Cependant, un coup d'œil à l'intérieur lui permit d'entrevoir le sac de Cher. Elle n'avait pas été assassinée. Du moins pas encore !

Ne désirant pas alerter les autres occupants – de toute manière, qu'auraient-ils pu faire de plus ? –, il ne lui resta plus qu'une seule option : aller chercher un double des clés chez Fenella et Rupert qui en gardaient forcément un. Elle se rendit jusqu'à leur maison, mais dans un état d'agacement avancé. Il était 22 h passées depuis longtemps, et Zoé savait que Fenella se couchait aussi tôt que possible. Toutefois, Rupert était sans doute encore debout.

Son optimisme retomba lorsqu'elle arriva en vue de la porte de derrière. Le rez-de-chaussée était plongé dans l'obscurité. Une lumière brillait au deuxième étage, mais la cuisine semblait déserte. Tout en sachant que c'était peine perdue, elle essaya d'ouvrir la porte. Naturellement, celle-ci était fermée.

— Oh, la barbe! s'exclama Zoé, puis elle regagna l'étable au pas de charge, bien décidée à obliger Cher à se réveiller cette fois.

Elle cogna à la porte à s'en faire mal à la main. Pas de réponse. Elle se résolut à jeter des pierres au carreau de la fenêtre éclairée de Somerby afin d'attirer l'attention de Rupert. Une petite montée conduisait jusque devant la maison. Elle la gravit d'un bon pas, poussée par une irritation qui confinait à l'angoisse. Qu'allait-elle faire si elle ne pouvait pas entrer dans sa chambre? Il fallait bien qu'elle dorme quelque part!

Au moment où, légèrement essoufflée, elle atteignait la porte principale, une voiture s'engagea dans l'allée. Un immense soulagement l'envahit. Elle allait pouvoir enfin trouver de l'aide. Son soulagement fut encore accru lorsqu'elle reconnut Gideon. Même s'il la trouvait un peu débile ou carrément nulle de s'être laissé enfermer dehors, c'était au moins quelqu'un qu'elle connaissait.

— Que faites-vous là? s'enquit-il. Vous sortez déjà de cuisine pour l'épreuve de demain ou bien êtes-vous en mission?

— Ni l'un ni l'autre! Ma satanée colocataire m'a enfermée dehors et je dois entrer chez Rupert et Fenella pour prendre un double de la clé.

Après un silence, elle ajouta:

— Ils en ont forcément un.

— Je n'ai moi-même aucune clé, mais je sais où se trouve celle qui ouvre la porte de derrière.

Tandis qu'ils longeaient le passage qui menait à la cuisine, Zoé se passa la main sur le front et s'aperçut qu'il était en sueur.

— Bon sang, une tasse de thé ne me fera pas de mal ! s'exclama-t-elle lorsqu'ils pénétrèrent dans la cuisine.

Aux grands maux les grands remèdes…

Elle mit la bouilloire sur la plaque chauffante. C'était une urgence, de plus le thé était toujours un bienfait dans les moments de stress. Malgré la suée, elle avait froid.

— En voulez-vous un ? Ensuite nous essaierons de trouver un double de la clé de ma chambre.

— Un thé n'est pas de refus.

Gideon tira une chaise et s'assit à la longue table.

Ils burent leur thé dans un silence agréable. Zoé avait retrouvé son calme à présent, certaine qu'ils trouveraient une armoire dans le passage avec, à l'intérieur, toutes les clés étiquetées avec soin. La situation lui paraissait en bonne voie grâce à la présence de Gideon.

Ils trouvèrent incontestablement une armoire à clés mais, hélas, aucune de celles qui s'y trouvaient ne portait d'étiquette marquée « Étable ».

— Je n'y crois pas ! Ils n'ont pas de double ! marmonna Zoé en laissant échapper un soupir de désespoir. Qu'est-ce que je vais faire ?

— Eh bien, pour commencer, nous allons retourner à votre chambre afin de nous assurer que la porte est effectivement fermée à clé, et non coincée, que sais-je ? Ensuite, nous essaierons de nouveau de réveiller Cher.

— Je n'ai pas ménagé mes efforts ! assura-t-elle en se massant le poignet.

Celui-ci était d'ailleurs encore douloureux.

— Et si ça ne marche pas, nous passerons au plan B.

— À savoir ? s'enquit-elle en le suivant au petit trot.

— Je vous le dirai quand je le connaîtrai.

Bizarrement, Zoé se sentit plus légère lorsque Gideon trouva également porte close. Elle aurait vraiment eu l'air d'une imbécile si la porte s'était ouverte en grand, n'ayant, par hypothèse, jamais été fermée à clé.

— O.K., passons au plan B ! suggéra-t-elle.

Il rit tout bas.

— J'ai bien une solution, mais vous n'allez pas aimer.

— Si votre solution me permet de dormir cette nuit, alors c'est adopté ! répliqua Zoé en bâillant.

— Cela suppose que vous dormiez dans ma chambre, laquelle est gigantesque, précisa-t-il.

— Parfait ! Je crois que je pourrais dormir sur un étendoir à linge, alors une chambre gigantesque, vous pensez…

— Sauf qu'il n'y a qu'un seul lit. Également gigantesque.

Zoé s'arrêta. Ils étaient presque arrivés à la porte de derrière.

— C'est une blague, hein ?

— Pas du tout.

— C'est incroyable qu'il n'y ait pas une autre chambre où je puisse dormir, déplora Zoé. La maison est immense.

— Elle est aussi en cours de restauration et beaucoup de pièces sont en travaux. Mais surtout, ces chambres n'ont pas de lit.

— Ah… Il me faut un lit.

— Alors, retour au plan B. Cela dit, j'ai la suite nuptiale qui est en travaux. Les peintres y ont travaillé cette après-midi. Le lit est aussi grand qu'un court de tennis, sans doute au cas où la nuit de noces ne se passerait pas comme prévu.

— Très bien.

— Je ne dormirai pas dans le fauteuil, précisa-t-il. D'abord parce que nous devons tous deux travailler demain et avons besoin d'une bonne nuit de sommeil, et ensuite parce qu'il n'y a pas de fauteuil.

— Quoi ? Rien pour poser vos vêtements ?

— Il y a un tabouret pour la table de toilette.

Il ouvrit la porte et ajouta :

— Allez, c'est la meilleure solution.

Réticente, Zoé le suivit à l'intérieur de la maison jusqu'en haut des deux volées de marches puis jusqu'à la suite nuptiale. Elle était, pour une part, terrifiée à l'idée de dormir dans le même lit que lui, mais pour une autre, elle était impatiente. Elle s'était déjà avoué son désir pour lui. Dieu avait sans doute trouvé ce moyen pour la mettre à l'épreuve. Devant la porte, elle s'immobilisa brusquement.

— Je n'ai ni brosse à dents ni pyjama pour dormir.

— J'ai des brosses de voyage qui font l'affaire et je vous prêterai une chemise. Oh ! et puis cessez d'être aussi guindée. Comme je vous l'ai dit, nous avons tous les deux une grosse journée demain.

Résignée à céder face à la nécessité – elle n'eut pas beaucoup à se forcer –, Zoé découvrit les miracles que pouvait faire une brosse à dents de voyage. Quant à la chemise, elle cachait l'essentiel, dans la mesure où elle n'enleva pas sa culotte. Sa crème du soir lui manqua, mais elle n'en dit rien. Gideon ne semblait pas suffisamment métrosexuel pour avoir la sienne propre.

Il était assis dans l'énorme lit. Il portait un peignoir en éponge. Elle ne lui demanda pas pourquoi. Elle supposa que c'était parce qu'il dormait nu d'habitude et qu'il lui épargnait sa nudité. Elle lui en fut reconnaissante. Pendant une fraction de seconde, elle se demanda ce qu'il portait sous son peignoir et rougit. Elle se coucha de l'autre côté, le plus près du bord possible sans tomber. Environ soixante centimètres de lit inoccupé les séparaient. Elle ne risquerait rien. Il ne restait plus à Zoé qu'à imaginer que Gideon était un colocataire de fac. Rien de plus normal que de dormir dans le même lit de façon platonique. Le seul problème était que les mots « Gideon » et « platonique » entraient en dissonance dans son esprit. Elle avait beaucoup trop envie de lui pour que ces deux vocables s'accordent. En plus, il était gentil. Il se démenait beaucoup pour elle. Ce qui ne faisait qu'accentuer son penchant pour lui.

— Il n'y a qu'une seule lampe de chevet, je le crains.

— Ça ira. Je n'ai pas mon livre de toute manière. Et puis je n'ai pas envie de lire.

— Alors j'éteins.

Il s'exprimait de manière étrangement solennelle pour quelqu'un qui partageait son lit avec une inconnue, même s'il donnait l'impression que c'était parfaitement normal et qu'il n'était pas gêné le moins du monde.

— Merci. Bonne nuit.

Elle se tourna sur le côté dans sa position habituelle. Elle l'entendit se retourner également.

Mais, ce faisant, il avait soulevé les draps. Aussi remua-t-il un peu. Puis elle ferma les yeux.

Malgré sa fatigue, Zoé ne trouva pas le sommeil. Elle eut envie de se retourner, mais comme aucun son ne lui parvenait en provenance de Gideon, elle supposa qu'il dormait et ne voulut pas risquer de le réveiller.

Elle essaya de se concentrer sur le programme du lendemain. Son menu était presque entièrement composé, et elle savait où se procurer les recettes. Pourtant, elle se tracassait au sujet des ingrédients qu'elle avait achetés à la fromagerie de la ferme. Ils étaient vraiment délicieux et peu communs.

Elle avait des centaines de recettes sur son disque dur, et on leur avait dit qu'ils avaient le droit d'apporter des recettes pour le concours. En théorie, tout ce qu'elle avait à faire au réveil était d'imprimer celles dont elle avait besoin grâce à son imprimante de voyage. Sauf qu'elle n'avait aucune recette de fromage à pâte molle au miel et aux prunes.

Connaissant la grande qualité de ses ingrédients et sachant qu'elle disposerait de deux ou trois que les autres n'auraient pas, elle se rassura. Confectionner un repas de premier choix était tout à fait dans ses cordes, même si son idée initiale pour le pudding était cousue de fil blanc.

Ces pensées ne l'aidèrent pas à se détendre. En fait, elles l'agitèrent encore plus et l'éloignèrent davantage du sommeil.

Elle chercha un moyen de s'apaiser, tel que compter à l'envers – trop ennuyeux! –, réciter par cœur ses recettes préférées – trop lié au concours! –, réciter les dates d'anniversaire de ses copains d'école – sans intérêt : ils étaient tous sur Facebook!

Un froissement de draps se fit entendre à côté d'elle.

— Vous n'arrivez pas à vous endormir, n'est-ce pas? lança Gideon dans le noir.

— Désolée. J'essaie de ne pas bouger.

— Vous ne bougez pas mais vous êtes extrêmement tendue. Je le sens.

— Je ne vois pas ce que je peux y faire. Je n'arrête pas de penser à l'épreuve de demain. Si je ne dors pas, je vais être au radar, soupira-t-elle.

Gideon réfléchit un instant.

— Que feriez-vous si vous ne trouviez pas le sommeil chez vous?

— Cela m'arrive rarement! Je n'ai pas de truc. Tous ceux que j'ai déjà essayés ce soir ne font qu'aggraver mon cas.

Elle le sentit bouger de nouveau, puis la lampe de chevet s'alluma.

— Même si je suis tenté de vous dire que ce qu'il vous faudrait pour vous détendre, c'est une bonne partie de baise, je ne crois pas que ça marcherait.

— Non…, répondit-elle avec un petit cri aigu.

Il plaisantait ou quoi? Cette seule supposition suffit à la rendre encore plus agitée. En d'autres circonstances – lesquelles, elle n'aurait su le dire –, elle aurait pu se jeter immédiatement et avec passion dans ses bras, mais pas ce soir-là.

— Bon, je vais faire avec vous ce que ma mère faisait quand j'étais petit et que j'étais malade.

— Ah, ah?

Cela semblait sans aucun risque, à supposer que sa mère ne fût pas une sorcière ou autre magicienne.

— Elle me faisait la lecture. J'ai ici quelque chose qui devrait vous plaire.

Il se leva, et elle l'entendit fouiller dans un sac. Il revint avec le livre et se recoucha.

— Bien, à présent, vous allez devoir vous blottir un peu. Ça fait partie du rite d'endormissement. Posez la tête sur mon épaule.

Zoé ne trouva pas tout de suite sa position, mais le contact humain lui enleva une bonne part de son stress. Il n'y avait évidemment rien de sexuel dans sa proposition. Il se montrait attentionné et faisait preuve d'esprit pratique. Tous deux devaient dormir, et en l'aidant à trouver le sommeil, il s'aidait lui-même. Cette pensée lui causa une légère déception, mais elle se concentra de nouveau sur le plaisir qu'il y avait à se blottir contre quelqu'un.

— Parfait! Maintenant, fermez les yeux.

Il commença à lire. Au bout d'un moment, elle dit:

— Je connais! C'est Elizabeth David. Un peu vieux jeu, mais elle écrit superbement. C'est quel livre?

— Ne vous occupez pas de ça. Contentez-vous d'écouter.

Il avait une très belle voix, encore plus belle quand il lisait que lorsqu'il faisait son petit chef autoritaire. L'alliance de sa voix et de la prose magnifique d'Elizabeth David fit que Zoé oublia qu'elle voulait dormir. Elle n'eut dès lors plus qu'une seule envie: écouter.

Zoé se réveilla une fois au cours de la nuit, et aussitôt ses inquiétudes quant au lendemain resurgirent. Se présenter à Somerby pour le petit déjeuner dans ses vêtements de la veille, en ayant sur elle l'odeur du gel de douche de Gideon, requerrait quelque explication.

Elle se retourna et se rendormit avec la ferme intention de se lever tôt et de disparaître avant que Gideon ne se réveille afin d'éviter tout échange de politesses embarrassant du genre «Vous d'abord. Non, vous d'abord» au sujet de la salle de bains.

Mais ce fut Gideon qui, tout habillé, la réveilla en posant un mug de thé sur sa table de nuit et en lui tendant une tartine posée sur une assiette.

— Bonjour! Tenez, mettez-vous ça derrière la cravate!

Elle leva les yeux vers lui. La veille, il l'avait bercée en lui racontant une histoire de cuisine méditerranéenne de sa magnifique voix. Et voilà qu'il la réveillait en recourant à l'argot le plus vieillot. Elle prit cependant l'assiette avec reconnaissance, la décontraction de Gideon annulant toute gêne potentielle.

— Merci. Il est tard? J'avais l'intention de me lever tôt.

— Il est 7 h 30 et Cher n'ouvre toujours pas la porte. Mais Fen cherche un double de la clé. J'ai pensé : autant que vous en profitiez pour prendre un petit déjeuner pendant qu'elle cherchait.

Zoé dégusta son thé.

— C'est gentil. Fen a-t-elle fait une remarque parce que j'ai dormi dans votre chambre?

— Rien qui puisse vous mettre dans l'embarras. Je n'ai pas l'impression qu'elle soit très fan de Cher. Elle m'a dit que nous aurions dû la réveiller.

— Qui ? Fen ? Bien sûr que non !

— Rupert est d'accord avec nous. Quoi qu'il en soit, vous leur expliquerez tout. Vous devriez pouvoir accéder très bientôt à votre brosse à dents.

De nouveau seule, Zoé se renversa contre les oreillers et ferma les yeux. Elle avait adoré dormir dans le même lit que Gideon. Même si elle le trouvait sexy presque à la limite du supportable, ils avaient partagé un moment d'intimité à part, extraordinaire. Tel était du moins son sentiment. Mais le matin venu, Gideon était redevenu le chef d'entreprise toujours au taquet. Il était si difficile à suivre que c'en était rageant.

Il fallait regarder la réalité en face, à présent. En plus de la gêne, elle était consciente que dormir avec l'un des membres du jury était absolument contraire au règlement. Elle était si pleine d'appréhension à propos de l'épreuve du jour que sa satisfaction se tarit progressivement, comme de l'eau froide s'échappe d'une bouillotte percée. La sensation de froid est d'abord imperceptible, mais elle devient bientôt si prégnante qu'elle vous chasse du lit et vous oblige à vous lever.

C'est ce que fit Zoé, qui courut jusqu'à la salle de bains. Une douche bien chaude lui remettrait les idées en place.

Heureusement, Fenella et Rupert n'étaient pas dans les parages lorsque Zoé s'esquiva par la porte de derrière pour rentrer à l'étable au pas de course.

Cher était sous la douche lorsque Zoé entra dans la chambre. Toute la fureur qu'elle avait ressentie la veille l'assaillit de nouveau. Elle se planta devant la porte de la salle de bains et cria :

— Cher ? Que s'est-il passé, bon sang ? Je n'ai pas pu entrer ! Pourquoi as-tu fermé la porte à clé ?

La douche cessa de couler et Cher, se rendant peut-être compte qu'elle n'échapperait pas éternellement au courroux de Zoé, sortit enveloppée d'une serviette.

— Oh ! là, là ! Je suis vraiment désolée. Quel cauchemar ! J'avais la migraine, alors j'ai pris des cachets et ensuite je ne me souviens plus de rien.

— Mais pourquoi as-tu fermé la porte à clé ? Tu savais que je ne tarderais pas à rentrer !

— Je l'ai fait par automatisme, j'imagine. Je suis vraiment désolée !

Zoé passa devant Cher et pénétra dans la salle de bains. Peut-être se brosser les dents avec une brosse digne de ce nom et un peu de maquillage la rendraient-ils plus indulgente.

Des vêtements propres y contribuèrent également. Lorsqu'elle fut assurée de pouvoir rester dans la même pièce que Cher sans avoir envie de la trucider, elle se mit à son ordinateur afin de télécharger ses recettes. Hélas, sa batterie était vide. C'était étrange, car elle l'avait laissée en charge, alors que tout était débranché à présent ; son ordinateur affichait un encéphalogramme plat.

— Cher ? Tu as touché à mon ordi ?

— Pour quoi faire ? J'ai le mien.

Exaspérée et désemparée, Zoé s'apprêta à brancher sa machine. Le temps pressait. Le début des hostilités culinaires était pour très bientôt. Or, son cordon secteur avait disparu. Elle le chercha partout. Elle n'aurait pas même le temps de se rabattre sur Rupert et Fenella et de leur demander si elle pouvait utiliser leur ordinateur. Elle demanda à Cher si celle-ci avait vu son cordon mais le top model se contenta de hausser les épaules :

— Tu veux dire que tu vas devoir cuisiner sans tes recettes ? s'enquit-elle.

Pour toute réponse, Zoé émit un grognement.

7

Après un silence glacial qui dura cinq bonnes minutes, on frappa à la porte.

— C'est l'heure, les filles ! lança Mike. Le bus vous attend.

Persuadée que Cher avait vidé sa batterie et caché son adaptateur secteur, Zoé resta muette. Elle n'avait ni temps ni énergie à perdre avec elle. Mieux valait rassembler ses idées. Elle attrapa un carnet et un crayon qu'elle fourra dans son sac. Elle allait devoir inventer non seulement un pudding à partir de son excellent fromage et de miel, mais également une entrée !

Cher ferma la porte à clé derrière elles, geste qui rappela à Zoé qu'elle devait rendre le double à Fenella. Elle gravit la pente qui conduisait à la porte de derrière, jeta la clé sur la table de la cuisine déserte et rejoignit le minibus, bonne dernière.

— Je t'ai gardé une place, lança Cher, pleine de sollicitude. La pauvre Zoé est restée enfermée dehors la nuit dernière, poursuivit-elle à la cantonade. Je me suis endormie par erreur et elle n'a pas réussi à me réveiller.

Zoé fut forcée de prendre le siège à côté de Cher, car c'était le dernier.

— Et alors, tu as dormi où ? s'enquit-elle en faisant des yeux de biche, avec une pointe de sous-entendu.

Zoé n'avait pas eu le temps de réfléchir à une histoire plausible. Elle décida donc de broder en se fondant sur la vérité.

— J'ai trouvé un endroit dans l'habitation principale.

— Oh ! s'exclama Cher d'un air surpris. Je croyais qu'ils ne pouvaient pas loger les candidats à cause des travaux ?

— J'ai dormi dans une chambre dont la peinture n'était pas terminée, précisa-t-elle. Fen m'a dépannée.

— Ah ? J'ai entendu Gideon dire à quelqu'un qu'il dormait dans la nouvelle suite nuptiale qui était en cours de réfection. Il y en a une autre ?

— Cher, si cela ne te dérange pas, j'aimerais vraiment me concentrer. Comme tu le sais, je n'ai pas pu imprimer mes recettes, alors il faut que je réfléchisse un peu à présent.

— Tu n'as pas tes recettes ? intervint Becca d'un ton absolument horrifié.

Zoé était de plus en plus convaincue que Becca gagnerait. C'était une obsessionnelle, et à la manière dont elle parlait de cuisine et de nourriture, Zoé – même si elle ne l'avait pas encore vue dans ses œuvres – se disait qu'elle devait être excellente cuisinière. Pour battre Becca, elle allait avoir besoin d'un coup de pouce de la part des anges.

— Non, la batterie de mon ordi était complètement à plat et je n'ai pas pu remettre la main sur mon cordon secteur. C'est drôle, non ?

Un silence gêné s'ensuivit.

— Sans vouloir te vexer, je crois que tu aurais dû t'organiser un peu mieux, fit remarquer Becca.

Zoé se mordit la lèvre. Elle allait tout simplement devoir la jouer au culot. Ce n'était pas sa faute si son ordinateur l'avait lâchée. En outre, elle était à peu près certaine que ce n'était pas non plus un accident.

— Tu as raison, j'aurais dû garder mes recettes sur papier en plus de mon disque dur. Mais je n'étais pas encore fixée. Je voulais me laisser le choix.

Becca acquiesça.

— J'ai apporté une demi-tonne de recettes. Tu trouveras probablement ça excessif.

— On n'assure jamais assez ses arrières ! intervint Alan. J'ai appris une foule de recettes par cœur. C'est un peu une habitude chez moi, d'apprendre du texte.

Il sourit à Becca et ajouta :

— J'étais acteur dans une vie antérieure.

Becca sourit timidement en hochant la tête.

— Tu apprends tes recettes par cœur ? lança Bill. Je ne me souviendrais pas de mon propre nom s'il n'était pas écrit sur mon maillot de corps.

Tous partirent d'un grand rire, mais cette plaisanterie fit redoubler Zoé d'inquiétude, car elle ne pourrait compter que sur sa mémoire et sur ses talents de cuisinière.

À cet instant, le minibus arriva dans le pré qui, grâce à des barnums très élaborés, avait été transformé en cuisines pour le concours. Zoé gagna le poste de cuisson qui lui avait été attribué. Celui-ci comprenait un piano, un plan de travail et divers ustensiles de cuisine, parmi lesquels des couteaux. Zoé, à l'instar de nombreux autres, aurait préféré apporter ses propres couteaux, mais les organisateurs avaient choisi, pour des raisons de sécurité, de ne pas laisser des gens venus d'on ne sait où circuler avec des couteaux. Elle se souvint de la scène avec Dwaine au restaurant. Celui-ci avait réussi à faire passer le sien en douce. On pouvait donc comprendre le point de vue des organisateurs.

— O.K., les amis! commença Mike. Vous savez ce que vous avez à faire : trois plats uniquement à base de produits locaux que vous vous êtes procurés hier. Vous trouverez sur votre poste de cuisson les autres ingrédients de base auxquels vous avez droit. Vous avez trois heures. Les membres du jury se promèneront parmi vous et discuteront avec vous de la composition de votre menu. C'est parti!

Zoé se reporta à son carnet et y inscrivit le menu qu'elle avait en tête :

Entrée
Pignatelles au fromage et au lard
(Au moins, elle savait comment s'y prendre!)

Plat
Filet de porc à la crème et au calvados
sur son lit de laitue et de pommes de terre sautées

Son stylo s'immobilisa.

Pudding…

Qu'allait-elle bien pouvoir faire? En cas d'échec cuisant, elle pourrait toujours faire un sabayon aux prunes, mais ce n'était guère digne d'un concours de cuisine.

Consciente qu'elle perdait un temps précieux, elle décida de se concentrer sur ce qu'elle pouvait réaliser. Elle jeta un coup d'œil à sa liste. Le porc n'exigerait pas véritablement d'accommodement particulier, mais même si elle avait fait des pignatelles des centaines de fois, elle fut soudain prise de panique à l'idée d'avoir oublié comme faire la pâte à choux. Rien n'était plus facile que de rater sa pâte à choux.

Le jury vint la voir tandis qu'elle était occupée à rédiger son menu, toujours indécise.

— Alors, qu'est-ce que vous mijotez ? s'enquit Fred, l'adorable chef de la télévision, coqueluche de la nation.

— J'essaie de mettre au point mes recettes.

S'avisant soudain de la présence de la caméra derrière les membres du jury, elle s'empressa de ponctuer sa phrase par un sourire de dernière minute.

— Vous n'avez pas apporté vos recettes ? s'enquit Anna Fortune, de loin la plus terrifiante des trois, même si Zoé l'admirait à son corps défendant.

Qu'était-elle censée répondre ? Elle allait passer pour une idiote ! D'un autre côté, si elle disait la vérité, elle éviterait de joindre la duplicité à l'incompétence apparente.

— Je les avais dans mon ordinateur mais lorsque j'ai voulu les imprimer, la batterie était à plat et le cordon avait disparu.

Cette fois, son sourire frisa la grimace.

Gideon haussa un sourcil.

— Comment est-ce arrivé ?

— Je ne sais pas.

C'était la vérité vraie. Cependant, elle soupçonnait Cher.

— Évidemment, j'aurais fait tout ça hier soir après avoir terminé mes achats et concocté mon menu, mais je me suis retrouvée enfermée dehors et je n'ai donc pas pu.

Elle ne prit pas la peine de sourire. Mais elle n'eut pas le cran de croiser le regard de Gideon.

— Bien, qu'allez-vous faire ? s'enquit Anna Fortune.

— Je m'en sortirai, s'empressa-t-elle de répondre en prenant conscience que, quoi qu'elle dise, elle passerait pour peu professionnelle, voire pour une moucharde. Elle se résigna donc à un compromis :

— J'ai très bonne mémoire.

Bon sang, elle passait à la télé et elle allait devoir improviser !

— Donc, quel est votre menu ? s'enquit Fred. Ou quel aurait-il été ?

Zoé lui sourit. Fred avait un physique très rassurant, un peu comme un nounours en peluche, tout doux et bienveillant.

— Je pensais faire des pignatelles, ce qui signifie pommes de pin en italien. C'est une entrée un peu vintage des années 1970. Je n'en ai vu que dans la cuisine de ma mère, se souvint-elle, tout sourire.

— Cela m'a l'air délicieux !

— Je pense pouvoir me souvenir de la recette, précisa-t-elle d'une voix qu'elle espérait pleine d'assurance.

— Ah ah! s'exclama Fred avant de passer à autre chose. Et pour le pudding?

— Je n'ai pas encore décidé, répondit-elle avec une feinte désinvolture.

Anna Fortune fronça les sourcils.

— Eh bien, vous allez devoir prendre une décision rapidement. Vous n'avez pas toute la vie. Les chefs qui sont toujours à la traîne sont des enquiquineurs mais, en plus, ils manquent totalement de professionnalisme.

Anna avait une voix claironnante qui portait. Zoé vit que Cher assistait à ce sermon avec un petit sourire satisfait.

— Je ne serai pas en retard, affirma Zoé avec une assurance de commande.

— J'espère bien!

Anna Fortune et Fred s'en allèrent, mais Gideon s'attarda.

— Votre ordinateur est resté allumé toute la nuit sur batterie seulement? s'enquit-il, l'air inquiet.

— Non, bien sûr que non. Je l'ai trouvé comme ça quand j'ai enfin pu pénétrer dans ma chambre.

— Hum-hum... Qu'allez-vous faire? Vous disposez d'excellents ingrédients: pancetta, fromage, œufs...

Le seul fait de l'entendre prononcer ces mots lui rappela sa lecture de la veille pour l'aider à trouver le sommeil. Toute frémissante, elle s'exclama, soudain inspirée:

— Un soufflé! Je vais faire un soufflé.

— Mais c'est impossible sans recette, affirma-t-il, comme on énonce une vérité définitive.

Elle sourit avec sincérité pour la première fois depuis un bon moment.

— Oh si ! Ce n'est pas aussi original que ma première idée, mais j'ai beaucoup plus d'entraînement. S'il réussit…

— C'est une stratégie à haut risque, si vous voulez mon avis, fit remarquer Gideon.

Zoé songea qu'il aurait tenu un tout autre langage en l'absence de caméras.

— Et votre pudding ? s'enquit-il.

— Je n'y ai pas encore réfléchi. J'ai d'excellentes denrées. Elles ne peuvent que m'inspirer !

Consciente de l'objectif de la caméra, elle afficha un sourire radieux et ajouta :

— Maintenant, si vous voulez bien m'excuser, il faut que j'avance.

Redevenue un peu plus sereine après le départ des membres du jury, Zoé examina les ingrédients mis à disposition par les organisateurs.

De la pâte feuilletée déjà étalée et prête à l'emploi !

Son pudding était tout trouvé et elle pouvait s'y mettre sans attendre !

Malgré l'assurance qu'elle avait affichée lors de l'entretien avec Gideon devant les caméras, la perspective de faire un soufflé sans l'appui d'une recette était risquée. Tout s'était passé comme sur des roulettes pour tous ses autres plats. La sauce à la crème était en passe d'être achevée et son dessert, grâce à la pâte feuilletée tombée du ciel, était superbe. Elle avait fait une crème fouettée parfumée pour l'accompagner. Il ne restait plus qu'à le dorer au chalumeau juste avant de servir, mais, pour l'essentiel, il était terminé. Ne restait plus à présent que le soufflé !

Elle disposa ses moules et les chemisa à la verticale, puis elle les recouvrit d'une fine chapelure grillée car, fort heureusement, la chapelure était permise. Ensuite, elle râpa son fromage et fit frire la pancetta avant de la couper en fines tranches. C'était la première fois qu'elle faisait un soufflé au fromage et au lard. Aussi doutait-elle qu'Elizabeth David – à qui l'on attribuait le mérite d'avoir appris aux Britanniques à cuisiner – approuverait sa façon de procéder. Cependant, elle avait acheté la pancetta et elle avait la ferme intention de l'utiliser.

Enfin, elle régla le minuteur et nettoya son poste de cuisson, priant secrètement pour que tout aille pour le mieux dans le four. Elle s'avisa que les autres candidats s'activaient sur leur plan de travail, mais elle se garda bien de jeter un coup d'œil du côté de Cher. Convaincue d'avoir créé le plat du siècle, celle-ci était probablement occupée à sourire gentiment à la caméra.

Zoé vérifia son pudding. Elle le trouva très appétissant. Elle avait confectionné trois couronnes concentriques en pâte feuilletée avec un trou au centre. Dans ces trois cavités, elle avait déposé des tranches de son équivalent de brie, puis ajouté une cuiller du miel d'oncle Jim. La cerise sur le gâteau consistait en fait en trois prunes exquises – trois petites billes d'or semblables à des abricots miniatures, mais d'un éclat plus pâle. Elle avait saupoudré les tartelettes avec du sucre glace et les avait dorées à l'œuf afin qu'elles aient l'air encore plus appétissantes. Zoé était satisfaite de son travail.

Elle regrettait seulement d'avoir été contrainte d'improviser face au fourneau, même si elle était bonne improvisatrice.

Faites qu'ils viennent vers moi en premier ! implora-t-elle en silence, puis elle jeta un coup d'œil par la vitre du four. *Ou, encore mieux, en deuxième !*

Les soufflés avaient gonflé mais pas encore assez de l'avis de Zoé. Elle avait l'impression qu'ils pouvaient encore monter un peu.

Gideon s'approcha d'elle et, à son tour, jeta un coup d'œil par la vitre du four. Manifestement du même avis que Zoé, il lança :

— O.K., je ne dirai qu'un seul mot !

Cher, dont le magnifique foie de poulet et sa garniture avaient déjà été filmés, regardait Zoé depuis son poste de cuisson en lui jetant des éclairs et en faisant une moue coléreuse.

— Il t'avantage ! C'est scandaleux !

Gideon, passant devant son plan de travail en compagnie des autres membres du jury, répliqua :

— Nous faisons en sorte d'être justes avec tous les concurrents, Cher. Zoé a eu un malheureux imprévu et a dû travailler sans recettes. Pour ne léser personne, nous aurions dû vous faire concourir tous sans recettes.

Il lui lança un regard noir qui fit songer à Zoé qu'elle n'aurait pas aimé être à la place de Cher en cet instant.

Cette dernière rougit et bouda, mais se tut.

Sous les regards critiques du jury, Zoé sortit ses soufflés du four, certaine de les faire tomber par terre au cas où ils ne glisseraient pas d'eux-mêmes.

— Ma foi, ils ont l'air délicieux ! s'exclama Anna Fortune avec un rien d'étonnement dans la voix. À quoi sont-ils ?

— Fromage et pancetta, répondit Zoé.

Anna prit une fourchette et la plongea dans la pâte dorée et gonflée.

— Hum… Vous êtes la seule à proposer de la pancetta. Où vous l'êtes-vous procurée ?

Zoé sortit le dépliant de la ferme avec l'adresse. Anna Fortune l'examina.

— Il n'est pas fait mention de pancetta.

— Ils vendent aussi du calvados, du bacon et des saucisses. Ils font un test avec la pancetta. J'ai eu de la chance de pouvoir m'en procurer.

— O.K., passons à votre plat principal.

Fred engloutit presque un soufflé entier.

— Ce serait dommage de le laisser perdre ! Il sera retombé avant que les cameramen n'arrivent.

Ces derniers, qui approchaient dans l'espoir de faire un gros plan, grommelèrent de mécontentement.

Gideon goûta le dernier soufflé et se lécha les babines.

— Ce porc est un régal, fit remarquer Anna. On sent que leurs bêtes sont élevées avec des pommes. La sauce est exquise, elle ne s'est pas séparée. Voyons votre pudding…

Zoé leur présenta ses tartelettes.

— Elles ont assurément très belle allure, la félicita Anna en donnant un coup de fourchette. À quoi sont-elles ?

Zoé ne répondit pas immédiatement. Elle attendit que la saveur inattendue du brie explose en bouche avant de lui révéler la nature de l'ingrédient.

125

Pendant qu'Anna hochait la tête en signe d'approbation, Fred planta sa fourchette dans une autre tartelette, suivi par Gideon.

— Je décèle un fromage, puis un goût de miel… Quels sont ces fruits ? Des prunes ? s'enquit-il.

— Des petites prunes sauvages. Ce sont des fruits en bocaux qui viennent du même endroit que le fromage et le miel.

— Excellent mariage de saveurs ! la complimenta Fred. C'est un ravissement pour les papilles.

— Je pense que cette recette pourrait être améliorée, fit remarquer Anna. Mais l'ensemble n'est pas mal du tout. C'est vous qui n'aviez pas vos recettes ?

Zoé acquiesça. Anna garda le silence, mais Zoé décela une lueur d'admiration dans son regard.

— Bien joué ! s'exclama Gideon à voix basse, puis le jury reprit sa tournée d'inspection.

Tout semblait indiquer que Zoé, encore une fois, resterait dans la course.

Beaucoup plus détendue, elle commença à nettoyer son poste de cuisson. Lorsqu'elle releva la tête, elle vit que Cher était justement inspectée par les membres du jury. Elle ne distinguait pas très bien ce qui se disait, mais leurs mines laissaient penser qu'ils étaient plutôt satisfaits. Sa bonne humeur retomba. La perspective de devoir encore passer au moins deux jours avec Cher ne l'emballait pas.

Zoé trouva un instant pour envoyer un SMS à sa mère :

« Ta fille toujours dans la course ! »

Daniel fut éliminé. Il prétendit, lors d'un pot de consolation plus tard au pub, qu'il ne pouvait pas travailler corseté dans des règles mesquines et que si on l'avait laissé cuisiner à sa guise (principalement des mollusques), il les aurait tous éblouis.

— Je n'ai pas envie de m'embêter avec ce fatras de produits locaux et de saison. Si je veux des asperges en janvier, je m'en procure.

Il considéra l'assistance d'un regard noir, soupçonnant ses camarades de ne pas tous être d'accord avec lui.

— Et qu'on ne vienne pas me parler de réchauffement climatique et de l'impact environnemental du transport des denrées alimentaires, je m'en br…

Il s'interrompit, sans doute par crainte de se faire houspiller par Muriel s'il se montrait trop grossier.

— Je m'en fiche! acheva-t-il enfin.

— Alors, tu t'en es plutôt bien sortie malgré ton handicap de départ, lança Cher à Zoé depuis l'autre côté de la table en bouillant de colère. Faut croire que Gideon t'a à la bonne!

Elle fit claquer sa langue d'un air dédaigneux et ajouta:

— Je me demande bien pourquoi… À moins que tu n'aies une annonce à nous faire?

— Je ne pense pas qu'aucun des membres du jury ait fait preuve du moindre favoritisme, intervint Becca, dont la confiance en soi était en hausse depuis qu'elle avait été complimentée par ledit jury. Zoé a tout simplement fait du bon travail avec ses ingrédients. J'ai trouvé son pudding remarquable!

— Bof, pas tant que ça, insista Cher. Il se trouve que je suis au courant de quelque chose que vous ignorez et qui concerne Zoé et Gideon.

— Je te serais reconnaissante de ne pas parler de moi comme si je n'étais pas là ! s'exclama l'intéressée, soudain très lasse.

— Eh bien, si tu ne veux pas que je dise à tout le monde où tu as dormi la nuit dernière, tu ferais mieux de leur dire toi-même !

Cher avait bu deux ou trois verres de vin, et apparemment, l'alcool la rendait encore plus agressive que d'habitude.

— Ça n'intéresse personne de savoir où j'ai dormi la nuit dernière ! rétorqua Zoé. Tu veux bien parler d'autre chose ?

Mais Cher tenait un os et elle n'était pas prête à le lâcher.

— Je crois au contraire que ça les intéressera si ça remet en cause leurs chances de gagner, répliqua Cher en balayant l'assistance du regard afin de s'assurer que tout le monde écoutait à présent. Alors, vas-y, dis-le-nous !

Zoé soupira, consciente qu'elle se devait de dire quelque chose.

— Parce que je n'ai pas pu réveiller Miss Dort-comme-une-masse pour qu'elle vienne m'ouvrir, j'ai dû trouver un endroit pour dormir dans l'habitation principale. Ce que j'ai fait. Tu peux me dire en quoi ça te regarde ?

— Pourquoi tu en fais toute une histoire, Cher ? s'enquit Muriel.

Zoé aurait voulu l'embrasser !

— Il me semble que c'est une manière de faire qui n'est pas à ton avantage, ajouta Muriel.

— Ne t'inquiète pas pour moi ! rétorqua Cher, bien résolue à aller jusqu'au bout. Demande à Zoé de te raconter.

— Je ne vois vraiment pas en quoi…, s'interrompit cette dernière en s'efforçant de trouver une parade qui ne mette personne en cause.

— As-tu, oui ou non, dormi avec Gideon Irving ? demanda Cher en tapant du poing sur la table pour mieux se faire entendre.

— Oh ! bon sang, ne sois pas ridicule, Cher. Tu pourrais remplacer Angelina Jolie auprès de Brad Pitt, assura Muriel. Bon, si nous changions de sujet de conversation ? Quelqu'un sait-il en quoi consistera la prochaine épreuve ?

Zoé, qui avait une petite idée, sachant qu'un mariage se préparait, resta bouche cousue.

— Bon, récapitulons, poursuivit Muriel. Nous avons eu le travail en équipe…

— Une épreuve individuelle, ajouta Becca. Ma préférée. Je trouve que dépendre des autres est très stressant, fit-elle remarquer en jetant un coup d'œil à Cher.

— J'apprécie de travailler en équipe. Au théâtre, on doit pouvoir s'appuyer les uns sur les autres. J'ai l'habitude.

— Moi, je continue de croire que Zoé devrait nous dire où elle a dormi la nuit dernière, intervint Cher, *mordicus*.

— Oh, tu veux bien lui lâcher les baskets, Cher ! s'exclama Alan. Elle nous l'a dit. Dans l'habitation principale. La veinarde ! On s'en fiche si elle a dormi dans la meilleure chambre ou dans la suite nuptiale.

Zoé sentit son visage s'empourprer car Alan avait mis en plein dans le mille.

— C'est une maison immense, avec plein de chambres, même si la plupart n'ont même plus de plancher pour l'instant. Ce que je voudrais savoir, poursuivit Zoé, c'est ce que vous comptez faire si vous gagnez ? Alan ?

Elle connaissait évidemment la réponse, mais il devenait urgent de changer de sujet.

— Oh ! sans aucun doute un pub gastronomique, dans un bel endroit, où tous mes vieux potes viendraient manger, répondit Alan en prenant soudain un air rêveur. Je l'imagine tout à fait. Je pourrais même acheter un peu de vigne en France et faire mon propre vin que je vendrais dans mon restaurant.

— C'est sympa comme projet, lança Muriel. Quant à moi, je veux juste un petit restaurant de quartier où on peut bien manger à sa faim pour pas cher.

Becca frémit.

— J'adore cuisiner, dit-elle, mais je n'ai pas envie de diriger un restaurant, ni même d'y travailler.

— Pourquoi ? s'enquit Daniel, oubliant un instant son échec. Moi, j'adore le coup de feu, quand ça trépide…

— J'ai horreur que l'on me crie après et d'après ce que j'ai pu voir, ça gueule beaucoup dans les cuisines des restaurants, expliqua Becca.

Zoé acquiesça.

— Je t'approuve à cent pour cent ! Je ne pense pas qu'on puisse travailler au mieux de ses capacités quand on est sous pression.

— Vous êtes deux petites natures! affirma Shadrach. C'est un superstimulant pour moi.

Zoé et Becca se regardèrent.

— Et toi, Cher? s'enquit Zoé, malgré le harcèlement auquel elle l'avait soumise.

— Oh! je ne sais pas. Je n'ai pas besoin de l'argent. Quoi qu'il en soit, ce n'est pas une somme énorme. Je m'en servirai pour promouvoir ma carrière d'une manière ou d'une autre.

— Crois-tu que tu pourras faire face, si tu n'aimes pas qu'on te stresse? s'enquit Daniel en s'adressant à Becca.

Becca chercha la réponse sur le visage des personnes présentes.

— Fiche-lui la paix, Daniel! intervint Zoé. Tu n'es plus concerné.

— C'est vraiment injuste! s'exclama Cher. Tu n'as pas le droit de t'en prendre à Daniel sous prétexte qu'il a été éliminé. Il n'aurait pas dû l'être. C'est toi qui aurais dû partir!

La rancœur donnait un éclat extraordinaire à ses yeux.

— Et peut-on savoir pourquoi, Cher? s'enquit Muriel sans perdre patience.

— Parce que…, s'interrompit-elle, probablement afin d'évaluer ses chances de passer à travers les gouttes une fois qu'elle aurait dit ce qu'elle avait à dire.

Elle reprit donc:

— Parce qu'elle n'a même pas cuisiné d'après recettes!

— Oh, tu charries! repartit Muriel. Moi même, je n'en utilise presque jamais. Zoé est une bonne marmitonne. Si elle n'a pas été éliminée, c'est parce qu'elle le mérite, et non parce qu'elle aurait couché avec l'un des membres du jury ou je ne sais quoi que tu essayais d'insinuer tout à l'heure.

À ces mots, elle regarda Zoé en haussant un sourcil, et Zoé ne l'en aima que davantage.

— Tu es libre de penser ce que tu veux, Muriel. Mais moi, je sais ce que je sais ! s'exclama Cher avant d'aller aux toilettes de façon théâtrale tandis que Zoé laissait échapper un soupir de soulagement.

— C'est ma tournée, annonça Alan.

— Bonne idée. Un petit verre m'aidera à chasser cette scène désagréable de mon esprit, lança Muriel.

Zoé la considéra avec gratitude en se réjouissant de l'avoir comme alliée.

— Tu t'en es super bien sortie, la complimenta Becca. Personne ici ne pense que tu aurais dû être éliminée.

Mais soudain, Zoé se posa la question. Méritait-elle d'être encore dans la course ? Elle écarta cette pensée mais accepta volontiers le verre de vin rempli à ras bord que lui apporta Alan. Elle balaya l'assistance du regard en se demandant si les paroles réconfortantes de Muriel et Becca, ainsi que le soutien muet de Shona, étaient sincères. Non qu'elle mît en doute ce qu'ils pensaient de sa cuisine mais, au fond, ne croyaient-ils pas qu'elle avait couché avec Gideon ?

Elle jeta un coup d'œil à sa montre. Elle avait hâte de retourner à l'étable à présent, la compagnie lui pesant soudain. Elle appréciait les autres partici- pants – enfin, la plupart d'entre eux. D'ordinaire, elle prenait plaisir à bavarder avec eux pendant leur temps libre, mais ce soir-là, elle désirait être seule afin d'y voir clair dans ses pensées.

Cher était revenue des toilettes lorsque Mike vint s'asseoir à leur table en achevant de siroter sa bière. Il était prévu qu'il conduise le minibus le lendemain matin.

— Alors, vous êtes fin prêts pour l'épreuve de demain ? s'enquit-il.

— Non ! Parce que nous ne savons pas encore de quoi il s'agit, répondit Cher. Nous le saurons seulement demain.

— Vous vous doutez bien que je n'ai pas l'intention de vous gâcher la surprise, répliqua Mike. Mais je vous préviens, ce sera un taf d'équipe et ce sera du costaud !

— Mon petit Mike, s'il te plaît, commença Cher en lui prenant le bras et en le caressant. Donne-nous un tout petit indice.

— Bottes de pluie ! lança-t-il en savourant l'intérêt qu'il suscitait chez eux. Vous aurez probablement besoin de bottes de pluie.

On leur avait stipulé d'apporter des bottes en caoutchouc, mais sans leur dire pourquoi.

— Oh, zut ! grommela Cher. Nous allons devoir cuisiner dans le pu…

Elle s'interrompit à son tour pour regarder Muriel avant de se reprendre :

— Dans le purin !

— Exactement ! confirma Mike en finissant sa bière. Allez, c'est l'heure d'aller faire dodo, à moins que vous ne vouliez rentrer à pied.

Zoé fut la première à monter dans le bus. Pendant le court trajet, elle pensa, non aux barbecues de son enfance, mais à Gideon. Et elle regretta de ne pas avoir eu le courage de coucher avec lui dans les deux sens du terme. Quitte à se le voir reprocher, autant en goûter le plaisir. Il lui plaisait vraiment beaucoup. Ce serait le genre de nuit qu'on n'oublie jamais.

Elle se réveilla une fois durant la nuit pour aller fermer la fenêtre par où entrait la pluie qui tombait sur elle. Elle songea que le pré où ils étaient censés cuisiner serait boueux, puis elle se rendormit. Elle rêva de critiques culinaires sexy en diable et aussi d'Elizabeth David.

8

Le téléphone de Zoé les réveilla à 7 heures le lendemain matin. Elles se préparèrent en échangeant un minimum de paroles, telles que « Thé ou café ? ». Zoé résolut de cesser de s'inquiéter des tentatives de sabotage de Cher. L'inquiétude rendait leur cohabitation encore plus pénible.

Cher jeta un coup d'œil par la fenêtre.

— Il pleut comme vache qui pisse ! Pourquoi faut-il que ce soit aujourd'hui qu'ils nous font cuisiner dehors ?

— C'est comme ça, déclara Zoé. Quoi qu'il en soit, on a déjà cuisiné dans un pré hier. Tu as fait ce genre de truc avant ?

— Tu veux rire ? Et puis quoi encore ?

Zoé ne fut pas étonnée. Cher n'avait rien d'une scoute. Faire du camping dans une yourte de luxe devait représenter le maximum pour elle.

Elles mangèrent leurs céréales en silence puis allèrent prendre le minibus.

— O.K., les enfants ! s'exclama Mike lorsqu'ils furent arrivés sur un site de toute beauté, environ trente minutes plus tard, et bien à l'abri sous la tente. Nous aurons deux équipes de quatre. Le jury les composera et vous indiquera la marche à suivre.

Tandis qu'ils attendaient que l'équipe de tournage soit prête, Zoé croisa les doigts en espérant qu'elle ne ferait pas équipe avec Cher. Non qu'elle craignît que celle-ci sape sa cuisine en versant une tonne de sel dans ses pommes de terre, car Cher n'aurait pas compromis sa propre victoire; elle craignait plutôt que Cher lui cause des ennuis encore plus graves.

— Bonjour, chers candidats! lança Anna Fortune. J'espère que vous avez toutes et tous passé une bonne nuit, parce qu'une rude épreuve vous attend aujourd'hui.

Zoé rougit mais choisit de surmonter sa honte. Cher avait peut-être deviné où elle avait dormi l'autre nuit, mais rien ne permettait de croire que les membres du jury – à l'exception de Gideon, évidemment – avaient le moindre soupçon.

— Vous allez devoir préparer un repas copieux pour deux groupes de randonneurs. Ils auront une dizaine de kilomètres dans les jambes et seront affamés, et trempés! Ils auront besoin d'une bonne soupe, d'un plat de résistance et d'un dessert. Mais servis à midi pile! Ce qui vous laisse trois heures. Les randonneurs désigneront l'équipe gagnante, mais nous serons les seuls à décider qui, de l'équipe perdante, sera éliminé. Fred, voulez-vous bien composer les équipes?

Fred sourit avec bienveillance et sortit un bout de papier de sa poche.

— O.K., d'abord les responsables d'équipe: Muriel et Bill. L'équipe de Bill est composée de Shona, d'Alan et de Becca. Celle de Muriel de…

Zoé n'écouta pas la suite. Dès qu'elle sut qu'elle devrait travailler avec Cher, elle fut complètement démoralisée. Shadrach lui sauverait peut-être la mise ; il semblait doué, même s'il restait à voir comment il s'en sortirait avec seulement des couteaux et des planches à découper, sans parler du fait qu'il était plutôt bordélique. Zoé avait toute confiance en Muriel, autant qu'en elle-même. L'expérience qu'elle avait acquise en travaillant dans un petit bar mal équipé les samedis soir lui avait appris à se débrouiller avec pas grand-chose.

— Vous trouverez les ingrédients là-bas, lança Fred en désignant un empilement de cartons. Décidez de votre menu et passez aux choses sérieuses ! Ce sont les responsables d'équipe qui distribueront les tâches. Leur décision est définitive et ne pourra être contestée. Vous avez trois heures.

— O.K., brigade ! s'exclama Muriel. Suivez-moi, nous allons chercher la nourriture. Je fixerai le menu.

— Je n'épluche pas les pommes de terre, prévint Cher.

— Qu'est-ce que tu veux dire par là ? répliqua Zoé. Souffres-tu d'une anomalie génétique qui t'en empêche ?

Cher lui fit la grimace.

— Je n'épluche pas. C'est tout.

Zoé entendit Muriel s'éloigner en grommelant, Shadrach sur ses talons.

— Viens, ils ont besoin de notre aide, lança Zoé en tirant Cher par la manche.

— Je n'ai vraiment pas envie ! protesta cette dernière.

— Eh, on est tous dans le même bateau, alors… Si on perd, l'un d'entre nous sera éliminé. Si tu ne te remues pas les fesses, c'est toi qui quitteras l'émission.

Finalement gagnée à la cause commune, Cher suivit Zoé jusqu'à la réserve de nourriture où les autres remplissaient déjà leurs paniers. Le top model marchait en bougonnant mais dès qu'elle aperçut une caméra, elle devint tout sourire. Et dès que l'objectif se tourna vers l'autre brigade, elle reprit son air renfrogné. Zoé ne put s'empêcher de saluer son côté caméléon toujours aux aguets au cas où une caméra passerait à proximité.

— Bon, commença Muriel. Le poulet nous est passé sous le nez, il nous reste le bœuf. Ce sera donc bœuf cocotte.

— On pourrait le servir dans un feuilleté, suggéra Shadrach. Une tourte salée, c'est mieux qu'un simple ragoût.

— Très juste ! s'exclama Muriel. Espérons que nous avons le temps. La farine et le beurre ne manquent pas et nous avons des courges butternut pour la soupe.

Zoé grogna dans son coin, craignant de devoir couper les courges elle-même, car celles-ci étaient extrêmement dures. Avec un peu de chance, ils auraient un épluche-légumes à leur disposition.

— Et pour le dessert ? s'enquit Cher.

— Je ne sais pas. Nous avons de très beaux abricots secs qui iraient parfaitement dans un crumble, suggéra Muriel.

— J'ai entendu les autres dire qu'ils faisaient un crumble, affirma Cher.

Pour une fois, son indiscrétion se révélait utile, songea Zoé.

Muriel poussa un soupir.

— Que faire d'autre avec des abricots, sinon une tarte, un crumble, une mousse ou un soufflé ? lança-t-elle en se tournant vers Shadrach, le spécialiste désigné volontaire qui haussa les épaules.

— Du pain perdu aux abricots, suggéra Zoé. Il me semble bien avoir vu du pain, et nous avons des tonnes de beurre et d'œufs.

— Le pain perdu est une mauvaise idée, déclara Cher. C'est plein de féculents.

Muriel lui jeta un regard perçant qui fit resurgir le professeur qu'elle avait été.

— Je crois que je vais te mettre à la préparation des légumes, Cher. Mais tu ne devras pas traîner parce que si nous ne lançons pas tout de suite le ragoût, la viande sera difficile à mâcher.

— On ne devrait pas commencer par faire la soupe, vu que c'est l'entrée ? s'enquit Cher qui, réagissant à l'autorité de Muriel, s'était transformée en ado bougonne. L'entrée, c'est au début, j'veux dire !

— Non, la courge cuit rapidement. La viande est plus longue. Shadrach, tu fais la découpe pendant que nous trois nous occupons des légumes.

— On s'amuse bien, en fait ! confia Cher à Zoé un peu plus tard, tandis qu'elle coupait un oignon en dés équilatéraux sous le regard atterré de Zoé qui n'en revenait pas de sa lenteur.

— On s'amusera tout autant si tu accélères le mouvement, répliqua cette dernière en fendant avec un couperet une courge grosse comme une miche de pain.

— Non, c'est drôle seulement si on travaille avec précision, répliqua Cher.

Zoé songea qu'après tout ce n'était pas son rôle de lui faire accélérer la manœuvre. La courge se fendit en deux et elle abattit de nouveau son hachoir.

— Eh! Fais gaffe à ce que tu fais avec ce machin ou tu vas te trancher les doigts, se lamenta Muriel, je ne peux pas m'offrir le luxe de me passer de toi!

Les membres du jury choisirent ce moment-là pour venir faire leur tour. Gideon, apercevant Zoé avec un couperet, retint son souffle et le lui enleva des mains. Il prit sa planche à découper et émit un « tss tss » désapprobateur. Puis il se saisit d'un torchon, l'humidifia, l'étala sur le plan de travail et posa la planche dessus.

— Si vous faisiez cela dans une cuisine professionnelle, le chef vous massacrerait, grommela-t-il. Je vous l'ai déjà dit!

— Oui, chef, marmonna Zoé.

— Et la même consigne s'applique aussi à vous! s'exclama-t-il en lançant un regard furieux du côté de Cher qui, impressionnée, battit des mains et des cils.

À sa grande surprise, Zoé compatit avec le top model et pesta en silence contre Gideon qui lui avait pris son hachoir.

Ce n'est pas sans une certaine appréhension qu'ils regardèrent défiler les randonneurs, puisque ceux-ci décideraient quelle équipe méritait de gagner. Chacun goûterait tous les plats et les noterait. Ensuite, ils pourraient se régaler de celui qu'ils préféraient. C'étaient principalement de jeunes quinquas joviaux et en bonne santé, à l'exception de quelques personnes plus âgées qui n'avaient pas fait la randonnée mais accompagnaient un parent qui l'avait faite.

— La vieille là-bas va manger de la soupe de butternut pour la première fois de sa vie, marmonna Cher. Quant au ragoût, son dentier n'en viendra pas à bout.

Ils n'avaient finalement pas eu le temps de faire une tourte.

— Mais si ! La viande est très tendre et savoureuse, rappela Zoé qui l'avait goûtée quelques instants plus tôt. Je suis plus inquiète pour le dessert. Ils le jugeront raté parce qu'il n'y a pas de raisins secs dedans.

— C'était ton idée ! Nous avions des raisins secs, rappela Cher.

Leur bref moment de communion n'avait pas duré longtemps.

— Au moins, il n'y avait pas de gras sur la viande, poursuivit Cher. Je déteste la viande à la cocotte avec de la graisse dessus.

— En fait, moi aussi !

Après une brève hésitation, Zoé ajouta :

— Cher, je pense vraiment que nous devrions essayer de devenir amies. Je sais que nous sommes concurrentes, mais c'est le cas de tous ici. Cela n'empêche pas d'être copines.

— Oh, Zoé ! s'exclama Cher en levant les bras en l'air et les yeux au ciel. Évidemment qu'on est copines !

Elle prit Zoé dans ses bras et fit une bise dans le vide à côté de sa joue.

— On est soudées, et si nous jouons les bonnes cartes, l'une de nous deux aura des chances de gagner.

Zoé fut quelque peu sceptique. Elle avait confiance dans ses propres capacités, mais la compétition était rude. Deux ou trois parmi les autres concurrents deviendraient peut-être des chefs étoilés. Elle était bien plus qu'une simple touche-à-tout, mais elle devrait donner toute sa mesure pour gagner.

La dégustation prit un temps infini, et le bruit de la pluie qui tombait sans discontinuer sur le toit du barnum n'aida pas à faire passer le temps plus vite. Les plats refroidissaient et les randonneurs n'en finissaient pas de terminer leurs assiettes.

— Si seulement ils pouvaient se dépêcher ! pesta Muriel. Ça me rend dingue !

— De quoi ont-ils l'air, les plats de l'autre équipe ? s'enquit Cher.

— Ils ont fait du *queen of puddings*, répondit Muriel. Il ne reste plus qu'à espérer que leur meringue a pris l'humidité !

— Bah ! on aurait pu faire un crumble après tout, fit remarquer Zoé, doutant soudain que le pain perdu au beurre et aux abricots convienne, en fin de compte.

Finalement, la dégustation arriva à son terme et les goûteurs, qui devaient être morts de faim après avoir fait des kilomètres à pied et n'avoir avalé que d'infimes quantités de nourriture, passèrent à table pour de bon.

— J'ai l'impression de travailler dans une cantine scolaire ! lança Cher.

— J'aime faire à manger pour les autres, peu importe où, répliqua Zoé. Mais je n'aime pas être notée.

— Vous savez quoi ? commença Muriel. Je vais aller faire mon tour parmi eux pour essayer de savoir s'ils ont apprécié notre cuisine.

Elle revint quelques minutes plus tard.

— Les avis sont partagés. Certains ont trouvé la soupe et le ragoût trop épicés. Je crois que nous n'aurions pas dû faire deux plats épicés.

— Les vieux ne supportent pas les épices, fit remarquer Cher.

— Ce ne sont pas des vieux ! la tança Muriel. Certains ont mon âge !

— Désolée, marmonna Cher entre ses dents.

— Et notre dessert ? s'enquit Zoé, se sentant responsable.

Muriel fit la grimace.

— Où sont les raisins secs ?

— Nous en avions, intervint Cher en fusillant Zoé du regard.

— Je sais, tu l'as déjà dit ! soupira Zoé en passant un coup d'éponge sur son plan de travail déjà impeccable.

Elle ne se souvenait plus pourquoi elle avait insisté pour qu'on s'en dispense. Elle espérait à présent que cet impair ne lui coûterait pas sa participation au concours.

Enfin, on emmena les randonneurs. Ils furent nombreux à se donner la peine de remercier les candidats pour ce délicieux déjeuner.

— Au moins, nos campeurs repartent contents, fit remarquer Muriel.

— Campeurs ! Beurk, quel horrible mot ! s'exclama Cher.

— Et comment tu fais lorsque tu vas à un festival ? s'enquit Zoé, soudain curieuse.

Cher frémit des pieds à la tête.

— Je n'y vais pas. Les pieds dans le caca au réveil, non merci ! s'indigna-t-elle en étirant les syllabes. Je n'ai pas l'intention de pousser plus avant l'expérience.

— Au moins, tu seras entrée une fois dans ta vie sous une tente, gloussa Zoé.

Cher lui fit la grimace.

Mike s'approcha.

— Bon, les enfants, si vous voulez bien vous avancer jusqu'aux tables, nous vous communiquerons les résultats. Mais je crains que l'un de vous ne soit éliminé.

La boue était à son comble après le passage des randonneurs, et le sol quelque peu glissant.

— Bon sang, que j'ai horreur de ça ! se lamenta Cher en s'accrochant à Zoé, manquant la faire tomber.

— Ce n'est pas la boue le plus pénible…, répliqua Zoé.

— Bien ! commença Mike lorsque tous furent rassemblés. Nos clients sont partis très contents, alors bravo à tous. Dommage qu'une équipe doive perdre, parce que les deux s'en sont très bien tirées. Vous êtes d'accord avec moi, madame et messieurs les membres du jury ?

— Dans une certaine mesure seulement, répondit Anna Fortune. Certains d'entre vous se servent de leurs couteaux comme des manches, au point que nous vous dispenserions volontiers des cours si le temps ne manquait pas.

Un silence lourd de sous-entendus plana.

— Gideon et moi, ajouta-t-elle, remarquions justement que ce sera une chance si nous finissons l'émission sans que personne se coupe un doigt.

Le réalisateur alla les rejoindre.

— Je ne suis pas sûr que ce soit le message que nous voulons transmettre aux téléspectateurs. Pourrait-on avoir quelque chose de plus optimiste ?

— Non, répliqua Gideon. Anna a raison. Les téléspectateurs doivent savoir qu'il est important de manipuler les couteaux avec précision.

Le réalisateur poussa un grand soupir.

— O.K., faites-vous plaisir, mais je vous préviens, ce sera peut-être coupé au montage.

— On peut continuer ? intervint Mike. La société qui nous loue le minibus a un autre client, et ce serait dommage que quiconque soit obligé de rentrer à pied.

Anna Fortune haussa ostensiblement les épaules.

— Alors, on y va ? s'enquit Gideon. Pas la peine de faire durer artificiellement le suspense puisque notre décision est prise.

— C'est une émission de télé, lui rappela Fred.

Gideon émit un grognement guttural et détourna son attention.

— L'équipe gagnante est l'équipe bleue ! s'écria Mike.

Cher poussa un petit cri aigu, Zoé soupira de soulagement et Muriel sourit.

— Oh, c'est nous ! s'exclama cette dernière. Bravo, brigade !

— Quelqu'un de l'équipe rouge va donc devoir…

— On est au courant! lança Cher, si fort que tous eurent honte. Un de ces tocards est éliminé!

Ce fut Shona, le petit paquet de nerfs, qui fut éliminée. Elle pleura, mais comme elle avait pleuré depuis le début, personne ne s'en étonna.

— Maintenant, vous dînez encore au pub ce soir, mais les bus partiront à 21 h 30 tapantes. Si vous n'êtes pas là, vous rentrerez à pied. Compris?

La jovialité dont Mike avait fait preuve au début n'était plus qu'un souvenir.

— Si on rate le minibus, on peut toujours se faire déposer, nuança Cher avec l'assurance de la jolie fille qui n'hésite pas à utiliser ses charmes pour s'en sortir dans la vie.

Zoé songea qu'elle n'irait pas au pub. Elle n'était pas vraiment d'humeur à passer la soirée en groupe. D'un autre côté, il n'y avait rien à manger dans leur frigo, et elle ne voulait rien demander à Fenella et Rupert.

— Oh, allez, Zoé! commença Cher d'un ton sincèrement amical. Ce ne sera pas aussi drôle si tu ne viens pas.

La faim, plus ces encouragements et les hochements de tête des autres, convainquirent finalement Zoé qui se joignit à la troupe. Elle se demanda s'ils auraient l'occasion de faire connaissance avec l'équipe technique, mais la production tenait apparemment à ce qu'ils ne se rencontrent pas.

Cher continua de se montrer très aimable pendant toute la soirée. Si bien que Zoé commença à se demander si le trac n'avait pas été la cause de son hostilité initiale envers sa colocataire. Les membres de l'équipe gagnante étaient tous d'excellente humeur et firent de leur mieux pour encourager les perdants afin que tout le monde passe une bonne soirée. Zoé se demanda si elle n'avait pas un peu forcé sur le cidre. Celui-ci, ajouté à l'eau qu'elle se faisait un devoir d'avaler pour mitiger, l'obligeait à se rendre régulièrement aux toilettes, lesquelles se trouvaient au fond d'une venelle ; elle en revenait chaque fois un peu plus mouillée, car la pluie ne discontinuait pas.

— Au moins, comme ça, tu n'auras pas la gueule de bois, fit remarquer Muriel. Ce qui est le plus important ! C'est horrible de s'infliger des douleurs aussi atroces, soupira-t-elle. Je suis bien trop raisonnable pour céder aux sirènes de l'alcool, tu penses bien !

— Tu me lances un défi, Muriel ? s'enquit Shadrach qui, depuis qu'il s'était distingué pour son équipe, prenait des airs suffisants.

— Oh ! non, pas ce soir, répondit Muriel.

Elle consulta sa montre et ajouta :

— C'est l'heure d'aller prendre le minibus. Ils ne nous attendront pas.

— On reste encore un peu, lança Cher en incluant Zoé dans sa décision. On se fera ramener.

— Cher, je préfère rentrer ! Je n'ai pas envie de rentrer avec un inconnu.

— Ne fais pas ta lâcheuse, Zoé ! Juste un petit coup. Deux peut-être…

— À ta disposition, intervint Shadrach.

Cher le fusilla du regard.

— Allez, Zoé, allons à l'autre bar pour voir qui on trouve.

147

Tout en sachant qu'elle était folle d'accepter, Zoé suivit Cher dans l'espoir qu'une soirée débridée entre filles rendrait leur cohabitation plus facile. Bien sûr, elle n'aurait plus longtemps à faire cet effort, songea-t-elle sombrement en suivant la blonde chevelure de Cher jusqu'au *Snug* où, selon cette dernière, les gens du coin sympas se réunissaient pour boire. La fatigue, la météo et les talents de cuisiniers de Becca et de Shadrach en particulier avaient quelque peu sapé son naturel d'ordinaire optimiste. Cela commençait à chauffer pour de bon.

Elles ressortirent du *Snug* quelques instants plus tard en titubant dans le sillage d'un membre enjoué de l'Association des jeunes agriculteurs. Puisqu'elles étaient deux et qu'il était tout seul, Zoé pensa à bon droit qu'elles ne risquaient rien. D'autant qu'il suivait un entraînement en vue de participer à un concours de saut de haies et n'avait pas bu. Il les déposa devant le portail, et elles rentrèrent se coucher bras dessus, bras dessous. Finalement, Zoé avait pris plaisir à la soirée, s'amusant du badinage permanent de Cher et de la bonne humeur des autres clients. Mais à quelques pas de la porte de leur chambre, Cher glissa dans la boue, entraînant Zoé qui tomba sur elle.

— Dé-so-lée, lança-t-elle. Tu peux prendre la douche en premier !

Zoé, qui était passablement pompette, pensa qu'elles étaient vraiment devenues amies, même si cette proposition généreuse cachait anguille sous roche. Cependant, tandis qu'elles se remettaient en route en gloussant, Zoé se reprocha de faire preuve d'une méfiance injustifiée.

Quitter leurs bottes de pluie leur sembla une entreprise interminable. Assises sur le pas de la porte, elles tiraient en vain sur le caoutchouc qui leur glissait entre les doigts. Lorsqu'elles furent enfin libérées de ces entraves, elles entrèrent dans leur chambre.

— Je vais faire du thé pendant que tu prends une longue douche bien chaude, lança Cher.

De nouveau, Zoé trouva cela trop beau pour être vrai, mais la perspective d'une bonne douche brûlante l'emporta et elle alla dans la salle de bains.

— La place est libre ! lança-t-elle en ressortant un moment plus tard. J'espère ne pas avoir aspergé partout.

— T'inquiète pas, ça ira.

Zoé alla jusqu'à son lit afin de se mettre en pyjama, qu'elle gardait sous son oreiller. Passant la main sur la literie, elle s'aperçut qu'elle était trempée et que la fenêtre – qu'elle était certaine d'avoir fermée – était ouverte.

— Oh non ! hurla-t-elle. Mon lit est une vraie éponge. Cher !

Enveloppée dans sa serviette, elle se mit en quête d'un autre pyjama dans son sac à dos et l'enfila. Puis elle avisa.

Convaincue que Cher était dans le coup, elle considéra la possibilité de prendre le grand lit et de laisser sa colocataire dormir sans couverture sur le divan minuscule. Mais à quoi bon ? Cela ne ferait que déclencher une explosion de cris, de récriminations et de contrariété. En outre, il était hors de question de dormir dans le même lit que Cher, même si celle-ci y consentait, ce dont on pouvait douter.

Elle se rabattrait donc sur l'habitation principale. Elle savait où trouver la clé désormais. Elle s'installerait sur la banquette de la cuisine. Elle serait au chaud et à l'abri et aurait tout loisir de décider de la marche à suivre concernant Cher. Cette fille était complètement dérangée. Pourquoi se donner tant de mal pour devenir « des frangines », alors qu'en réalité elle faisait tout pour lui faire perdre le concours ? Et puis, pourquoi ce soir-là ? La nouvelle épreuve ne commencerait pas avant la mi-journée du lendemain. Ils disposaient de la matinée pour se reposer et reprendre des forces. Tandis qu'elle ramassait ses affaires, elle se demanda néanmoins si elle ne mettait pas à profit le comportement bizarre de Cher pour se réfugier dans la maison, dans l'espoir d'y croiser Gideon.

La question se posait, en effet, car ç'aurait été une folie de provoquer une rencontre avec lui. Elle avait passé une nuit avec lui en toute impunité, quoique de justesse. Il ne fallait pas tenter le diable.

Il restait que son lit était trempé. Qui plus est, la chambre de Gideon étant toujours en travaux, il n'était sûrement pas dans la maison. Cette considération la rassura, et elle termina son sac pour la nuit. Elle se vengea néanmoins en « empruntant » les bottes de pluie de Cher. Celles-ci étaient plus grandes que les siennes et plus faciles à enfiler. À l'inverse, Cher, qui chaussait du 40 ½ ne pourrait jamais entrer dans le 38 de Zoé.

Elle ouvrit la porte de derrière aussi discrètement que possible et remit la clé en place. Elle hésita un instant. Si Gideon était à l'intérieur, la situation pourrait s'avérer embarrassante, en plus de lui faire risquer la disqualification. Elle fut prise de frissons lorsqu'elle comprit qu'elle ne pouvait pas reculer. Elle quitta ses bottes de pluie et pénétra dans la cuisine sur la pointe des pieds, en priant pour que les chiens n'y dorment pas car ils se mettraient fatalement à aboyer.

Mais ses précautions se révélèrent inutiles. La cuisine n'était pas vide.

— Hello, Zoé ! lança Rupert en levant le nez d'une miche de pain qu'il coupait en tranches. Puis-je vous être utile ?

— Oh ! s'exclama-t-elle, prise de court. Heu…, Fen est encore debout ?

— Oui. Nous sommes à l'étage dans notre petit salon où nous prenons un verre en mangeant des sandwichs. Si vous vous joigniez à nous ? Vous pourriez porter le vin et un verre supplémentaire. J'ai fait du feu. Une flambée en plein été, ça a quelque chose de décadent, vous ne trouvez pas ?

— Oh ! je ne voudrais pas m'imposer…

— Vous ne vous imposez pas ; en plus, vous vouliez parler à Fen. Elle sera ravie de vous voir. Allez, venez, prenez cette bouteille et suivez-moi.

Zoé prit la bouteille que Rupert lui indiquait et le suivit à l'étage puis le long du palier. Il ouvrit la porte.

— C'était une chambre, mais nous l'avons transformée en petit salon privatif pour les jours d'affluence ou quand la maison est en travaux, comme c'est le cas en ce moment. Entrez !

Il sauta immédiatement aux yeux de Zoé que la pièce n'avait rien de petit. Même si, pour être exact, elle était plus petite que les salles de réception qu'elle avait entrevues à son arrivée. La cheminée semblait démesurément grande pour une chambre à coucher. Un feu de bois y rougeoyait allègrement. Deux divans en cuir râpé de bonne taille se faisaient face de chaque côté d'une immense table basse recouverte d'un fouillis d'objets.

Sur l'un des divans, l'air parfaitement à l'aise, était assis Gideon.

Le cœur de Zoé fit un bond dans sa poitrine, signe qu'elle était contente de le voir, même si la raison lui commandait de faire demi-tour et de redescendre à la cuisine où sa première intention avait été de passer la nuit.

Personne ne sembla remarquer le dilemme auquel elle était en proie entre raison et sentiments. Fen avait posé les pieds sur un énorme pouf et se moquait de Gideon comme s'ils s'étaient connus depuis toujours.

— Zoé nous fait une petite visite, annonça Rupert. Je l'ai trouvée dans la cuisine.

— Zoé ! salua Fenella en lui faisant de grands signes de la main. Entrez. Je ne peux pas bouger, j'en ai peur, mais je suis contente de vous voir. Je me demandais comment vous vous en sortiez mais je ne pouvais pas demander à Gideon.

Ce dernier se leva. Après un silence, il sourit, apparemment content de la voir.

— Venez vous asseoir près du feu. Vous semblez transie de froid. Et vous êtes en pyjama…, ajouta-t-il d'un air étonné.

L'accueil, ajouté à la flambée, fit chaud au cœur de Zoé.

— Bonsoir ! Je ne pensais pas m'inviter à une soirée ! lança-t-elle. Sauf si c'est une soirée pyjama !

— C'en est une, confirma Fen. Je ne porte plus d'autres tenues ces temps-ci. Gideon, poussez-vous afin qu'elle puisse s'asseoir.

Gideon lui fit une place à côté de lui, qu'il tapota de la main.

— Hé, mais vous êtes pieds nus, fit-il remarquer lorsqu'elle se fut assise. Peut-on savoir pourquoi ?

— Je suis venue avec des bottes de pluie mais je les ai enlevées en arrivant. Elles étaient toutes crottées.

— Nous ne sommes pas très regardants sur la boue dans cette maison, sauf quand nous avons des invités de marque, intervint Fenella. Pas comme Gideon, qui n'a rien d'un invité de marque.

Gideon lança une œillade à Fen qui signifiait qu'il appréciait le compliment. Puis il prit une petite couverture sur le dossier du divan et la glissa sous les pieds de Zoé avant de les soulever afin de les poser sur la banquette. Zoé fut touchée par ce geste, même si elle s'efforça de n'en rien laisser paraître. En fait, elle était dans tous ses états.

— Alors, que nous vaut votre visite ?

— Je venais voir si Fenella n'était pas encore couchée.

— Un problème ? s'enquit cette dernière.

— Oui.

Zoé accepta le verre de vin que Rupert lui tendit.

— À savoir ? s'enquit Fenella.

153

Zoé avait espéré pouvoir parler avec elle en privé. Mais elle allait devoir se confier à tous les trois.

— Mon lit a été trempé pendant que je n'étais pas là aujourd'hui, expliqua-t-elle.

— Vous n'avez pas laissé la fenêtre ouverte, au moins ? demanda Fenella, manifestement épouvantée.

— Non, pas moi ! répondit Zoé.

— Serait-ce cette petite peau de vache de Cher ? intervint Gideon. C'est une vraie empoisonneuse !

— Je ne vois qu'elle, parce que je me souviens parfaitement de l'avoir fermée, poursuivit Zoé. Je ne voulais pas dormir dans son lit, alors je suis venue dans l'intention de dormir sur la banquette de la cuisine, au cas où vous auriez été couchés.

— Oh, ce ne sera pas la peine ! assura Fen. Nous vous trouverons un petit coin. En attendant, prenez un autre verre à ma santé.

Après un silence, elle ajouta :

— Ce n'est pas tellement l'alcool qui me manque – du moins je l'espère –, c'est la convivialité, le plaisir de s'asseoir avec des amis et de se mettre un peu pompette.

Rupert remplit le verre de Zoé à ras bord.

— J'ai bien peur de ne pas en être à mon coup d'essai pour ce soir, avoua-t-elle. Nous sommes allés au pub plus tôt dans la soirée, puis Cher a insisté pour qu'on prolonge.

Gideon lui enleva son verre.

— Il ne faudrait pas que vous ayez la gueule de bois demain.

Zoé le reprit.

— Je sais. J'ai bu plein d'eau.

— Prenez un sandwich, suggéra Rupert. Nous avons tous dîné mais la faim nous a repris. Du moins Fen. Alors, par esprit de solidarité…

Zoé savoura son vin en grignotant son sandwich, les jambes repliées sous la couverture. Gideon passa le bras derrière elle de manière décontractée, l'intégrant ainsi à leur petit groupe, mais d'une manière toute spéciale. Une fois de plus, elle écarta ses craintes au sujet de l'interdiction de faire ami-ami avec les membres du jury.

Cependant, elle était vraiment épuisée. Les divers moments de stress et de tension de la journée avaient fini par la rattraper. Elle posa son verre et refusa d'être resservie. Le plus sage eût été de prendre congé et de trouver un endroit où dormir. Mais cela aurait obligé Fenella à se lever, et celle-ci s'amusait manifestement beaucoup.

Elle ferma les yeux et, à un moment donné, Gideon la serra contre lui afin qu'elle ait toutes ses aises, ainsi blottie. Elle s'abandonna à la douce chaleur du moment, au parfum ensorcelant de son eau de toilette, à la conversation à bâtons rompus qui se déroulait entre ses trois amis, et sombra bientôt dans un profond sommeil sans rêve.

9

Zoé se rendit compte qu'elle avait dû s'assoupir lorsqu'elle entendit les trois autres qui parlaient d'elle.

— Elle est morte de fatigue, fit remarquer Fenella. Et je ne vois nulle part où la faire dormir.

— Je ne sais pas trop où tu avais l'intention de la mettre, répliqua Rupert. Il n'y a plus de place. Toutes les chambres sont, soit en travaux, soit encombrées de fatras pour le mariage dans deux jours.

— Nous pourrions simplement la laisser dormir sous des couvertures sur ce canapé, suggéra Fenella sans conviction.

Zoé, pour sa part, pensa que c'était tout à fait acceptable. Elle s'endormait déjà, d'ailleurs. Ce serait encore plus confortable si elle n'avait pas à changer de pièce. Elle garda donc les yeux fermés.

— Ne vous inquiétez pas, je veillerai sur elle, intervint Gideon.

Un silence s'ensuivit, un silence qui mit un terme à l'espionnage auquel se livrait Zoé.

— Eh, j'y compte bien ! rétorqua Fenella d'un ton sévère. Parce que j'apprécie Zoé.

— N'ayez crainte, assura Gideon. Moi aussi. Elle peut dormir dans mon lit. Comme il est assez grand pour six, elle pourra passer une nuit très chaste.

Il ne précisa pas que ce serait la deuxième fois, et Zoé remercia le ciel que ses hôtes ne soient pas au courant.

— Ce n'est pas tout, poursuivit Fen. Elle participe au concours et vous êtes membre du jury. Si cela venait à se savoir, elle serait honteusement disqualifiée, et peut-être que vous aussi.

— Faites-moi confiance. Je la protégerai. Personne n'en saura rien.

Silence.

Zoé imagina leurs regards inquiets, puis un soupir se fit entendre.

— Je ne voudrais pas vous mettre dans une situation embarrassante, lança enfin Gideon.

— Ce n'est pas la question…, assura Fenella. Allez, laissez-moi le dernier sandwich et je vous pardonne !

Fenella savoura son sandwich en silence.

Une fois son anxiété apaisée, elle poursuivit.

— Sarah vient demain pour les derniers préparatifs du mariage. J'espère vraiment que vos poulains feront du bon travail pour le repas de noces.

Ces dernières remarques s'adressaient à Gideon.

— Ils sont tout à fait compétents, et comme la chaîne de télévision prend en charge toutes les dépenses de bouche, je ne pense pas que les mariés aient sujet de se plaindre.

— C'est vrai, je sais, convint Fenella, puis elle gémit, faisant mine de se lever. Reste que je n'ai pas envie qu'ils repartent de chez moi avec une mauvaise impression.

— Cela n'arrivera pas, assura Gideon sans hésiter. Avec des candidats comme Zoé et Muriel, qui sont superefficaces et qui cuisinent rudement bien, il n'y aura pas de problème.

— J'aimerais embaucher Zoé, confia Fenella. Ce serait la personne idéale pour me remplacer pendant que mon homme et moi nous absenterons. Je le lui proposerai demain matin. Soulève-moi, Scotty, et porte-moi jusqu'au lit!

— Quant à moi, je m'occupe de la Belle au bois dormant, lança Gideon.

Zoé résista également à cette nouvelle occasion d'ouvrir les yeux. Elle avait envie de se laisser emmener par Gideon, même s'il risquait de ne pouvoir la soulever. Elle serait alors bien obligée de se réveiller. Mais cela briserait la magie.

Elle avait sans doute perdu du poids ces derniers temps, car il la souleva sans difficulté. Néanmoins, Zoé eut du mal à rester complètement détendue en laissant retomber sa tête en arrière et en gardant les bras ballants. Tandis qu'il l'emportait hors du salon, elle craignit de baver à cause de la position de sa tête. Si cela se produisait, pensa-t-elle, elle remuerait, pousserait un petit gémissement et dirait: «Où suis-je?» Elle espérait, cependant, que ce ne serait pas nécessaire. Même s'il eût été sympathique de pouvoir utiliser ce cliché cinématographique vraiment à propos, elle préférait se laisser border par Gideon.

Elle eut tout loisir de s'imaginer dans son lit, allant jusqu'à conclure perversement et prétentieusement qu'elle ne raterait pas cette deuxième occasion. Si elle réussissait à le convaincre que tout se déroulait le plus naturellement du monde et selon ses vœux à lui, alors elle passerait à l'action. Elle avait un gros faible pour Gideon et savait qu'elle le regretterait toute sa vie si elle ne profitait pas de la situation. De plus, elle était d'humeur téméraire ce soir-là. Rien ne lui semblait plus important que cette aubaine.

Fenella précédait Gideon et lui ouvrait les portes. Lorsqu'ils arrivèrent à sa chambre, il lança :

— Pourriez-vous allumer les lampes de chevet ? Merci.

Il posa doucement Zoé sur le lit et remonta la couette sur elle. Elle se retint de passer les bras dessus comme elle en avait l'habitude, car le moindre mouvement brusque de sa part l'aurait trahie.

— Tout cela ne me plaît pas trop…, murmura Fenella.

— Si je dressais une barrière d'oreillers entre nous deux, cela vous plairait-il davantage ? s'enquit Gideon sur le ton de la plaisanterie.

— Non, parce que je devrais me lancer à la chasse à l'oreiller et il est trop tard pour cela. Faites juste en sorte de ne pas lui briser le cœur !

— Ne craignez-vous pas qu'elle brise le mien ?

— Non. Je suppose que le vôtre est dur comme la pierre.

— J'aimerais que ce soit le cas, moi aussi.

Zoé était si parfaitement immobile qu'on aurait pu la croire morte. Elle attendait qu'il poursuive, qu'il en révèle davantage sur lui-même.

— Vous voulez dire qu'il n'est pas dur comme la pierre ?

La curiosité de Fenella était manifestement piquée au vif.

— D'ordinaire, si ; mais dans le cas présent…

Zoé eut le choix entre s'arrêter de respirer, éternuer, hurler ou éclater de rire. Elle n'en fit rien.

— J'ai un petit faible pour elle, avoua Gideon. Ce qui implique que je dois me montrer plus exigeant avec elle qu'avec tous les autres. Par chance, elle excelle. Je n'aurais pas pu la repêcher si elle avait été éliminée.

Zoé sentit le fou rire monter, mais elle se retint.

— Eh bien, je suis contente de constater que vous avez du sens moral, répliqua Fenella. Alors bonne nuit. À demain pour le p'tit déj' ! D'ici là, j'aurai trouvé un mensonge pour sauver sa réputation.

Trop tard ! songea Zoé. *Cher croit déjà que je couche avec toute l'équipe pour gagner le concours. Alors, autant en profiter, même si ça le rend plus sévère avec moi.*

Zoé attendit impatiemment que Gideon ressorte de la salle de bains où il resta une éternité. Lorsqu'il refit enfin son apparition, il se planta au-dessus d'elle pendant quelques instants. Puis il écarta une mèche bouclée de son visage avec une tendresse qui faillit faire hurler Zoé de plaisir. Puis il se coucha et éteignit la lumière.

Son heure était venue ! songea Zoé. Elle gigota tout en continuant de faire semblant de dormir et se rapprocha de Gideon.

Elle le sentit se raidir. Elle s'approcha encore un peu. Comme il ne reculait pas, elle gigota de nouveau.

— Zoé…

Il avait parlé assez fort pour qu'elle se réveille… si elle avait dormi, bien sûr.

— Oh ! vous êtes là ? lança-t-elle de la voix plus innocente qu'elle put trouver. Je suis victime d'une crise de déjà-vu ou me voilà une fois de plus dans votre lit ?

— Vous êtes une fois de plus dans mon lit, et si vous ne restez pas de votre côté, vous risquez de le regretter.

Pour toute réponse, elle se serra encore plus près.

— Je ne crois pas que je le regretterai.

— Vous savez ce qui risque d'arriver ? Je ne suis qu'un homme ! Et votre pyjama est très érotique.

— Vous trouvez ? s'enquit-elle en posant la tête sur son épaule. Ce n'est pas trop fleuri ? Moi, je le trouve très sage.

— Eh bien, vous vous trompez. Et je ne suis pas certain de pouvoir résister.

— Oh ! mais vous n'êtes pas obligé de résister. Du moins, pas…

Elle s'interrompit, ne trouvant pas les mots, ce qui était inhabituel chez elle.

— Qu'essayez-vous de me dire, Zoé ? Je ne me suis pas bien fait comprendre.

— J'essaie de le dire autrement qu'avec des mots.

Saperlipopette, l'art de la séduction, ce n'était pas du gâteau, pas comme dans les films.

— Je n'ai pas envie que vous fassiez quoi que ce soit que vous pourriez regretter.

Il était moins facile de séduire un gentleman qu'un goujat. Lorsque quelqu'un faisait des avances à Zoé, si celle-ci n'avait pas envie, elle savait très bien le faire comprendre. Mais la question était : comment s'y prendrait-elle pour amener Gideon à prendre les devants sans avoir besoin de se jeter sur lui ?

— Vous êtes en peignoir, se plaignit-elle. Vous dormez toujours en peignoir ?

— Seulement quand je dors avec vous.

— Pourriez-vous vous débarrasser de cette habitude ? s'enquit-elle en jouant avec son col.

— Ce n'est pas une habitude, c'est un peignoir.

Quelques secondes passèrent, puis Zoé comprit enfin la plaisanterie.

— Très drôle !

— Zoé, si j'enlève mon peignoir, vous savez ce qui va arriver, n'est-ce pas ?

— Évidemment ! Même si je commence à en douter.

— Et vous aimeriez que quelque chose arrive ?

— Faut-il que je vous fasse un dessin ? Que je vous le dise en chinois ?

Elle soupira d'exaspération.

— Je n'ai apparemment pas l'étoffe d'une tentatrice.

— Pas du tout, vous vous débrouillez très bien. C'est juste que je…

— Écoutez-moi ! J'ai envie de vous. Et je suis dans votre lit. Si je ne vous plais pas, dites-le simplement. Si je vous plais, eh bien… ce serait mieux si vous n'étiez pas enveloppé d'une tonne de tissu-éponge.

Il gloussa dans sa barbe.

— O.K., pas la peine de me faire un dessin…

Une poignée de secondes plus tard, le peignoir en tissu-éponge et le pyjama fleuri gisaient à terre.

Le soleil perçait à travers les rideaux lorsque, le lendemain matin, Zoé se glissa hors du lit. C'était un déchirement, mais elle devait brouiller les pistes avant que tout le monde ne se réveille. Après avoir pris la douche la plus rapide de tous les temps et s'être brossé les dents très sommairement, elle descendit au rez-de-chaussée. Gideon était encore au lit. Zoé avait à peine osé poser les yeux sur lui. Entrevoir son corps à moitié découvert, ses cheveux en bataille et sa jolie bouche légèrement entrouverte rendait son départ suffisamment difficile. S'il se réveillait et qu'il lui parlait, elle ne parviendrait plus à quitter la chambre.

Elle aurait préféré passer la matinée au lit avec lui. Elle n'avait jamais ressenti cela auparavant, et il lui semblait éprouver tous les symptômes de l'amour. Elle semblait même gravement atteinte. C'était exaltant mais aussi un peu terrifiant. Elle se sentait complètement déconfite, un peu comme si elle avait couvé quelque chose. Mais elle était la seule responsable. Si elle n'avait pas couché avec lui, elle aurait pu maîtriser ses sentiments. Mais elle en avait décidé autrement et elle devrait vivre avec. Elle devait également s'assurer que son imprudence ne causerait pas son élimination du concours parce qu'elle n'avait pas la tête à cuisiner ou parce que la rumeur de leur aventure se répandait. Elle devrait d'abord s'assurer que Cher aux yeux de fouine ne puisse porter aucune accusation contre elle.

Elle enfila son pyjama et descendit sans se faire remarquer. Elle s'arrêta net lorsqu'elle entendit des voix dans la cuisine. Une fois de plus, elle la jouerait au culot.

La voix de Cher retentit derrière la porte entrouverte.

— Je suis venue parce que je me faisais vraiment du souci pour Zoé. Elle est partie hier soir parce que son lit était un peu humide – elle avait oublié de fermer la fenêtre… Et je ne l'ai plus revue depuis. J'ai eu peur qu'il lui soit arrivé quelque chose.

Force fut à Zoé d'admirer les talents d'actrice de Cher. Elle paraissait très sincère. Mais comme Zoé avait déjà passé la nuit hors de leur chambre sans que sa colocataire s'inquiète, celle-ci jouait manifestement la comédie.

Zoé ouvrit la porte avant que Rupert ou Fenella ne soient obligés de prendre des libertés avec la vérité.

— Salut, Cher ! Que fais-tu ici ?

— Zoé ! J'étais si inquiète ! Que t'est-il arrivé ? Où as-tu passé la nuit ?

Cher était donc décidée à la piéger.

— Je ne me souviens plus très bien, mais j'ai dû m'endormir sur le canapé du petit salon. Je devais être épuisée !

— Nous avons grignoté en prenant une collation, ajouta Fenella, probablement dans le but de faire accroire à Cher qu'ils avaient bu du lait chaud en mangeant des biscuits.

— Ouais, reprit Zoé. Je passais un moment avec Fen et Rupert, et l'instant d'après je me suis retrouvée sous des couvertures. Je ne savais plus où j'étais au réveil.

— Mais vous avez quand même bien dormi ? s'enquit Fenella.

— Oh ! oui, votre canapé est très confortable.

Même si rien de tout cela n'était entièrement faux, Zoé sentit néanmoins le rouge lui monter aux joues, car entre le moment où elle s'était endormie et le réveil, beaucoup de choses s'étaient passées.

Cher la regarda en plissant les yeux.

— Tu n'as pas de courbatures ?

— Pourquoi ? Je devrais en avoir ?

Elle avait effectivement quelques courbatures mais le canapé n'était pas en cause.

— Ben, tu sais bien, quand on dort sur des trucs pas faits pour ça…

Zoé eut l'impression que Cher avait deviné la vérité.

— Bon, assez bavardé, je ferais mieux de monter m'habiller.

— Revenez prendre le petit déjeuner avec nous, lança Rupert. Je prépare un petit déjeuner anglais. Vous aussi, Cher, ajouta-t-il.

— Avez-vous l'intention de faire du bacon au four ? s'enquit cette dernière d'un air précieux.

— Non, à la poêle, comme le veut la tradition, répondit Rupert, tout sourire.

— Notre piano est très bien équipé pour cela, intervint Fenella. Il m'arrive parfois de faire le bacon au four mais Rupert fait frire le pain.

Zoé quitta la pièce au moment où Cher poussait un petit cri horrifié à l'idée d'ingérer des glucides et des graisses animales dans la même bouchée destructrice.

À son retour, Gideon était assis à table où il s'attaquait à un plantureux petit déjeuner. Il leva la tête lorsque Zoé entra et lui fit un clin d'œil si discret qu'elle fut la seule à le voir. Du moins l'espéra-t-elle. Il tira une chaise. Cher était assise à côté de lui.

Celle-ci glissa une tranche de bacon dans l'assiette du critique en lui lançant une œillade pleine de minauderie.

— Essaieriez-vous de soudoyer un membre du jury avec une tranche de lard ? lui lança-t-il d'une voix qui piqua Zoé au cœur, même si elle savait pertinemment qu'elle n'avait aucune raison d'être jalouse.

À moins que…

— Bien sûr que non. Je ne pourrais jamais rivaliser avec Zoé sur ce plan. Quoi qu'il en soit, je ne pourrais plus rien avaler !

Zoé fut reconnaissante à Rupert de son intervention immédiate :

— Mais vous n'avez presque rien mangé ! Une tranche de poitrine et une tomate ! Vous ne tiendrez pas jusqu'au déjeuner avec ça dans l'estomac.

— Bah ! je ne mange jamais beaucoup. Je suis très vite rassasiée, affirma-t-elle en regardant avec insistance l'assiette bien garnie que Fenella avait posée devant Zoé.

— Mais vous cuisinez ! repartit Rupert. Vous êtes bien obligée de goûter votre propre cuisine ?

— Seulement en très petites quantités. Et puis il est rare que je mange un repas entier.

Jetant un coup d'œil du côté de Zoé, elle ajouta :

— Je ne comprends pas pourquoi Rupert croit que tu as besoin d'avaler tout ça ?

Zoé, qui n'était pas obsédée par son apparence physique et qui ne songeait guère à son poids, se fit l'effet d'être un hippopotame. Un hippopotame choyé à la conscience coupable. Elle regarda à la dérobée Gideon qui lui fit délicatement du pied.

Geste qu'il souligna d'un sourire. D'un côté, Zoé fut électrisée par le risque encouru, mais d'un autre, elle se promit de le réprimander. Sa propre disqualification n'était pas la seule en jeu dans cette affaire.

— J'imagine que Rupert est généreux, répliqua-t-elle enfin.

— Je confirme! s'exclama Fenella. Il adore nourrir les gens. C'est pour cela que je suis énorme. Cher, comment était la météo quand vous avez traversé la cour ce matin?

— On dirait que le beau temps revient, répondit Cher.

Zoé remercia le ciel d'avoir rendu les Anglais obsédés par la météo.

— Tant mieux! Avec le mariage demain, ce serait bien si le sol pouvait sécher un peu. Chéri? lança Fenella en se tournant vers son mari. Sarah et Hugo seront là d'une minute à l'autre. Nous reste-t-il de quoi les nourrir?

— Il nous reste environ un demi-porc. Bien, quelqu'un veut-il des toasts?

— Bon sang! Pas pour moi, merci! s'exclama Cher d'un ton qui laissait entendre que quiconque en voulait était forcément le petit-cousin de Gargantua. Mais je suis sûre que Zoé ne dirait pas non!

— Je n'ai pas encore fini mes saucisses, Cher! rétorqua Zoé avec irritation.

— Dis-moi ce que tu manges, je te dirai qui tu es! pérora Cher d'une voix suraiguë.

Zoé se serait botté les fesses de lui avoir ainsi tendu la perche.

— Les filles! intervint Rupert d'un ton sévère. Inutile de se chamailler.

N'étant pas directement responsable, Zoé fut contrariée par cette remarque, mais admit que son hôte ne pouvait admonester uniquement Cher.

— C'était un petit déjeuner fabuleux, un grand merci, lança Zoé.

Elle se leva, rassembla des assiettes éparses et ajouta :

— Je les mets juste dans le lave-vaisselle.

— Ce n'est pas urgent, lança à son tour Fenella, sans conviction. Il y en aura d'autres quand Sarah et Hugo seront là.

— Est-ce la Sarah Stratford qui a organisé le mariage de Carrie Condy ? s'enquit Cher. J'ai vu les photos. Sa robe était magnifique.

Elle n'avait pas daigné se lever pour aller aider Zoé.

— C'est elle, confirma Fenella. Cela a vraiment contribué à nous lancer, n'est-ce pas, Rupert ?

— Parfaitement ! Zoé, c'est très gentil !

— Simple habitude. Bon, à présent, je ferais mieux d'aller vérifier si mon lit est sec.

— Restez donc, vous ferez la connaissance de Sarah et Hugo, suggéra Fenella.

— Nous avons bien rendez-vous avec eux à 11 h 30 de toute façon ? s'enquit Zoé, considérant qu'elle avait suffisamment abusé de l'hospitalité de ses hôtes.

— Mais vous serez dans le secret des dieux si vous restez, fit remarquer Rupert.

— Moi, je reste ! s'exclama Cher. Hugo Marsters est un photographe célèbre.

Fenella se rembrunit quelque peu.

169

— Il est assurément célèbre, mais je ne pense pas qu'il fasse des photos pour les magazines people.

— Ah, peu importe ! répliqua Cher.

Zoé considéra qu'il était au-dessus de ses forces de regarder Cher draguer ce photographe en plus de Gideon. En outre, elle avait besoin d'être seule afin d'assimiler les événements récents et d'être tout à sa joie. Cela avait été si extraordinaire. C'était une vraie première pour elle. À présent, elle savait : l'alliance du sexe et de l'amour était la meilleure chose qui soit.

— Il faut que j'aille changer ma literie, annonça Zoé en s'apprêtant à partir d'un bon pas.

— Bah ! ne vous inquiétez pas pour le matelas, nous en avons de rechange, lança Fenella. C'est le jour de mes précieuses fées du logis aujourd'hui. Elles vous en trouveront un autre et mettront le vôtre à sécher dans la chaufferie.

— Super ! J'étendrai les draps dans la chambre.

— Vraiment, ne prenez pas cette peine.

C'était au tour de Fenella de se montrer ferme à présent.

Néanmoins, Zoé ne put s'empêcher de préparer le terrain aux fameuses fées du logis avant de faire quelques pas dans le jardin pour se détendre et de se rendre munie de son bloc-notes, dans la salle de réception où avait lieu la réunion en prévision du repas de noces du lendemain.

— O.K., les enfants !

Même si Zoé était désormais habituée au cri de ralliement de Mike, il ne lui en donnait pas moins le trac.

— Sarah Stratford, qui organise le mariage, va vous expliquer ce qu'elle attend de vous. Sarah ?

Les candidats, la production et l'équipe de tournage, les membres du jury, tous s'étaient rassemblés comme lors de leur toute première réunion au sommet.

Sarah, qui se révéla remarquablement performante malgré un trac manifeste dû à la présence de la télévision, s'éclaircit la voix.

— Bonjour, tout le monde. Comme vous l'a dit Mike, je m'appelle Sarah, et c'est moi l'organisatrice de ce mariage. Et je vous l'avoue, je suis très nerveuse à l'idée que vous prépariez un repas de noces que j'organise.

Le sourire chaleureux dont elle accompagna ces paroles provoqua le rire général, ainsi qu'elle s'y était attendue.

— Il s'agit d'un buffet, mais les canapés devront nourrir leur homme ! Nous ne voulons pas que les invités se reportent massivement sur le champagne et soient ivres dès les cinq premières minutes. C'est prévu, mais pour plus tard.

L'assistance partit d'un grand rire.

— Je veux que vous fassiez chacun dix sortes différentes de canapés, dix de chaque sorte. Ce qui nous fera au total sept cents petits fours. Soit dix par personne, ce qui devrait suffire à éponger le champagne. La célébration aura lieu demain à midi. Le couple se marie ici, à la chapelle, ce qui signifie qu'à 13 heures les invités seront prêts à honorer votre cuisine. À présent, je passe la parole au jury qui va vous indiquer les modalités.

171

Une vague rumeur enthousiaste s'éleva de la salle. Les mariages produisaient toujours cet effet, même si les messieurs se montraient moins zélés. Sarah alla rejoindre un très bel homme sur un côté de l'estrade. Il la prit par les épaules et l'embrassa sur le sommet du crâne. Zoé supposa qu'il s'agissait d'Hugo. Gideon s'avança.

— Bien. Il nous faut cinq canapés chauds et cinq froids. Prévoyez du temps pour la réflexion, la consultation de recettes, etc. Ensuite, votre projet devra être validé par l'un des membres du jury ou par Sarah. Enfin seulement, vous pourrez passer à l'action. Mais attention, vous devrez faire en sorte qu'une grande quantité soit très chaude au sortir du four et veiller à ce que vos appareils soient du jour pour éviter qu'ils mollissent. Vous trouverez toutes sortes d'ingrédients à votre disposition, ajouta-t-il en montrant une table où s'entassaient des victuailles. Mais si vous avez besoin de quoi que ce soit qui manque et que vous ayez le temps d'aller l'acheter, libre à vous… Nous vous donnerons l'argent.

Cher leva la main.

— Qu'est-ce qui nous empêche d'acheter une tonne de pâtés à la viande chez le charcutier et de nous contenter de les faire réchauffer ?

— Le fait que cela ne nous échappera pas et que vous seriez disqualifiés. D'autres questions ? Non ? Parfait. Oh ! encore une chose qui vous fera plaisir. Nous avons prévu une certaine quantité de pâte feuilletée toute prête, mais il n'y en aura pas assez pour tout le monde. Nous ne voulons pas nous retrouver avec une tonne de bouchées à la reine sur les bras.

Après un silence, il ajouta :

— Sachez également qu'au-delà d'une certaine quantité de petits fours à base de pâte feuilletée ou autre avalisés par nous, vous devrez réfléchir à autre chose. Nous attendons de vous que vous fassiez preuve d'inventivité et d'originalité. Merci.

Zoé se rendit compte à quel point il était difficile de se concentrer quand on était amoureuse. Elle s'efforça donc de ne plus penser à Gideon pour se consacrer pleinement au défi qui l'attendait. Elle ne prit pas la peine de se ruer sur la pâte feuilletée toute prête. À la place, elle prit son bloc et commença à poser ses idées par écrit.

« Pignatelles, boulettes de riz, parmentiers individuels et minipizzas… »

Rien de très palpitant, mais les végétariens seraient contents.

« *Frittata…* »

Ce qui nous fait cinq canapés chauds ! songea-t-elle. *Les froids, à présent…*

Il fallait se dépêcher pour être la première à proposer ses trouvailles, sinon elle devrait recommencer.

Au bout de quelques minutes d'intense réflexion et de non moins intense gribouillage, elle courut soumettre sa liste aux membres du jury.

Anna Fortune la prit.

— Pas de bœuf dans le parmentier. *Frittata* également refusée. Et si on me propose encore des asperges au jambon de Parme, je hurle !

— Désolée, s'excusa Zoé, même si ce n'était pas entièrement sa faute.

— Et qu'est-ce que c'est que ces boulettes de riz ? s'enquit Anna en la dévisageant d'un air inquisiteur.

— C'est une recette italienne. Du jambon et du fromage avec des légumes au choix, le tout mélangé au riz et frit dans un enrobage d'œuf et de chapelure.

C'était une recette que Zoé avait l'habitude de faire pour ses amis – sans jambon. C'était délicieux et très bon marché, mais il ne fallait pas craindre les calories.

— *Arancini* ! lança Anna.

— Ou *supplì*, intervint Gideon. Comme les appelle Elizabeth David.

Le simple fait de l'entendre prononcer le nom de l'écrivain plongea Zoé dans un violent état d'excitation. Elle devait être une des rares femmes au monde chez qui le nom d'Elizabeth David déclenchait l'envie de faire l'amour. Leurs regards se croisèrent pendant une infime fraction de seconde. Gideon cilla à peine, mais Zoé comprit qu'il pensait à la même chose qu'elle. Bon sang, qu'il était craquant ! Mais il n'en était pas moins membre du jury et un quasi-inconnu pour elle. Durant sa promenade dans le jardin, elle était parvenue à la conclusion que Gideon n'était sûrement pas intéressé par une relation à long terme. À moins que ce ne soit elle ? Oh ! elle serait volontiers restée avec lui. La question n'était pas là. Mais le souhaiterait-il ? Elle le soupçonnait de ne voir en elle qu'une passade. Une aventure avec une fille rigolote pour la durée du concours, tant que les circonstances les réuniraient. Pourquoi pas, après tout ? Ainsi allaient les relations entre hommes et femmes. Elle serait triste lorsque le concours prendrait fin, du moins pour elle. Mais elle n'aurait aucun regret quant à leur liaison momentanée. Elle avait bien l'intention d'en profiter au maximum tant que cela durerait. Ensuite, il serait toujours temps de tourner la page, sachant qu'elle aurait passé un moment merveilleux avec un merveilleux amant.

Elle lui fit un clin d'œil à peine perceptible. Il le lui rendit. Elle se prit à sourire malgré elle. Elle se retint et se concentra sur ce que lui disait Anna. Tout cela avait la délicieuse saveur de l'interdit.

Enfin, Anna la renvoya à sa copie.

— Allez voir ce qui reste comme ingrédients. S'ils suffisent pour confectionner ce que vous avez prévu, je n'ai pas d'objection. Dans le cas contraire, creusez-vous encore un peu la tête !

Trop d'ingrédients manquaient pour que Zoé puisse faire plusieurs de ses canapés. Elle se demanda si l'organisation avait vu assez grand. Et si oui, si Cher n'avait pas caché les provisions quelque part. En tout cas, vu son gabarit, elle ne les avait pas glissées sous son pull ! Zoé fut donc obligée de changer son fusil d'épaule. Ainsi, son canapé au saumon fumé se transforma en une soupe servie en verrine.

On n'avait pas prévu de verrines, mais Zoé songea que Fenella devait en posséder. Fen ne lui avait-elle pas confié qu'elle possédait une quantité invraisemblable de vaisselle ? Comme c'était là son seul recours, Zoé alla trouver Fenella.

Lorsqu'elle pénétra dans la cuisine, elle trouva ses hôtes en plein conseil de guerre. Sarah, la bouche pincée et le visage crispé, s'entretenait avec Fenella et Rupert.

— Je n'arrive pas à y croire! s'exclama Sarah. Cette femme est censée être fiable. C'est l'un des fournisseurs les plus cotés du pays, selon les magazines féminins. Et elle a tout bonnement oublié? Vous y croyez, vous?

— Ma foi…

Apparemment, Fenella n'excluait pas cette possibilité.

Mais point Sarah.

— C'est une professionnelle, que je sache! Ce gâteau coûte une belle somme. Et elle oublie de le faire!

— Pas de panique, ma grande, intervint Rupert. Je suis sûr que l'on peut en commander un autre ailleurs. Sinon, il nous reste toujours le supermarché…

Fenella et Sarah le dévisagèrent.

— Nous n'avons plus le temps de faire un gâteau de cette taille, de le laisser refroidir, de faire le nappage, de faire la déco, tout ça pour demain midi! argua Sarah.

Tandis que Zoé assistait à cette conversation, un plan avait germé dans son esprit. Elle adorait relever des défis. Elle ne put donc s'empêcher de s'en mêler.

— Excusez-moi…, intervint-elle.

— Quoi? répliqua Fenella d'un ton quelque peu impatient, elle qui était d'ordinaire si placide et serviable.

Sarah – Zoé s'était souvenue trop tard qu'elle était membre du jury pour cette épreuve – regarda la jeune femme comme si elle s'apprêtait à lui trancher la tête.

— Des cupcakes ! lança Zoé. Nous pourrions tous mettre la main à la pâte. Je suis une pro du glaçage. Organisez une chaîne de production, et nous aurons nos soixante-dix cupcakes en un rien de temps. Il nous faudra juste les caissettes, évidemment.

Sarah inspira profondément, probablement pour la première fois depuis plusieurs jours.

— C'est vraiment une superidée ! s'exclama-t-elle enfin, alors que Zoé s'attendait à ce que sa tête soit tranchée d'un instant à l'autre afin de servir de pièce montée.

— Ce n'est pas du tout ce que voulait la mariée, mais elle économisera plusieurs centaines de livres, et comme sa robe a dépassé toutes les estimations, elle nous en sera reconnaissante.

Sarah poussa soudain un petit rire.

— Une vraie meringue ! À faire pâlir une pavlova !

— Mais, et le concours ? objecta Rupert. Si Zoé fait des cupcakes, elle ne pourra pas s'occuper de ses petits fours. Moi, ce que j'en dis…

— Je suis juge et partie ! Il est certain que si elle fait un dessert de mariage pour un mariage que j'organise, elle est assurée de participer à la prochaine épreuve.

Là-dessus, Sarah regarda Rupert avec moins d'assurance que n'en contenaient ses paroles.

— Normal, non ?

10

Pendant que Sarah supervisait le déroulement des préparatifs ailleurs dans la maison, Zoé en profita pour demander des verrines à Fenella.

— Oui, bien sûr, j'en ai des tonnes ! En tout cas, assez pour le mariage.

— Excellent ! Je ferais mieux d'y retourner pour commencer à cuisiner maintenant.

Zoé fronça les sourcils et ajouta :

— Vous savez, je crois qu'ils n'ont pas prévu assez de nourriture.

— Ils iront en chercher. Je l'espère. Je refuse d'abriter chez moi un repas de mariage où les convives meurent de faim ! Sarah ne serait pas non plus d'accord.

Fenella dut s'asseoir afin de se remettre de ses émotions.

— À moins qu'ils n'aient prévu assez mais que certains ne se soient servis plus que nécessaire…, marmonna Zoé dans sa barbe.

— Cher ! Je suis sûre que c'est elle. Vous auriez dû la voir avec Hugo et Gideon…

Fenella s'interrompit avec cet air que prennent les femmes lorsqu'elles brûlent d'envie de demander à une autre femme comment la nuit dernière s'est passée, mais qu'elles n'osent pas vraiment.

179

La curiosité de Fenella était palpable.

Zoé, qui s'efforçait de vaquer à ses occupations malgré le déferlement d'émotions qui l'en détournait sans qu'elle puisse les identifier avec certitude, fut tentée de se confier. Elle avait confiance en Fenella et, en l'absence de sa meilleure amie Jenny, la femme de Rupert occupait la première place.

— Gideon est adorable, confia-t-elle en rougissant.

Fenella fut indignée.

— Alors comme ça, il m'a menti? Il ne vous a pas laissée passer «une nuit très chaste», comme il a dit en employant une expression délicieusement désuète?

— Euh, non... Mais pour être honnête, c'est ma faute.

Elle frémit d'aise au souvenir de la nuit passée.

— Je lui ai un peu sauté dessus!

— Mais s'est-il défendu? s'enquit Fenella, rassurée.

— Pas du tout, gloussa Zoé.

Reprenant soudain son sérieux, elle ajouta:

— Je sais que je suis folle. Et ce n'est pas la peine de me demander s'il me respecte encore. Même si je pense que oui. Quoi qu'il en soit, je ne me fais pas d'illusions.

Voilà pour la tête. Quant au cœur, elle ne pouvait encore se prononcer.

— C'est préférable, assura Fenella sans croire un mot de ce qu'elle venait d'entendre. Mais en êtes-vous bien sûre? Il semble vraiment charmant, mais...

— Oh! je sais que j'y perdrai quelques plumes, répliqua Zoé avec un sourire éclatant, mais ça fait partie du jeu, non ? La mélancolie s'empare de vous, on l'entretient à l'aide d'une ou deux chansons et d'un ticket de concert qu'on garde dans sa boîte aux trésors. Rien de bien dramatique !

— Un homme vous a-t-il déjà vraiment brisé le cœur ? s'enquit Fenella. Je vous assure que ce n'est pas le genre de chose à prendre à la légère.

Zoé réfléchit, songeant qu'elle ne tarderait certainement pas à en faire l'expérience. Même si au fond de son cœur elle nourrissait l'espoir que leur aventure ne soit pas qu'une passade.

— Ma foi, non. Mais j'ai déjà brisé le cœur de quelqu'un. C'est du moins ce qu'il a prétendu. Mais je crois qu'il s'est vite remis.

— Bon ! Un vrai chagrin d'amour est quelque chose de vraiment affreux, affirma Fenella. Avant notre mariage, Rupert et moi avons traversé une mauvaise période. Eh bien, je n'ai jamais été aussi malheureuse. Le simple fait d'y repenser aujourd'hui, alors que nous sommes mariés et très heureux, me fait encore mal.

— Je ferai en sorte de me protéger.

— L'amour est un joyau dont le cœur est l'écrin.

Fenella se mordilla la lèvre, cherchant visiblement ses mots.

— J'apprécie Gideon, avoua-t-elle. Vraiment. Je pense que c'est quelqu'un de bien.

— Mais ?

— Je ne pense pas qu'il soit du genre à fonder un foyer. Je veux dire… Vous ne vous ressemblez pas sur ce point. Il est très bel homme et très séduisant, et vous êtes une jeune femme si gentille.

Zoé poussa un grand soupir.

— Je me trompe peut-être. Je ne le connais pas si bien que ça, nuança Fenella.

— Ne vous excusez pas. Je comprends très bien. Vous le verriez avec quelqu'un de plus sophistiqué, qui lui ressemble davantage ?

Fenella couvrit la main de Zoé avec la sienne.

— Je crois que ce que j'essaie de vous dire, c'est qu'il n'est pas assez bien pour vous.

— Malheureusement, la mise en garde arrive trop tard. Nous avons couché ensemble et j'ai bien l'intention de recommencer aussi souvent que possible avant que tout s'arrête.

Zoé se trouva elle-même un peu fanfaronne et espéra que Fenella ne la jugerait pas trop délurée.

— Néanmoins, ne compromettez pas vos chances de gagner, Zoé. Aucun homme ne mérite cela. Si quelqu'un l'apprenait, surtout Cher, tout le monde finirait par le savoir. Vous seriez disqualifiée, et ce serait horrible. Vous êtes si douée. Et si Gideon est vraiment un type bien, il attendra la fin du concours.

Zoé acquiesça, songeant qu'une fois le concours terminé, elle ne verrait probablement plus jamais Gideon. Cette pensée l'angoissa. Malgré ses airs détachés, son cœur s'entêtait à lui tenir un autre discours.

Fen serra sa main.

— Bien sûr, ce n'est pas comme s'il suffisait de se dire « Je vais tomber amoureuse ! » ou le contraire pour que cela arrive. Cela nous arrive, c'est tout. Nous n'avons pas le choix. Mais je vous en prie, soyez prudente, en tout !

— Je suis contente que vous me compreniez. C'est la première fois que je suis amoureuse, reconnut

Zoé. Ce n'est vraiment pas le bon moment, je sais, mais… Enfin, vous n'en parlerez à personne, hein ? Pas même à Rupert ? Bon, à lui, passe encore. Mais à personne d'autre !

— Évidemment que je ne le dirai à personne ! Reste que je n'ai vraiment pas envie de vous voir souffrir. Si ça se trouve, Gideon est le bon numéro et il passera sa vie avec vous…

— Vous n'en croyez pas un mot et moi non plus !

— Qui sait ? Tout le monde aspire un jour à une certaine stabilité. Voyez Rupert et moi.

Zoé soupira de nouveau. Fenella et Rupert semblaient faits l'un pour l'autre. Connaîtrait-elle un jour une vie de couple semblable à la leur ?

Sarah fit soudain son apparition dans la cuisine. Elle était légèrement essoufflée.

— J'ai parlé aux autres membres du jury et leur ai fait part de votre suggestion. Ils veulent que vous retourniez là-bas afin de filmer toute la fabrication dans une séquence intitulée « L'équipe parviendra-t-elle à confectionner les cupcakes de mariage ? ». D'après eux, ce sera un grand moment de télévision. Personnellement, je me fiche de la télé, tout ce que je veux, c'est un superbe dessert !

— Il le sera, je m'y engage.

Sarah fronça les sourcils.

— Pardon de vous poser la question, mais je devrai le faire face à la caméra : avez-vous déjà fait des cupcakes de mariage ?

— Non, mais j'ai déjà fait des tonnes de cupcakes. C'était moi qui en avais la charge au café où je travaillais. Une fois qu'on a pris le coup de main pour la torsade et du moment qu'on sait faire un glaçage au beurre, c'est juste une affaire de présentation. Vous ne croyez pas ? s'enquit-elle lorsqu'elle vit que Sarah n'était pas moins soucieuse.

— Fen, avez-vous un présentoir à cupcakes sous la main ? s'enquit Sarah.

Fenella sourit.

— Cela se pourrait. Mais pas pour soixante-dix cupcakes, je ne crois pas.

— Et si nous en disposions un maximum sur une grosse boîte carrée ? suggéra Zoé.

Ce projet l'emballait. Elle le mènerait à terme coûte que coûte !

Sarah hocha la tête.

— Fen, je suis sûre que vous avez quelque part du tulle élégant ou un beau tissu pour décorer la table. Ne vous faites pas de souci, nous nous en occuperons. Mais franchement, quand je pense à cette satanée pâtissière ! Je ne ferai plus jamais appel à elle.

— Elle a sans doute eu un empêchement..., commença Fenella avant de se reprendre. Bon, O.K., elle est nulle ! Ne faites plus jamais appel à ses services.

— S'ils nous attendent pour commencer à tourner, nous ferions peut-être mieux d'y aller ? intervint Zoé.

— Ouaip ! s'exclama Sarah. C'est parti !

Zoé s'était habituée aux deux cameramen qui la suivaient pendant qu'elle cuisinait, mais elle n'avait pas l'habitude de se trouver au centre de l'attention sans avoir un ustensile à la main pour se donner de la contenance. Elle avait un peu trop chaud et elle s'avisa qu'elle n'avait pas mis de maquillage ce matin-là. Elle en glissa deux mots à mi-voix à Mike.

— Pas d'souci ! Tu es superbe, Zoé ! Absolument resplendissante. Un peu de fond de teint et ce sera parfait.

Fred avait été désigné pour conduire l'entretien. *Ouf, ce n'est pas Gideon !* avait pensé Zoé.

— Ainsi, Zoé, c'est vous qui avez trouvé la solution à la tragédie du gâteau de mariage qui manque à l'appel.

Elle rit par autodérision.

— Je passais par là lorsque Sarah a appris qu'elle n'aurait pas le gâteau qu'elle avait commandé. N'importe lequel d'entre nous y serait allé de sa suggestion, je n'en doute pas.

La caméra balaya les visages des autres candidats.

— Pas mon truc, la pâtisserie ! s'exclama Bill, l'ancien maçon qui était passé avec talent de la bétonnière au robot mixeur.

— Alors comme ça, Zoé, vous allez confectionner les cupcakes vous-même ? Vous n'avez pas oublié que vous devrez quand même préparer les canapés ? s'enquit Fred d'un air contrit.

— Eh bien, j'espère que nous mettrons tous la main à la pâte pour les cupcakes. Nous devrons composer une sorte de chaîne de fabrication. À cette condition, je pense que c'est réalisable en temps voulu.

— Ne comptez pas sur moi pour faire des putains de cupcakes ! s'exclama Cher.

— On passe à la télé ! marmonna Muriel du coin des lèvres. Essaie d'apparaître sous ton meilleur jour !

Zoé l'entendit soupirer d'agacement et pria pour que les téléspectateurs ne fassent pas de même.

— Évidemment que je donnerai un coup de main! se reprit Cher très fort et d'une voix claironnante. Mais c'est un concours. Il ne faut pas l'oublier.

Elle était manifestement contrariée que tous les regards se tournent vers Zoé. *C'est certainement très douloureux pour elle, parce qu'elle a apporté un soin tout particulier à ses cheveux et à son maquillage,* songea Zoé, un peu garce.

— Dites-nous donc, Zoé, comment vous voyez ces cupcakes? Il va sans dire que c'est pour une occasion spéciale. Vous ne pouvez pas leur servir une simple brioche de carême, n'est-ce pas?

Fred se montrait indulgent comme à son habitude, même si, à l'évidence, il ne pensait pas que des cupcakes puissent faire office de pièce montée pour un mariage.

— Je ne suis que celle qui sera préposée aux fourneaux, rappela Zoé, après un moment d'hésitation qu'elle espéra pas trop visible. La décoration n'est pas vraiment mon affaire.

— Mais au contraire! Un chef a la responsabilité de ses plats de A à Z. La décoration est cruciale.

Fred ne lâchait pas le morceau.

— Songez aux magnifiques sculptures de glace que réalisent certains grands cuisiniers.

Je ne suis qu'un simple soldat, moi! pensa Zoé.

Juste à temps, elle se souvint du tulle. Elle prit sa respiration et se lança. Qu'avait-elle à perdre, après tout?

— O.K., voici comment je vois les choses, même si ce n'est peut-être pas réalisable : un gâteau qui ressemble à un voile de mariée.

En fait, elle improvisait.

— Tout cela me semble très «girly»! fit remarquer Fred. Mais continuez...

L'inspiration lui vint en parlant.

— J'imagine un assemblage de cupcakes au sommet qui formeront comme un diadème. De là partira vers l'arrière une cascade de tulle ou de voile avec des supports en demi-lune pour soutenir les cupcakes par ordre croissant de grosseur.

Le soulagement qu'elle ressentit du fait d'avoir fourni une réponse, si irréalisable qu'elle soit, la rendit euphorique.

— Et ce serait parfait si la décoration pâtissière rappelait celle du voile de la mariée. On obtiendrait ainsi un effet coordonné.

Du coin de l'œil, elle aperçut Sarah qui l'écoutait attentivement, l'air concentré. Un sourire d'encouragement de Gideon manqua la déstabiliser mais elle parvint à garder son sang-froid.

— Ce devrait être joli. Sarah? lança Fred en se tournant vers cette dernière. Vous êtes l'organisatrice de ce mariage. Et si nous avons bien compris, votre fournisseur habituel de gâteaux vous a fait faux bond...

— Pas mon fournisseur habituel, rectifia Sarah. Celle-là ne m'aurait pas laissée tomber. Il s'agit d'une personne choisie par la mariée. Quoi qu'il en soit...

— Certes. Eh bien, pensez-vous que l'idée de Zoé puisse aboutir? Cela me semble compliqué à réaliser.

Le scepticisme de Fred plongea Zoé dans l'angoisse.

— Oh ! je ne me fais pas de souci, répondit Sarah. J'ai déjà vu l'équivalent et c'était très réussi. Nous pourrons reproduire certaines des fleurs du bouquet de la mariée sur le glaçage pour ajouter un autre clin d'œil.

Lorsque les caméras se détournèrent enfin, après que Zoé eut à se répéter plusieurs fois, celle-ci était en sueur.

— Vous croyez vraiment que ça marchera ? s'enquit-elle auprès de Sarah.

— Mais oui ! C'est une idée géniale ! Pour l'instant, occupez-vous de vos canapés. Pendant ce temps, je vais essayer de trouver un support et du tissu. Je m'occuperai aussi des caissettes. Quand j'aurai tout, pensez-vous pouvoir vous y mettre ?

— Pas toute seule, j'espère ?

— Nous trouverons sûrement quelqu'un pour vous donner un coup de main, affirma Sarah d'un ton qui se voulait rassurant.

Zoé fut effectivement rassurée, du moins jusqu'à ce qu'elle regagne son poste de cuisson et qu'elle prenne la mesure du travail qui l'attendait indépendamment des gâteaux. Aucun candidat ne prendrait le risque de perdre l'épreuve en présentant des canapés de mauvaise qualité pour le plaisir de préparer des cupcakes qui ne comptaient même pas pour le concours.

Se sentant dépassée par les événements, elle alla jusqu'à la table où étaient stockés les ingrédients pour les petits fours dont personne n'avait voulu.

Les autres étaient allés faire une pause-café dans la grange. Zoé n'avait pas le temps de les rejoindre.

Elle examinait un camembert d'un air maussade en se demandant si on lui permettrait de le cuire tel quel afin que chacun y trempe un gressin ou si chaque entrée devait obligatoirement être individuelle, lorsque quelqu'un s'approcha d'elle par-derrière et l'embrassa dans le cou. Elle sauta au plafond.

— Je m'attendais à une réaction enthousiaste, mais après tout ce n'était qu'un baiser, lui glissa Gideon à l'oreille.

Sa voix lui donna des frissons dans tout le corps et lui mit les jambes en coton.

Elle s'autorisa brièvement à savourer le contact de son corps contre le sien, puis s'obligea à revenir à la raison.

— On pourrait nous voir ! s'exclama-t-elle à voix basse.

— J'ai fait attention. Nous sommes seuls comme Adam et Ève ! Si nous en profitions ?

Il plaisantait, évidemment, mais elle aurait quand même bien aimé pouvoir le prendre au mot. Il occupait presque toutes ses pensées. Or, elle avait besoin de toute sa capacité de concentration. Elle n'avait pourtant qu'une envie : le serrer dans ses bras et ne plus le lâcher. Elle parvint néanmoins à reprendre le dessus. Son autre souhait était de gagner le concours. Ou au moins passer cette épreuve sans provoquer un scandale. Elle n'avait pas l'intention de tout compromettre pour quelques secondes de volupté.

— Non ! répondit-elle. On pourrait nous surprendre. Et puis j'ai vraiment du pain sur la planche. Je n'ai pas le temps de m'adonner à des activités hors programme. Je ne sais pas encore qui me secondera pour les cupcakes et je suis sûre que mes canapés seront tous secs et pas du tout présentables le moment de la dégustation venu. Je dois d'abord m'occuper d'eux, expliqua-t-elle au cas où Gideon n'aurait pas encore compris qu'elle avait deux fois plus de travail que les autres. Je ne peux pas tout foutre en l'air ! Ce concours est l'occasion que...

— ... tu as attendue toute ta vie. C'est bon, message reçu. Dans ce cas, je te laisse tranquille. J'ai l'intention d'aller faire un peu de peinture, de toute manière.

— De la peinture ? Tiens donc ? J'ai du mal à t'imaginer avec un chevalet et un chapeau de paille !

— Non, pas avec un chevalet ! De la peinture au rouleau ! Rupert m'a dit qu'il essayait désespérément de passer un coup de peinture dans leur chambre avant l'arrivée du bébé, alors j'ai pensé que je pourrais l'avancer un peu. Je n'ai rien à faire pour l'instant et ils sont submergés par le mariage.

Zoé poussa un bref soupir. Il n'était pas seulement sexy, charmant et flatteusement intéressé par elle, il était également gentil. Elle n'associait pas d'ordinaire la gentillesse à l'image de l'homme viril et séduisant. Pas étonnant qu'elle soit amoureuse ! Elle s'autorisa une caresse sur le bras pour lui montrer qu'elle était sensible à son dévouement. Puis elle poussa un autre soupir, plein d'un frémissant regret, cette fois.

— Il faut vraiment que je m'y mette !

Il ne manquerait plus que je me ridiculise à la télé à cause d'un galant ! songea-t-elle. Perdre le concours était acceptable, mais pas en donnant l'impression d'avoir été prise de court et d'être une gourde. Malgré les beaux yeux de Gideon, le jeu n'en valait pas la chandelle.

Ce dernier se dirigea vers la sortie du barnum, se retourna et lui envoya un baiser avant de la laisser travailler.

Reprenant ses esprits, elle prit les ingrédients qui restaient et mit des noisettes à dorer sur une plaque au four. Elle ignorait ce qu'elle en ferait ensuite, mais après un coup d'œil à son camembert, qui fleurait d'ailleurs très bon, elle se souvint qu'elle n'avait pas utilisé tout le miel qu'elle avait acheté pour l'épreuve intitulée « Achetez local, cuisinez local ! ».

Au lieu de perdre un temps précieux à courir derrière Anna Fortune pour lui demander si elle avait droit à d'autres ingrédients que ceux fournis, elle décida d'aller de l'avant. Elle devrait interrompre la préparation des canapés dès que Sarah reviendrait avec les caissettes. Restait à espérer qu'elle ne se les coltinerait pas toute seule. Elle prit un pain blanc d'Italie appelé *ciabatta* afin de s'assurer qu'il n'était pas déjà en train de rancir.

Les autres étaient de retour à leurs postes de travail où ils s'affairaient. Un véritable tintamarre et une activité grouillante régnaient sous le barnum. Il fallait réfléchir vite et bien. Cher la surveillait de près. Les cameramen circulaient entre les postes de cuisson. Zoé remarqua subrepticement que les petits fours des autres concurrents paraissaient extrêmement professionnels en plus d'être pratiquement prêts. Les siens faisaient honte à voir, et, ce qui était pire encore, elle avait à peine commencé. Les finirait-elle à temps ?

— O.K., arrêtez ce que vous êtes en train de faire ! J'ai tout ce qu'il faut pour les cupcakes.

Sarah et Fenella étaient surexcitées lorsqu'elles s'approchèrent de Zoé quelques instants plus tard.

— Nous avons trouvé une boutique incroyable ! poursuivit Sarah.

— Que je lui ai indiquée…, précisa Fenella.

— Bref ! Nous avons tout ce qu'il nous faut. Mais je pense que nous devrions les faire…

— Nous ? Je ne serai donc pas seule à m'y coller, alors ? s'enquit Zoé avec espoir.

— Pour l'instant si, répondit Sarah après un moment d'hésitation.

— Nous avons demandé aux autres, mais aucun ne veut compromettre ses chances de gagner en faisant du rab, expliqua Fenella. Il semblerait que vous êtes la seule à vous soucier de la réussite de la noce.

— Muriel a dit qu'elle vous aiderait dès qu'elle aurait terminé, ajouta Sarah. Et Becca s'est proposée pour faire la décoration si elle ne prend pas de retard.

— Pourquoi suis-je le dindon de la farce ? Au nom de quoi dois-je sacrifier mes chances de gagner ? s'enquit Zoé en dévisageant les deux femmes qui s'étaient attendues à une telle réaction.

— Parce que vous êtes adorable et que nous sommes pris à la gorge ? suggéra timidement Fenella.

— Quant à moi, je ferai tout mon possible pour que vous ne soyez pas pénalisée par cet imprévu, promit Sarah sans beaucoup de conviction.

Après un silence, elle ajouta :

— Je pense que nous devrions les préparer dans la cuisine de Somerby plutôt qu'ici. Ce sera plus pratique.

Tandis qu'elles retournaient toutes trois vers la maison, Zoé se posa en soupirant les mêmes questions qu'elle venait de leur adresser. Ses propres réponses furent nuancées et guère à son avantage. Certes, elle désirait que la noce se déroule au mieux et elle souhaitait sincèrement y contribuer, mais elle savait également que, malgré tout son talent, elle était en concurrence avec d'excellents cuisiniers. À moins que gagner quelques bons points par la bande ne se révèle payant ? En outre, elle avait envie d'en mettre plein les yeux à Gideon. Elle voulait qu'il ait une bonne opinion d'elle.

— Vous avez débarrassé la table ! s'exclama Sarah tandis qu'elles pénétraient dans la cuisine.

— J'ai tout posé sur une chaise, expliqua Fenella. J'ai pensé que Zoé aurait besoin de place.

— Et c'est le cas ! De la place et du temps et... tout ce que vous trouverez pour m'aider.

— Un thé ? suggéra Fenella en brandissant la bouilloire.

Zoé hocha la tête.

Pour son plus grand soulagement, Fenella possédait un livre de recettes où figuraient les proportions pour des cupcakes en grand nombre. Ce qui lui épargna des calculs compliqués dont le résultat ne correspond jamais aux dosages voulus. Elle pesa rapidement tous les ingrédients, puis Fenella lui fournit une pile de saladiers.

— Et voici mon robot multifonction ! N'est-il pas ultraperfectionné ? Je ne m'en sers pas souvent en fait, mais je le trouve très beau.

Zoé considéra le robot bleu pastel qui ravissait tant Fenella.

— En fait, auriez-vous un mixeur manuel ? s'enquit Zoé. Je pense que ce serait plus adapté. Je me servirai du robot pour le glaçage, ajouta-t-elle pour faire bonne mesure.

Fenella et Sarah alignèrent soixante-quinze caissettes.

— Heureusement que vous avez une grande table ! fit remarquer Sarah. Nous n'aurions jamais pu en faire autant chez moi.

Fenella secoua la tête.

— Mais vous ne le feriez pas vous-même, si ? Vous prendriez un traiteur.

— Ou Bron, répliqua Sarah, faisant référence à un ami commun. Je comptais lui demander de faire le gâteau pour ce mariage, mais la mariée a insisté pour faire appel à sa pâtissière préférée.

À l'évidence, Sarah n'avait pas encore décoléré.

— Bon, poursuivit-elle, avons-nous une chance d'obtenir les couleurs qui étaient prévues sur le gâteau commandé par la mariée ?

— Quelles sont-elles ? s'enquit Zoé en nage et de plus en plus affolée à mesure que l'affaire des cupcakes se compliquait.

— Rouge foncé, la couleur des roses de l'amour, et un genre de jaune très pâle. J'ai des échantillons de tissu.

Sarah se voulut encourageante, comme si cela pouvait encore aider à la manœuvre.

— J'ai des pétales de rose séchés exactement de cette couleur, intervint Fenella. Et si cela peut aider, nous avons un rosier dehors qui donne des roses exactement du même jaune. J'ignore pourquoi les roses jaunes sont toujours les premières à pointer le bout de leur nez, mais c'est comme ça.

— Si vous faites une déco qui rappelle le voile de la mariée, nous pourrions nous servir des roses de Fenella pour décorer les gâteaux, suggéra Sarah.

— Voulez-vous que les cupcakes soient blancs ou crème ? s'enquit Zoé.

Sarah se racla la gorge.

— La boutique où nous sommes allées était très bien approvisionnée. Ils vendaient des colorants. Est-ce que par hasard vous pourriez faire un glaçage coloré ?

Elle lui remit les colorants comme s'il s'agissait d'un cadeau dont elle n'aurait pas été sûre qu'il fasse plaisir à son destinataire.

Zoé examina les petits pots, lut l'étiquette collée sur le couvercle et hocha la tête.

— Je peux les faire rouges, comme des roses, et des jaune pâle aussi. Et…, s'interrompit-elle. Et des bicolores. En fait, le glaçage sera bicolore.

— Waouh ! s'exclama Fenella. Où avez-vous appris à faire tout ça ?

— C'est plus facile qu'il n'y paraît. Je vous montrerai, si vous restez dans les parages.

Sarah fit le tour de la table et prit Zoé dans ses bras.

— Vous êtes une championne ! Je ne sais pas ce que nous ferions sans vous !

Zoé se laissa étreindre avec plaisir.

— C'est compris dans le devis ! répliqua Zoé, tout sourire.

Environ vingt minutes plus tard, elle lança :

— Bon, je pense que nous pouvons commencer à verser l'appareil dans les caissettes !

— O.K., à mesure que vous les remplissez, nous les mettrons au four, repartit Fenella. Vous êtes sûre de ne pas vouloir utiliser le piano de cuisson ? Il est à la température parfaite pour faire cuire des gâteaux.

Zoé fut partagée. La dame qui lui avait appris à faire les cupcakes prétendait que les pianos de cuisson étaient un véritable cauchemar pour ce genre de pâtisserie. Néanmoins, ce serait beaucoup plus rapide si elles utilisaient tous les fours disponibles.

Zoé se tourna vers Sarah dans l'espoir que celle-ci tranche la question.

— Nous pourrions essayer avec une fournée, suggéra cette dernière, sans nul doute en réponse à la panique et à l'indécision qu'elle lut dans le regard de Zoé. Cela irait plus vite et nous ne risquons rien si nous restons vigilantes.

— D'accord, mais n'ouvrez pas la porte du four pendant les dix premières minutes, sans quoi ils retomberont à coup sûr.

— Nous réglerons le minuteur, lança Fenella. Je fais tous mes gâteaux dans le four du piano. J'ouvrirai l'œil.

— Très bien ! s'exclama Zoé. Mais ce sera votre faute si tout est raté ! À trop haute température, les cupcakes se transforment en cônes volcaniques. Nous serions obligées de les étêter et cela prendrait un temps fou.

Elle consulta le thermomètre et se détendit quelque peu. La température n'était pas trop élevée.

— Ça ira, assura Sarah d'un ton dont elle avait pu vérifier l'efficacité auprès de mamans de mariées au bord de la crise de nerfs, et parfois du marié lui-même. Nous resterons à côté. Tout se passera bien !

Finalement, tous les gâteaux furent enfournés et Zoé retourna à toute vitesse aux canapés qui l'attendaient sur son plan de travail sous le barnum. Lorsqu'elle passa devant les autres concurrents et qu'elle vit leurs superbes réalisations, elle craignait de ne pas sortir vivante de l'épreuve. Elle n'aurait jamais le temps de tout faire.

L'adrénaline lui fit accélérer le mouvement mais elle consultait sans cesse sa montre. Même si Sarah et Fenella étaient toutes deux dans la cuisine avec les minuteurs et son numéro de portable pour l'appeler dès que les gâteaux seraient prêts, elle craignait qu'une fournée ne soit brûlée, ce qui l'obligerait à recommencer.

Son téléphone sonna juste au moment où elle s'efforçait de trouver une idée pour son dernier canapé, tout en sachant qu'elle ne suivait plus la liste qu'elle avait indiquée au jury, mais puisqu'elle ne disposait pas des ingrédients nécessaires, à l'impossible nul n'était tenu ! Abandonnant ses tranches de *ciabatta* grillées et de camembert, elle retourna au petit trot à la cuisine afin de vérifier que tous les gâteaux avaient bien doré.

— Ils sont magnifiques ! s'exclama Sarah d'un ton ferme. Vérifiez si vous ne me croyez pas et, ensuite, retournez préparer votre épreuve. Vous devrez attendre qu'ils refroidissent avant de les napper.

— O.K. ! lança Zoé, légèrement essoufflée. Je ferai le glaçage quand nous serons passés devant le jury.

Les candidats étaient prêts et attendaient pour mettre au four, car de nombreuses sortes de canapés exigeaient d'être cuits au dernier moment. Ils avaient reçu la consigne de garder un échantillon de chaque sous la main en prévision du passage des membres du jury. Mais ceux-ci ne rendraient leur jugement que le lendemain, peu avant l'arrivée des convives.

Les membres du jury passèrent devant les postes de travail, goûtant, s'exclamant, émettant de petits gémissements satisfaits. Zoé n'était pas dupe : ses réalisations étaient affreusement bâclées et rudimentaires.

Le silence se fit lorsqu'ils arrivèrent devant son poste de cuisson.

— Elle vient de terminer soixante-quinze cupcakes pour la pièce montée du mariage, glissa Sarah au terme d'un moment de panique. Elle a sauvé la noce de la catastrophe.

— Nous ne pouvons pas faire d'exception au prétexte que cette candidate a cru bon de s'adonner à d'autres occupations pendant le temps qui lui était imparti, répliqua Anna Fortune.

— Goûtez un cupcake, suggéra Sarah. Comme vous le voyez, il n'y a pas encore de nappage. C'est prévu pour demain.

— Et est-ce Zoé qui est censée s'en charger ? s'enquit Anna en s'adressant à Sarah plutôt qu'à l'intéressée.

— Oui. Nous espérons que d'autres concurrents donneront un coup de main.

Sarah en disait plus qu'elle n'en savait avec certitude.

— Mais pourquoi compromettraient-ils leurs chances de gagner pour aider au glaçage de ces gâteaux ?

Gideon, qui s'était jusque-là tenu en retrait, s'avança.

— L'épreuve porte sur un repas de mariage. Vous m'accorderez que le dessert en est l'élément principal. Je pense donc que ces cupcakes devraient être pris en compte.

Zoé détourna le regard. Se tenir à ses côtés en public était difficile pour Zoé car elle craignait de trahir ses sentiments pour lui. Et voilà qu'il montait au créneau pour elle ! Ce qui signifiait qu'il trouvait également ses canapés irrémédiablement nuls.

— Moi, intervint Fred la bouche pleine, je les trouve délicieux !

— Quoi donc ? s'enquirent simultanément Anna et Gideon, considérant les plaques de cuisson avec un intérêt soudain.

Fred termina son canapé et montra du doigt les petits fours au camembert fondu sur tranche de *ciabatta*. Zoé les avait agrémentés d'un filet de miel saupoudré de noisettes grillées moulues. Elle les avait faits à la dernière minute, dans une tentative désespérée pour produire le nombre de canapés requis. Si cet échantillon avait eu l'heur de plaire, elle en referait d'autres juste avant le service du lendemain.

Gideon et Anna en prirent chacun un. Ils hochèrent la tête et Gideon écarquilla les yeux, signe qu'il aimait.

— Ma foi, commença enfin Anna, le jury ne rendra sa décision que demain peu avant le mariage. Ces canapés sont vraiment délicieux et fort inattendus. Nous allons peut-être garder Zoé encore un peu avec nous.

Anna esquissa un sourire dont personne ne fut dupe, mais qui signifiait que Zoé avait obtenu un sursis.

Celle-ci laissa échapper un très long soupir.

11

Zoé avait mis son téléphone sur vibreur et réglé son réveil sur 5 h 30. Elle prévoyait d'être à pied d'œuvre dans la cuisine de Somerby dès 6 heures du matin afin de confectionner la crème au beurre et de commencer le glaçage. Elle avait perdu tout espoir de se rallier l'aide des autres candidats. Mieux valait donc se débrouiller toute seule et s'assurer ainsi que le travail serait fait plutôt que d'attendre un soutien qui ne viendrait pas.

Elle désirait également éviter Cher autant que possible. La veille au soir, celle-ci l'avait enquiquinée comme une puce sur le dos d'un chien, cherchant à tout prix à savoir ce qu'elle avait fait lors de ses absences répétées. En fait, Zoé avait passé l'essentiel de son temps entre le barnum et la cuisine de Somerby, avec un interlude de tranquillité dans le jardin entouré de hauts murs où Gideon, comme par hasard, se promenait et où il avait profité de l'occasion pour lui voler un autre baiser. Zoé avait trouvé cela d'un romantisme échevelé quoique imprudent. Par bonheur, aucune fenêtre ne donnait de ce côté-là. Lorsque Fenella avait rappelé Zoé à la prudence, son hôte avait prêché une convertie. Elle ne devait pas compromettre ses chances de gagner pour un homme, quel qu'il soit, mais surtout pas pour un homme comme Gideon. Certes, il était sexy et ne manquait pas de gentillesse – en réalité, les fées l'avaient comblé de l'une et l'autre qualité –, mais était-il homme à se caser avec une fille telle que Zoé ? D'ailleurs, elle n'avait pas envie de se caser ! Elle avait un concours à gagner et une carrière à mettre sur les rails. Elle ne laisserait pas ses réactions hormonales capricieuses – tout ne se résumait-il pas à une question d'hormones ? – se dresser entre elle et cette occasion à saisir.

Ainsi, malgré sa très forte envie de se glisser furtivement jusqu'à Somerby pour y passer une autre nuit torride, elle resta dans son petit lit étroit. Le souvenir de leurs ébats de la veille lui avait fait oublier les ronflements paisibles mais continuels de Cher ainsi que le stress de la journée et elle s'était endormie.

Naturellement, son pas alerte ne devait rien au fait qu'elle croiserait peut-être Gideon au petit déjeuner. D'ailleurs, ce n'était pas à cause de lui qu'elle était sur un petit nuage, qui lui mettait le cœur en fête et lui donnait envie de danser.

Somerby baignait dans une belle lumière matinale lorsqu'elle traversa la cour. C'était un tableau romantique en diable, mais tout rayonnait d'une aura romantique aux yeux de Zoé ces temps-ci. Elle salua les chiens et les fit sortir avant de se rendre dans l'arrière-cuisine où les gâteaux étaient entreposés sous des linges de coton. Elle en souleva un en redoutant qu'ils ne soient trop cuits ou gonflés au mauvais endroit. Mais tous avaient gonflé uniformément. Il ne serait donc pas nécessaire de les découper ni de les repasser au four. Fenella et Sarah avaient dû les surveiller chronomètre en main.

Le beurre avait passé la nuit sur le plan de travail où il s'était amolli. Bientôt retentit le ronronnement du robot mixeur de Fenella tandis que le beurre et le sucre se transformaient en un appareil crémeux. À ce mélange, Zoé ajouta quelques gouttes d'huile essentielle de vanille.

Sarah n'avait pas trouvé de poches à douilles jetables, ce qui était regrettable, mais Zoé ne se laissa pas décourager.

Elle prépara d'abord son glaçage de couleur crème qui ne nécessitait qu'un soupçon de colorant jaune afin de simplement rehausser la teinte naturelle du nappage. Puis elle confectionna le glaçage rouge foncé qui ressemblait plus ou moins au rouge des pétales de rose. Enfin, elle confectionna un gros boudin de nappage crème et un boudin plus fin de rouge qu'elle juxtaposa dans une feuille de film alimentaire. Cela produirait un effet carmin qui rendraient des plus charmants ces cupcakes d'une troisième sorte.

Elle était occupée à insérer un boudin dans une poche à douille lorsque Rupert, pieds nus, en bas de pyjama et T-shirt Bart Simpson, fit son apparition dans la cuisine en se frottant les yeux, l'air vaseux.

Il jeta un coup d'œil à ce qui occupait Zoé et en fut légèrement estomaqué.

— Ce n'est pas un peu tôt pour faire ça ?

— Bonjour ! claironna Zoé avec bonne humeur, un peu pour l'aider à se réveiller.

Après sa déception initiale, elle remercia le ciel que ce ne fût pas Gideon car elle avait besoin de toute sa concentration.

— Vous avez encore dormi ici ? Est-ce vous que l'on surnomme Cendrillon ? Avez-vous pris un thé ? Un café ?

— Non aux deux premières questions et oui à la troisième, répondit Zoé en riant. Je voulais essayer de gagner du temps en m'y mettant de bonne heure. Si j'arrive à finir le glaçage, il ne restera plus que la déco à faire plus tard. Peut-être que d'autres candidats donneront un coup de main.

Cher se contenterait certainement de saupoudrer les vermicelles de couleur.

— Savez-vous à quelle heure Sarah est censée arriver ? s'enquit Zoé.

— Dans pas longtemps, sûrement. Elle ne loge pas très loin, chez un ami d'Hugo. Elle devait prendre ses quartiers ici, mais c'est un tel chantier !

Il mit la bouilloire en route et se massa la nuque avant d'ajouter :

— Fen n'est pas très en forme ce matin.

— Ah ?

— Elle a un peu mal au dos. J'essaie de la convaincre qu'elle n'est pas obligée de se lever aux aurores. J'espère qu'une tasse de thé et quelques biscuits au gingembre m'y aideront.

Zoé but son thé à petites gorgées puis retourna à son glaçage tandis que Rupert remontait auprès de Fenella. Zoé se demanda brièvement si elle avait le temps de monter une tasse de thé à Gideon puis elle se remit au travail d'arrache-pied.

Elle fut de nouveau interrompue juste au moment où elle terminait. Sarah entra par la porte de derrière, chargée de sacs de courses.

— Oh, oh, oh ! s'exclama-t-elle lorsqu'elle avisa les cupcakes alignés sur la table.

Zoé avait même poussé le souci du détail jusqu'à les saupoudrer de vermicelles colorés et autres décorations comestibles.

— Épatant ! Il ne nous reste plus qu'à les transporter sous le barnum. J'ai le tulle. À quelle heure devez-vous être de nouveau sur le pont pour vos canapés ?

— Maintenant, en fait. Mais je vais d'abord terminer ça.

Sarah prit un air anxieux.

— Je me sens coupable. Imaginez que vous perdiez l'épreuve ! Je serais la seule responsable !

— Ne dites pas de bêtise ! Je n'ai probablement pas beaucoup de chances de gagner. D'autres candidats sont bien meilleurs que moi.

— Et d'autres bien plus mauvais !

— C'est difficile à dire. Nous n'avons pas souvent l'occasion de goûter les plats les uns des autres, soupira Zoé. Cela dit, je serais ravie si j'étais qualifiée pour la prochaine épreuve.

— J'essaierai de faire en sorte que vous le soyez, promit Sarah d'un air sombre. Ce ne serait pas juste si vous ne l'étiez pas.

— Bah ! ne prenez pas trop ma défense sinon les autres suspecteront quelque chose.

— Suspecteront quoi ?

Zoé comprit aussitôt qu'elle en avait trop dit. Sarah n'avait pas besoin d'être au courant de sa relation avec Gideon, sauf en cas d'extrême nécessité.

— Ben, vous savez, le fait que j'ai donné un coup de main…, se rattrapa-t-elle en haussant les épaules.

Sarah était encore perplexe lorsque Fenella fit son entrée.

— Hello ! Tout le monde a-t-il ce qu'il lui faut ? Regardez-moi ces gâteaux ! Ils sont superbes ! Je peux en manger un ?

Zoé partit d'un grand rire.

— Il y a du rab ! J'en ai fait quelques-uns en plus pour le jury. Vous pouvez donc en manger un si la crème au beurre ne vous rebute pas au saut du lit. Mais laissez-moi vous faire une tasse de thé ou d'autre chose. Rupert m'a dit que vous aviez passé une très mauvaise nuit.

— J'en ai passé de meilleures, mais ne vous occupez pas de moi. Je ne suis pas complètement impotente. Pas encore.

— Je vais quand même vous faire du thé, intervint Sarah. Asseyez-vous. Puisque vous avez envie d'un gâteau, autant le manger à table.

— En fait, je ne suis pas sûre de pouvoir en manger un maintenant, annonça Fenella en s'asseyant. Ils sont très beaux cependant, vous ne trouvez pas ? Ce sera notre toute première pièce montée de cupcakes, même si je n'ignore pas qu'ils sont très en vogue.

— Ils sont faciles à présenter et certains fournisseurs les vendent en coffrets pour que les gens puissent les déguster à domicile, expliqua Zoé.

— Ce qui m'inquiète, c'est comment allons-nous faire pour les transporter jusqu'au barnum ? intervint Sarah. Nous aurons besoin de bras.

— Je préférerais que les autres candidats ne touchent pas à mes cupcakes, fit savoir Zoé. Je ne voudrais pas donner l'occasion à Cher de les renverser par terre exprès.

— Objection accordée ! s'exclama Fenella. C'est une pimbêche !

— Une jolie pimbêche, renchérit Sarah. Et qui sait se servir de ses charmes.

Une heure et demie plus tard, Zoé recula d'un pas et admira les cupcakes. Sarah et elle les avaient transportés sur des plateaux jusqu'au barnum. Tout avait marché selon ses plans. La toute dernière rangée du sommet rappelait un diadème posé sur un voile de mariée constellé de roses. Le tulle répandait ses volutes vers le bas, retenus par endroits par des grappes de cupcakes disposés en étages. À la base, les gâteaux étaient groupés par deux ou trois afin d'évoquer des roses coupées. Entre ceux-ci avaient été insérés des pétales de rose, séchés pour les rouge foncé, frais pour les jaune pâle. Sarah prenait des photos avec son téléphone.

— Avec une telle pièce montée, n'importe quelle mariée serait aux anges ! fit remarquer Fenella.

— Je pense que la nôtre sera ravie, confirma Sarah. Le gâteau qu'elle avait commandé était vraiment ordinaire. Il ressemblait à une simple marinière à rayures jaune pâle. En plus, c'est tout bénef pour elle !

— Vous avez fait un carton ! s'exclama Rupert, qui avait aidé au déplacement des cupcakes.

— Je suis contente que cela vous plaise. Maintenant il faut que j'aille m'occuper de mes petits fours ! annonça Zoé en jetant son tablier avant de courir se remettre au travail.

Les membres du jury firent le tour des candidats comme des loups au milieu d'une bergerie. Telle fut du moins l'impression de Zoé. Une fois les dégustations et les commentaires achevés, ils rassemblèrent tout leur petit monde. Gideon se leva pour parler au nom de ses collègues.

C'était rare qu'il fasse office de porte-parole et cela rendit Zoé encore plus nerveuse.

— Je regrette de vous annoncer que nous ne sommes pas parvenus à prendre de décision, déclara-t-il, l'air anormalement tendu. Une annonce sera faite après le mariage.

— Hum ! C'est évident que Zoé devrait partir ! lança Cher. Ses canapés sont moches !

— Ils ne sont pas mal du tout, rectifia Fred. Ceux au camembert et au miel sont délicieux.

— Je pensais que mes *supplì* étaient bons aussi, répliqua Zoé.

Puisque chacun y allait de son avis, après tout, pourquoi pas elle ?

— Ils ont bon goût, convint Anna Fortune. Mais votre présentation n'est pas au niveau. Personne n'accepterait de payer pour en manger un.

— Justement, ils sont gratuits ! rappela Zoé.

— C'est un concours gastronomique, rappela à son tour Anna d'un ton ferme.

— C'est aussi un mariage! intervint Sarah tout aussi fermement. Et sans Zoé, nous n'aurions pas de pièce montée.

Elle consulta sa montre et ajouta :

— Bon, il faut que j'y aille. Si tous les candidats pouvaient apporter leurs canapés sous le barnum, je leur en serais reconnaissante. D'ici une heure trente environ, vous pourrez mettre au four les canapés qui doivent être servis chauds. Les invités arriveront pour manger vers 13 heures.

— Avez-vous besoin d'aide pour le service ? s'enquit Muriel. J'ai un ami traiteur et je lui donne souvent un coup de main. C'est plutôt amusant.

— Perso, je vais me reposer un peu, fit savoir Cher. Et je crois qu'un peu de repos ne ferait pas de mal à Zoé non plus. Dieu seul sait ce qu'elle a encore fait cette nuit !

— Essentiellement des cupcakes, j'imagine répliqua Muriel. Zoé, je n'ai pas pu m'empêcher d'espionner tout à l'heure. Ils sont incroyables ! J'adore l'idée du voile et des cupcakes en forme de roses. C'est de ton invention ?

Zoé sourit.

— Oui. Avec l'aide de mes amis.

— Eh bien, tu peux être fière ! la félicita Muriel.

Becca, qui était peu encline aux commentaires sur les réalisations des autres, car elle avait juste assez de concentration pour s'occuper des siennes, prit à son tour la parole.

— C'est super ! Mais j'espère que cela ne te coûtera pas ta place dans la compétition.

— Si je perds ma place, je la perds ! soupira Zoé. Je ne pense pas que ce sera moi la gagnante, de toute façon. Je pense que ce sera toi, Becca.

Celle-ci rougit.

— La cuisine est la seule chose pour laquelle je ne suis pas complètement nulle.

— Tu te débrouilles même très bien, renchérit Muriel.

Zoé était dans tous ses états. À l'envie constante de serrer Gideon dans ses bras s'ajoutait un mélange d'effervescence et de stress. Mais par-dessus tout, elle désirait de tout son cœur que la pièce montée soit au goût de la mariée.

Les mariés et leurs invités ne tarderaient plus à présent. L'immense barnum où se déroulait le concours avait été divisé en deux parties. À l'écart de la zone réservée aux convives s'étirait une rangée de postes de cuisson grâce auxquels les candidats pourraient terminer leurs canapés chauds.

Un spectateur non prévenu n'aurait jamais pu deviner que derrière l'une des cloisons mobiles, six personnes enfournaient et défournaient des plaques de petits fours. Zoé, attendant que son téléphone l'avertisse qu'il était temps de défourner, contemplait la décoration florale dont le centre était la pièce montée.

Quelqu'un l'avait illuminée, de sorte qu'elle ressemblait à une œuvre d'art. Zoé ne savait pas qui avait pris cette initiative, ni même si c'était une tradition pour les gâteaux de mariage. Mais elle en fut tout émue. Elle prit une photo avec son téléphone afin de l'envoyer à sa mère plus tard. Elle ressentit même une pointe de fierté. Quelle que soit l'issue de l'épreuve, elle aurait réalisé quelque chose de beau et désirait en garder une trace.

— Elle est belle, n'est-ce pas ? lança Fenella. Je crois bien que c'est Hugo, le mari de Sarah, qui l'a illuminée. Les roses et les cupcakes parfaitement assortis lui donnent un aspect féerique. J'espère que vous êtes contente de vous.

Zoé hocha la tête. Submergée par l'émotion, elle resta coite. S'éclaircissant la voix, elle répondit enfin :

— Même s'ils me virent à cause de mes canapés bâclés, je ne regretterai rien.

Fenella l'embrassa sur la joue.

Lorsque les invités commencèrent à arriver, ce n'était plus le moment de s'extasier. Tous les concurrents se transformèrent en serveurs munis de plateaux chargés de victuailles pour la foule. Ils n'étaient pas obligés mais ils le firent volontiers. D'abord parce que distribuer leur propre cuisine était le meilleur moyen de juger de sa réception. Sarah dut même réprimander Becca à une occasion, car celle-ci surveillait depuis un peu trop longtemps un couple qui dégustait des parmentiers au rosbif de sa composition. Mais sinon, ils se montrèrent plutôt diligents.

Zoé était très en retard sur les autres, mais elle renonça à s'en faire car cela n'avait pas d'importance si toute la nourriture n'était pas prête en même temps. Enfin, lorsque la dernière plaque de *supplì* fut sortie du four où elle les gardait au chaud et que la dernière plaque de *ciabatta* au camembert et au miel fut prête, elle prit un tablier propre et s'en fut arpenter la foule des convives avec ses réalisations. On demandait justement le silence en vue des traditionnels discours. Zoé slaloma donc entre les invités en se félicitant que ceux-ci aient encore faim.

Elle était coincée toute seule au dernier rang lorsque quelqu'un lui mit une coupe de champagne dans la main. C'était Gideon.

— Tiens, tu l'as bien mérité !

Zoé but une petite gorgée en savourant le piquant des bulles sur sa langue. Elle s'était désaltérée à une bouteille d'eau pendant la cuisson, mais le liquide s'était réchauffé. Ce champagne était délicieux et purifiant ! Gideon vint se placer derrière elle.

— On pourrait nous voir ! lança-t-elle à mi-voix avec angoisse.

— Personne ne s'apercevra de rien. Les gens penseront que je me trouve tout simplement là.

Il posa la main sur la hanche de Zoé et se serra contre elle.

— Ne fais pas ça ! s'exclama-t-elle, ivre de crainte et de désir.

— Dans ce cas, rejoins-moi dehors et laisse-moi t'embrasser.

— Le chantage ne marche pas, murmura-t-elle.

— Ah non ?

Elle vida sa coupe de champagne et la posa sur une table à proximité. Le témoin s'éclaircissait la voix. En voyant avec quels yeux il regardait la mariée, Zoé pria que celle-ci ne perde pas trop facilement ses moyens. Toutes ses folies de célibataire semblaient sur le point d'être divulguées, avec toutes les exagérations de rigueur.

Gideon fit sortir Zoé en la faisant passer entre deux cloisons mobiles. D'autres personnes prenaient l'air. Sans doute faisait-il un peu trop chaud à leur goût sous le barnum, sur lequel le soleil de mai dardait ses rayons. Gideon lui tendit la main mais elle ne la prit pas, n'osant pas prendre le risque d'être vue. Elle le suivit néanmoins entre deux bâtiments où un rosier grimpant montait à l'assaut d'une ancienne porcherie transformée en logement raffiné.

Elle eut soudain un accès de timidité. S'en avisant, Gideon murmura quelques mots et la serra contre lui avant de l'embrasser au coin des lèvres.

— Tu as fait des miracles, Zoé ! Ce gâteau est du tonnerre !

— Merci, dit-elle en s'abandonnant à son étreinte.

Puis il l'embrassa plus franchement.

Elle s'autorisa quelques instants de bonheur avant de mettre fin à leur baiser.

— Je t'assure, Gideon, c'est trop risqué.

Il parut sur le point de la contredire puis il se ravisa.

— Tu as raison. Nous avons trop à perdre.

Elle le regarda dans les yeux et se réjouit de constater qu'il comprenait. Il aurait pu la convaincre de l'embrasser encore, voire de l'emmener quelque part pour aller plus loin qu'un baiser, mais il n'en avait rien fait. Elle ne l'en estima que davantage. Il n'abusait pas de l'ascendant qu'il avait sur elle pour parvenir à ses propres fins. À moins qu'il n'ait pas encore compris ce qu'elle ressentait. Elle soupira, tout sourire, enchantée que le fait qu'elle était amoureuse ne se voie pas comme le nez au milieu de la figure.

— Je ferais mieux d'y retourner. Ils vont se demander où je suis passée.

— Allez, file ! On se verra plus tard.

— Merci pour le champagne.

— La prochaine fois, nous ferons sauter le bouchon nous-mêmes.

Zoé retourna à ses fourneaux le cœur en fête. Elle ne se formalisa même pas de trouver toute une plaque de canapés carbonisés qu'elle avait complètement oublié de sortir du four. Apparemment, elle plaisait à Gideon pour elle-même et pas seulement pour le sexe. Sinon, il ne l'aurait pas laissée partir. Elle sourit malgré elle sans pouvoir s'arrêter.

Les derniers invités erraient çà et là sur la propriété en attendant le bus qui les emmènerait à la soirée de noces, qui avait lieu ailleurs.

On rassembla les candidats et l'équipe de tournage pour le rendu des délibérations du jury. Le barnum, qui avait été si charmant quelques heures auparavant, se voyait à présent dépouiller de ses tables, de ses chaises et de ses fleurs pour n'être bientôt plus qu'une simple tente. Tout au fond, le remue-ménage battait encore son plein et Sarah, qui présidait le jury, dut élever quelque peu la voix.

— Les mariés sont ravis du déroulement des événements, annonça-t-elle. C'est un grand soulagement pour moi, plus que je ne saurais dire. Le gâteau a dépassé leurs attentes les plus folles, poursuivit-elle en regardant Zoé qui se fit toute petite derrière une colonne de fleurs d'ornement.

— Mais nous ne devons pas oublier que l'épreuve ne portait pas sur quelques cupcakes, intervint Anna Fortune. Mais sur les canapés.

Une pause s'ensuivit dont le but était de déplacer l'angle de prise de vue des caméras, mais qui mit Zoé sur des charbons ardents malgré les compliments de Sarah.

Gideon glissa quelque chose à l'oreille d'Anna et Zoé espéra qu'il ne prenait pas sa défense. Cela ne ferait qu'éveiller les soupçons. Alors Cher pourrait alléguer, à juste titre, que Zoé bénéficiait d'un traitement de faveur.

Zoé fut accablée par un accès de culpabilité. Elle n'avait pas été avantagée du tout, ou si peu, en raison de sa relation avec Gideon, mais c'était quand même mal. Zoé avait la conscience morale à fleur de peau.

Fred fit signe à la caméra d'un air jovial.

— Je crois que l'on appelle cela un rassemblement tactique.

Sur ces mots, il se joignit au conciliabule. Sarah, les bras croisés, se tenait légèrement à l'écart. Elle n'avait pas l'air contente. Zoé se dit que, d'un côté, un peu de discorde entre les juges était bon pour l'audimat ; mais d'un autre côté, elle était complètement paniquée ! Tout cela n'augurait rien de bon pour elle.

Sarah se mêla enfin à la discussion et aux délibérations.

— Ils vont devoir couper au montage, fit remarquer Shadrach. Ça devient longuet.

Zoé ne trouvait pas cela longuet, elle trouvait le suspense insupportable !

Enfin les jurés brisèrent la mêlée, les caméras se remirent à filmer et Sarah se plaça au centre de l'estrade. Elle répéta mot pour mot ce qu'elle avait déjà dit et ajouta :

— Même si certains canapés ne satisfaisaient pas aux exigences de présentation, ils étaient délicieux. Zoé, les membres du jury ont adoré votre *ciabatta*-camembert-miel saupoudré de noisette, mais vos boulettes de riz étaient un peu sommaires.

— Donc elle sort ? s'enquit Cher à voix haute et mal à propos.

Un long silence s'ensuivit pendant lequel les membres du jury échangèrent des regards. Le cœur de Zoé battait à tout rompre dans sa poitrine. À présent que l'échéance approchait, elle se rendait compte à quel point elle désirait rester.

— Le verdict est le suivant : personne ne part, annonça enfin Fred. Vous avez tous fait du très bon travail et Zoé, dont les canapés étaient les plus faiblards, nous a confectionné une magnifique pièce montée.

— Zoé aurait été éliminée sans cela, précisa Anna Fortune en posant sur elle son regard perçant. Mais vous ne payez rien pour attendre !

— Excusez-moi ! lança Cher. Ne le prends pas mal, Zoé… Si ses canapés n'ont pas satisfait aux exigences, ce n'est pas juste de la garder alors que nous, on a travaillé vraiment dur pour que les nôtres soient bons.

Zoé ne put s'empêcher de chercher le regard de Gideon dont les yeux lançaient des éclairs.

— Le jury a rendu son verdict, Cher, rappela Anna Fortune.

Zoé devina qu'elle partageait l'avis de Cher mais qu'elle n'avait pas l'intention de laisser une simple candidate remettre en question la décision du jury.

— Ce qui nous amène au thème de l'épreuve suivante, lança Gideon. À savoir : cuisiner dans un restaurant londonien haut de gamme. C'est un défi très, très exigeant. Bonne chance à tous !

L'assistance retint son souffle tandis que les membres du jury quittaient majestueusement le barnum, l'équipe de tournage sur les talons.

12

La journée suivante avait été consacrée au repos. Zoé avait bavardé avec les autres pendant un moment puis s'était trouvé un endroit tranquille dans le jardin, où elle avait essayé de se changer les idées en se plongeant dans le roman qu'elle avait apporté. Elle n'avait pas eu le temps de lire, ne fût-ce qu'une seule page, depuis le début des hostilités. Elle avait en partie espéré passer un peu de temps avec Gideon, mais il était parti, avec les autres membres du jury, visionner les séquences vidéo en compagnie de l'équipe de production. Quoi qu'il en soit, les petits yeux de fouine de Cher ne l'avaient pas quittée. Celle-ci s'était même pendue à son bras, comme si elle avait été son amie. Finalement, Zoé lui avait échappé en lui disant qu'elle avait besoin d'être seule. Cher avait échoué sur une chaise longue à l'autre bout du jardin où elle avait pris un bain de soleil, mais toujours en gardant un œil sur sa rivale.

Toute la troupe était à présent en route pour Londres en vue de l'épreuve du dîner haut de gamme.

— Je monte dans le wagon silence, lança Zoé tandis qu'ils attendaient le train à la gare. J'ai envie de lire.

Ce dont elle avait envie, en fait, c'était de tranquillité pour réfléchir et consulter des schémas sur les techniques de découpe avec des couteaux de cuisine. Cette épreuve dans un restaurant londonien allait solliciter tous ses talents. Elle savait que si elle voyageait avec les autres, elle ne pourrait éviter de se joindre à leurs conversations.

Tandis qu'elle regardait défiler le paysage tout en en admirant la beauté, elle s'aperçut que son sentiment de culpabilité s'était accru depuis la veille, jusqu'à assombrir la bulle de bonheur dans laquelle elle vivait presque depuis le début du concours. Ses sentiments pour Gideon n'en furent pas amoindris, ils n'en devinrent même, peut-être, que plus intenses. Cependant, elle se crut obligée de revenir sur les événements afin de savoir si sa culpabilité était fondée.

Elle ouvrit la chemise cartonnée qui contenait les schémas et s'arrêta sur la position doigts recroque-villés réservée aux petites pièces comme les échalotes, que l'on pouvait ainsi émincer avec les couteaux les plus tranchants sans risquer de se couper les doigts. Mais sa concentration était troublée par une question lancinante : était-ce vraiment mal de coucher avec un membre du jury lors d'un concours ?

Elle songea aux grandes émissions de téléréalité : *Le maillon faible*, *Danse avec les stars*, *Star Academy*, en essayant d'imaginer l'une des jeunes candidates au lit avec l'un des membres du jury. Si une telle nouvelle lui était venue aux oreilles, elle aurait été scandalisée. D'ailleurs qui imaginerait Cyril Lignac couchant avec une candidate de *Top Chef* ? C'était inimaginable, même s'il n'avait pas été le plus heureux des hommes en ménage. Elle avait donc mal agi. Par quelque bout qu'on le prenne, ce n'était pas bien, songea-t-elle en se penchant sur une technique d'émincage d'oignon d'aspect dangereux, car la pointe du couteau était tournée face aux doigts. Une seule erreur et c'était la boîte à pansements assurée. Elle devrait donc renoncer à Gideon. C'était aussi simple que cela. Le mieux était d'aller le voir et de lui dire : « Il faut qu'on arrête ! »

Mais était-ce indispensable ? Avait-il joué de son pouvoir et de son charme afin qu'elle ne soit pas éliminée ? Elle se repassa mentalement le film des épreuves précédentes jusqu'à l'affaire des canapés. Ceux de Zoé, bien que jugés délicieux par l'ensemble des jurés, avaient assurément manqué de subtilité. Anna Fortune l'aurait volontiers éliminée.

Néanmoins, ce n'était pas Gideon qui l'avait repêchée, même s'il l'avait également soutenue, mais Sarah. Celle-ci aurait fait rempart pour elle face à n'importe quel membre du jury parce que Zoé avait sauvé son repas de noces, conclut la jeune femme, non sans fanfaronnade. Sans sa pièce montée, le mariage aurait été une catastrophe. Car, finalement, ses cupcakes avaient volé la vedette à tous les autres mets. Sarah lui avait confié plus tard qu'elle avait envoyé des photos du gâteau par e-mail à son amie qui confectionnait des pâtisseries de fête afin qu'elle puisse l'ajouter à sa liste. Zoé sourit au souvenir de cette conversation. Circonspecte, Sarah lui avait demandé si elle envisageait de refaire de semblables pièces montées. Zoé avait répondu qu'elle avait assez vu de cupcakes pour un bon moment. Ce n'était pas tout à fait exact, mais elle n'envisageait assurément pas d'en faire un gagne-pain.

Ses pensées continuèrent de tourner en rond, tout en survolant de temps à autre les schémas de son classeur. Gideon était d'une compagnie si agréable. Il la faisait rire, il riait de ses plaisanteries à elle, et Zoé avait le sentiment qu'ils se seraient bien entendus même si l'alchimie sexuelle avait été moins forte entre eux. Mais quand bien même elle était vraiment très attachée à lui – plus que cela même –, elle n'était pas encore tout à fait sûre de ses sentiments à lui. Le jeu en valait-il la chandelle si, le concours terminé, il se contentait d'un « Au revoir et merci ! », la laissant sans amour et exclue de la compétition dans le déshonneur ? Elle fit un effort de concentration afin d'étudier les schémas.

Elle ouvrit le chapitre consacré au poisson, domaine où la technique lui faisait le plus défaut. Un schéma expliquant comment il fallait s'y prendre pour retourner un calamar comme un vêtement avant de le remettre à l'endroit – le tout répété plusieurs fois –, afin de le rendre comestible, lui donna le tournis et des maux de tête. Elle se dit qu'avec un peu de chance, l'opération serait plus facile à comprendre avec un vrai calamar devant soi. Lever des filets de poisson ne semblait guère plus facile. Elle entendait déjà les cris horrifiés qui ne manqueraient pas de retentir à ses oreilles si elle gâchait une sole de Douvres hors de prix.

Mais tout cela n'était qu'un dérivatif, en fait. Mieux valait réfléchir à la manière dont elle annoncerait à Gideon qu'ils devaient mettre un terme à leur charmante et délicieuse idylle. Elle ne pouvait plus filer à l'anglaise pour passer des moments seule avec lui ; quant à coucher de nouveau ensemble, c'était inenvisageable tant qu'elle serait encore dans la course. Elle soupira en frémissant de tout son corps lorsqu'elle prit conscience de la douleur que lui causait cette décision. Serait-elle capable – aurait-elle la force – de s'en tenir à cette résolution ? Parviendrait-elle à garder ses moyens lorsqu'elle le reverrait et qu'à quelques pas seulement de lui, le désir se ferait jour en elle ? Elle en doutait. Elle ne répondait plus d'elle-même pour ce qui concernait Gideon.

D'ailleurs, elle n'aurait peut-être même pas à prendre de décision. Ce repas de haute volée dans un restaurant de premier choix se révélerait sans doute hors de sa portée.

Cependant, en repensant à ce qu'elle avait accompli les jours précédents, elle se rendit compte qu'elle avait beaucoup appris et acquis un surcroît de confiance en soi. Le moment n'était donc pas encore venu pour elle de jeter l'éponge. En outre, elle dut s'avouer que l'idée de perdre, ou du moins de ne pas aller jusqu'en finale, n'était pas pour lui plaire. À cela s'ajoutait l'appréhension de ne plus jamais revoir Gideon par la suite. Pourquoi la vie était-elle si compliquée ? Pourquoi ne pouvait-elle avoir le beurre et l'argent du beurre ? Des tas de gens avaient les deux. Mais dans ce cas les choses tournaient toujours mal à la fin. C'était certain. Elle devrait donc faire au mieux avec le beurre que l'on mettrait à sa disposition.

Cher, Muriel, Becca et Zoé montèrent dans un taxi, Cher s'inquiétant que les caméras ne puissent filmer sa jupe courte. Pour leur part, Muriel et Zoé étaient en jean. Les messieurs leur avaient courtoisement laissé le premier taxi et montaient à présent dans le suivant. On avait acheminé séparément leurs bagages jusqu'à leur hôtel.

— Alors, c'est chez Pierre Beauvère que nous allons! s'exclama Muriel en s'efforçant de dissimuler son trac.

— Nous avons au moins l'après-midi pour apprendre les ficelles du métier avant de cuisiner pour de vrais gourmets, fit remarquer Zoé. J'avoue que j'ai la trouille. C'est comme si l'on nous demandait de chanter à Covent Garden alors qu'on n'a fréquenté que la chorale de l'école.

— Les fausses notes s'entendront moins, répliqua Becca, non sans inquiétude.

Zoé haussa les épaules.

— Pas sûr! lança-t-elle.

Elle ressentait un léger malaise en partie dû à la décision qu'elle avait prise au sujet de Gideon.

Elle ajouta:

— Perso, je suis plus à l'aise pour cuisiner dans un pré!

— Bah! j'ai déjà travaillé dans un restaurant gastronomique, fit savoir Cher, respirant la confiance en soi et vérifiant son maquillage dans son miroir de poche. J'espère juste que je ne serai pas obligée de porter une de ces toques de chef. Je suis mignonne tout plein avec, mais après mes cheveux sont affreux.

Muriel inspira profondément.

— Cher, je n'y crois pas : tu t'inquiètes de ton look après le service alors que tu vas devoir cuisiner pour un chef étoilé par Michelin, et qui plus est un chef qui n'est pas des plus agréables, loin s'en faut !

— La télé. Pardi ! Je prends soin de mon allure.

— Et nous, non ? s'enquit Zoé.

— Je ne crois pas, non. Je crois que je n'ai encore jamais vu aucune de vous en robe.

Zoé s'enfonça dans son siège.

— J'ai mis une robe, rectifia-t-elle après réflexion.

— À l'évidence, elle n'a pas marqué les esprits ! s'exclama Cher.

Zoé poussa un soupir mais sourit intérieurement. Cher pouvait bien passer toutes les heures du jour à se soucier de son apparence ; en attendant, c'était elle, Zoé, si dépenaillée qu'elle fût, qui avait attiré l'attention de Gideon. Elle s'efforça de ne pas prendre la grosse tête en songeant que les efforts de Cher n'avaient servi à rien sur ce plan. Ensuite seulement, elle se souvint qu'elle s'était promis de ne plus penser à lui.

Tandis que leur descente du taxi et leur montée des marches du restaurant faisaient l'objet de plusieurs prises par les cameramen, Zoé se concentra sur l'épreuve à venir malgré un trac terrible.

Elle avait entendu parler des humiliations qui avaient cours à l'intérieur des cuisines professionnelles. Elle se tança donc vertement en ces termes : « Ce n'est pas parce que tu es une fille, que tu seras filmée et que l'on te viendra probablement en aide de toutes parts qu'ils te mettront la tête dans un seau rempli d'entrailles de poisson ! »

Peu convaincue, elle esquissa un semblant de sourire à la ronde tandis qu'elle poussait la porte – pour de bon, cette fois – et pénétrait dans cette salle de torture qui se faisait passer pour un temple de la bonne cuisine où officiait une armée de serveurs triés sur le volet.

L'équipe de télévision les avait suivis depuis le début mais avait su se faire oublier. À présent qu'ils avaient quitté l'ambiance familiale de Somerby, les techniciens se montraient beaucoup plus amicaux. Lorsqu'ils s'absentèrent, elle se sentit délaissée comme une enfant que ses parents adorés ont oublié d'aller chercher à l'école. Les garçons étaient enfin arrivés, et les sept candidats attendaient ensemble près de la porte de recevoir leurs instructions.

Ils furent accueillis par sept personnes, six hommes et une femme. Zoé fut enchantée d'être en binôme avec la fille car celle-ci paraissait la plus sympathique des sept.

Ils étaient arrivés après le service de midi. Aussi les cuisines étaient-elles relativement calmes, même si elles n'étaient pas complètement désertes. Des employés en tenue blanche hachaient des monticules de persil, éminçaient des oignons. Deux ou trois d'entre eux, les coudes sur le plan de travail, examinaient quelque chose de près. Un autre faisait tomber les graines d'une gousse de vanille.

Si elle n'était pas venue là pour cuisiner, Zoé aurait adoré la visite ; mais pour la première fois depuis le début du concours, elle était sérieusement intimidée. Elle n'ignorait pas qu'elle n'avait pas la technique d'un chef étoilé. Elle se demanda même en cet instant si elle savait faire quoi que ce soit.

Être capable de sauver la mise à Sarah avec une demi-tonne de crème au beurre et une poche à douille ne lui servirait pas à grand-chose dans cet établissement.

— Hello ! salua une grande perche d'allure hostile avec un accent étranger. Vous êtes la fille pour la télé ?

Zoé acquiesça, en réponse de quoi il émit un grognement.

— Sylvie s'occupera de vous.

— Bien, chef ! s'exclama Sylvie en hochant la tête.

— Trouvez-lui des vêtements. Elle ne peut pas rester ici dans cette tenue.

Zoé le regarda s'éloigner pour aller rejoindre les autres à qui il réserva le même accueil chaleureux. Elle en profita pour se rapprocher de Sylvie.

— Suivez-moi, lança cette dernière. Dites voir, quel genre de chaussures vous a-t-on autorisé ?

Le jury avait examiné les chaussures de tout le monde avant leur départ. Zoé posa son sac à dos et lui montra les sabots qui se trouvaient à l'intérieur.

— Parfait ! s'exclama Sylvie. Pierre vous aurait étripée si vous n'aviez pas eu les bonnes chaussures.

Zoé partit d'un grand rire. La détente reprenait enfin un peu ses droits.

— Ils nous ont briefés pour les chaussures. Gideon semblait faire une fixation dessus.

Elle se maudit intérieurement d'avoir prononcé son nom. Elle aussi faisait une fixette. Elle devait se reprendre.

— Gideon ? Gideon Irving ? Le critique gastronomique ?

— Lui-même. Vous avez entendu parler de lui ?

— Mon Dieu, oui ! On peut dire qu'il jouit d'une certaine notoriété, vous savez ? En fait, j'ai été sa collaboratrice autrefois, se souvint Sylvie d'un air songeur. Il m'a brisé le cœur, le salaud !

Comme elle avait dit cela sans amertume, Zoé se sentit obligée d'essayer d'en savoir davantage.

— Ah ?

— Oui. Il est bel homme, ce démon, et nous passions beaucoup de temps ensemble pour le travail.

Elle soupira et ajouta :

— Ce n'est pas vraiment sa faute, en fait. C'est juste qu'il n'y mettait pas de sentiment. Il essayait de le cacher, mais moi, je savais.

— Comme c'est triste, fit remarquer Zoé en s'identifiant à la situation.

— En effet. Il a dû avoir un très gros chagrin d'amour. J'ai entendu dire que la femme en question l'avait quitté pour faire carrière à la télévision aux États-Unis.

— Et ?

Elle voulait faire dire à Sylvie que Gideon était un type extraordinaire en dépit de tout. Toutefois, Sylvie crut qu'elle faisait allusion à la compagne infidèle.

— Je crois que ça a marché pour elle. Mais mon opinion le concernant, c'est qu'il ne s'en est jamais vraiment remis.

— Oh !

Puisque Sylvie ne l'avait pas rassurée ainsi qu'elle l'aurait souhaité, Zoé s'efforça de trouver quelque chose à dire avant que la jeune femme ne comprenne qu'elle était amoureuse de Gideon.

— Avez-vous… Avez-vous eu le cœur brisé pendant longtemps ?

Sylvie haussa les épaules en s'esclaffant.

— Ma foi, ce n'est pas le genre d'homme qu'on oublie facilement, mais comme il n'est pas homme à se fixer avec une femme et que je l'ai toujours su…

Zoé, qui dans son cœur le savait aussi, en fut attristée.

— Oh ! s'exclama-t-elle une nouvelle fois.

Mais qu'aurait-elle pu dire d'autre ? Avait-il pour habitude de courtiser ses collaboratrices avant de les laisser tomber comme de vieilles chaussettes ? N'était-elle pour lui qu'une encoche de plus dans sa planche à découper les cœurs féminins ? Cette métaphore lui donna la nausée. Quoi qu'il en soit, les faits rapportés par Sylvie remontaient à des années. Il avait sans doute changé depuis. Zoé s'accrocha à cette idée.

— N'allez surtout pas tomber amoureuse de lui ! conseilla Sylvie en gloussant. Non que je vous en croie capable, car c'est un membre du jury, mais il est séduisant, et vous êtes jeune et jolie.

À l'évidence, Sylvie n'avait pas le moindre soupçon quant aux sentiments de Zoé pour Gideon. Elle s'efforçait juste de conserver à leur échange son ton badin. Pour preuve, elle prit un air de star un soir de remise des Oscars et partit d'un grand rire.

— Ce qui est sûr, c'est qu'il est membre du jury, confirma Zoé, comme si l'idée même d'avoir une relation avec cet homme était impensable pour elle. En plus, je ne suis probablement pas la plus jeune d'entre nous et assurément pas la plus jolie.

— Alors vous ne risquez rien ! L'équipement, à présent !

Par chance, Sylvie n'avait rien soupçonné, et Zoé fut soulagée d'être bientôt trop occupée pour s'appesantir sur le tourbillon d'émotions que celle-ci avait soulevé en elle.

13

Une fois que Zoé fut équipée de sa veste de cuisine, de son tablier, de son pantalon à carreaux et de sa toque (seule Cher pouvait rester craquante avec ça sur la tête), Sylvie la conduisit vers Pierre. Tandis qu'elles sortaient des vestiaires, Zoé aperçut Cher qui protestait ouvertement contre la toque. En vertu de la loi de l'emmerdement maximum, elle n'était pas obligée d'en porter une.

— Mettez-la au poisson, ordonna Pierre en faisant la grimace.

Zoé eut l'impression qu'il avait lu dans ses pensées. Non seulement il avait remarqué qu'elle manquait totalement de concentration, mais en plus il avait deviné qu'elle ne savait pas découper le poisson.

Le fait d'être chaperonnée par une ancienne petite amie de Gideon qui lui assurait que quiconque s'attachait à lui courait droit à la déception amoureuse n'était pas pour donner confiance en soi à Zoé.

— Elle s'occupera de la lotte, poursuivit Pierre avant de s'éloigner avec un sourire de mépris.

En bon Français, seules les règles d'hygiène l'avaient probablement retenu dc cracher.

Sylvie prit Zoé par le bras.

— Vous aurez compris qu'il n'est pas très emballé par cette émission de télé, dit-elle en conduisant Zoé jusqu'au poste de préparation du poisson. Le directeur général du restaurant, qui est un ami de Gideon évidemment, lui a forcé la main.

— Pourquoi « évidemment » ?

— Il est redouté en tant que critique gastronomique mais les gens l'apprécient. Les femmes aussi. Comme je vous le disais.

Même si Sylvie faisait mine de s'en moquer à présent, Zoé ne put s'empêcher de penser qu'elle y avait laissé des plumes, voire davantage.

— Donc, la lotte ? J'aimerais pouvoir me mettre au travail avant que tout le monde revienne.

Zoé n'avait plus envie de parler de Gideon. Penser à lui à chaque seconde du jour était suffisant. De plus, elle avait besoin de se concentrer. C'était plus important que jamais si elle voulait donner toute sa mesure.

— O.K. Bon, au moins vous n'aurez pas à vous embêter avec la tête, puisqu'ils les coupent en mer, fit remarquer Sylvie. Elles prendraient trop de place autrement. La peau est déjà écaillée. Le seul souci, c'est la membrane à l'intérieur de l'abdomen. Elle est quasiment invisible et colle comme de la glu.

Un quart d'heure plus tard, Zoé bataillait encore.

— Je n'arrive pas à enlever cette foutue membrane ! s'exclama-t-elle, oubliant que l'équipe de tournage était de nouveau dans les parages et que son langage grossier et son agacement seraient vus et entendus par des milliers de téléspectateurs. Je peux toujours lever le filet avec la membrane !

— Retirez-la simplement avec les doigts. C'est un coup à prendre. Mais n'en laissez pas, sinon Pierre…

— Je sais, sinon il me videra comme un poisson ! Elle souleva la membrane et parvint enfin à l'ôter.

— Moi qui croyais qu'écailler était ardu ! Au moins, avec la peau, on voit ce que l'on fait !

— Vous vous en sortez très bien, la complimenta Sylvie, mais Zoé n'en crut pas un mot.

— Combien dois-je en faire ? s'enquit Zoé avec appréhension.

— Pas beaucoup. Seulement une demi-douzaine.

— Six ?

Elle dut batailler encore cinq fois. Parvenant à retirer un morceau de membrane, elle s'enhardit et demanda :

— Et comment suis-je censée les cuisiner ? Vous le savez ?

— Oh ! ce n'est pas vous qui les cuisinerez, s'esclaffa Sylvie. Pierre prétend que la lotte est bien trop onéreuse pour la confier à des amateurs. Vous cuisinerez le maquereau.

Pour toute réponse, Zoé se contenta de garder le silence et de faire la grimace.

— Je m'attends à ce que vous disiez que Pierre est en fait un type adorable.

Sylvie acquiesça.

— C'est le cas, en effet. C'est juste qu'il est très exigeant et qu'il a un très grand respect pour la nourriture.

— Comme nous tous, répliqua Zoé d'un ton sec. C'est pour cette raison que nous nous donnons tant de mal.

Regrettant de s'être montrée agressive, elle ajouta :

— Quel plat vais-je cuisiner ?

— Des croquettes de poisson, répondit Sylvie.

— Je pense que c'est dans mes cordes, affirma Zoé plus calmement.

— Nous servons deux croquettes par assiette. Vous devrez en préparer une cinquantaine environ.

Zoé fit un petit bruit avec sa langue, pareil à celui d'un chaton lapant du lait.

Sylvie partit d'un grand rire.

— Je serai là pour vous aider. Pierre ne prendrait pas le risque de vous voir tout faire foirer. Vous avez la liberté de commencer très tôt le matin pour vous donner plus de temps.

Seule Cher était encore guillerette après cette après-midi passée au restaurant. Il faut dire qu'elle avait été chargée de confectionner des pâtisseries, domaine dans lequel elle excellait. Tous les autres étaient sur les genoux. Becca avait désossé de minuscules oiseaux et avait le teint blême. Shadrach avait émincé des légumes en tranches si fines que l'on pouvait voir à travers. Chacun avait une expérience affreuse à raconter, mais Zoé était certaine qu'elle avait été la seule à avoir presque fondu en larmes, du moins était-elle la seule à le reconnaître. Elle se joignit à ses camarades pour trinquer rapidement avec eux au bar mais fut la première à prendre congé. Elle voulait se présenter en cuisine aux aurores afin de mettre toutes les chances de son côté. Car en cas d'élimination, elle ne reverrait plus Gideon.

Le deuxième jour ne se déroula pas plus agréablement que le premier. Même si vider les maquereaux se révéla bien plus facile lorsqu'elle eut

234

acquis le tour de main consistant à retirer les viscères en partant de la tête, elle en fit brûler plusieurs à cause de son gril qu'elle avait porté à trop haute température. Plus tard, elle se brûla même les doigts en essayant d'effriter le brûlé alors qu'ils étaient encore très chauds. Avant d'envisager de cuire ses croquettes de poisson, elle devait se laver les mains, ce qui ne fut pas simple car ses doigts, enveloppés de farine et de chapelure, étaient gros comme des bananes. Quoi qu'il en soit, elle fut finalement satisfaite de l'aspect régulier et uniforme de ses croquettes. D'ailleurs, lorsque Pierre les avait examinées, il s'était contenté d'émettre un grognement, ce qui équivalait à un grand compliment de sa part.

Lorsque le moment arriva de cuire la première portion, Zoé accusa le manque de sommeil. L'appréhension et les nerfs l'avaient maintenue en train jusque-là, mais la nuit passée à se tourner et à se retourner sans parvenir à trouver une position de repos, sans parler de ses cogitations au sujet de Gideon, se traduisait à présent par de légers vertiges.

L'ambiance de l'office lui tapait également sur le système. C'était palpitant mais aussi angoissant.

— Soit on prend son pied à cause de l'adrénaline, soit on ne le prend pas ! fit remarquer Sylvie. Pour ma part, je suis accro ! J'adore la pression, le côté salle d'opération, tout ça, quoi. Mais si vous aimez être au calme sans que personne vous crie dans les oreilles, alors ce métier n'est probablement pas pour vous.

— Je m'y ferai peut-être, répliqua Zoé d'une voix qui se voulait enthousiaste, en sautillant sur la pointe des pieds dans l'espoir de s'imprégner de cet état d'esprit. En fait, je commence toujours par être stressée, ensuite je m'accroche et au final je déploie mes ailes !

— Peut-être…, rétorqua Sylvie d'un air sceptique.

Cher, comme toujours, était insupportablement guillerette. Les autres se montraient plus réservés, mais aucun ne paraissait aussi nerveux que Zoé.

Pierre surgit comme un diable de sa boîte juste au moment où elle testait une première fournée de croquettes. Elle avait déjà dû le faire devant les caméras sous l'œil goguenard du chef. Il guettait le moindre faux pas.

Elle fit descendre la première croquette dans l'huile bouillante.

— Votre huile est trop chaude ! intervint Pierre. La croquette va roussir. Jetez-la.

Zoé ne contesta pas, même si une croquette un peu roussie n'était pas un drame à ses yeux. Mais c'était Pierre le patron, après tout, et elle comprenait que la présence de la télévision lui prenait beaucoup de temps et de place. Elle repêcha donc la croquette de poisson et ôta l'huile du feu afin que celle-ci refroidisse un peu.

— À présent, essayez avec une autre, ordonna Pierre.

Cette fois, la friture fut plus douce.

— Parfait ! s'exclama le chef lorsqu'elle sortit la croquette de l'huile. Maintenant, je vais la goûter.

Zoé déglutit, espérant malgré tout qu'elle l'avait assaisonnée convenablement, ce qui en termes de toque étoilée signifiait, avait-elle pu constater, beaucoup de sel.

— Hum…, pas mauvais, fut le verdict de Pierre après avoir avalé une bouchée à la manière d'un boa constrictor. Continuez !

— Vous voyez ! Je vous avais bien dit qu'il était doux comme un agneau en fait, fit remarquer Sylvie.

— Je ne suis pas sûre que « pas mauvais » et « continuez » soient les paroles d'un agneau, mais bon, ne faisons pas la difficile.

— Ces encouragements signifient que vous lui avez fait bonne impression. S'il n'avait pas été satisfait, il ne vous aurait jamais laissée aller plus loin.

On rassembla brièvement tous les candidats face aux caméras afin de leur demander ce qu'ils pensaient de l'épreuve du jour. Ensuite, Zoé alla rejoindre Muriel et Cher dans un coin pendant que les autres faisaient une pause aux toilettes ou allaient fumer une cigarette en douce.

Muriel paraissait avoir vieilli de dix ans mais Cher était rayonnante. Elle avait accompli des prouesses en pâtisserie. Ses doigts agiles, associés à un chef très bienveillant et sensible à ses charmes, avaient fait de véritables miracles.

— Pierre est trop chou, vous ne trouvez pas ? lança-t-elle en buvant à petites gorgées de l'eau au goulot. Il s'est montré si indulgent envers mes modestes réalisations.

— C'est comme ça qu'on appelle les petits seins maintenant ? s'enquit Zoé sans pouvoir retenir sa langue.

— Oh ! là, là ! Elle n'est pas contente ! s'exclama Cher en riant d'une manière qui donna à Zoé le sentiment d'être traitée avec condescendance et d'avoir été vache avec elle.

— Perso, je pense que Pierre est un parfait enfoiré! affirma pour sa part Muriel après avoir jeté un rapide coup d'œil par-dessus son épaule afin de s'assurer que l'intéressé ne pouvait pas l'entendre. Je jure sur la tête de ma mère qu'il n'y avait plus le moindre bout de gras sur cet os de mouton, mais il a quand même réussi à en trouver une grosse lamelle!

— Eh quoi, vous vous attendiez à ce qu'il tolère l'incompétence? lança Cher. Quand même, c'est son restaurant! Il a une réputation à défendre.

Elle avala une autre gorgée d'eau et ajouta:

— Je l'ai vu faire son rapport aux membres du jury.

— Ils ne délibéreront pas avant la fin du service de midi, rappela Zoé.

— En effet, mais en ce qui concerne certains d'entre nous, tu verras que leur décision est déjà prise.

À ces mots, elle s'éloigna d'un pas altier, hautaine dans sa tenue immaculée, la coiffure parfaitement en place et sans toque.

— Je me sens comme une actrice qui ne connaît pas son texte et qui s'apprête à monter sur scène pour jouer *Hamlet*, avoua Zoé en s'adressant à Sylvie tandis qu'elle retournait à la tâche.

— Pas de panique! Vous avez de l'entraînement. Les croquettes, vous allez toutes les réussir dorénavant.

Zoé se tenait devant son poste de travail tel un cheval de course dans les starting-blocks d'un Grand Prix quelconque, à la différence que tous les autres concurrents s'étaient déjà élancés vers la ligne d'arrivée. D'autres commandes d'entrées arrivèrent. Au début, tout se passa comme si les clients boudaient les croquettes de poisson. Puis la première commande tomba. Elle se souvint qu'il fallait crier :

— Oui, chef !

Elle le fit et se lança. Elle vérifia la température de l'huile et y plongea minutieusement ses croquettes.

— Excellent ! s'exclama Sylvie lorsque Zoé les retira pour les faire égoutter sur une feuille de papier absorbant. Il ne vous reste plus à présent qu'à les disposer dans l'assiette, ajouter la mayonnaise et la garniture et ce sera parfait !

Zoé redoutait toujours d'entendre crier «Croquettes !» depuis le passe-plat, mais comme c'était de plus en plus souvent le cas, elle accéléra la cadence au point d'anticiper la prochaine commande presque avec hâte.

Elle apprit également à évaluer avec précision la durée de cuisson. Si on la lui avait demandée, elle aurait ainsi pu répondre avec la plus grande assurance : «Deux minutes, chef !» Elle ne remarqua pas la présence de la caméra lorsque celle-ci fit un gros plan de l'huile bouillante, ni même celle des jurés, tant elle était concentrée sur son travail qu'elle accomplissait à la seconde près. C'était à la fois exaltant et horriblement angoissant car elle ne marchait plus qu'à l'adrénaline, poussée par la ferme résolution de gagner.

Les difficultés que rencontraient les autres concurrents n'échappèrent pas à Zoé. Sur le chemin de la salle de repos, elle passa devant le poste réservé aux viandes. Là, elle vit Muriel ramer au milieu de carrés d'agneau à demi cuits et Cher hurler en renversant une plaque de fonds de tartelettes par terre. Zoé fut quasiment certaine qu'elle avait été la seule à voir Cher remettre les tartelettes non cassées sur la plaque, mais elle n'en souffla mot à personne. Le temps qui passait et le restaurant lui-même étaient ses principaux adversaires pour l'instant. Sa rivalité avec Cher ne devait pas interférer avec le déroulement des épreuves. Qui plus est, elle devait retourner à son propre poste de travail.

— O.K., les enfants, le service est terminé! s'exclama quelqu'un par-dessus le brouhaha.

Zoé eut l'impression qu'on venait d'appuyer sur le bouton « stop » d'une énorme machinerie. La représentation était finie ; néanmoins, à sa grande surprise, Zoé continua de se sentir pousser des ailes. Tant bien que mal, au fil de cette longue et éprouvante matinée, elle avait pris le rythme et du plaisir à la tâche. Elle balaya l'office du regard : des cuisiniers de tous rangs s'affairaient au nettoyage de leur poste de travail, lavant à grande eau leur portion de carrelage, passant et repassant aux mêmes endroits une serpillière imbibée d'eau fumante et mousseuse. Les garçons de cuisine portaient des piles chancelantes de plaques de cuisson, de saladiers et de marmites destinés aux plongeurs. Les gens entamèrent des conversations ; ils commençaient à décompresser.

Pierre s'approcha de Zoé qui se raidit. Même si elle pensait avoir plutôt bien travaillé, elle s'attendait instinctivement à être réprimandée, voire décapitée !

— Vous vous en êtes bien sortie. Pour ce qui est de la cadence, vous êtes naturellement très en dessous du rythme requis si vous avez déjà mis les pieds dans une cuisine professionnelle, mais dans le cas contraire, c'est pas mal du tout.

Il lui sourit d'un air prédateur et poursuivit sa tournée. Zoé en perdit un peu de son euphorie. À l'évidence, il ne la croyait guère capable de travailler dans un vrai restaurant.

Enfin, Mike rassembla les candidats autour de lui.

— Bon, il est temps à présent d'aller retrouver le jury pour connaître son verdict. Ils vous attendent en salle.

— Est-ce qu'on pourrait faire un brin de toilette avant ? s'enquit Muriel. Sur nous, évidemment, pas à cette putain de cuisine !

C'était la première fois qu'ils entendaient Muriel jurer. Le concours commençait assurément à agir sur elle.

Mike secoua la tête.

— Je crains que non. Nous voulons un rendu naturel à l'écran ; restez tels quels. Allons-y, si vous voulez bien.

Ils sortirent de la cuisine en file indienne et se rendirent dans la salle du restaurant où ils avaient rendez-vous avec le destin.

— Où est Gideon ? s'enquit Muriel à voix basse.

Zoé avait pressenti son absence avant de la constater réellement.

— Je ne sais pas ! répondit-elle avec un brin de panique dans la voix dont elle ne prit pas conscience immédiatement.

Avec un sourire forcé, elle s'empressa d'ajouter :

— Bah! cela en fait un de moins qui essaiera de nous en mettre plein la vue.

— Très bien, lança Anna Fortune. Tout d'abord, comme vous l'avez peut-être remarqué, Gideon n'est pas parmi nous. Il s'est envolé pour New York afin d'y exporter cette émission.

Zoé pinça ses lèvres sèches en une sorte de moue dubitative.

New York!

N'était-ce pas dans cette ville que, selon Sylvie, était censée vivre la femme de sa vie?

Elle se maudit intérieurement. New York était immense. S'il avait eu l'intention de la suivre, il l'aurait fait bien avant.

Elle se força à centrer son attention sur Anna Fortune qui poursuivit:

— Mais vous serez contents d'apprendre qu'il a goûté votre cuisine et qu'il sera de retour afin de vous évaluer lors des épreuves à venir.

Zoé fut effectivement contente de l'apprendre, même si elle ignorait ce qu'elle ferait si elle était éliminée à présent. Elle n'avait aucun moyen d'entrer en contact avec lui, et inversement, sauf par l'intermédiaire de la société de production, mais elle n'en prendrait pas le risque de peur d'éveiller les soupçons. Restait à espérer que, de son côté, Gideon ne passerait pas non plus par la production pour la joindre. Mille pensées se bousculèrent ainsi en très peu de temps dans l'esprit de Zoé. Elle aurait préféré que ce tourbillon se calme car elle en avait la nausée.

— Vous avez fait du très bon travail, dans l'ensemble, à une ou deux exceptions près…,

242

poursuivit Anna de sa voix grave bien posée, réussissant à semer la panique chez certains.

Elle semblait ne jamais devoir s'arrêter de parler. Enfin, Fred prit la parole. Ensuite, ils lurent à voix haute les remarques prises en notes par Gideon avant qu'il ne se rende à l'aéroport. Puis Pierre s'avança malgré son peu d'estime pour la télévision et se montra désireux de faire durer au maximum son petit quart d'heure de gloire.

Tout le monde était sur des charbons ardents. Zoé sentit que Muriel, qui se tenait à côté d'elle, était au bord de la syncope. Zoé se dit qu'il était sans doute plus difficile pour Muriel de ne pas céder à l'apitoiement sur elle-même qui menaçait de la submerger. Muriel, la plus âgée d'entre eux, était probablement moins résistante. Au moins, elle n'était pas amoureuse d'un membre du jury! Dans le cas contraire, elle avait su le dissimuler. Zoé croisa les doigts et pria le ciel de tout son cœur.

Enfin, Fred annonça:

— L'un d'entre vous s'apprête, sans le savoir, à nous quitter. Mais lorsque ce candidat partira, qu'il le fasse la tête haute en se disant qu'il cuisine mieux que la plupart des gens de ce pays et qu'il a plus appris en quinze jours que la plupart de ses semblables en toute une vie.

C'était un peu une image d'Épinal, ce discours, songea Zoé, même si Fred s'efforçait de remonter le moral du perdant qui rendrait son tablier et sa veste de chef.

— La perdante est… Muriel!

La première réaction de Zoé fut d'être scandalisée. Muriel ne pouvait pas être éliminée. Ne serait-ce que parce qu'elles étaient devenues amies, alliées. Si Muriel sortait, cela ne se jouerait plus qu'entre Cher, Becca et les garçons : Shadrach, Bill et Alan. Dans un second temps seulement, Zoé s'avisa que puisque c'était Muriel qui était éliminée, ce n'était pas elle. Un immense soulagement accompagné d'un tout aussi immense sentiment de culpabilité menaça alors de l'envahir. Elle se tourna vers Muriel et la prit dans ses bras. Toutes deux fondirent en larmes.

— Ça ira, je t'assure, certifia Muriel en se ressaisissant la première. C'est juste la fatigue. Je suis tellement contente d'être restée jusque-là, mais j'ai eu du mal à gérer aujourd'hui…

On se serra dans les bras les uns des autres, pleurant à chaudes larmes et se félicitant à qui mieux mieux. Puis on leur demanda de poser pour la photo, les rescapés arborant des mines soulagées tandis que Muriel s'en allait.

— Bon sang, ce que je me suis bien amusée ! s'exclama Cher lorsqu'ils se rassemblèrent dans le hall de l'hôtel en attendant l'arrivée du taxi qui les emmènerait à la gare. Je ne comprends pas pourquoi vous avez tous trouvé ça si dur ?

Zoé remercia le ciel que Muriel fût déjà partie. Une voiture de la production l'avait ramenée chez elle où l'attendait sa famille.

— C'est que nous n'avons pas tous eu la chance de pouvoir faire joujou avec un peu de crème fouettée et des fonds de tartelettes, rétorqua Becca, épanouie par ses récentes réalisations.

— Hum ! Si la pâtisserie se résumait à cela ! contre-attaqua Cher avec le plus grand sérieux.

— Ouais, si tu veux ! En tout cas, nous avons de la chance d'être toujours là ! Muriel était une excellente cuisinière, fit remarquer Alan.

— Bof, pas tant que ça ! nuança Cher.

Zoé opta pour l'indifférence.

Shadrach, quant à lui, bâilla et s'étira tellement que Zoé entendit craquer ses vertèbres.

— Ma foi, commença-t-il, ces quelques jours de repos sont les bienvenus ! J'ai hâte de retrouver les bons petits plats de ma mère !

— Lequel te manque le plus ? s'enquit Zoé.

— Ses macaronis au fromage avec des oignons craquants et du bacon dessus, sans oublier la chapelure ! répondit Shadrach du tac au tac. Ça fait des jours que je ne pense plus qu'à ça !

Zoé réfléchit puis dit :

— Quant à moi, je crois que c'est la tourte aux pommes. Avec de la pâte dessus et dessous. Ma mère est une pâtissière de génie.

— Les haricots rouges à la tomate avec une sauce au piment bien forte, déclara Bill. Eh, mais j'ai faim, moi !

Les autres partirent d'un grand rire. Au moins, le concours ne les avait pas dégoûtés de la nourriture, à l'exception de Cher, bien sûr, mais de toute manière, elle mangeait comme un oiseau. Zoé prit soudain conscience qu'elle s'était attachée à tous ses camarades. Muriel lui manquerait. Elle ne pouvait s'empêcher de regretter que Cher ne soit pas la perdante du jour. Elle semblait prendre de plus en plus la grosse tête. Peut-être, après plusieurs jours loin de Cher, Zoé redeviendrait-elle plus indulgente et moins irritable à son égard.

De retour à Somerby, ils avaient rassemblé quelques affaires et étaient partis chacun de son côté. Quelqu'un était venu chercher Cher dans une voiture de luxe, de la fenêtre de laquelle elle avait fait au revoir de la main à la cantonade en s'éloignant. Bill avait déposé Becca à la gare. Alan et Shadrach ne partiraient que le lendemain matin. Quant à Zoé, elle fit un rapide bonjour/au revoir à Rupert et à Fenella qui se réjouirent d'apprendre qu'elle était toujours dans la course. Puis elle monta dans sa petite voiture et rentra chez elle.

14

Lorsque Zoé se gara dans l'allée derrière la Golf de sa mère, elle avait l'impression d'avoir vieilli de dix ans depuis son départ de la maison.

Sa mère, reconnaissant le moteur de sa voiture, sortit pour l'accueillir.

— Ma chérie, tu as l'air lessivée !

— Je te remercie, maman ! répliqua Zoé en serrant sa mère dans ses bras avec la même intensité que celle-ci la serrait dans les siens. Bon sang, ça fait du bien de rentrer chez soi !

Elle était sincère. Elle avait l'impression d'avoir vécu ces deux dernières semaines dans un concentré d'activité. La perspective de respirer de nouveau la liberté pendant quelques jours était appréciable.

Sa mère prit son sac et elles pénétrèrent à l'intérieur. Zeb, le chien, et même le chat, qui vint se frotter contre les jambes de Zoé, furent salués comme il se devait.

— Jenny a hâte de te revoir. Elle veut tout savoir.

Zoé bâilla.

— Peut-être demain. J'ai vraiment besoin de me coucher tôt ce soir.

— Bah ! papa ne va pas tarder à rentrer, de sorte que nous pourrons passer à table pas trop tard.

— Qu'y a-t-il au dîner ?

La conversation de la veille au sujet des plats maison l'avait plus que mise en appétit.

— Hachis parmentier de mouton puis tourte aux pommes, répondit promptement sa mère.

Zoé lui fit de nouveau un gros câlin.

— Tu connais bien ta fille !

— J'espère bien !

Elle consulta sa montre et ajouta :

— Papa en a encore pour un petit moment. Tu veux prendre un bain ? Qu'est-ce qui te ferait plaisir ?

— Eh bien, étant donné qu'avant de retourner chercher ma voiture à Somerby nous avons dormi dans un hôtel très huppé, je ne suis pas vraiment sale, mais un bain…

— Avec plein de mousse ?

— Et un livre, ce serait parfait !

— Exactement comme lorsque tu rentrais de l'université, s'esclaffa sa mère.

Après une soirée merveilleusement roborative dans une ambiance feutrée en compagnie de ses parents, Zoé se sentit d'attaque pour les retrouvailles avec sa meilleure amie Jenny le lendemain. Le problème avec cette dernière était que Zoé ne pouvait rien lui cacher, et elle lui aurait tiré tous les vers du nez au sujet de Gideon et de ses sentiments pour lui avant qu'elles n'aient vidé leur premier verre de vin. Mais Zoé n'était pas inquiète. Elle ressentait l'envie d'en parler. N'était-ce pas, d'ailleurs, l'un des symptômes de la maladie d'amour ? On se mettait à parler de son amoureux à tout bout de champ. Son histoire avec Gideon ne promettant pas encore de fin heureuse, Zoé s'abstint d'en parler à sa mère – et ce malgré le lien étroit qu'elle entretenait avec elle – pour ne pas l'inquiéter ni s'attirer ce regard soucieux qui la faisait toujours culpabiliser. En outre, elle n'avait jamais eu aucun secret pour Jenny. Elles se connaissaient depuis l'école primaire.

Jenny prétendait qu'il n'existait aucun tracas qui ne puisse trouver de solution auprès d'un cheval. C'est pourquoi, lorsque Zoé l'avait appelée la veille, Jenny lui avait proposé de se retrouver à la pension où elle mettait ses chevaux. Zoé s'était alors dit que cela valait la peine de se lever tôt. Le cheval de Jenny, qui s'appelait Prince Albert, ou Bert pour les intimes, était à l'attache à une barrière de l'enclos tandis que Jenny nettoyait sa stalle. Zoé alla directement vers l'équidé pour le saluer et déblayer le terrain de ses affaires de cœur. Sa présence massive avait réellement quelque chose de rassurant. En outre, il connaissait Zoé depuis longtemps, de sorte qu'ils étaient de vieux amis.

— Eh, Zoé ! héla Jenny en poussa sa brouette jusqu'au tas de fumier. Comme vas-tu ?

— Bien, merci ! Et toi ? Et l'adorable Bert ?

Elle caressa sa tête imposante qu'il avait posée sur l'épaule de la jeune femme. Le cheval lui glissa quelque chose à l'oreille en la frôlant de ses lèvres douces comme du velours.

— Tous les deux au top ! Mais il faut dire que nous ne participons pas à un concours de cuisine. Je veux tout savoir !

Zoé ne fut pas dupe du regard entendu que lui lança Jenny tandis qu'elle communiquait avec Bert à grand renfort de caresses et de câlineries, de renâclements et de chuchotements. Jenny avait l'étrange capacité de deviner lorsque Zoé désirait cacher quelque chose.

— Bert est un amour ! Il est simplement là quand on a besoin de lui. Il ne pose pas de questions, fit remarquer Zoé.

— Je suis sûre que c'est réciproque. Moi aussi, je suis un amour ! Mais je pose des questions. Prends un balai et viens m'aider à nettoyer sa stalle.

Zoé s'exécuta avec enthousiasme. Il lui était plus facile de mettre de l'ordre dans ses pensées quand elle était active. Elle n'avait rien fait d'autre que penser à Gideon tout le long du trajet qui l'avait ramenée chez elle. Résultat : tout se mélangeait dans sa tête. Nettoyer la stalle de Bert l'aida à y voir plus clair.

— Alors, les autres candidats, c'est quel genre ? s'enquit Jenny en jetant une fourche de fumier dans la brouette d'un geste adroit.

— La plupart sont vraiment sympas. Ma préférée a été éliminée lors de la dernière épreuve. La seule personne qui m'enquiquine est une fille que je n'aime pas.

— Mais tu aimes toujours tout le monde !

— Je sais, mais pas elle. C'est sans doute parce que je ne lui conviens pas.

— Ah ah ? Parle-moi d'elle.

Zoé se concentra avec son balai sur un angle difficilement accessible.

— C'est le genre top model, le nez dans le guidon, et elle a essayé au moins à deux reprises de me faire échouer.

— Suspense ! En as-tu parlé autour de toi ? Aux membres du jury ?

— Euh, non. Je ne suis pas bien placée pour ça.

— Pourquoi donc ? Sont-ils inabordables ? Passent-ils leur temps à vous injurier ? Quoi ?

Zoé se mordit la lèvre.

— C'est ça.

— C'est ça quoi ?

Jenny s'arrêta de travailler et considéra son amie avec la plus grande attention.

— L'un d'entre eux est plutôt beau comme un dieu.

— Ah ! Tu veux dire que tu as le béguin pour l'un des membres du jury ? Je parierais que tu ne l'as pas vu venir !

— Et c'est allé un peu plus loin qu'un simple béguin.

— Oh !

Jenny réfléchit un instant, puis elle ajouta :

— Tu sais quoi ? En selle ! Tu prends Bert et moi j'emprunterai Buzz. Annabel n'y verra pas d'inconvénient. Je vais lui envoyer un texto.

À ces mots, Jenny sortit son téléphone.

— Mais je n'ai pas monté depuis des lustres ! protesta Zoé, mi-partante, mi-anxieuse à l'idée de monter à nouveau un cheval.

— Ça ne s'oublie pas ! assura Jenny en se dirigeant vers la sellerie. C'est comme…

— Non, ce n'est pas comme le vélo ! l'interrompit Zoé.

Ne disait-on pas la même chose du sexe ? Bon sang, elle ne pensait qu'à ça ces temps-ci !

— Un peu quand même, rectifia Jenny. Tu verras, tout se passera bien. Bert veillera sur toi. Nous irons jusqu'au bois où nous pourrons chevaucher côte à côte et bavarder comme les vieilles amies que nous sommes. Je veux connaître tous les détails scabreux.

Elles s'engagèrent sous la futaie jusqu'à l'endroit où elles avaient l'habitude de faire du cheval ensemble depuis leurs treize ans. Grâce à Bert, Zoé eut l'impression de n'avoir jamais cessé de monter.

— J'avais oublié à quel point le paysage est beau par ici, confia-t-elle à Jenny tandis qu'elles atteignaient une clairière à la limite opposée du bosquet.

— Tu devrais venir plus souvent. Annabel est toujours ravie quand je sors Buzz, et Bert et toi êtes de vieux compères.

— « Ô temps ! suspends ton vol… » déclama Zoé en dévorant des yeux la dense végétation et en se souvenant des bons moments passés en compagnie de Jenny. Eh, regarde, de l'ail sauvage ! s'exclama-t-elle. C'est tard dans la saison pour ça, non ?

Jenny haussa les épaules.

— J'imagine que ça dépend de l'endroit où il pousse. J'ai fait un pesto de fou l'autre jour avec cet ail sauvage.

— Hein hein ? Alors comme ça, tu t'es mise à la cuisine ?

— Seulement de temps à autre. Allez, viens te placer à côté de moi et raconte-moi tes aventures. Et ne laisse rien dans l'ombre !

— Ma foi, tout cela me semble mignon tout plein. Romantique en diable ! s'exclama Jenny lorsque Zoé eut terminé.

Quel soulagement c'était de parler de Gideon, surtout à sa meilleure amie !

— Mais ce n'est pas bien! protesta Zoé. Il est membre du jury. En plus, je ne suis certainement qu'une petite passade pour lui parce que, selon Sylvie, il est amoureux de son amour de jeunesse.

— Il aura tourné la page quand tu le reverras!

D'esprit pratique, Jenny ne tolérait pas cette idée d'amour de jeunesse.

— En tout cas, il a l'air gentil, ajouta-t-elle. Et tu sais quoi? Pour plein de raisons.

— Tu crois? Je suis contente que tu penses ça. Quand je suis avec lui, je n'arrive plus à savoir si c'est vraiment un type bien ou si c'est moi qui me fais des illusions, soupira Zoé. Mais ce que je ne veux surtout pas, c'est qu'il m'empêche de me concentrer sur le concours. Je ne m'attendais pas à tenir aussi longtemps, Jenny, mais maintenant que j'y suis arrivée, je commence à penser que j'ai peut-être mes chances. Il y a une autre concurrente. Becca. Elle est remarquable. Mais parfois elle se laisse trahir par ses nerfs.

— Mais toi, tu réussis à maîtriser les tiens?

— La plupart du temps. Ce n'est pas toujours facile, mais j'y arrive.

— Hé, tu m'épates!

Elle fit faire un quart de tour à Buzz et ajouta:

— Qu'est-ce que tu dis d'un petit galop jusqu'en haut de la côte? Je sais que Bert adorerait ça…

— O.K., mais tu te souviens que je n'ai plus l'habitude, n'est-ce pas Bertie chéri?

— Il s'en souvient. Ça va aller!

Lorsque Zoé revint chez ses parents après cette chevauchée, elle se sentait beaucoup mieux dans sa peau et dans sa vie. Elle savait que parler avec Jenny l'aiderait à y voir plus clair. Son amie n'avait pas estimé qu'elle avait commis un acte répréhensible, se contentant de la rassurer en lui rappelant que l'amour nous prend toujours au dépourvu, mais qu'il était important qu'elle ne relâche pas pour autant son effort pour gagner le concours. À l'instar de Fenella, Jenny avait dit que si Gideon éprouvait vraiment des sentiments pour Zoé, il attendrait.

Zoé était désormais plus déterminée que jamais à se concentrer sur sa cuisine. Elle prit également la décision de ne pas voir Gideon en privé jusqu'à la fin du concours ou de sa participation à celui-ci. Elle se savait capable de se tenir à ces résolutions-là. Elle avait une volonté de fer lorsqu'elle le voulait. En fait, elle se promit de ne plus penser à Gideon.

Ce qui ne l'empêcha pas de rêver de lui cette nuit-là.

15

Tandis que les derniers candidats se rassemblaient sous le barnum pour y attendre l'arrivée du jury, Zoé remarqua que tous avaient meilleure mine que lors de leur séparation. Les poches sous les yeux, les cheveux gras et les signes de crise de nerfs imminente avaient disparu. Ils revenaient frais et dispos et en avaient certainement profité pour retrouver le plaisir de cuisiner à la maison, reprenant confiance dans leur capacité à gagner la partie. Le retour à Somerby avait eu lieu durant la journée. À présent, et avant que le minibus ne les emmène au pub pour le dîner, ils attendaient l'annonce de la prochaine épreuve qui se déroulerait le lendemain.

Cependant, ils n'étaient plus que cinq. Alan manquait à l'appel. Zoé espéra qu'il n'avait pas eu un ennui de santé ou une urgence familiale. Elle appréciait Alan. En fait, elle les aimait bien tous, à l'exception de Cher.

Paradoxalement, songea Zoé, plus ils créaient de liens en tant que membres d'un même groupe (sauf avec Cher, bien sûr), plus la rivalité se faisait sentir entre eux.

— Nous sommes les gladiateurs des temps modernes ! glissa-t-elle à mi-voix à Becca qui se trouvait à côté d'elle. Nous sommes une équipe d'adversaires !

— Quoi ? s'écria Becca qui manifestement n'avait pas les bonnes références cinématographiques.

— T'inquiète. J'ai le trac et ça me fait divaguer. Voilà le jury !

Le jury, moins Gideon ! Malgré toutes ses résolutions, toutes les tactiques qu'elle s'était promis – ainsi qu'à Jenny et à Bert – d'adopter afin d'oublier provisoirement Gideon s'effondrèrent. Elle n'eut plus, dès lors, qu'une seule pensée en tête : « Pourquoi n'est-il pas revenu ? »

— Gideon est toujours à New York, annonça Anna Fortune en regardant Zoé bien en face, ce qui ne fit qu'accroître la nervosité de cette dernière.

Savait-elle quelque chose ou, pire encore, lisait-elle dans les pensées ? Leur liaison était-elle sur le point de faire l'objet d'une révélation publique devant les caméras ? Heureusement que ce n'était pas du direct !

— Quant à Alan, poursuivit Anna, il a reçu une proposition de rôle dans une série pour la télévision qui se tourne en ce moment même. C'est pour cette raison qu'il n'est plus parmi nous. C'est une bonne chose pour lui.

Insinuait-elle que c'était ce qu'il avait eu de mieux à faire ? Une rumeur s'éleva de l'assemblée réjouie.

— À présent, Fred va vous révéler la prochaine épreuve.

— Rôtisseurs, sauciers, cordons-bleus et autres marmitons, commença Fred, tout sourire et bienveillant comme d'habitude, vous allez devoir relever un véritable défi. Il s'agira de préparer un seul et unique plat…

— Fastoche ! s'exclama Cher, juste derrière Zoé.

— Vous devrez cueillir vous-mêmes vos ingrédients sous l'œil vigilant de Thorn ici présent.

Il désigna un mystérieux barbu qui aurait pu jouer un ogre dans *Le Monde de Narnia*. Thorn portait un assortiment de vêtements qui ressemblaient à des végétaux ou à une mue en passe de tomber, mélange de cuir, de tweed et d'autres tissus non identifiés qui semblaient tout droit sortis d'une benne à ordures.

— Bonsoir. Je suis un cueilleur expérimenté. Je me nourris principalement de ce que je trouve gratuitement. Et ainsi depuis des années.

Zoé songea un peu durement qu'il n'avait pas dû croiser beaucoup de savon, ni même de plantes réputées remplir la même fonction, au cours de ses virées.

— Demain matin, de bonne heure, nous nous retrouverons ici et je vous emmènerai promener dans les bois. Et je sens que cette petite balade changera vos habitudes culinaires à jamais !

Il avait prononcé ces paroles avec une lueur de fanatisme dans les yeux qui ne trompait pas. Les protestations se firent plus véhémentes et provocantes derrière Zoé.

— Désolée, mais je ne fais pas dans les mauvaises herbes et les moisissures ! Elles sont toxiques ! lança Cher.

— Dans ce cas, tu seras éliminée, rétorqua Bill. Arrête de faire l'idiote.

— N'ayez crainte. Je vérifierai toutes vos trouvailles. Je ne vous laisserai pas ingérer quoi que ce soit de nocif, assura Thorn.

Tandis que Thorn et Cher se regardaient d'un air absent, Zoé songea qu'ils ne vivaient pas sur la même planète. Thorn avait tout du faune, de l'homme retourné à l'état sauvage, presque animal. Cher, quant à elle, avec son teint lisse et pâle, ressemblait plus que jamais à un mannequin de mode par contraste.

— Vous serez contents d'apprendre qu'une grande variété d'autres ingrédients sera mise à votre disposition afin d'agrémenter le fruit de votre cueillette, précisa Fred. Thorn, qui nous fait le plaisir de se joindre à nous, aurait préféré qu'il n'y ait aucune adjonction de produits non glanés, mais nous avons su le convaincre du contraire.

Il sourit afin de signaler que c'était une blague et tous rirent poliment.

Lorsque les explications touchèrent à leur fin, après maintes répétitions avec et sans caméras, ils se dispersèrent et se dirigèrent sans se presser vers le minibus.

— Dommage pour toi que Gideon ne soit pas là, fit remarquer Cher en s'adressant à Zoé. Comment vas-tu t'en sortir sans ton juré préféré?

Zoé ne répondit pas. Muriel, qui avait le don de remettre Cher à sa place, n'était plus là pour prendre sa défense. Toutefois, cette moquerie lancée en passant la fit réfléchir. L'avait-il particulièrement défendue? Avait-elle assez de talent pour réussir l'épreuve suivante sans lui?

— Quoi qu'il en soit, tu vas pouvoir profiter de l'étable pour toi toute seule, annonça Cher. J'ai demandé à Mike de me trouver une chambre au pub. C'est plus dans mes habitudes.

Le ton pince-sans-rire de Cher laissait entendre que l'étable, loin d'être le logement luxueux qu'elle prétendait être, continuait d'abriter des bovins.

— Moi, ça me va. Je préfère être sur place pour donner un éventuel coup de main, répliqua Zoé.

— Comme ça, tu pourras te glisser en catimini dans la maison à ta guise.

— Exactement! rétorqua Zoé en espérant que Cher ne remarquerait pas le rouge qui lui montait aux joues.

Pourquoi diable s'était-elle imaginé qu'une brève séparation lui rendrait Cher plus sympathique? Sa détestation du mannequin s'était même plutôt accrue.

— Hum! Le moins qu'on puisse dire est que tu aimes rendre service!

— J'apprécie Fen et Rupert, expliqua Zoé en s'efforçant de ne pas paraître sur la défensive. Et qu'y a-t-il de mal à ça?

— Le simple fait que tu poses cette question indique que tu n'es tout simplement pas une gagnante. Tu n'as pas la personnalité qu'il faut. Mais voilà! s'exclama Cher avec un geste vif de la main qui mit ses ongles carrés en valeur. Il n'y a qu'une seule place au sommet du podium et elle m'est réservée!

Zoé secoua la tête en gloussant, prenant un air qui se voulait navré devant tant de présomption.

Pourtant, Zoé admirait, au moins pour une part, l'ambition nombriliste de Cher. Même si, pour une autre part, elle craignait que celle-ci n'ait vu juste et qu'elle ne soit pas une gagnante. Cette seule pensée la confirma dans son intention de gagner. Ils allaient voir ce qu'ils allaient voir !

Fenella et Rupert furent heureux de la retrouver. Ensuite, Zoé dormit comme un bébé dans sa chambre débarrassée de Cher. Dommage qu'elle dût se lever de si bonne heure. Elle dansa d'un pied sur l'autre et recroquevilla ses orteils à l'intérieur de ses bottes de pluie. Elle avait froid, et malgré la beauté du paysage, il était encore trop tôt à 5 heures du matin pour apprécier quoi que ce soit. Tous étaient manifestement logés à la même enseigne, à en juger d'après les postures de leurs corps transis et leurs grognements. Heureusement que Zoé n'était pas allée au pub avec les autres la veille au soir.

La pluie ne leur facilita pas les choses. Sans être diluvien, et malgré leurs bottes et leurs tenues de pluie, le crachin nocturne renforçait l'impression de se trouver dehors à une heure impossible. D'ailleurs, pour la plupart des gens sains d'esprit, la nuit n'était pas terminée et ils dormaient encore bien au chaud dans leur lit.

Ils avaient été acheminés dans des 4×4 jusqu'à un bois. Cher se plaignait le plus ostensiblement, mais pour une fois Zoé trouva que c'était justifié. Elle se garda bien cependant de lui en faire part.

Quant à Thorn, qui semblait encore plus végétal que la veille – quelque part entre écorce et mousse –, il était convaincu que c'était le meilleur moment de la journée et qu'un peu d'humidité ne saperait pas son entrain.

— Ne craignez pas la pluie, braves gens ! Le soleil va se lever d'un moment à l'autre.

Sa douce élocution et ses manières de vieil hippie semblèrent agir comme un talisman car aussitôt le soleil pointa effectivement. Un arc-en-ciel eut tout juste le temps d'apparaître avant que la pluie ne cesse.

— Ouah ! C'était vraiment super ! s'exclama Cher en agitant les mains d'une manière plus adaptée à une comédie musicale des années 1950 qu'à une expédition de cueillette.

Les autres acquiescèrent et le moral de Zoé connut une légère embellie. Lorsque son portable avait sonné ce matin-là à l'heure du réveil, elle était résolue à renoncer au concours, considérant que le mieux était de ne plus jamais revoir Gideon. Mais lorsque le soleil transforma les gouttes de pluie en minuscules diamants et qu'elle songea que cette épreuve serait l'occasion de parfaire son apprentissage, elle prit la décision de mettre toute son énergie dans ce nouveau défi.

— Bien, nous allons commencer par faire une petite promenade ensemble dans les bois, annonça Thorn. Ensuite, vous vous disperserez afin d'aller cueillir des victuailles pour votre plat. Je vérifierai tout ce que vous ramasserez afin que personne ne s'empoisonne.

Cette escapade fut une révélation pour Zoé. Elle n'ignorait pas qu'en dehors des habituelles mûres, les bois renfermaient quantité de denrées comestibles. Cependant, Thorn donnait l'impression de ramasser tout et n'importe quoi. Sans être cuisinier lui-même, il connaissait le goût des plantes, et bientôt tout le monde mâchouillait des feuilles, à l'exception de Cher, pour qui l'idée de manger des bouts de verdure trouvés au hasard était à la fois bizarre et un tantinet rebutante.

— O.K., les amis. C'est parti, à vous de jouer ! s'exclama enfin Thorn.

Zoé s'éloigna aussi vite que possible dans la direction opposée aux autres. Elle n'avait pas envie de se coltiner Cher avec ses « Pouah ! » et ses « Beurk ! » permanents. Une fois qu'elle se fut suffisamment éloignée du groupe, elle s'arrêta quelques instants par crainte de se perdre, puis elle se mit en quête de nourriture. Elle commença même à y prendre plaisir. C'était une activité étrangement captivante qui lui rappela la cueillette des prunelles avec son père.

Elle avait trouvé un peu de laiteron qui serait délicieux en salade et qui, surtout, avait l'avantage d'être facilement reconnaissable. Elle repéra également des samares de frêne accessibles, mais y renonça, n'ayant pas envie de faire une marinade au vinaigre. Les organisateurs ne leur avaient pas dit de combien de temps ils disposeraient pour cuisiner leur plat de denrées glanées. Zoé commença à se demander si tout cela n'était pas une arnaque et s'il y avait en fait quoi que ce soit à manger dans ce bois. Elle descendit au fond de ce qui semblait être une ancienne carrière et remonta par l'autre versant. Pour son plus grand soulagement, elle avisa quelques plans de tussilage, ou pas-d'âne, qui tenait son nom familier de ses feuilles en forme de sabot.

Cela faisait au moins un légume, songea-t-elle, et elle commença à remplir son panier. C'est alors qu'elle entendit un bruit. Elle se retourna aussitôt. Gideon se tenait sur le faîte de la carrière d'où venait justement Zoé.

— Zoé! héla-t-il.

Son cœur fit un bond tandis qu'elle n'en croyait pas ses yeux. Elle avait réussi à ne plus penser à lui pendant au moins une demi-heure! Sans compter qu'elle le croyait aux États-Unis et avait donc renoncé à le revoir. Et voilà qu'il refaisait son apparition… C'était à ne plus rien comprendre!

Son premier mouvement fut de jeter son panier dans les fourrés et de regrimper la côte pour aller se jeter dans ses bras mais, n'ayant pas complètement perdu la tête, elle n'en fit rien. On pouvait les voir de loin. Son impulsivité risquait d'anéantir ses chances de gagner aussi sûrement qu'elle avait failli jeter son panier aux orties. Elle avait la bouche complètement sèche et les jambes en coton.

Gideon sourit enfin et commença à dévaler la déclivité afin de la rejoindre. Soudain, plus rien ne compta plus: ni les mises en garde de Sylvie, ni le concours, ni le déshonneur potentiel, rien! Elle s'avança à sa rencontre, inconsciente du chemin parcouru.

Il la serra dans ses bras avant qu'elle n'ait eu le temps de se rappeler ses bonnes résolutions. Il ne l'avait pas encore embrassée que déjà elle savait que ce n'avait été qu'une vue de l'esprit. Elle était amoureuse de Gideon, et s'il lui brisait le cœur, alors tant pis! La passion balaya toute considération rationnelle.

Ils restèrent dans les bras l'un de l'autre pendant un long moment avant de laisser à nouveau passer un peu d'air entre leurs deux corps.

— Bon sang, que tu m'as manqué! murmura-t-il tout près de son oreille.

Zoé soupira fébrilement. À présent qu'il était avec elle, tous ses doutes disparurent. Quelle importance s'il avait été autrefois amoureux d'une autre? Quelle importance si leur liaison risquait de lui coûter sa participation au concours? Elle était dans ses bras: rien d'autre n'importait.

— Comment m'as-tu trouvée? s'enquit-elle

— Rupert savait où se déroulait l'épreuve. J'ai trouvé les autres; comme tu n'étais pas avec eux, j'ai joué à l'explorateur.

Après un silence, il ajouta:

— Mais c'est sans doute le besoin de te revoir qui m'a servi de boussole.

Elle gloussa.

— Tu dis n'importe quoi! s'exclama-t-elle, mais dans son cœur elle espérait qu'il le pensait.

Désirant se rapprocher encore plus de lui, elle passa les bras sous le manteau du jeune homme et posa la joue contre son torse. Il sentait bon. Elle se laissa bercer par la magie de sa présence. Il baissa la tête et posa le menton sur le sommet de son crâne.

Enfin, elle lança:

— J'ai perdu mes pas-d'âne.

— Je t'aiderai à en cueillir d'autres.

Redevenant soudain sérieux, il rectifia:

— En fait, si je t'aide, cela t'ennuierait qu'on rentre plus tôt? Je suis venu en voiture.

Pendant un instant, Zoé crut qu'il s'apprêtait à lui faire une proposition romantique, mais il paraissait soucieux, comme s'il s'était souvenu de quelque chose qui le tracassait.

— Pourquoi ? Quel est le problème ?

— C'est Fen, je crois que le bébé arrive.

— Bon sang, ce n'est pas un problème, mais une bonne nouvelle !

— Pas sûr. Ils n'ont rien voulu me dire.

— Eh, c'est toi qui me caches des choses, répliqua Zoé qui commençait à s'inquiéter à son tour. Que se passe-t-il ?

— Je ne sais pas trop, mais ce qui est sûr, c'est que Rupert a suggéré de te demander si tu voulais bien rentrer plus tôt. Et Fen a répondu : « Non, Rupert ! Nous lui avons déjà fait foirer une épreuve. Je ne veux pas remettre ça. » Alors Rupert a dit : « Oh, bon, d'accord ! » Mais il n'avait pas l'air rassuré.

— Et toi, tu ne sais pas exactement pourquoi ?

Il haussa les épaules.

— C'est peut-être parce que Fen avait entrepris de nettoyer la cuisine du sol au plafond en maugréant au sujet des lits à faire et autres préparatifs.

— Les femmes sur le point d'accoucher ont souvent des envies de ménage, expliqua Zoé, contente de le savoir, car il n'y avait pas de souci à se faire.

— Je ne pense pas que ce soit le cas en l'occurrence, hasarda Gideon, mais plutôt parce qu'ils attendent la venue des parents de Rupert. J'ai cru comprendre que ce ne sont pas des gens faciles à contenter. Rupert aurait demandé un coup de main à Sarah, mais elle est débordée par ses mariages. C'est la haute saison pour elle.

Zoé commençait à comprendre. Rupert pensait que Fenella devait aller à l'hôpital mais celle-ci ne voulait pas que ses beaux-parents trouvent la maison sens dessus dessous. Elle n'avait pas non plus envie de faire appel à Zoé parce que celle-ci participait à un concours.

— Tu sais quoi ? On va cueillir un maximum de choses pour faire un plat et rentrer.

— Bonne idée. Tu ne dois pas mettre en péril tes chances de gagner. Ce serait vraiment du gâchis, vu tes états de service jusqu'ici.

Ces paroles lui coupèrent la chique. En revoyant Gideon, elle avait pensé : « Tout pour l'amour et que le reste aille au diable ! » Pour elle, « le reste », c'était le concours. À présent, elle comprenait qu'elle avait eu tort de penser ainsi. Gideon avait raison. Il n'y avait pas à choisir. Il n'y avait pas non plus à choisir entre le concours et Fenella ; tous deux étaient importants. Elle trouverait un moyen d'assumer les deux. Il le fallait.

— Je refuse de laisser tomber Fenella. Elle est devenue une véritable amie, tu sais ?

— Tu ne la laisseras pas tomber si tu te dépêches de cueillir des mauvaises herbes ! insista Gideon.

Zoé fut interloquée par le scepticisme que dénotait l'expression « mauvaises herbes ».

— Pas très chasseur-cueilleur, Gideon ?

— Je crois que c'est juste une mode, répondit-il en haussant les épaules. Mais cela reste entre nous. Il n'est pas impossible, malgré tout, qu'un jour quelqu'un crée une recette qui n'ait pas le goût de compost.

Zoé n'en fut que plus galvanisée. Elle le blufferait donc et lui montrerait qu'elle pouvait rendre n'importe quoi délicieux.

Ils cueillirent une grande quantité de pas-d'âne et complétèrent leur récolte de laiteron. Ils achevèrent de remplir le panier avec des feuilles de pissenlit.

— Tu sais d'où vient l'anglais *dandelion* pour pissenlit ? s'enquit Gideon en en fourrant une poignée dans le panier.

— De dent-de-lion, répondit Zoé. C'est à cause de la forme des feuilles. D'ailleurs, ils en vendent sur les marchés en France. Alors que chez nous, c'est gratis !

Elle examina leur récolte.

— Je pense que cela devrait suffire. De toute façon, le panier est plein.

— Parfait ! Alors embrasse-moi !

Ils s'apprêtaient à retourner à la voiture lorsque Cher surgit de derrière un arbre. Elle tenait son portable à la main. Sachant qu'il n'y avait pas de réseau dans les bois, Zoé eut soudain peur d'avoir été prise en photo avec Gideon.

— Coucou ! lança Cher d'une voix suraiguë. Je prenais juste quelques photos des plantes au cas où je doive revenir en chercher plus tard.

Elle marqua une pause, puis elle reprit :

— Des plantes et d'autres trucs intéressants…

— Bonne idée, approuva Zoé sans relever l'allusion scabreuse.

— Alors comme ça, Gideon, commença Cher, vous êtes de retour des *States* ?

— Il semblerait, oui ! répondit Gideon d'un ton aimable.

— Et comment avez-vous fait pour trouver Zoé ?

— Je suis tombé sur elle par hasard. Un coup de chance.

Il s'exprimait si calmement et avec une telle absence de culpabilité que Zoé eut le sentiment que Cher n'aurait d'autre choix que de le croire sur parole. Du moins l'espérait-elle.

Zoé souhaitait se rendre directement à Somerby auprès de Fenella. Mais Gideon insista pour qu'elle fasse d'abord un saut au barnum.

— Les accouchements prennent des heures. Concocte d'abord ta recette avec ton compost en puissance et ensuite tu iras voir Fen.

Il s'arrêta, voyant que Zoé restait soucieuse.

— Je te précéderai à Somerby et si j'estime qu'elle a besoin de toi de toute urgence, je viendrai te chercher.

Zoé soupira.

— O.K.

Les herbes vertes qui avaient semblé si appétissantes lors de la cueillette avaient commencé à faner. Elle comptait bien, pourtant, montrer à Gideon qu'il avait tort en en faisant un mets délicieux.

Rupert était sous le barnum où il servait du thé aux membres du jury et aux candidats.

— Comment va Fen ? s'enquit Zoé dès qu'elle put s'approcher de lui.

Rupert laissa échapper un soupir.

— Elle fait le ménage dans la salle de bains d'amis.

Ce qu'il pensait de ce choix d'activité pour sa femme se passait de commentaire ; la manière dont il reposa à grand bruit une boîte à biscuits sur la table étant suffisamment éloquente.

— Mais Gideon a dit que le bébé arrivait ? rappela Cher.

— Je pense que oui, mais elle refuse d'aller à l'hôpital pour l'instant. J'ai bien appelé la sage-femme quand elle a commencé à avoir des contractions, mais celle-ci m'a dit que tant que Fen parlait, on avait un peu de temps, mais qu'il ne fallait pas attendre le dernier moment.

— Nous voilà bien avancés ! fit remarquer Anna Fortune.

— Je prends mon thé avec moi et je vais la voir, si vous êtes d'accord, suggéra Zoé en se tournant vers Anna.

Cette dernière haussa les épaules.

— C'est vous qui voyez. Vous perdez un temps de réflexion précieux, mais c'est votre choix.

— Je suis déjà sur une piste…, mentit Zoé.

Anna se radoucit quelque peu.

— Quoi qu'il en soit, toute votre récolte doit être vérifiée par Thorn. Allez voir Fenella si cela peut vous faire plaisir.

Rupert rentra à pied avec elle à Somerby.

— Je vous serais reconnaissant si vous pouviez la convaincre d'aller à la maternité. Je n'ai pas envie qu'elle accouche à la maison avec moi seul comme sage-femme.

— Bien sûr que non ! s'exclama Zoé, soudain inquiète.

— Elle ne cesse de me répéter que le premier enfant met toujours des lustres à sortir, expliqua-t-il en soupirant. J'espère qu'elle a raison !

— Certainement. C'est ce que tout le monde dit.

— Alors, qu'allez-vous concocter pour l'épreuve de la cueillette ?

Après un silence, il ajouta :

— Désolé, cela doit rester secret ! C'était juste pour parler d'autre chose.

— Oh ! aucun problème ; simplement, je ne suis pas encore complètement fixée. La grande question est : comment donner du goût à tout ça ? Je regrette que la saison de l'ail sauvage soit déjà très avancée. J'en ai aperçu près de chez moi ces jours derniers au cours d'une promenade à cheval, mais la saison est terminée presque partout.

— Ah, ah, ah ! s'exclama Rupert avec fierté. Elle n'est pas encore passée chez nous. Il pousse dans un endroit sombre qui ne voit jamais le soleil. Je vous montrerai.

— Oh, ce serait génial ! Je pourrais faire un pesto et des pâtes avec une salade de pissenlits. Comme ça, au moins, je suis sûre que ça aura du goût.

— Dans ce cas, suivez-moi.

Lorsqu'elle eut cueilli une grosse quantité d'ail sauvage, elle lança à brûle-pourpoint :

— Ce n'est pas tricher, hein ?

Rupert haussa les épaules.

— Je n'en ai aucune idée. Vous feriez peut-être mieux de retourner là-bas à petites foulées et de leur poser la question ?

Zoé retourna au barnum à toute allure. Elle arriva en courant auprès de Fred et d'Anna.

— Je viens de tomber sur un magnifique bouquet d'ail sauvage.

Ce n'était qu'un mensonge par omission.

— Puis-je m'en servir ?

Les deux jurés échangèrent un regard. Zoé eut l'impression que Fred aurait d'emblée dit oui, mais Anna réfléchit à la question. Quant à Gideon, il était occupé avec les autres candidats. Fred et Anna lui posèrent la question. Il répondit par un haussement d'épaules.

— O.K., puisque c'est sauvage ! Thorn devra s'assurer que vous n'avez pas confondu avec du muguet ou autre chose de toxique. À part ça, rien ne s'oppose à ce que vous utilisiez ce qui pousse dans les environs plutôt que dans les bois.

Après les avoir assurés de sa gratitude et ajouté l'ail dans son panier, elle retourna à Somerby en courant encore plus vite qu'à l'aller.

Elle trouva Fenella à quatre pattes dans la fameuse salle de bains où elle émettait des gémissements que Zoé n'avait jamais, jusque-là, entendu sortir de la bouche d'un être humain. Lorsque Fenella s'avisa de la présence de Zoé, elle lui présenta ses excuses.

— Ai-je juré ? Désolée. Ça m'aide quand les contractions se font sentir.

— Ne seriez-vous pas mieux à la maternité ? Rupert se fait un sang d'encre. Il a peur de devoir vous faire accoucher lui-même dans une maison remplie de visiteurs.

— Je ne peux pas y aller tant que je n'ai pas fini le ménage. Les parents de Rupert viennent nous voir ;

déjà qu'ils me considèrent comme une souillon de première...

— Eh bien, quitte à être une souillon, soyez-le complètement et lâchez cette serpillière ! renchérit Zoé afin de donner le change à son propre désarroi.

Mais Fenella n'était pas dans les bonnes dispositions pour goûter la plaisanterie.

— Sérieusement, Fen, insista Zoé, je peux m'en occuper.

— Et l'épreuve du jour ? Je ne peux pas vous laisser encore compromettre vos chances à cause de moi. L'épisode des cupcakes suffit amplement.

Là-dessus, elle ferma douloureusement les yeux et s'efforça de reprendre son souffle, les contractions devenant manifestement de moins en moins supportables.

Voyant cela, Zoé décida de cesser de parlementer.

— Je peux faire les deux. Pour l'heure, le bébé et vous êtes prioritaires, et si le moment d'aller à l'hôpital est venu, il faut y aller. Si vous n'avez pas le temps de désinfecter les toilettes avant de partir, je le ferai à votre place.

— Ce n'est pas à vous de le faire !

— Je n'ai que des pâtes au pesto à préparer avec l'ail sauvage que Rupert m'a indiqué et une salade. Je n'en ai pas pour des heures. Passez-moi les gants en caoutchouc et la Javel.

— Vous êtes vraiment sûre ? insista Fenella en lui donnant ce qu'elle demandait.

— Oui ! Nous devons attendre pour cuisiner que Thorn ait vérifié le moindre brin d'herbe et la moindre tige au cas où ce serait de la ciguë. Ça va lui prendre un bon moment.

Zoé avait en main tout le nécessaire pour terminer la salle de bains mais Fenella ne faisait pas mine de vouloir partir.

— Vous ne croyez pas qu'il est temps d'y aller, maintenant ?

Fenella secoua la tête.

— Je n'ai vraiment pas envie d'y arriver trop tôt. Ils me feraient attendre pendant des heures. Je suis mieux ici.

Zoé leva les yeux au ciel.

— À quelle distance est l'hôpital ?

— Pas loin. Une demi-heure environ. La sage-femme nous a recommandé de ne pas arriver trop tôt.

— Fen, ça fait des kilomètres ! fit remarquer Zoé en enfilant les gants de ménage. Je pense, moi, que c'est au contraire le bon moment pour partir.

— Je ne peux pas partir avant l'arrivée des parents de Rupert. Ils sont vraiment à cheval sur les principes.

Fenella fut prise d'une autre série de contractions qui sembla plus douloureuse et plus longue que la précédente.

— Pourquoi les avoir invités ? s'enquit Zoé lorsque Fenella fut de nouveau en mesure de parler.

— Invités ? Moi, les inviter ? Jamais de la vie ! Ils se sont annoncés et rien de ce que Rupert a pu leur dire ne les a dissuadés. Il paraît qu'ils veulent nous aider.

— Est-ce vrai ?

— Bien sûr que non ! Ils se font servir au doigt et à l'œil. La mère de Rupert pense se rendre utile quand elle me tricote un châle qu'il faut expressément laver

273

à la main dans de la rosée du matin recueillie par des vierges.

— Mazette!

— Sans parler des débardeurs. Des débardeurs tricotés main!

— Mais on est presque en été.

— Oh! pas d'inquiétude, avant même l'arrivée des beaux jours, ils auront rétréci au point de ressembler à des timbres-poste.

Zoé était éberluée.

— Je ficherais le camp et barricaderais la maison derrière moi si j'étais vous. Ils finiraient bien par rentrer chez eux.

— Zoé, on vous demande! héla Rupert. L'heure est venue de renfiler la toque, je crois.

— O.K., tout le monde, asseyez-vous! ordonna Mike en frappant dans ses mains, ce qui lui donna des airs de professeur plus prononcés qu'à l'accoutumée. Anna va s'adresser à vous. On tourne!

— Alors voilà, mesdames et messieurs les chefs de cuisine, vos paniers ont été vérifiés. D'ici une minute, vous aurez la possibilité de vous servir en ingrédients supplémentaires et ensuite Fred donnera le coup d'envoi de l'épreuve du jour. Mais avant, je voudrais vous toucher deux mots de la prochaine épreuve. Je sais, c'est d'ordinaire un secret bien gardé; cependant, nous avons dû prévoir un autre temps de pause.

— Je vous demande pardon, mais pourquoi ça? intervint Cher au milieu de la confusion générale. Sans vouloir vous vexer, on vient juste de faire une pause de plusieurs jours. C'est encore un problème de programmation télé ?

Anna foudroya Cher du regard.

— Non. L'épreuve suivante consistera en un repas gastronomique très haut de gamme. Ce sera la grande finale et vous devrez préparer un repas en quatre plats pour des chefs étoilés, votre jury habituel et un jury composé de célébrités. La raison qui motive cette période de repos supplémentaire est double. Premièrement, vous aurez besoin de temps pour concevoir et expérimenter vos menus jusqu'à ce que vous sachiez les faire les yeux fermés.

Elle fit une moue qui semblait vouloir dire que seuls les nuls avaient besoin de s'entraîner.

— Deuxièmement, la composition du jury diffère sensiblement pour la finale. Comme je vous l'ai dit, un autre jury viendra s'ajouter. Or, les membres qui le composent ne sont pas disponibles plus tôt.

Puis ce fut au tour de Fred de prendre la parole.

— Et après la finale, une grande soirée sera organisée par la production. Tout le monde est invité, et le principal avantage est qu'elle ne sera pas retransmise à la télévision.

Il reprit sa respiration et poursuivit :

— Par conséquent, pour l'ultime épreuve, il vous sera demandé de faire une entrée, un poisson, une viande et un dessert. Vous passerez commande de vos ingrédients à l'avance ou fournirez vous-mêmes tout ce que vous jugerez nécessaire. Vous disposerez d'une journée entière pour cette épreuve. Et, croyez bien que je le regrette, mais nous ne pouvons pas vous donner les noms des célébrités qui composeront le jury exceptionnel.

— Oh, allez ! On ne le dira à personne ! lança Cher.

Fred ne voulut rien entendre.

— Je crois qu'il est temps de se mettre au travail ! Il nous reste encore un candidat à éliminer. Seulement quatre d'entre vous participeront à la finale.

Zoé réprima un bâillement. Ils étaient debout depuis l'aurore, et même la perspective de la finale ne pouvait lui ôter Fenella de l'esprit.

— Ceux d'entre vous qui n'ont pas de véhicule seront conduits à la gare tout de suite après le verdict d'aujourd'hui ou renvoyés dans vos chambres s'il n'y a pas de train en partance, ajouta Fred. Mike a tout prévu. Avons-nous d'autres annonces à leur faire ? s'enquit-il en se tournant vers Mike qui consulta son bloc-notes.

— Je crois que c'est tout.

— O.K. ! Choisissez vos ingrédients ! ordonna Fred.

Zoé s'activa comme si elle cuisinait Dieu en personne et qu'il commençait déjà à s'impatienter. Elle savait quels ingrédients lui étaient nécessaires et parce qu'ils étaient courants, elle se contenta de se servir. Puis elle se démena comme un beau diable, se réjouissant de constater que sa technique d'émincage s'était grandement améliorée depuis l'épreuve chez Pierre à Londres.

Enfin, les préparations arrivèrent à leur terme et le verdict tomba. Zoé ne fut pas éliminée parce que son plat était le plus savoureux, même s'il avait été jugé le moins original. Bill commit l'erreur de cuisiner du gaillet gratteron, ou gratte-langue, qui est parfaitement comestible, voire bon pour la santé, mais qui, en l'occurrence, avait été mal préparé. Les jurés avaient manqué s'étouffer.

— Chez nous, on appelle ça du Velcro sauvage, dit Fred, ou gaille.

Thorn fut déçu que Bill n'ait pas su cuisiner ce mets de choix de manière à en révéler la saveur. Son opinion des cuisiniers en pâtit quelque peu.

Tous témoignèrent de la sympathie à Bill, puis, dès qu'elle put s'esquiver sans trop se faire remarquer, Zoé retourna chez Rupert et Fenella. Elle monta en quatrième vitesse à l'étage où elle trouva Rupert occupé à chercher la valise qu'ils avaient préparée pour Fenella tandis que cette dernière répétait à l'envi, entre deux contractions, qu'elle ne voulait pas aller à l'hôpital. Lorsqu'elle aperçut Zoé, elle lança :

— Vous êtes toujours dans la course ?

— Oui. Mon plat avait du goût, grâce à Rupert qui m'a indiqué où je pouvais trouver de l'ail sauvage.

Zoé considéra Fenella qui semblait avoir une idée derrière la tête.

— Qu'allez-vous faire à présent ? s'enquit cette dernière.

— En fait, nous bénéficions d'un repos imprévu, répondit Zoé. Nous sommes censés rentrer chez nous pour nous entraîner. Ils nous ont détaillé la prochaine épreuve.

Elle déglutit avec quelque difficulté et enchaîna :

— Nous devrons cuisiner quatre plats pour des chefs étoilés et un jury élargi.

— Ah ! s'exclama Rupert en se tournant vers Fenella, l'air enjoué.

— Quoi ? Que se passe-t-il ?

Mais elle n'obtint aucune réponse.

— Non ! s'exclama Fenella d'un ton ferme. Nous ne pouvons pas…

Elle ne termina pas sa phrase. Une nouvelle contraction venait de la saisir.

— En fait, Zoé, j'en profite tant que Fen est occupée. Accepteriez-vous de rester ici pendant quelque temps ? Pour garder un œil sur la maison ? Je sais que Fen rechigne à aller à l'hôpital parce qu'elle s'inquiète de laisser…

— Je t'entends, tu sais ? intervint Fenella en haletant.

— Vous pouvez compter sur moi, affirma Zoé. Maintenant, dites-moi ce que vous voulez que je fasse.

— Pas question ! s'interposa Fenella. Vous devez vous entraîner pour la finale.

— Je m'entraînerai tout aussi bien ici, rétorqua Zoé.

Rupert et sa femme se regardèrent, puis Fenella soupira, de guerre lasse.

— En fait, je serais bien plus tranquille si les parents de Rupert ne saccageaient pas toute la maison en se plaignant de l'état dans lequel ils la trouvent. Eh, mais j'y pense, poursuivit Fenella, Gideon pourrait rester aussi, comme ça vous pourriez… enfin, je veux dire, être ensemble !

— Chérie, Zoé n'a peut-être pas envie que…, intervint Rupert.

Pendant ce temps, Zoé en avait profité pour réfléchir. Elle pourrait s'entraîner à Somerby. En fait, à certains égards, ce serait même plus pratique car elle n'aurait pas à monopoliser la petite cuisine de sa mère. Et dans l'hypothèse où Gideon pourrait lui tenir compagnie, alors ce serait le paradis. À condition, bien sûr, que personne ne s'en aperçoive.

— Pas de souci. Je comprends. Je resterai tout le temps qu'il faudra. Mais maintenant, en voiture ! La sage-femme vous attend.

Zoé fut sensible au regard plein de reconnaissance que lui lança Rupert et se laissa prendre dans ses bras.

— Vous êtes formidable ! s'exclama-t-il. Je ne sais pas ce que nous aurions fait sans vous.

16

Les autres étaient partis depuis longtemps. Telle une impératrice de beauté, Cher avait fait au revoir de la main depuis la Jag de son père après avoir envoyé cérémonieusement un baiser à Zoé en lui lançant dans un sifflement :

— Que la meilleure gagne !

Personne n'avait posé de question à Zoé au sujet de ce qu'elle ferait pendant ses deux semaines de repos.

Sa première initiative consista à faire sortir les chiens de la pièce où ils avaient leurs quartiers lorsque la maison était remplie de visiteurs ou de gens qui n'aimaient pas les chiens. Même s'ils appréciaient l'espace qui leur était dévolu, ils lui firent la fête et entrèrent d'un pas tranquille dans la cuisine.

Ensuite, Zoé monta à l'étage afin de se familiariser avec les lieux. À cause de la venue des parents de Rupert, elle aurait besoin de savoir où étaient rangées les choses. En outre, tandis qu'elle montait dans la voiture, Fenella avait insisté pour que Zoé vaque à sa guise dans la maison.

Pour commencer, elle ne résista pas à jeter un coup d'œil à la suite nuptiale espérant y trouver trace de Gideon. Mais elle fit chou blanc. La chambre était en si bon ordre qu'elle semblait n'avoir jamais été utilisée. Comment savoir s'il avait l'intention de revenir ? Elle savait qu'il voyageait léger. La présence, ne serait-ce que d'une brosse à dents, lui aurait donné espoir de le revoir.

La chambre d'amis jouxtait la salle de bains qu'elle avait aidé à nettoyer. Ensuite venait le placard-séchoir. Elle ouvrit porte après porte et c'est ainsi qu'elle découvrit une issue au bout du couloir qui donnait sur d'autres chambres. L'une d'entre elles était de petites dimensions mais pouvait servir à condition de ne pas prêter attention au plancher nu et au lavabo fendu. Nonobstant, elle contenait un lit une personne. Contiguë à celle-ci s'ouvrait une plus vaste pièce encombrée d'outillage et d'escabeaux. Elle jouissait d'une salle de bains privative sans eau. Zoé supposa que la petite chambre deviendrait la salle de bains de la grande, une fois les travaux terminés.

Zoé s'avisa des espaces de rangement et de leur contenu avant de redescendre. Elle comprenait Fenella. Personne n'avait envie de voir sa maison envahie par des beaux-parents chipoteurs pendant une phase d'importantes réfections.

Elle débarrassa la table de la cuisine sur laquelle gisaient des assiettes abandonnées en plein milieu du repas, comme un chien au mois d'août sur une aire d'autoroute. Tout en s'activant, elle pensait à Gideon. Rentrerait-il tout simplement chez lui après le débriefing avec les autres membres du jury ? D'ailleurs, où habitait-il ? Ou bien viendrait-il la rejoindre à Somerby ? En tout cas, il savait où la trouver.

Elle espérait de tout son cœur qu'il viendrait la rejoindre. Certes, elle avait très envie de le voir, mais en plus la perspective de dormir toute seule dans cette immense demeure avec les chiens pour unique compagnie ne l'enchantait guère, sans parler de la menace de l'arrivée des parents de Rupert qui planait au-dessus d'elle comme une épée de Damoclès.

Elle se servit un verre de vin et but à sa propre santé. Elle n'avait jamais cru pouvoir arriver en finale. Elle annonça la bonne nouvelle à sa mère par SMS. Celle-ci l'appela, et elles bavardèrent un moment, Zoé lui racontant les derniers événements. Puis elle retourna à l'étage afin d'apporter les derniers préparatifs à la chambre d'amis en vue de l'arrivée des parents de Rupert. Elle se réjouit qu'ils ne dorment pas dans la suite qu'elle avait partagée avec Gideon. Toute une quantité de parures de draps attendaient sur le lit. Elle prit plaisir à faire en sorte que tout soit impeccable, au risque de paraître un peu trop impersonnel.

Elle hésita à aller cueillir quelques fleurs, mais elle ne voulait pas s'éloigner de la maison, ne serait-ce que pour quelques minutes. Gideon ou Rupert pourraient appeler dans l'intervalle. Elle trouva un compromis en prélevant quelques brins de verdure dans l'immense composition florale qui ornait le couloir, laquelle commençait d'ailleurs à faner. Elle retira les fleurs qui étaient complètement passées, ne laissant que les plus fraîches. Ce faisant, elle avait sali le sol, mais elle passerait un coup d'aspirateur plus tard et cela ne se verrait plus.

Elle redescendit à la cuisine et, comme elle avait terminé son verre de vin, se fit du thé qu'elle but en regardant les photos accrochées au mur. Il y en avait de Fenella et Rupert et aussi de Somerby. Puis elle parcourut du regard la collection de livres de cuisine sur l'étagère d'angle. Un grand calme régnait dans la maison en l'absence de l'habituel remue-ménage, et Zoé se rendit compte qu'elle n'appréciait guère. Elle commençait à croire que Gideon avait décidé de rentrer directement chez lui et se tourmentait en s'imaginant qu'il était revenu à la raison et qu'en lâche qu'il était, il lui avait tourné le dos sans même lui dire adieu. Elle était au plus bas et il lui semblait à présent que s'entraîner à l'émincage d'un oignon l'aiderait peut-être à prendre un peu de recul. Soudain, la porte de derrière s'ouvrit et Gideon en personne entra.

— Tu es là ! Rupert m'a envoyé un texto pour me dire que tu étais chez eux. Je suis vraiment désolé d'avoir tant tardé. J'ai dû déposer Becca, et en plus le train était parti, si bien que j'ai dû l'emmener à Hereford, et je me suis perdu au retour.

Elle se blottit dans ses bras et s'y sentit à sa place. Elle connaissait bien cette sensation à présent et c'était génial, réconfortant et exaltant. Il avait toujours eu l'intention de venir la retrouver. Elle se moqua de sa propre imagination débridée.

Elle leva les yeux vers lui. Après un baiser langoureux délicieusement long, il l'emmena à l'étage dans la suite nuptiale où ils avaient déjà connu une folle nuit d'amour. Ni l'un ni l'autre ne dit mot. Il la coucha sur le lit, l'embrassant et la déshabillant tour à tour. Zoé s'abandonna tandis que le désir montait en elle. Ils semblaient soudés l'un à l'autre, comme s'ils étaient incapables de se séparer même un instant pour achever de se dévêtir. Tandis que Gideon retirait enfin sa ceinture, toutes les cloches du ciel et de l'enfer se mirent à retentir tandis qu'on tapait à la porte d'entrée.

— Oh! merde! maugréa-t-il, sans faire mine de vouloir laisser partir Zoé malgré les instances de celle-ci.

— Tu crois que ce sont déjà les parents de Rupert? s'enquit-elle.

— Ouaip! répondit Gideon en soupirant.

On cogna de plus belle à la porte.

— Nous ferions mieux de les faire entrer avant qu'ils ne défoncent la porte! suggéra Zoé, la bouche contre le torse de Gideon.

— Ou ne fassent s'écrouler la maison! surenchérit Gideon en s'accrochant toujours à Zoé comme un naufragé à une bouée de sauvetage.

Elle soupira fébrilement et se dégagea. Elle courut à la salle de bains, rattacha son soutien-gorge et vérifia rapidement que ses cheveux n'étaient pas trop en bataille. Laissant Gideon se remettre de ses émotions, elle se précipita au rez-de-chaussée et ouvrit la porte.

— Dieu merci, il y a quelqu'un dans ce fichu gouffre à argent! s'exclama un homme de grande taille qui portait un chapeau. Pourquoi faut-il qu'ils vivent dans ce trou paumé, je voudrais bien savoir! Et puis pourquoi n'ont-ils pas une gouvernante comme tous les gens civilisés?

285

— Oh, Algy ! Nous en avons déjà discuté et apparemment ils ont de l'aide, ce qui est déjà quelque chose.

L'épouse ressemblait étrangement à son mari.

— Bonsoir, nous sommes Lord et Lady Gainsborough. Et vous êtes ?

— Zoé Harper.

Pendant une fraction de seconde, Zoé envisagea de leur signaler qu'elle n'était pas une employée, mais au même moment les chiens s'immiscèrent entre eux afin d'accueillir les visiteurs et l'occasion passa.

— Bas les pattes, sales bêtes ! s'écria l'homme. N'ont-ils donc pas de chenil ? La place des chiens n'est pas dans une maison !

Zoé batailla pour faire rentrer les chiens en ayant le sentiment que tout se passerait beaucoup mieux si seulement son altesse s'arrêtait de hurler.

— Je vous en prie, entrez. Avez-vous besoin d'aide pour vos bagages ?

Gideon choisit ce moment précis pour faire son apparition. Il était beaucoup plus présentable que précédemment, même s'il n'avait pas encore terminé de rentrer sa chemise dans son pantalon.

— Auriez-vous l'obligeance de vous occuper des bagages ? lui demanda Lord Gainsborough. Sommes-nous autorisés à entrer ? Ou bien cela vous rendrait-il l'existence par trop malcommode ?

Il manie le sarcasme aussi bien que le beuglement ! songea Zoé, mi-amusée, mi-agacée.

— Naturellement. Si vous voulez bien me suivre, je vais vous conduire à votre chambre, à moins que vous ne connaissiez le chemin ?

Avaient-ils l'habitude de venir souvent ? À en juger par la panique de Fenella, ce n'était probablement pas le cas.

— Nous ne savons jamais sur quel oreiller nous pourrons poser notre tête, déclara Lady Gainsborough. La moitié seulement de ce tas de pierres est en réalité habitable.

— Votre chambre est charmante, lança Zoé.

Elle prit plusieurs des nombreuses petites mallettes qui encombraient à présent l'entrée et s'engagea dans l'escalier.

— Ainsi Fenella a fini par entendre raison et prendre des domestiques, crut constater Lady Gainsborough. Je ne l'aurais jamais crue capable d'une initiative aussi brillante. Elle nourrit toutes sortes d'idées fantasques, mais j'imagine que vous connaissez vos patrons !

Zoé se sentit mal placée pour répondre.

— Hum…, poursuivit Lady Gainsborough tandis que Zoé leur montrait leur chambre. Pas trop vilain, je suppose.

Pour sa part, Zoé était très contente des fleurs qui rendaient un bel effet, des lampes de chevet qu'elle avait allumées et de l'impression générale de luxe que donnait la pièce.

— Vous vous imaginez bien que nous ne dormons pas dans le même lit. Il ronfle !

Zoé céda brièvement à la panique.

— O.K., je vais simplement préparer une autre chambre pour vous. Fen… euh, Madame…

Comment s'appelait Fenella, déjà ?

— Elle ne m'a pas prévenue qu'il vous fallait deux chambres.

Lady Gainsborough poussa un grognement.

— C'était plus supportable naguère ! J'aurais probablement dû lui en toucher deux mots, admit-elle à contrecœur.

— Je vais voir quelle chambre conviendra mieux, annonça Zoé.

Un autre coup d'œil furtif à l'étage serait nécessaire pour cela. Restait à espérer que la suite nuptiale de Gideon ne serait pas le seul choix possible.

— Et si vous pouviez rapporter une bouteille de whisky et des verres, cela nous rendrait service, lança Lady Gainsborough.

— Je vais demander à Gideon, répondit Zoé.

Lord Gainsborough survint dans la chambre à coucher avant que Zoé n'ait eu le temps d'en sortir.

— Je n'arrive pas à dormir avec Madame la baronne, elle ronfle comme une locomotive ! s'exclama-t-il.

Gideon, qui apportait le reste des nombreux bagages, lança un regard à Zoé qui manqua lui déclencher un fou rire.

— Juste le temps de préparer une autre chambre…, répéta cette dernière à l'usage de Monsieur. Je n'étais pas au courant qu'il vous fallait deux chambres. Oh ! Gideon, pourriez-vous monter une bouteille de whisky et des verres ?

— Et si la cheminée fonctionne, ce qui ne serait pas un mince miracle en soi, peut-être pourriez-vous également faire du feu ici ? intervint Lady Gainsborough.

— Non, la cheminée n'est pas en service. Le conduit a besoin d'être vérifié, s'empressa de répliquer Zoé, car elle ne se voyait pas, ni Gideon d'ailleurs, traîner des seaux de charbon dans l'escalier. Si vous voulez bien m'excuser, je vais aller m'occuper de votre autre chambre à coucher.

Il s'avéra que la seule autre chambre à peu près convenable dans cette aile de la maison était effectivement celle de Gideon. Celui-ci pourrait prendre la petite chambre du fond avec le lit une place. Quant à elle, lui restait sa chambre dans l'ancienne étable. Elle n'avait pas l'impression que Lord et Lady Gainsborough verraient d'un bon œil que leurs domestiques partagent la même chambre. En outre, tous les planchers grinçaient. Un rendez-vous galant à minuit ne passerait donc pas inaperçu. Son cœur fit un bond. Ce serait vraiment trop cruel s'ils étaient obligés de vivre dans l'abstinence à cause des horribles beaux-parents de Fenella. Zoé remercia son étoile. Elle savait désormais où se trouvait la lingerie et ce fut un grand soulagement pour elle d'y trouver quantité de draps d'excellente qualité. Elle en attribua la cause à l'existence d'une suite nuptiale dans la maison et eut bientôt fait le lit de la chambre qui avait été témoin de leurs ébats. En revanche, Lord Gainsborough pouvait se passer de fleurs.

Elle retourna à la chambre de Madame où les deux époux descendaient à présent des doses de whisky propres à assommer un bœuf.

— L'autre chambre est prête, annonça-t-elle en enviant Gideon qui avait réussi à se sauver et les parents de Rupert parce qu'ils buvaient un alcool fort.

— Merci, lança Lady Gainsborough, qui avait manifestement l'intention de se réserver la chambre meublée d'un divan et de fauteuils. À quelle heure servez-vous le repas ? Nous ne sommes pas de gros mangeurs, mais nous sommes affamés, aussi si vous pouviez nous prévenir lorsque le dîner sera prêt ? D'ici une demi-heure, cela ira ? Fenella nous a dit qu'elle ferait un ragoût pour notre arrivée. Contentez-vous de le faire réchauffer. Oh ! ajoutez une pomme de terre au four et quelques légumes verts. Pas de petits pois ni de haricots, cependant.

Après un silence, elle ajouta :

— Ils le font péter !

Zoé descendit à la cuisine où Gideon lui servait un verre de vin à ras bord après s'être fait un café.

— Ils veulent du ragoût, des patates au four et des légumes verts, mais pas de petits pois ni de haricots. Servis dans une demi-heure.

Gideon acquiesça.

— Et tu n'as vu de ragoût nulle part ?

Zoé secoua la tête.

— Regardons dans le congélateur.

Zoé hocha la tête.

— Et faisons-le décongeler au four à micro-ondes.

Zoé hocha de nouveau la tête.

— Et si nous ne trouvons rien d'approchant au congélo ? Il ne nous restera plus qu'à espérer qu'il y ait un peu de verdure au potager.

— Mais avant que tu ailles vérifier, viens un peu par ici, espèce de petite manouche !

Elle était à peine dans ses bras qu'ils furent dérangés par un tintement lointain.

— Ils ont un sixième sens, ma parole ! Dès qu'on devient intimes, ils le sentent ! s'exclama-t-elle en fronçant les sourcils. Ce n'est pas la porte d'entrée ?

Gedéon secoua la tête. Le tintement continua de retentir. Puis Gideon partit d'un grand rire.

— Regarde! dit-il.

Zoé suivit son doigt. L'un des clapets d'un vieil indicateur de sonneries mural se soulevait par intermittence.

— C'est pas croyable! s'exclama Gideon.

— Je ferais mieux d'aller voir ce qu'ils veulent, trancha Zoé.

— Je peux y aller si tu veux, proposa Gideon, renonçant apparemment à ses projets coquins. Mais d'abord, il faut que je…

— Non, j'y vais. En revanche, ça ne t'ennuie pas de regarder dans le congélateur s'il y a du ragoût?

— Et où est le congélateur?

— Oh! Eh bien, je crois qu'il y en a un dans l'une des dépendances, mais sinon le frigo de la cuisine a aussi un congélateur, répondit-elle en pointant du doigt l'arrière-cuisine où étaient remisés la machine à laver et le réfrigérateur au milieu d'une forêt de bouteilles d'huile d'olive et de pots de confiture.

— Je n'ai pas l'intention d'aller dans les dépendances, prévint Gideon. Si je fais chou blanc, ils devront se contenter d'une omelette.

— Ou de spaghettis! Tu sais quoi, ça me dirait bien, des spaghettis. Une bonne vieille assiette de spaghettis toute simple avec juste un peu d'huile d'olive et de l'ail.

— Et un peu de piment?

Zoé acquiesça.

— Oh oui! Mais nous devrons patienter un peu. Maintenant, je dois aller m'enquérir de ce que désire Madame la baronne.

— La cloche fonctionne donc? commença Lady Gainsborough. Nous n'étions pas sûrs. Comme il n'y a pas grand-chose qui marche dans cette caserne !

— Que puis-je pour vous? s'enquit Zoé avec la nette impression de jouer une pièce de théâtre, et elle fut tentée de faire la révérence lorsqu'elle se retirerait, même si les vraies bonnes ne faisaient plus la révérence depuis longtemps.

— Pourriez-vous nous apporter une bouteille d'eau? J'imagine qu'ils en ont? J'ai des médicaments à prendre.

Zoé jeta un coup d'œil vers la salle de bains en se demandant pourquoi elle ne pouvait pas prendre ses pilules avec du whisky.

— Il y a des verres, j'ai vérifié.

Lady Gainsborough secoua la tête.

— Je n'ai aucune confiance dans l'eau du robinet ici. Je suis sûre que toute la tuyauterie est en plomb.

— Je vais voir ce que je peux faire. Eau plate ou pétillante?

— Plate, s'il vous plaît.

Sur ce, Lady Gainsborough lui tourna le dos, de sorte qu'elle n'aurait pu voir la révérence de Zoé.

En dévalant l'escalier, elle remercia le ciel qu'il restât des bouteilles d'eau laissées par l'équipe de télévision. Et au cas où elles seraient toutes vides, eh bien, l'eau du robinet ferait très bien l'affaire. Personnellement, peu lui importait que la belle-mère de Fenella succombe à un empoisonnement au plomb. En attendant, Zoé n'avait pas même eu le temps de se demander comment Fenella s'en sortait à l'hôpital.

— Rien qui ressemble de près ou de loin à un ragoût au congélateur, annonça Gideon. Mais j'ai trouvé ça au frigo.

C'était un saladier en Pyrex rempli de viande grisâtre d'où saillaient des échalotes et des champignons entiers. Sur le dessus avaient été déposés une feuille de laurier et un petit fagot de piques en bois.

— Je parie que Fen ou Rupert l'ont préparé et mis à refroidir, puis qu'ils ont oublié de le mettre au congélo, conjectura Zoé.

— Mais c'était il y a combien de jours? s'enquit Gideon.

— Sens-le…, suggéra Zoé.

— Toi, se défaussa Gideon.

Faisant d'avance la grimace, Zoé sentit la viande.

— Ça a une petite odeur de vin. Sens-le, toi.

Enhardi par le verdict de Zoé, Gideon renifla le plat à pleins poumons.

— À mon avis, ça doit être encore bon, déclara-t-il enfin. Ils ne s'en apercevront probablement pas s'il est un peu avarié.

— O.K., mettons-le dans une marmite et faisons-le réchauffer. Mais ne me demande pas d'en manger, prévint Zoé avant de bâiller comme une huître, soudain vaincue par la fatigue. Désolée. Le réveil aux aurores finit par me rattraper.

— Ce fut une longue journée, convint Gideon en prenant Zoé par le cou avant de lui caresser le bras. Pauvre petite chérie. Nous pourrions dire à nos aristos d'aller se faire cuire un œuf et de se débrouiller tout seuls comme des grands. Outre le fait que j'ai envie de te faire l'amour comme un fou, il faut que je te dise quelque chose, mais ça peut attendre.

Zoé pria pour que ce soit quelque chose d'agréable et consentit volontiers à attendre, y compris pour la folle nuit d'amour, puisqu'il le fallait.

— J'ai promis à Fen que je m'occuperais d'eux.

En plus, c'était une espèce de comédie. « Et voici notre prochaine épreuve : réussiront-ils à les satisfaire ? »

— Tu ne te laisses décontenancer par rien, hein ? fit-il remarquer en inclinant la tête de côté. Ses yeux brillèrent d'un bref éclat auquel Zoé n'eut pas le temps de réagir.

— Quoi qu'il arrive, ajouta-t-il, tu relèves le défi et tu remportes la victoire !

— Je n'en suis pas aussi certaine.

— N'empêche que tu trouves toujours une solution, tu ne te contentes pas de baisser les bras.

Zoé réfléchit.

— Eh bien, c'est peut-être que je me dis toujours que, quitte à commencer quelque chose – un boulot, un concours, même une recette –, autant y mettre toute son énergie, sinon à quoi bon s'embêter ?

— Ça a toujours été ma manière de penser, approuva Gideon tandis qu'il choisissait une marmite sur le râtelier d'angle avant de la mettre sur le feu. J'ai toujours voulu écrire sur la cuisine, mais je savais que c'était difficile d'en vivre, alors j'ai commencé par d'autres activités. Mais je n'ai jamais perdu de vue mon aspiration.

— Et à présent, tu as réalisé ton rêve.

— Pas tout à fait. D'autres rêves ont surgi en chemin. Comme tu le sais, j'aimerais vraiment contribuer à faire en sorte que la population se nourrisse mieux. Je veux m'attirer les faveurs des supermarchés afin d'obtenir qu'un client pressé n'ait pas à lire au dos du moindre article pour savoir de quoi il s'agit et en connaître la provenance, mais qu'il puisse compter sur le fait que ce produit est issu d'un commerce équitable.

Gideon versa le ragoût dans la marmite. Celui-ci paraissait plus appétissant à présent.

— C'est ce que je voudrais pour mon épicerie fine. Commerce équitable, qualité et que personne ne soit lésé en cours de route.

Elle leva les yeux vers lui, stimulée par cet important point commun. Puis elle jeta un coup d'œil au ragoût.

— Tu es sûr qu'il est mangeable ? Je n'ai pas envie d'être attaquée en justice pour empoisonnement alimentaire.

Cette seule idée la fit pâlir d'épouvante.

Gideon, qui était parti en quête d'une cuiller en bois, se retourna vers elle :

— Ce serait une sacrée mise à l'épreuve de ton amitié avec Fen et Rupert.

Elle passait un très bon moment avec lui. Ils étaient comme deux alliés dressés contre un ennemi commun. Elle eut le sentiment qu'elle pourrait affronter n'importe quelle situation, pourvu que Gideon soit à ses côtés.

Zoé mit son nez au-dessus de la marmite.

— J'ajouterais une lichette de vin. Ça devrait suffire à couvrir un éventuel goût de viande avariée.

Elle chercha son regard et ajouta :

— Je sais qu'on ne doit pas mettre de vin dans un plat sans faire évaporer l'alcool, mais nous faisons face à une urgence.

Il leva les mains en signe de reddition.

— Mais je n'avais pas l'intention de faire la moindre remarque !

Zoé hocha la tête.

— Bien, dans ce cas, je vais précuire les pommes de terre au four à micro-ondes et je les ferai dorer au four. J'imagine le tollé s'ils savaient que les patates sont précuites au micro-ondes !

— En même temps, puisqu'ils veulent des pommes de terre au four en moins d'une heure...

— Je ne crois pas qu'ils sachent combien de temps il faut pour faire une seule patate au four, conjectura Zoé. Je ne crois même pas qu'ils aient jamais mis les pieds dans une cuisine, sauf peut-être pour remettre à leur cuisinière le gibier qu'ils venaient de tuer à la chasse.

Zoé parcourait les allées du potager à la recherche de légumes verts, car le congélateur ne contenait que des petits pois, des haricots et du maïs en grains, lorsque Gideon l'appela depuis le pas de la porte.

— Viens ! C'est Rupert. Il veut te parler.

Serrant la passoire pleine de légumes contre sa poitrine, elle pressa le pas. Elle avait hâte d'avoir des nouvelles de l'hôpital. Comment un homme aussi gentil que Rupert avait-il hérité de parents aussi braqués ? C'était un mystère.

— Rupert ? Comment se porte Fen ? A-t-elle accouché ?

Rupert s'esclaffa.

— Pas encore, je le crains. Mais ils vont lui faire une péridurale dans une minute, ce qui atténuera au moins un peu les douleurs.

— Mais sinon, tout se présente bien?

— Oui. L'équipe est formidable ici. Et de votre côté? Mes parents vous en font-ils voir de toutes les couleurs?

Interprétant à juste titre le silence de Zoé comme un aveu que ses parents étaient l'illustration vivante de la formule «l'enfer, c'est les hôtes!», il poursuivit:

— Vous comprenez à présent pourquoi Fen s'est mise dans tous ses états. Ils ont insisté pour venir nous donner un coup de main avec le bébé, même si nous nous serions très bien débrouillés sans eux. Vous traitent-ils comme des domestiques? Si oui, dites-leur que vous n'êtes pas des valets! Ne vous laissez pas manier à la baguette.

— Ça va. C'est plus facile de jouer aux domestiques que d'essayer de faire ami-ami avec eux.

— Certes, ma foi, ce n'est pas faux, gloussa Rupert. Avez-vous trouvé le bœuf bourguignon?

— Oh! c'était donc un bœuf bourguignon? Oui.

— Au congélateur? Je l'ai fait il y a quelques jours.

— Non, au réfrigérateur. Mais je crois que ça ira. Il sent meilleur depuis qu'on a rajouté un peu de vin. Voulez-vous que je vous passe vos parents?

— Non, j'appellerai mère directement sur son portable.

Zoé laissa passer quelques secondes, puis demanda:

— Dites, Rupert, ne me faites pas croire que vous appelez sérieusement votre mère «mère»?

Il partit d'un grand rire mais ne répondit pas tout de suite.

— Seulement de temps en temps. Oh! tant que j'y pense, Fen vous embrasse.

— Embrassez-la pour moi! Nous sommes avec vous de tout cœur!

Zoé fut soudain très émue à l'idée que Fenella s'apprêtait à accoucher de son premier enfant.

— Je n'ai aucune envie qu'ils prennent leur repas dans la cuisine, déclara Zoé d'un ton ferme, après avoir transmis les dernières nouvelles du front à Gideon. Nous devons leur trouver un autre endroit.

— La salle à manger fait la taille d'un terrain de football, rappela Gideon. Nous pourrions tout simplement débarrasser un bout de la table.

— Non, nous serions obligés de leur faire la conversation, voire de les regarder manger, debout derrière leurs chaises. Je ne me sens d'attaque pour aucune de ces deux options ce soir. Je vais aller explorer les lieux pour essayer de trouver une autre solution.

Elle alla dans la pièce qui servait de bureau à Fenella. Hormis le secrétaire, qui croulait sous une montagne de paperasse menaçant de s'effondrer, c'était l'endroit idéal. Il y avait également une table circulaire presque complètement dégagée, deux chaises qui feraient l'affaire et – ô miracle! – une cheminée apparemment en service. Non que la température fût vraiment basse en ce mois de mai, mais une bonne flambée égayerait le tout. Une nappe jetée sur le secrétaire réglerait la question du désordre en un rien de temps!

Les fées de l'âtre, à moins que ce ne fût Rupert, avaient laissé du petit bois dans le panier posé sur un petit tas de bûches. Le combustible était très sec. Zoé, qui adorait faire du feu, eut rapidement devant elle une belle flambée. Elle s'assura que le bois avait bien pris puis elle mit le pare-feu devant la cheminée et se mit en quête de nappes et de couverts.

Elle avait cru pouvoir profiter d'une minute de repos sur la banquette de la cuisine avant que les parents de Rupert n'appellent pour débarrasser. Elle avait transformé le bureau de Fen en un petit boudoir très agréable, et lorsque Gideon leur apporta le bourguignon, celui-ci répandit un fumet des plus appétissants. Mais, à l'évidence, il avait fait attendre Lord et Lady Gainsborough qui se plaindraient sûrement qu'on les fasse dîner avec des couverts qui n'étaient pas éclatants. Ce qui était vrai, mais c'était déjà heureux que Zoé ait trouvé l'argenterie. Et puis elle s'était dit que l'aspect terne des couverts ne se verrait pas à la lueur des bougies qui, elles-mêmes, avaient dû être époussetées.

Elle cala ses reins avec un coussin et se couvrit d'une petite couverture en mohair pour goûter un brin de réconfort. Puis elle ferma les yeux.

— Ça devient une habitude chez toi, fit doucement remarquer Gideon un moment plus tard.

Sans entrain, Zoé ouvrit les yeux.

— Je faisais une petite pause, répondit-elle en lui souriant dans un demi-sommeil.

— Je m'en doute ; j'ai failli m'assoupir moi aussi. Nous nous sommes levés aux aurores ce matin.

— Ont-ils apprécié leur dîner ?

— Ils ont adoré! Surtout les légumes verts. Je n'ai pas reconnu ce que c'était. Qu'avais-tu mis?

Zoé fut très lente à la détente.

— Ah! Oh, tu connais! Du pas-d'âne. Ils étaient méconnaissables une fois cuisinés. Je n'ai rien pu trouver d'autre. Thor nous a dit que c'était délicieux avec des graines de sésame. Mais il vaut mieux qu'ils n'en sachent rien.

Après un silence, elle ajouta:

— Il faut que je me lève!

— Repose-toi encore un peu, suggéra Gideon en posant la main sur son épaule. J'ai l'habitude maintenant de te regarder dormir.

Zoé déglutit. Elle n'avait plus guère envie de dormir à présent que Gideon l'avait rejointe.

— Tu sais, je vais devoir rentrer chez moi demain matin au chant du coq. J'ai du travail qui m'attend.

L'idée d'être encore séparée de lui était odieuse à Zoé.

— Quel genre de travail? s'enquit-elle tout en prenant conscience que c'était une question bête.

Il était écrivain. Écrire était son travail.

— J'ai un article à écrire pour un magazine culinaire. J'ai vraiment eu du mal à m'y mettre.

— Es-tu obligé de rentrer chez toi pour l'écrire? Il te faut juste un ordi, non? Tu pourrais utiliser mon portable.

— J'ai toujours l'impression que partager un ordinateur est encore plus intime que partager une brosse à dents.

Zoé ne sut que répondre à cela. Elle voyait également les choses ainsi, enfin un peu, mais ne voulut pas accorder trop d'importance à la chose.

Elle s'en sortit par un haussement d'épaules. Elle lui aurait proposé de partager un respirateur artificiel pour le garder auprès d'elle.

— Comme tu veux. La proposition est sans limite de validité, parvint-elle à dire enfin.

Gideon la considéra avec le plus grand sérieux.

— C'est très gentil, mais j'ai mon propre ordinateur ici. Ce sont mes notes que je n'ai pas avec moi.

Zoé fut toute décontenancée. Évidemment qu'il avait son ordi avec lui. Aucun écrivain qui se respectait, ni aucun cuisinier dans le cas de Zoé, ne se déplaçait en voiture sans son ordinateur, ou en train sans son miniportable.

— Je peux commencer sans mes notes, lança Gideon. Quant à toi, fais encore un petit somme. Ils n'auront pas besoin de nous avant un bon moment.

Zoé ferma les yeux en songeant que c'était bien agréable de sommeiller un peu tandis que Gideon travaillait à proximité. Pour elle, cela signifiait qu'ils pouvaient vivre en bonne entente, qu'ils étaient plus que des amants.

Elle était encore entre le sommeil et la veille lorsqu'elle entendit la porte s'ouvrir. C'était Lady Gainsborough qui rapportait des plats.

— Nous avons appelé mais personne n'est venu. Auriez-vous un dessert, par hasard ? Nous aimons terminer un repas sur une note sucrée. Pas de fruits non préparés. Cela aussi fait péter mon mari !

Zoé se redressa d'un bond.

— Mais puisque vous dormez séparément..., hasarda Zoé qui, dans sa somnolence, avait oublié que les domestiques ne sont pas censés poser de questions.

— Je l'entendrai, expliqua Lady Gainsborough en fronçant légèrement les sourcils afin de signifier qu'elle n'avait pas l'habitude que l'on discute ses ordres. Et ce dessert ?

— Je ne crois pas qu'il y en ait, l'informa Zoé, résolue à se montrer implacable.

— Eh bien, ne pourriez-vous pas en préparer un ? Êtes-vous la cuisinière, oui ou non ?

Zoé poussa un soupir, et force lui fut de convenir qu'au vu des défis qu'elle avait relevés récemment, faire un dessert n'avait rien d'herculéen.

— Je vous l'apporterai dès que possible. Que diriez-vous d'une crème glacée ?

Lady Gainsborough secoua la tête.

— Seulement s'il n'y a rien d'autre, mais Algy se lamentera sur son sort.

— O.K., je trouverai quelque chose.

Lady Gainsborough prit congé comme une fleur sans dire merci. Zoé jeta un coup d'œil dans le frigo. Gideon délaissa son ordinateur portable pour venir regarder par-dessus son épaule.

— Je doute que tu puisses préparer quoi que ce soit d'à peu près présentable avec ce que tu as là, fit-il remarquer en contemplant un fouillis de beurre, de fromage, de restes des jours précédents, de pots de confiture et de condiments.

— Tu paries combien ?

Zoé venait juste de repérer une demi-tablette de chocolat blanc collée au fond du frigo depuis sûrement quelque temps.

— Cinq livres ! annonça Gideon.

— Tope là !

Ils scellèrent leur pari avec un baiser. Puis Zoé huma une boîte de crème fraîche. Elle ne sentait pas mauvais, même si la crème avait quelque peu séché sur les bords.

Galvanisée par sa découverte, elle prit ses ingrédients et alla choisir des pommes dans la coupe à fruits.

— Que vas-tu faire avec ce fatras ? s'enquit Gideon.

— Tu vas voir ce que tu vas voir ! Et tu peux déjà dire adieu à ton billet de cinq livres. Il ne restera plus longtemps dans ton portefeuille ! Et puis d'abord, arrête de me suivre ! Va écrire ton article !

En deux temps trois mouvements, elle eut devant elle une pâte à crêpes et quelques crêpes. Puis elle fit cuire quelques pommes au beurre à la poêle, ajouta une lichette de calvados puis alla s'occuper de son chocolat blanc et de son pot de crème.

Son pari avec Gideon lui avait donné un coup de fouet. En fait, ce n'était pas pour que les parents de Rupert se régalent qu'elle faisait tout ça, mais pour plaire à Gideon.

Elle jeta les carrés de chocolat dans un bol et le fit fondre au bain-marie. Puis elle ajouta un peu de crème et goûta.

Parfait ! Cela avait presque la consistance d'une crème anglaise.

Gideon était plongé dans ses écrits mais il levait de temps en temps la tête et lui souriait, humant l'air d'un air admiratif tandis que la bonne odeur des crêpes venait lui chatouiller les narines.

303

Environ vingt minutes plus tard, elle le fit venir auprès d'elle.

— Viens jeter un coup d'œil par ici et payer tes dettes !

Sur deux assiettes étaient posées deux crêpes magnifiques fourrées aux pommes avec à côté un petit pot de crème au chocolat. À l'aide d'un chinois, elle avait saupoudré un peu de sucre glace sur les crêpes, ce qui élevait presque l'assiette au niveau d'un restaurant.

— Hum…, tout le monde n'aime pas le chocolat blanc. En fait, certains considèrent qu'on ne devrait même pas l'appeler chocolat.

Zoé lui donna une tape sur le bras d'un air espiègle.

— Allez ! Aboule le fric ! s'exclama-t-elle, car elle savait qu'il la taquinait. D'ailleurs, je ferais mieux de le leur apporter maintenant !

Se retenant de s'exclamer « Et voilà le travail ! », elle posa une assiette devant le père et une devant la mère de Rupert.

— Qu'est-ce ? demanda Lord Gainsborough. De la crème anglaise ? Je n'aime que la crème anglaise en poudre !

— Mais tu raffoles des crêpes, intervint sa femme. Ne sois pas si difficile !

Zoé quitta la pièce avant d'être prise d'un fou rire.

— Qu'en a pensé le jury ? s'enquit Gideon. S'ils n'aiment pas, je ne suis pas obligé de payer !

— C'est-à-dire que la crème anglaise n'était pas en poudre, ce qui a joué un peu en ma défaveur, mais il semblerait que Lord Gainsborough raffole de mes crêêêpes ! En tout cas, c'est ce que lui a dit sa femme !

— Dans ce cas…

Il sortit son portefeuille de la poche arrière de son pantalon, l'ouvrit et en tira un billet de cinq livres qu'il tendit à Zoé.

— Maintenant, je regrette de ne pas avoir fait monter les enchères…

Elle prit l'argent et le glissa dans la poche de son jean.

— J'aurais pu me faire un beau paquet ! ajouta-t-elle.

— Je n'aurais pas parié davantage, assura Gideon. Parce que je sais que tu es une excellente cuisinière et que tu es très débrouillarde.

— Merci, j'apprécie, remercia-t-elle en lui laissant entendre qu'il n'avait pas idée à quel point son opinion comptait pour elle.

— Bon, vas-tu enfin me faire goûter ce dessert ? Il me semble en avoir acquis le droit…

— Il te faudrait débourser bien plus que cinq livres pour ce dessert-là dans un restaurant ! fit remarquer Zoé. Mais comme il reste plein de pâte, autant ne pas la laisser perdre.

Ils avaient débarrassé la table et préparaient des boissons chaudes pour les parents de Rupert (café filtre et infusion de menthe poivrée), lorsqu'ils entendirent une voiture. Les chiens se mirent à aboyer, et Zoé et Gideon se regardèrent en se demandant qui cela pouvait bien être.

— C'est qui ?

— Tu crois que… ?

17

La porte de la cuisine claqua et Rupert fit son apparition. Il souriait jusqu'aux oreilles.

— C'est une fille ! s'exclama-t-il, la voix haut perchée à cause de l'émotion et du soulagement. La maman et le bébé se portent bien.

Il serra Zoé dans ses bras comme une vieille amie.

— Hé, Rupert, c'est merveilleux ! s'écria Zoé. Je suis contente pour vous deux !

Rupert était sur un petit nuage. Il donna également l'accolade à Gideon.

— Je ne veux plus revivre ça, mais c'était fabuleux ! Tout simplement fabuleux ! Pauvre petite Fen... La voir souffrir autant était épouvantable.

Les mots semblaient sortir tout seuls de sa bouche. Ils l'écoutèrent en acquiesçant et en souriant tandis qu'il décrivait le travail, les contractions et puis la péridurale et enfin la naissance. Il leur montra même deux ou trois photos de la mère et du bébé devant lesquelles ils s'extasièrent comme il se devait. Enfin, il se tut.

— Il me faut un verre d'eau, annonça-t-il d'une voix enrouée.

— Il me faudrait quelque chose de plus fort si j'étais passé par ce que vous venez de traverser, fit remarquer Gideon, un tantinet pâlot.

Zoé tendit un verre d'eau à Rupert.

— Vous devriez prévenir vos parents que vous êtes rentré.

Rupert vida son verre d'un trait.

— Bon sang ! Je ne sais plus où j'ai la tête ! Je ne leur ai même pas encore annoncé la bonne nouvelle. Dites, ça vous embêterait d'aller les chercher pendant que j'essaie de trouver du champ' ? Il faut fêter ça ! Où sont-ils, à propos ?

— J'ai transformé le bureau de Fen en salle à manger. Nous n'avions pas le courage de les garder avec nous à la cuisine.

Zoé marqua une pause lorsqu'elle s'aperçut qu'elle s'apprêtait à émettre un jugement blessant.

— Je veux dire qu'ils ne nous ont pas donné l'impression d'être habitués à manger dans une cuisine.

— Non, en effet. Mais ils devront s'y faire, cette fois.

Il disparut brièvement dans l'arrière-cuisine et en rapporta deux bouteilles de champagne.

— Je les ai mises au frais avant de partir.

Il retira la capsule du bouchon.

— Vous seriez un amour si vous alliez les chercher, reprit-il. Je voudrais faire sauter le bouchon au moment où ils entreront.

Zoé frappa à la porte de la salle à manger improvisée et entra.

— Rupert est là. Il voudrait vous parler.

— Ah ! Le bébé ! s'exclama le père de Rupert en se levant. Même si je doute qu'il ait des nouvelles !

— Il revient de la maternité, chéri, intervint la mère. Nous t'avons dit qu'il serait là-bas.

— Décidément, cette mode des pères qui assistent à l'accouchement me dépasse! C'est tout à fait inutile et fort déplaisant pour toutes les parties concernées.

— Absolument. Cela ne risquait pas d'arriver à mon époque, confirma Lady Gainsborough en secouant la tête en signe de désaveu des usages modernes. Le père restait à l'écart et n'était autorisé à voir la mère qu'une fois sa toilette terminée.

Elle posa son ouvrage au crochet (le bébé n'aurait pas à laver ses chaussons à la main, songea Zoé), puis ils suivirent la jeune femme jusqu'à la cuisine.

— C'est une fille! annonça Rupert en remplissant les coupes.

— Ah! s'exclama son père, à qui cette nouvelle avait coupé la chique. Bah! poursuivit-il, ce n'est pas grave, va. Ta femme est encore assez jeune pour remettre ça. Tu auras peut-être la chance d'avoir un fils la prochaine fois.

À présent, Zoé comprenait pourquoi Rupert avait retardé le moment de l'annonce. Il se doutait certainement qu'ils auraient préféré avoir un petit-fils pour héritier.

— Quel dommage! déplora sa mère en secouant la tête, laissant vaguement entendre qu'avec un peu plus d'organisation et un peu moins d'imprévoyance, et surtout en sacrifiant moins aux mœurs modernes, ils auraient pu éviter ce coup dur.

— Pour tout vous dire, commença Rupert, non sans contrariété, nous sommes aux anges que ce soit une fille! Elle est absolument magnifique!

— Comme tu y vas fort, mon chéri, protesta sa mère, tous les bébés se ressemblent. Je suis contente que tu fasses contre mauvaise fortune bon cœur, mais c'est inutile. Nous sommes tes parents. Tu peux être sincère avec nous.

— Mais je suis sincère ! Nous sommes ravis d'avoir une fille et elle est magnifique !

— Bon, bon, ce n'est pas la peine de t'énerver. Je suis sûre qu'elle sera jolie d'ici un an ou deux, assura sa mère.

— Elle est déjà très belle ! Et si vous voulez du champagne, prenez une coupe.

Gideon prit deux coupes qu'il tendit aux grands-parents malgré eux.

— Avez-vous réfléchi à un prénom ? s'enquit Zoé, en partie par convenance et en partie parce qu'elle était curieuse de savoir.

— Honoria Eugenia Arethusa, répondit Rupert en serrant sa coupe d'un air grave.

Sa mère se rembrunit.

— Mais aucun de ces prénoms n'est dans la famille. Où es-tu allé chercher ça ? À moins que ce ne soit Fenella qui ait choisi ?

— C'est un choix commun, répondit Rupert, après avoir vidé la moitié de sa coupe d'une seule gorgée et s'être resservi à ras bord.

— Les femmes sont sujettes à des idées loufoques après avoir mis bas, fit remarquer Lord Gainsborough. Elle finira par se rendre à la raison.

Sa femme ne pouvait être plus d'accord.

— Nous leur avons proposé de payer une nourrice au mois qui aurait donné de bonnes habitudes au bébé. Mais jamais de la vie, cette sotte veut allaiter !

Là-dessus, elle secoua la tête. Cette seule idée la révoltait manifestement.

Gideon haussa un sourcil et commença à ôter la capsule de la deuxième bouteille. Zoé accrocha son regard. Elle avait hâte de se retrouver seule avec lui dans le calme. À son corps défendant, elle était parvenue à la conclusion peu réjouissante qu'avec tout ce psychodrame, il leur serait malaisé de passer la nuit ensemble sans se faire remarquer.

Rupert, de son côté, était bien décidé à ne rien céder.

— Nous avons six semaines pour déclarer la naissance, et les prénoms sont choisis, insista-t-il.

Tournant vers Zoé des yeux faméliques, il ajouta :

— Y a-t-il quelque chose à manger ? Je sais que c'est culotté, mais…

— Pourquoi serait-ce culotté ? intervint son père. Bonté divine ! Il remet ça avec ses satanées idées communistes !

Il vida sa coupe de champagne et lança à la cantonade :

— À présent, je vais me coucher. Si personne n'est contre !

S'imaginait-il que sa compagnie leur manquerait ? Quoi qu'il en soit, à peine avait-il atteint le pas de la porte qu'il s'arrêta net et fit volte-face.

— Au fait, lança-t-il, il était rudement bon le rosé que ta bonne nous a servi. Il faudra que tu me donnes l'adresse de ton fournisseur.

— Une autre fois, si tu veux bien, répliqua Rupert.

— Attends-moi ! héla la mère de ce dernier à l'intention de son mari. Je viens aussi. Tu m'aideras à monter cet escalier de la mort !

311

Zoé ne retint pas son fou rire longtemps. La fatigue, le champagne et le ridicule des parents de Rupert avaient fini par lui porter sur les nerfs.

— Es-tu soûle ? s'enquit Gideon en s'efforçant lui-même de garder son sérieux.

— Cela se pourrait ! Va savoir !

Et Zoé rit de plus belle, même si, au fond, elle savait qu'il n'y avait pas vraiment de quoi rire.

— Je m'excuse pour eux, dit Rupert en se laissant tomber sur une chaise. Nous ne les voyons pas souvent, comme vous l'aviez probablement deviné, et j'en oublie à quel point ils sont affligeants.

— Je suis sûre qu'ils ont des qualités cachées, conjectura Zoé en retrouvant enfin son sérieux, convaincue que Rupert n'avait pas à s'excuser. En tout cas, ils nous ont mis face à une vraie gageure, poursuivit-elle. Nous nous sommes bien amusés à leur faire à dîner. À propos, bourguignon ?

Rupert fronça les sourcils.

— Bourguignon ? Saperlipopette ! Je l'ai fait il y a belle lurette ! (Zoé se demanda si ces expressions vieillottes lui revenaient à cause de la présence de ses parents.) Je sais m'organiser quand je veux !

— Mais pas assez pour le mettre au congélateur. Cela dit, vos parents ont adoré, intervint Gideon.

Rupert se prit la tête à deux mains.

— Oh, bon sang, j'espère que je ne les ai pas empoisonnés !

— Ce ne serait pas vous le responsable, rectifia Zoé d'une voix plus calme qu'elle ne l'était en réalité. Mais nous.

Craignant soudain le pire, elle ajouta :

— Sont-ils procéduriers ?

Rupert secoua la tête en gloussant.

— Non, ils sont de la vieille école. Ils ne font pas un procès pour une courante.

Après mûre réflexion, il conclut :

— Je ferai l'impasse sur le bourguignon, cependant. Je vais me faire un en-cas.

Gideon l'obligea à se rasseoir.

— N'oubliez pas que vous avez des domestiques et que vous venez à peine d'être père ! Nous allons vous faire un frichti en vitesse.

— Tout à fait ! approuva Zoé. Je peux vous faire un sandwich, une omelette ou autre…

Il paraissait affamé mais rien de ce qu'elle lui proposait ne le tenta.

— Sinon, je peux vous faire une crêpe aux pommes cuites au calvados sur crème au chocolat.

Rupert fit un grand sourire.

— Voilà qui est parlé !

Lorsque, quelques instants plus tard, elle posa l'assiette devant lui, il soupira d'aise.

— Bon sang, quel talent ! s'exclama-t-il.

— N'est-ce pas ? confirma Gideon, et Zoé rougit.

— Vous ne cherchez pas un emploi, par hasard ? s'enquit Rupert plein d'optimisme.

Zoé partit d'un grand rire.

— Pas immédiatement, merci. Mais je prends note.

— Elle a un concours à terminer avant de pouvoir songer à prendre un travail. Elle doit rester concentrée sur cet objectif, affirma Gideon.

— Je sais, je tentais seulement ma chance. Qu'avez-vous l'intention de faire si vous gagnez ?

— Je veux ouvrir une authentique épicerie fine, répondit Zoé. Vous savez, le genre habituel qui vend de l'huile d'olive, du vinaigre balsamique, mais je proposerai en plus des plats tout prêts pour que les gens du quartier et ceux de passage puissent se régaler avec de la cuisine maison de qualité.

— Vous ne seriez pas intéressée pour fournir des supermarchés, en plats préparés par exemple ? s'enquit Rupert qui s'était jeté sur l'assiette de fromage et de biscuits apéritifs que Zoé lui avait procurée.

Elle secoua la tête.

— Non, j'aime avoir affaire à la clientèle directement. Je prendrai plaisir à proposer des thés parfumés pour les clients difficiles et à faire des plats pour les gens qui ont des allergies alimentaires.

— Pas de problème. Je comprends, approuva Rupert. C'est aussi le contact avec les gens que j'apprécie dans ce travail, la plupart du temps. Les satisfaire est parfois ardu, mais quand on réussit, c'est très valorisant.

Zoé acquiesça.

— J'adore résoudre des difficultés aussi. C'est l'une des raisons de ma participation au concours, en fait.

Gideon leur resservit à boire. Rupert joua avec son verre pendant un moment, puis il se lança enfin :

— Je ne sais pas trop comment formuler ça, mais Fen vous serait vraiment reconnaissante si vous étiez là quand elle rentrera avec le bébé. Elle ne supporte pas mes parents en temps ordinaire, alors après un accouchement, elle risque d'être encore plus vulnérable à leurs attaques. C'est la sage-femme qui me l'a dit, s'empressa-t-il d'ajouter avant que Zoé ne lui demande comment il le savait.

Gideon secoua la tête.

— Zoé doit s'entraîner pour le dîner gastronomique de la finale. Elle est prête, mais elle va devoir réfléchir à ses recettes et s'assurer qu'elles sont réalisables.

Zoé fut partagée. Elle ne savait pas dire non et avait beaucoup d'affection pour Rupert et Fenella.

— Je pourrais m'exercer ici, hasarda-t-elle. La cuisine est bien plus grande que celle de mes parents.

Elle chercha le regard de Gideon pour s'assurer qu'il comprenait.

— Je louais une maison avant le concours et je l'ai quittée, disons que je n'ai pas renouvelé mon bail, poursuivit-elle.

— Si c'était possible, nous vous en serions très reconnaissants. Vous avez eu un échantillon de mes parents. Ils sont incapables de se rendre compte du mal que l'on se donne pour eux et ils ont toujours eu des domestiques. Ils vivent sur une autre planète que nous.

— C'est même stupéfiant que vous soyez normal à ce point, fit remarquer Gideon.

— Ouais, confirma Zoé en hochant la tête.

Elle eut envie d'ajouter : « Si calme et si facile à vivre, si accommodant… » mais elle se ravisa, car s'il était légitime que Rupert critique ses propres parents, Gideon et elle-même se devaient de ne pas insister sur ce sujet.

— C'est ce que m'a dit Fen la première fois qu'elle les a vus. Elle a refusé de venir les affronter chez eux jusqu'à ce que nous soyons fiancés. Et encore, si elle l'a fait, c'est parce qu'elle était obligée. J'avais dû m'étendre un peu trop à leur sujet…

— Vraiment ? s'exclama Gideon, dont la curiosité avait été piquée au vif. Et comment les présentations se sont-elles passées ?

Rupert se souvint de la honte qu'il avait ressentie alors.

— Ce fut assez atroce, jusqu'à ce qu'ils découvrent que Fen était issue d'une lignée bien plus aristocratique que la mienne, malgré notre titre. Ensuite, ils ont cessé de penser que j'épousais une roturière.

Songeur, il ajouta en secouant la tête d'un air triste :

— N'empêche qu'ils ne l'acceptent toujours pas.

Zoé et Gideon se regardèrent. Zoé eut la confirmation que Gideon craignait, tout comme elle, que Rupert ne verse dans le sentimentalisme dolent. Ce qui pouvait se comprendre, mais n'avançait à rien.

Zoé décida d'insuffler un peu d'allant à la conversation.

— Je suis sûre qu'ils éprouveront de l'estime pour elle lorsqu'ils verront que c'est une maman remarquable, ce qui est fatal. Ça se devine.

N'étant pas mère elle-même, Zoé avait sorti ces affirmations de son chapeau de manière improvisée, même si elle pensait ne pas se tromper.

Rupert retrouva le sourire et se dressa sur ses jambes.

— Ça n'a pas vraiment d'importance, en fait. Vous laisserez-vous tenter par un cognac ? Je crois que j'en ai besoin.

— Euh…, hésita Zoé, ne sachant pas s'il lui restait longtemps avant de tomber de sommeil.

— Pas pour moi, je le crains, déclina Gideon. J'ai du sommeil en retard et je dois prendre la route de bonne heure demain matin.

Il avait dit cela en regardant Zoé dans les yeux.

Elle se sentit instantanément perdue. Ce bref interlude de vie commune au grand jour prenait déjà fin. Elle en eut les larmes aux yeux. Naturellement, la fatigue n'aidait pas car elle exacerbait sa sensibilité, mais c'était quand même plus fort qu'elle.

— Finalement, je vais peut-être me joindre à vous pour un cognac, Rupert.

Elle regarda Gideon, dans l'incapacité de dissimuler ses émotions, malgré tous ses efforts. Elle n'avait aucun droit sur lui. Elle n'avait pas son mot à dire au sujet de ses allées et venues. Il était doté de libre arbitre, tout comme elle. Elle but une petite gorgée de cognac en espérant y puiser du courage.

— Gideon, commença Rupert, vous ne pouvez pas vous défiler maintenant. On commence seulement à s'amuser !

— Il le faut, j'en ai peur. Comme je vous l'ai dit, je me lève affreusement tôt demain. Je dois rentrer chez moi, terminer un article, faire mon sac en vitesse et filer à l'aéroport pour prendre l'avion dans l'après-midi.

L'Avion ? Quel avion ? Où donc allait-il ? Pourquoi n'en avait-il pas parlé plus tôt ? Était-ce ce qu'il avait essayé à plusieurs reprises de lui dire ? Zoé s'affola, puis elle respira bien à fond. Il s'était montré si attentionné pendant cette soirée, entre deux cavalcades pour le compte des parents de Rupert !

— J'éviterai les bouchons…

Il regarda Zoé, et celle-ci désira très fort être seule avec lui, mais elle ne voyait pas comment manigancer cela.

— Zoé, commença Gideon à voix basse. Je peux te parler avant d'aller me coucher ?

Elle le suivit hors de la cuisine en retenant ses larmes. Lorsqu'ils furent dans la chambre de Gideon, elle paraissait faussement calme.

— Je n'ai pas envie de partir, vraiment pas, confia ce dernier aussitôt que la porte fut refermée. Mais j'ai des rendez-vous prévus de longue date avec un groupement de producteurs d'huile d'olive, un minuscule comptoir. J'aimerais beaucoup me fournir chez eux, si je peux.

Il termina dans un murmure.

Zoé acquiesça. Heureusement qu'elle avait bu un cognac pour se donner du courage !

— La question ne se pose pas, tu dois y aller.

— Vraiment ? C'est vrai, tu as raison. Tu seras très bien ici, affirma-t-il. Mais, Zoé, promets-moi de t'entraîner ! Ne te laisse pas transformer en esclave des parents de Rupert, ni même de Rupert, de Fenella et du bébé. Le concours est prioritaire.

— Je sais. Je m'entraînerai. Je veux que ma pâtisserie égale au moins celle des autres candidats, ajouta-t-elle en se retenant de prononcer le nom de Cher, ne voulant pas paraître revancharde.

Il l'embrassa sur le sommet du crâne.

— C'est bien. Je suis tellement fier de toi ! Allez, maintenant, va passer un moment avec Rupert. J'aurais aimé que… mais nous ne pouvons pas…

Du fond de sa tristesse, Zoé puisa une lueur d'espièglerie.

— Plaît-il ? Pourquoi cela ?

Il l'ébouriffa.

— Tu sais très bien pourquoi. Pas avec une maison pleine de monde.

Il la serra contre lui et ajouta :

— Mais voici un acompte en prévision de nos retrouvailles.

Il l'embrassa longuement et passionnément, à en perdre haleine, au point que Zoé en oublia qu'il devait partir.

— Je prendrai livraison du reste lorsque nous serons tous les deux sans personne autour, promit-il.

Il avait lui aussi le souffle coupé par l'émotion.

Luttant contre un mélange troublant de tristesse et de désir non assouvi, Zoé rejoignit Rupert dans la cuisine. Il semblait toujours surexcité par la naissance de sa fille. Mais il était quand même passé du cognac au thé. Zoé s'en fit une tasse grâce à la bouilloire qui fonctionnait quasiment en permanence et dont l'eau ne demandait qu'un petit coup de pouce pour être frémissante.

— Bon alors, comment avez-vous décidé d'appeler le bébé ? s'enquit-elle en arborant son plus beau sourire.

Il partit d'un grand éclat de rire.

— Vous ne vous êtes pas laissé embobiner, hein ? Tant mieux !

— Alors ?

— Glory. Nous l'appellerons Glory. C'est le diminutif de Gloriana.

— Oh, c'est un joli prénom !

Une fois qu'elle se fut habituée, Zoé trouva en effet que c'était un joli prénom.

— Et quand direz-vous la vérité à vos parents ?

— Bah ! je ne sais pas encore. Au moment du baptême, probablement.

Zoé esquissa un sourire.

— Et quand est-ce que Fen pense pouvoir rentrer à la maison ?

— Dans un jour ou deux. Elle a besoin de récupérer un peu, mais elle a hâte de rentrer.

Il marqua une pause puis reprit :

— À un moment donné pendant le travail, je crois qu'ils appellent ça la phase de transition, elle a déclaré que si je ne chassais pas mes maudits parents de chez nous, elle ne reviendrait jamais à la maison.

— Elle a sûrement dû changer d'avis, maintenant que le bébé est né, assura Zoé sans trop y croire.

— J'espère. Quand mes parents prennent une décision comme de venir nous aider avec le bébé, ils sont indélogeables.

— Sans vouloir médire, votre mère ne me fait pas l'effet d'une mamie de terrain.

Rupert s'esclaffa.

— Elle n'était pas non plus une mère de terrain. Pourquoi changerait-elle ? Bien vu, Zoé. Mais elle a quand même le sens pratique.

Il se leva et bâilla à s'en décrocher la mâchoire.

— Dommage que Gideon doive nous quitter. C'est un type bien. Il pense beaucoup de bien de vous.

Zoé rougit.

— Ma foi…

— Non, vraiment. Il a dit que vous étiez la meilleure cuisinière polyvalente de ce concours.

Il prit un air renfrogné et ajouta :

— Il a aussi dit qu'il ne pouvait pas trop chanter vos louanges de crainte de faire jaser. C'est pas tout ça ! Je ferais mieux d'aller au lit maintenant. Je suis complètement crevé ! Vous devez l'être aussi.

Zoé lui sut gré d'avoir cette réserve toute britannique qui ne pose pas de questions indiscrètes.

— Je crois que le marchand de sable ne va pas tarder à passer.

— Oh ! ne vous inquiétez pas pour le petit déjeuner des parents. Je leur ferai l'un de mes petits déjeuners anglais. Après cela, ils devraient se tenir tranquilles pendant un bon moment. Levez-vous quand cela vous chante.

— O.K., mais vous savez, je n'ai pas trouvé désagréable de jouer à la gouvernante... ou plutôt à la femme à tout faire.

— Vous n'êtes ni l'une ni l'autre, mais une amie !

— Oh ! pas de souci. Je sais. Je disais juste ça pour...

Un énorme bâillement l'empêcha de terminer sa phrase.

— Je vais me coucher, abrégea-t-elle. Bonne nuit ! Et encore félicitations !

18

Zoé fit la grasse matinée le lendemain matin. Elle avait ouvert les yeux pour la première fois aux petites heures du jour lorsque la voiture de Gideon s'était éloignée sur le gravier de l'allée. Une vague de tristesse la submergea de nouveau, mais la fatigue de la veille fit qu'elle se rendormit pour ne se réveiller définitivement qu'après 9 heures. Elle prit une douche et se rendit à Somerby.

La cuisine était pleine d'agitation et de bruit. La nouvelle de la naissance du bébé s'était répandue comme une traînée de poudre et la moitié du voisinage était venue présenter ses félicitations au papa. Les parents de celui-ci, qui avaient devant eux une montagne d'œufs au bacon, semblaient beaucoup moins mener leur petit monde à la baguette que la veille au soir.

— Bonjour ! lança Zoé, profitant du silence qui régnait parmi la demi-douzaine de personnes attablées.

Seulement trois d'entre elles prenaient un petit déjeuner, mais toutes étaient nanties d'un mug de thé ou de café.

— Zoé ! Cher ange ! s'exclama Rupert en se levant pour la prendre dans ses bras enveloppés d'un pull en cachemire. Les amis, je vous présente Zoé ! Elle reste quelque temps avec nous pour nous aider avec le bébé.

Au milieu des « Bonjour, Zoé ! », celle-ci entendit Lord Gainsborough dire à sa femme : « Je croyais que c'était une domestique, pas la maîtresse de Rupert ! »

— Ne dis pas d'âneries ! tempêta Lady Gainsborough. Il ne la ferait pas venir ici s'il couchait avec.

Par chance, personne d'autre que Zoé ne semblait avoir entendu. Elle tira une chaise et accepta volontiers le mug que Rupert, tout sourire, lui glissa dans la main. C'était du café. L'exquise atmosphère chaleureuse qui régnait dans la cuisine adoucit quelque peu la douleur causée par le départ de Gideon. Zoé avait au moins la compensation d'être entre amis à Somerby.

— Alors comme ça, vous participez au concours de cuisine qui a lieu ici ? s'enquit une dame sympathique assise à côté de Zoé. Je ne sais pas comment vous faites pour cuisiner devant les caméras. Je me transformerais en boule de nerfs et renverserais tout par terre !

— C'est ce qui arrive au début, mais c'est fou comme on oublie vite l'objectif, répondit Zoé.

— Quand même, je ne m'y verrais pas, insista la dame en secouant la tête et en repoussant sa chaise sous la table. Rupert, je dois y aller. Embrasse Fen et le bébé pour moi. Je reviendrai dès qu'elle sera rentrée. Mais ne la laisse pas se faire envahir par les visiteurs, elle va être vannée.

Elle jeta un coup d'œil à la cantonade, que les parents de Rupert furent les seuls à ne pas relever mais dont tous les autres s'avisèrent.

— Je ferais mieux d'y aller aussi ! s'exclamèrent-ils presque comme un seul homme, laissant bientôt la table pratiquement vide, à l'exception des Gainsborough et de Zoé, tandis que Rupert raccompagnait les visiteurs.

Zoé se leva et commença à débarrasser la table pendant que les parents de Rupert en profitaient pour sortir de la cuisine.

Elle entreprit ensuite de vérifier que tout avait bien été remis en place dans le bureau de Fenella, mais celui-ci était occupé. La mère de Rupert disait deux mots à son fils.

— Mon chéri, je sais que tu as la tête farcie d'idées bolcheviques au sujet de la manière de traiter les domestiques, mais vraiment, je t'assure, il faut leur apprendre à rester à leur place ! Ils se sentent plus à l'aise ainsi. Dieu sait ce qui serait arrivé si nous avions appelé Winterbotham, notre majordome, par son prénom ! Il aurait fait une crise d'apoplexie, voilà ce qui serait arrivé !

Zoé ne put s'empêcher d'écouter la conversation, même si elle savait parfaitement que seules les servantes indisciplinées se conduisent de la sorte.

Rupert paraissait s'en amuser. Mais Lady Gainsborough pouvait-elle en faire autant ?

— Mère ! Zoé n'est pas Winterbotham ! C'est une amie qui nous rend service. Ce n'est pas une domestique.

— Dans ce cas, elle a bien fait semblant hier !

Zoé hocha la tête avec satisfaction.

— Même si ces épinards qu'elle nous a servis au dîner étaient un peu bizarres, poursuivit Lady

Gainsborough. J'ignorais que tu avais des épinards dans ton potager, surtout en cette saison.

Zoé décela son trouble au son de sa voix.

— Sachez, mère, que je n'ai pas la moindre idée de ce dont vous voulez parler, répliqua Rupert.

— C'est typique des hommes ! Pas le plus lointain intérêt pour le potager. Mais voici où je veux en venir : si tu gardes tes distances, elle se révélera très utile. Mais ces inepties de mélange des genres, ce sont… des inepties, justement !

— Mais si je la traite comme une domestique, je devrai la payer, fit remarquer Rupert.

Zoé se raidit. Elle n'accepterait jamais d'argent du couple, sauf, bien sûr, si elle devenait réellement leur employée.

— Ah ! elle ne te prend rien, n'est-ce pas ? Dans ce cas, mon chéri, oublie ce que je viens de dire.

Zoé retourna à la cuisine. Ainsi, la mère de Rupert était radine et qui plus est difficile. *La pauvre Fen !* songea Zoé.

Rupert insista catégoriquement pour que Zoé fasse ce qu'elle avait à faire après le petit déjeuner pendant qu'il rangerait la cuisine. Aussi, après une petite marche rapide pour s'éclaircir les idées, elle s'installa devant son ordinateur à l'étable et commença ses recherches de recettes. Mais au bout d'un moment, elle dut se résigner : il était impossible de se concentrer. Toutes ses pensées la ramenaient à Gideon. Était-il attaché à elle, au sens durable, amoureux du terme ? Ou bien n'était-elle qu'une aventure ? Elle regrettait d'avoir été empêchée de faire de nouveau l'amour avec lui. S'ils avaient pu passer plus de temps ensemble, elle aurait pu apprendre à mieux le connaître. Lorsqu'ils étaient ensemble, elle était sûre de l'attachement de Gideon, mais dès qu'il tournait le dos, elle était assaillie de doutes. Ces doutes lui faisaient voir qu'elle était folle d'avoir une liaison avec Gideon alors qu'on l'avait mise en garde contre lui et qu'elle savait pertinemment qu'elle risquait d'avoir le cœur brisé.

Elle laissa l'ordinateur et retourna à Somerby. Là, l'occupation ne manquerait pas. De toute façon, cela ne l'avançait à rien de rester assise toute seule à rêvasser.

Rupert insista pour faire un rôti de bœuf à dîner avant d'aller retrouver Fenella et le bébé.

— Alors, comment Fen trouve-t-elle l'hôpital ? s'enquit Zoé en refermant la feuille de papier journal sur les épluchures de pommes de terre avant de les mettre au compost.

— Elle dit qu'ils sont tous formidables mais qu'elle a hâte de rentrer, répondit Rupert en badigeonnant de moutarde et de farine un quartier de viande assez gros pour tout un régiment. Elle m'a demandé d'acheter des chocolats ou autres pour remercier le personnel.

— Je pourrais faire des cupcakes, si ça peut convenir, suggéra Zoé. Les infirmières reçoivent probablement pas mal de chocolats. Des cupcakes, ça les changerait !

Et ça m'empêcherait de cogiter ! ajouta Zoé en pensée.

— Non, Zoé, je ne peux pas vous demander ça en plus ! s'exclama Rupert.

Interprétant cette réponse comme un oui, Zoé répliqua :

— Vous ne me le demandez pas, c'est moi qui vous le propose. En plus, j'aurai grand plaisir à les faire. Il reste des caissettes et d'autres trucs du mariage.

Elle s'interrompit, puis ajouta :

— Ça me fera une occupation entre deux coups de cloche de vos parents !

Rupert lui lança un regard gêné et empreint de désespoir.

— Ne m'en parlez pas ! Je suis vraiment désolé. Je leur ai expliqué, mais ils n'arrivent pas à comprendre que vous êtes une amie et non une domestique.

— Ça n'a aucune importance, je vous assure. C'est même plutôt amusant, et puis c'est comme un jeu pour moi d'essayer de deviner leurs desiderata et d'essayer de les satisfaire.

— Vous êtes extraordinaire !

Là-dessus, Rupert referma la porte du four sur le rôti.

— Puisque je suis extraordinaire, voulez-vous que j'aille cueillir encore un peu de pas-d'âne ? Ils ont apprécié hier soir. Ou bien refuseront-ils de manger deux fois le même légume ?

— Franchement, si cela ne tenait qu'à moi, je leur donnerais des petits pois et des haricots et qu'ils aillent au diable avec leurs pets ! s'exclama Rupert.

Puis il fit un gros câlin amical à Zoé, l'embrassa sur la joue et alla retrouver sa femme et sa fille.

19

Le comité d'accueil du bébé ressemblait à un alignement de domestiques dans *Downton Abbey* avant l'arrivée d'un invité de marque. Zoé eut l'impression de jouer dans un feuilleton d'époque, sauf que cette fois, bien sûr, il n'y avait pas de caméras.

S'il en fut ainsi, c'était parce que les parents de Fenella s'étaient empressés d'accourir depuis l'Écosse lorsqu'ils avaient appris que les parents de Rupert étaient déjà sur place.

— Fenny ne voulait pas entendre parler de notre aide ! rappela la mère de Fenella.

Celle-ci était bien plus sympathique que celle de Rupert malgré son titre de noblesse supérieur. Elle avait même insisté pour que Zoé l'appelle Hermione.

— Elle prétendait qu'ils s'en sortiraient tous les deux et que nous pourrions venir quand cela nous arrangerait au mieux ! poursuivit Hermione.

Cet aparté avait eu lieu entre cette dernière et Zoé tandis que la jeune femme éminçait oignons et carottes pour faire un parmentier avec les restes de rôti de bœuf.

— Mais pour parler franc, ma chère, les parents de Rupert sont abominables et je ne veux pas laisser ma fille toute seule entre leurs griffes.

Zoé, qui avait déjà pris Hermione en sympathie, acquiesça. Elles étaient parvenues à ce stade d'une relation où l'on peut se permettre de dire du mal d'autrui, même si elles ne s'appesantirent pas sur le cas de Lady Gainsborough.

— Et avez-vous entendu la dernière ?

Dans la mesure où les parents de Rupert considéraient Zoé comme inférieure, celle-ci ne connaissait pas « la dernière ».

— Ils exigent que le baptême ait lieu immédiatement !

Hermione était manifestement atterrée, ainsi que Zoé elle-même. La pauvre petite Glory n'était même pas encore rentrée de l'hôpital que déjà on faisait des plans dans son dos !

— Pourquoi si tôt ? s'enquit Zoé en rajoutant de l'ail dans la casserole, certaine que les parents de Rupert n'aimeraient pas cela.

— Parce qu'ils veulent partir faire une croisière autour du monde et ils ont apporté la robe de baptême !

Les yeux d'Hermione jetèrent des éclairs, puis elle ajouta :

— Nous avons apporté une adorable robe de baptême qui, j'en mettrais ma main à couper, est bien plus jolie que la leur qui a déjà servi.

— Mais le baptême ne pourrait-il pas avoir lieu à leur retour de croisière ?

Et une bonne lampée de Worcester sauce bien piquante !

— Il semblerait que non ! Ils sont tellement vieux jeu que je m'étonne qu'ils conduisent eux-mêmes ! Ils ont même bredouillé quelque chose au sujet des relevailles de Fen !

330

Zoé, qui mélangeait à présent sa viande et ses légumes dans un plat, reposa sa poêle.

— Je m'excuse, mais je ne vous suis pas.

— Exactement ! C'est exactement là que je veux en venir ! Qui, de nos jours, fait célébrer ses relevailles après ses couches ?

— Peut-être que si vous m'éclairiez sur le sens de ce mot ?

— Oh ! C'est une cérémonie archaïque pendant laquelle une mère est purifiée après son accouchement, parce que l'enfantement est évidemment censé être sale.

Zoé se tourna vers sa purée de pomme de terre. Elle en avait fait pour trente. Elle commença à l'étaler sur le mélange de viande et de légumes.

— Pourquoi ? s'enquit-elle tout en reconnaissant bien là les manières de Lady Gainsborough.

— Il n'y a pas de véritable raison. Mais les parents de Rupert vivent dans une autre époque et considèrent probablement qu'accoucher est une souillure pour une femme.

Hermione se tut brièvement, puis elle reprit :

— Même si, pour être tout à fait franche, je ne pense pas qu'ils parlaient très sérieusement.

— Tant mieux !

Zoé ouvrit la porte du four et enfourna son plat. Inscrirait-elle d'énormes plats familiaux composés de restes au menu de la finale ? C'était peu probable, même si c'était absolument dans ses cordes.

— Maintenant que vous avez terminé – vous êtes un ange ! –, montons attendre Fen et Glory, suggéra Hermione. Ils ne devraient plus tarder.

Les parents de Rupert avaient, évidemment, eu la même idée. À moins qu'ils n'aient voulu faire en sorte d'être les premiers à souhaiter la bienvenue au bébé. Quoi qu'il en soit, ils se retrouvèrent tous dans l'escalier de Somerby.

— Ma foi, au moins nous avons beau temps ! s'exclama le père de Fenella, faisant contre mauvaise fortune bon cœur. Que pensez-vous du prénom qu'ils ont choisi ?

— Je n'ai jamais entendu un prénom aussi ridicule de ma vie ! répondit Lord Gainsborough. Arethusa ! Pour l'amour du ciel !

— Il semblerait que c'était une sorte de plaisanterie de la part de Rupert, expliqua la mère de celui-ci. Mais Gloriana est encore pire ! J'espère seulement que nous saurons ramener sa femme à la raison avant le baptême. Elle ne pouvait pas choisir un prénom convenable ! Cela me dépasse !

Hermione était hérissée.

— Eh bien, moi, je pense que c'est un bon choix ! Il m'a fallu un petit moment, mais maintenant je suis habituée, et je trouve que c'est un adorable prénom. Tout le monde l'appellera Glory, de toute façon.

Hermione jeta un regard plein de hargne à l'autre grand-mère de Glory et Zoé espéra pour elles deux qu'elles ne seraient jamais obligées de passer un Noël ensemble.

— N'est-ce pas un soleil magnifique ? lança Zoé, juchée sur l'une des marches du perron.

Elle avait dit cela les yeux fermés et n'attendait pas de réponse. Elle n'en eut pas. La tension entre les deux grand-mères devenait palpable.

— Oh, les voilà ! s'exclama le père de Fenella.

Et tous regardèrent en silence la Range Rover remonter la grande allée jusqu'à la maison.

— Où est le bébé ? s'écria la mère de Rupert dès que l'intérieur de la voiture devint visible. Pourquoi Fenella ne le tient-elle pas dans ses bras ?

— Il aurait fallu coincer Glory sous la ceinture de sécurité de Fenella, répliqua Hermione d'un ton cassant.

— Cette société est obsédée par la santé et la sécurité ! fit remarquer le père de Rupert, et Zoé se dit qu'elle aurait été bien déçue s'il n'avait pas fait une remarque de ce genre.

— Je ne crois pas que Fenella ait la moindre idée de la manière dont il convient de s'occuper d'un bébé ! marmonna Lady Gainsborough tandis que Rupert se garait. Je lui ai proposé la meilleure nourrice qui se puisse trouver, mais elle n'a rien voulu entendre.

Heureusement pour Fenella et Rupert, le bruit des roues sur le gravier et le craquement du frein à main empêchèrent Hermione d'entendre.

— Oh ! là, là ! s'exclama Fenella en descendant de voiture. En voilà un comité d'accueil ! J'ai l'impression d'être la reine d'Angleterre ! Maman ! Papa ! Je ne m'attendais pas à vous voir non plus ! Comme c'est gentil d'être venus !

Les parents de Rupert n'avaient d'yeux que pour le bébé, ce qui laissa le champ libre à Fenella pour saluer tout le monde à grands renforts d'embrassades. Rupert fit le tour de la Range Rover et se pencha sur la banquette arrière où le bébé dormait à poings fermés dans son siège auto.

— Je n'ai jamais rien vu d'aussi ridicule, fit remarquer Lady Gainsborough. Ce siège est deux fois plus grand que le bébé !

Fenella, qui avait réussi à s'extirper des bras de ses parents, rejoignit Rupert à l'arrière de la voiture.

— Nous l'avons acheté avec les chèques que vous nous avez envoyés, expliqua-t-elle en détachant les harnais avant de soulever dans ses bras son bébé emmailloté de châles de dentelle.

— Et maintenant, à la maison ! s'exclama Rupert en s'adressant à sa femme. Que dirais-tu d'une petite coupe avec des bulles dedans ?

Zoé, simple spectatrice, vit l'expression farouchement protectrice de Rupert et pensa que Fenella était la femme la plus chanceuse du monde. Et elle eut un petit pincement au cœur.

— Je ne suis pas sûre que le champagne soit indiqué dans mon cas, répondit Fenella en se rembrunissant quelque peu. Cela pourrait rendre Glory malade.

La mère de Rupert émit avec sa langue un bruit qui traduisait un mélange de mépris et d'accablement.

— De grâce, ne me dites pas que vous allez essayer d'allaiter vous-même cet enfant ! Ce sera un complet désastre ! Vous pouvez me croire sur parole.

Toutefois, elle parlait toute seule car personne ne l'écoutait. Elle poursuivit néanmoins :

— Ce qu'il vous faut, c'est un emploi du temps rigoureux et des habitudes, toujours des habitudes, rien que des habitudes ! J'ai apporté un livre. Tout est expliqué dedans. Comment bébé va au pot avant trois mois. Si vous ne voulez pas de la nounou, au moins…

Lorsqu'ils furent tous entrés sans encombre, Hermione prit les choses en main.

— Maintenant, va te mettre tout de suite au lit, ma chérie, ordonna-t-elle à sa fille. Tu dois être épuisée.

Zoé fut peinée pour Fenella. Rentrer de la maternité avec son bébé aurait dû être une fête, non la traversée d'un champ de mines familial. Si ses beaux-parents n'avaient pas été là, elle aurait sans doute fait visiter le jardin au bébé et aurait bu un verre de champagne avant que la fatigue ne la contraigne à monter se coucher. Mais elle en fut empêchée, cernée de toutes parts qu'elle était par des parents envahissants et, pour certains d'entre eux, hostiles.

— Je fais chauffer de l'eau ? Tout le monde prendra un thé ? lança Zoé gaiement.

— Merci ! répondit Fenella d'une voix qui fit craindre à Zoé que son amie ne soit au bord des larmes.

Lorsque Zoé apporta le thé et une assiette de cupcakes, Fenella était au lit conformément aux usages. Un berceau était suspendu à un montant près du lit. Glory dormait toujours sans se douter ni se soucier de la guerre que l'arrivée de sa petite personne avait déclenchée.

— Ne restez pas comme une âme esseulée ici si vous préférez rester en bas, suggéra Hermione.

— Où sont les beaux accouchements d'antan ? soupira la mère de Rupert à qui s'adressait la suggestion. Lorsque j'ai eu Rupert, c'est à peine si je suis sortie une seule fois de mon lit en trois semaines.

— Les choses ont légèrement changé depuis, fit remarquer Hermione. Les mères reprennent leurs activités beaucoup plus rapidement.

— Je n'en doute pas, convint Lady Gainsborough. Mais est-ce bien raisonnable ?

Zoé se racla la gorge.

— Les hommes sont en bas et ouvrent des bouteilles de champagne et de whisky. Je crois qu'ils ont besoin de conseils sur ce qu'il convient de boire en premier.

Par miracle, les deux femmes quittèrent la chambre à coucher presque immédiatement.

— Mince alors, Zoé ! Comment avez-vous fait ? En fait, je ne verrais pas d'inconvénient à passer un moment avec ma mère, mais les entendre se cracher du venin au-dessus de ma tête comme deux chattes avec un seul chaton est au-dessus de mes forces. La mère de Rupert ne m'aime pas. C'est à se demander ce qu'elle fait ici !

Zoé posa un mug et une assiette de gâteaux à portée de main de Fenella.

— Voulez-vous que j'aille chercher vite fait une bouteille de champ' ? J'ai l'impression que Rupert en a acheté une caisse.

Fenella secoua la tête.

— Du thé sera très bien pour l'instant. Et un gâteau !

Elle mordit à pleine bouche dans un cupcake et se délecta.

— Le personnel de l'hôpital qui s'est occupé de moi s'est régalé grâce à ceux que vous leur avez envoyés. Hélas, je crois qu'ils n'ont pas souvent l'occasion de faire des pauses-thé.

Un petit gémissement en provenance du berceau attira aussitôt l'attention des deux amies.

— Oh oh, elle se réveille…, annonça Zoé après avoir contemplé avec bonheur le nourrisson emmailloté qui commençait à remuer. Elle a faim ?

— J'espère que oui. Pourriez-vous me la passer ?

— D'accord, mais dans une seconde !

Zoé courut dans la salle de bains attenante et se lava les mains plusieurs fois comme une maniaque. Pendant ce temps, le faible gémissement était presque devenu un pleur. Ensuite, n'écoutant que son courage, Zoé fouilla sous les couvertures et trouva le petit corps de Glory. Comme elle était minuscule et vulnérable ! Elle la tendit à Fenella.

— Ça fiche la frousse !

— Ne m'en parlez pas ! Ils sont costauds mais c'est quand même stressant.

— Voulez-vous que je vous laisse ?

— Bon sang, non ! Les nourrissons passent leur temps à s'alimenter. Je ne verrais plus personne si je devais être seule pour l'allaiter.

Elle déboutonna son chemisier et dégrafa la partie avant de son soutien-gorge.

— Et voilà, Bambinette !

Zoé ne put s'empêcher de penser que c'était un gros sein pour une si petite bouche. Cependant, Glory ne sembla pas de cet avis, bien au contraire, et elle se mit bientôt à téter en faisant de petits bruits de satisfaction. C'était un beau tableau, la mère et son enfant partageant un merveilleux moment de paix.

— Je vais aller chercher votre mère, annonça Zoé au bout de quelques minutes. Je pense qu'elle serait contente de vivre ce moment avec vous. Et ne vous inquiétez pas, j'empêcherai la mère de Rupert de monter.

— N'est-ce pas une horrible bonne femme ?

— Ça ! Même si, je dois l'avouer, parce qu'elle n'est pas ma belle-mère, elle me fait rire.

— Je me demande comment est la mère de Gideon ?

Zoé s'arrêta à mi-chemin de la porte.

— Ai-je dit quelque chose qu'il ne fallait pas ? s'enquit Fenella.

Zoé haussa les épaules. Elle avait tout le temps nécessaire pour penser à Gideon et réfléchir à leur relation, si c'en était une et non une passade. Était-ce la fin ou le début ? Elle sentit qu'elle pouvait parler franchement à Fenella.

— Non, pas vraiment. C'est-à-dire que je ne sais plus trop. Et il a dû partir, et maintenant…

Elle marqua une pause et reprit :

— Je ne sais plus très bien où j'en suis, c'est comme si je doutais de lui à nouveau. Je n'ai eu aucune nouvelle depuis son départ.

— Je suis sûre qu'il n'y a pas lieu de s'inquiéter, assura Fenella d'un ton ferme. C'est un type bien. Ce n'est pas le genre loin des yeux, loin du cœur.

— Non, bien sûr. C'est ce que je pense aussi.

Malgré ses doutes persistants, Zoé se dit que Fenella avait peut-être raison. D'une voix plus enjouée, elle ajouta :

— Bien, je vais chercher votre mère.

Mais tandis qu'elle descendait l'escalier pour retourner à la cuisine, la froide étreinte du doute la saisit de nouveau. Gideon était trop bien pour elle : il était brillant, il était raffiné… Tandis qu'elle n'était qu'une cuisinière de seconde zone qui participait à un concours télévisé. Qu'avait-elle à lui offrir en réalité ? Les paroles de Sylvie la hantaient avec une régularité empoisonnante. Même si l'absence renforçait son attachement à elle, pour lui, c'était bel et bien « loin des yeux, loin du cœur ».

Faisant taire ses doutes – elle ne pouvait rien y faire pour l'instant –, Zoé se rendit à la cuisine. Debout au milieu des bouteilles, Rupert remplissait les verres. Hermione était coincée en sandwich entre son mari et Lord Gainsborough, lui-même flanqué de sa femme. Vu que la pièce était plutôt grande et qu'ils ne s'appréciaient pas beaucoup, Zoé les trouva étrangement près les uns des autres. Elle devrait user de tout son talent pour extraire la mère de Fen de ce sandwich humain.

Elle se plaça juste derrière eux. Tentée de tirer Hermione par la manche comme le ferait un enfant, elle résista néanmoins et se racla la gorge.

— Je crois que Fen réclame de la compagnie…, annonça-t-elle.

Aussitôt, elle regretta de ne pas avoir dit : « réclame sa mère ». Mais l'expression lui avait semblé trahir un manque d'affection et elle ne l'avait pas retenue. Elle prit conscience de son erreur lorsque Lady Gainsborough se détacha du groupe.

— Je monte, annonça cette dernière. J'ai un livre pour elle. Ce sera l'occasion pour moi de le lui offrir en plus de quelques conseils bien avisés, de l'ancienne école, je vous l'accorde ! Sinon, elle risque de faire courir ce bébé à sa perte en moins de temps qu'il n'en faut pour le dire.

— Permettez, j'y vais ! s'exclama fermement Hermione. C'est ma fille, après tout.

— Ma foi, personne ne vous empêche de venir aussi, répliqua Lady Gainsborough, regrettant apparemment de ne pouvoir s'y opposer.

— Je vous accompagne…, marmonna Zoé, s'avisant que Fenella aurait besoin d'un tiers neutre.

— En quoi pourriez-vous être utile à ma belle-fille ? rétorqua Lady Gainsborough en dévisageant Zoé d'un air étonné.

— Je pensais juste que…

— Vous n'êtes pas nounou, n'est-ce pas ? Vous n'avez aucune expérience des enfants ? C'est bien ce que je pensais. Vous resterez là pour débarrasser la table avant le dîner. Vous lui serez plus utile ainsi.

C'était sans appel. Lady Gainsborough avait raison. Même si elle en savait moins qu'un enfant de dix ans quant aux soins à apporter à un bébé, elle pouvait au moins se targuer d'en avoir mis deux au monde.

— Je monterai récupérer son plateau dans une minute, annonça Zoé d'une voix ferme.

Il n'y avait pas que des désavantages à jouer les soubrettes !

Ces messieurs allèrent flâner au jardin pour fumer des cigares fournis par Rupert. Tandis qu'ils s'éloignaient, Zoé entendit Lord Gainsborough déclarer :

— Un seigneur n'est plus chez lui en son castel s'il ne peut pas fumer à l'intérieur ! Tu te laisses mener à la baguette par les jupons, mon vieux Rupert !

— Pas plus que vous, père, répliqua Rupert.

Zoé esquissa un sourire.

Elle rangea la cuisine en un temps record et mit la table, puis elle fila à l'étage retrouver Fenella en espérant que les trois femmes ne se seraient pas entretuées. Lorsqu'elle ouvrit la porte, Lady Gainsborough manqua la faire tomber.

— Il va falloir s'endurcir, ma petite, pleurer n'a jamais rendu plus fort !

À ces mots, elle passa en trombe devant Zoé et dévala l'escalier.

Zoé entra. La mère de Fen avait les yeux étincelants de colère, tandis que ceux de sa fille étaient brillants de larmes.

— Tu dois demander à Rupert de leur ordonner de partir ! s'exclama Hermione. Elle et moi ne pouvons cohabiter dans la même maison.

— Je ne peux pas lui demander ça, maman ! Il n'aurait pas fini d'en entendre parler. Nous devons tous faire un effort. Oh, oh, Glory ! Tu as besoin d'être changée.

Hermione prit le bébé des bras de Fenella et mit la main sous les fesses de Glory.

— Elle est un peu humide.

— Je vous passe le nécessaire, intervint Zoé, au cas où elles l'auraient crue expérimentée dans ce domaine aussi.

Le lit se couvrit bientôt d'un matelas à langer, de plusieurs mètres de coton, d'une bassine d'eau tiède et d'une serviette de toilette. Fenella avait les yeux moins rouges. Les deux amies regardèrent Hermione démailloter Glory tandis qu'elle battait l'air de ses petites cuisses écarlates et de ses bras agiles.

341

— Elle est vraiment chou! s'exclama Zoé lorsque Fenella eut achevé de changer sa fille. Mignonne tout plein!

— Hein, n'est-ce pas? confirma Hermione en refermant les bandes autocollantes de la couche avant de soulever Glory dans ses bras. Quand je pense que ce chameau prétend que nous ne devrions pas te câliner!

Là-dessus, elle embrassa sa petite-fille.

— Vous êtes sérieuse? Elle a vraiment dit cela? s'enquit Zoé.

Elle prit alors conscience qu'Hermione avait encore plus d'aversion qu'elle pour Lady Gainsborough.

— Pas textuellement, mais elle a donné un livre à Fenny.

De sa main libre, Hermione prit ledit ouvrage et le tendit à Zoé.

Zoé le prit et alla s'asseoir près de la fenêtre pour le feuilleter. À première vue, c'était un vieux livre. Zoé s'était attendu à un bouquin récent et au goût du jour, mais celui-ci avait manifestement passé des décennies sur son étagère. Un coup d'œil à la page de titre lui apprit qu'il avait été publié entre les deux guerres mondiales. Comment Lady Gainsborough pouvait-elle croire qu'on pût s'en remettre à une telle pièce d'antiquité?

— Vous n'avez pas l'intention de le lire, rassurez-moi? s'enquit-elle en s'adressant à Fenella.

— C'est exactement ce que j'ai dit! intervint Hermione.

— Je n'ai pas l'intention de suivre ses conseils, insista Fenella, mais je crois que cela ne peut pas faire de mal de le lire en diagonale.

— Écoute, ma chérie, même si ce bouquin ne prêchait pas tout le contraire de ce que je sais concernant les bébés, il reste qu'il est archaïque ! Je ne comprends pas pourquoi elle te l'a offert !

— Elle est fâchée contre moi parce que j'ai refusé la nounou au mois qu'elle voulait nous payer, expliqua Fenella, arrachant presque son bébé des mains de sa mère pour lui présenter son autre sein.

— À tout prendre, un être humain aurait été préférable à cet affreux bouquin, fit remarquer Hermione.

— Je ne le pense pas. La sœur de Rupert, qui est une disciple fervente de Gengis Khan pour ce qui est de l'éducation des enfants – du genre « une gifle et au lit sans manger » –, nous a dit que la nounou que lui a payée ma belle-mère était trop dure.

— Mon Dieu ! s'exclama Zoé à part elle en s'émerveillant du nombre incroyable de minidispositifs supposés indispensables comme ce truc appelé « ceinture ombilicale ».

— Je peux faire comme si le livre n'existait pas, expliqua Fenella. Mais cela aurait été plus difficile avec un tyran domestique.

— Au moins, Glory fera connaissance avec le monde en été, commença Zoé, toujours fascinée par le livre. Elle ne risquera pas de prendre froid lors des promenades en landau pour « aérer bébé » !

— Et maintenant, elle nous enquiquine pour que nous la fassions baptiser au plus vite parce que si elle mourait, elle irait en enfer ! gémit Fenella.

— Glory ne va pas mourir et n'ira pas en enfer! s'exclama Hermione avec colère, une colère qui n'était pas dirigée contre Fenella. Et si tu veux attendre avant de la faire baptiser, dis-le-lui simplement.

— Je n'ai pas la force de tenir tête à une couvée d'oisillons pour l'instant, répondit Fenella en reniflant. Je n'arrête pas de pleurer. Ça ne m'aide pas à me montrer ferme.

— Je le lui dirai à ta place alors, repartit Hermione. Elle ne me fait pas peur!

— Non, maman!

À l'évidence, cela ne réglerait rien.

— Je ne veux pas que vous vous disputiez sous mon toit. S'ils veulent que Glory soit baptisée maintenant, je m'en fiche. Tout ce que je demande, c'est que Sarah et Hugo puissent venir et que ce ne soit pas moi qui m'en occupe.

— Tu n'auras pas à t'en occuper, ma chérie, j'y veillerai.

— Moi aussi, intervint Zoé.

Enfin un défi à sa mesure!

— Mais Rupert devra prendre rendez-vous lui-même avec le pasteur, ajouta-t-elle. Est-il sympathique?

— C'est un amour! s'exclama Fenella, retrouvant soudain le sourire. Et le pasteur est une femme! Une vraie, je veux dire. Et c'est super parce que ça va vraiment contrarier les parents de Rupert! Ils sont absolument contre l'ordination des femmes. Ils sont très Haute-Église.

— Je croyais que tu ne voulais pas d'esclandre ? fit remarquer Hermione, qui en perdait pour le coup son latin.

— Eh bien, oui et non. Je n'ai pas envie de jouer les Casques bleus entre vous, mais je ne serais pas fâchée si un incident leur faisait prendre la mouche et les chassait sans que Rupert soit obligé de recoller les morceaux pendant des semaines et des semaines.

Hermione poussa un soupir.

— Bon, O.K. ! J'autorise Glory à porter l'affreuse robe de baptême des Gainsborough et non la nôtre qui est si jolie.

— Est-elle si affreuse ? Je ne l'ai pas vue. Comment une robe de bébé peut-elle être si laide ? s'enquit Fenella.

— C'est fatal qu'elle soit affreuse. Cette famille n'a aucun goût, rappela Hermione.

— Rupert est adorable, pourtant, fit remarquer à son tour Zoé.

— Ma foi, à leur décharge, commença Hermione même si cela lui coûtait visiblement beaucoup, les anciennes robes de baptême sont souvent minuscules. Aussi, si tu souhaites que Glory porte celle des Gainsborough – et cela vaut également pour la nôtre –, il ne faut pas tarder à la faire baptiser.

Fenella se leva pour le dîner. Rupert descendit sa fille avec une tendresse infinie, remarqua Zoé. Cette dernière porta l'arceau du couffin dans une main et le couffin lui-même dans l'autre. Quant à Fenella, elle fut seulement autorisée à transporter un coussin supplémentaire pour sa propre chaise.

— Est-ce bien sage ? lança sa belle-mère dès que Fenella fit son apparition. Je suis sûre que chose, là (elle secoua la main à l'intention de Zoé), aurait pu vous monter un plateau.

— J'avais envie de voir du monde, répliqua Fenella. Et puis Zoé, c'est son nom, s'est suffisamment dévouée pour moi.

— Puisque vous le dites..., rétorqua Lady Gainsborough en faisant une grimace qui voulait dire : « Vous ne viendrez pas vous plaindre si tout vire à l'épouvante ! »

— Fenella, ma chère, lança Lord Gainsborough, prenez un verre de rouge. C'est bon pour la circulation.

— Oui, prends un verre ! l'incita son père.

— Je ne crois vraiment pas que je devrais, répondit Fenella.

— Pourquoi non ? s'enquit son beau-père, qui semblait voir dans l'abstinence un des symptômes les plus probants de la démence.

— Elle allaite ! répondit sa femme avec une grimace de dégoût.

— Bah ! chérie, je suis sûr qu'un petit verre ne fera pas de mal au bébé, entonna Rupert.

Lorsque tout le monde fut servi et que Rupert eut repris son poste au fourneau, Lady Gainsborough fit tinter sa fourchette contre son verre afin d'obtenir l'attention recueillie de l'assistance.

— Franchement ! Nous sommes entre nous ! glissa Hermione à Zoé en marmonnant derrière sa main.

— Euh, vous permettez ?

Lady Gainsborough avait manifestement tout entendu.

— Nous avons des décisions à prendre ! poursuivit-elle.

Zoé se leva pour aller aider Rupert. Elle n'avait pas envie d'être prise à partie.

— En fait, les décisions reviennent uniquement à Fen et Rupert, fit remarquer Hermione en jouant avec une salière d'une manière qui laissait présager qu'elle était capable d'en faire un projectile redoutable, si nécessaire.

— Je suis d'un autre avis, protesta Lady Gainsborough qui, de toute façon, n'était jamais de l'avis que d'elle-même. Toute la famille est concernée.

— Par quoi ? s'enquit Rupert d'un ton aimable, le bonheur d'être papa le rendant sourd et aveugle au malaise sous-jacent.

— Par le choix de la robe de baptême, pardi ! répondit Lady Gainsborough d'un ton tranchant. Puisque la petite est une Gainsborough, il est capital qu'elle porte celle qui lui vient de ses ancêtres.

— Je ne vois pas pourquoi, intervint Hermione malgré son accord de principe quelques minutes auparavant. La nôtre est bien plus jolie.

— Elle sera probablement trop petite, argua Lady Gainsborough. Le bébé de Fenella (l'appeler Glory lui aurait sans doute écorché la bouche) est un gros bébé.

— Insinuez-vous que ma fille est grosse ? s'insurgea Fenella, piquée au vif.

— Trois kilos quatre, ce n'est pas du tout gros, mon amour, assura Rupert. C'est le poids d'un bébé en bonne santé !

— Puis-je faire une suggestion ? hasarda Lord Gainsborough d'une voix forte afin que tous l'entendent. Si nous remettions la décision à demain ? Ce n'est qu'une fille, après tout !

Par chance, Rupert et Zoé posèrent de copieuses assiettes de nourriture devant les protagonistes, empêchant ainsi que n'éclate une troisième guerre mondiale.

20

Pour la plus grande satisfaction de tous, le pasteur, qui était effectivement une vraie femme, fut ravie de célébrer le baptême pendant la messe le dimanche suivant. Fenella et Rupert, pour leur part, en furent enchantés et lui en surent gré. Sarah et Hugo, la marraine et le parrain de Glory, avaient pris leur week-end.

Zoé dit à Fenella qu'elle allait rentrer chez elle, car on n'avait plus besoin d'elle et parce que, ne faisant pas partie de la famille, elle les gênerait. Elle ne fit pas mention de son devoir de s'exercer pour la finale gastronomique du concours.

— Oh, je suis désolée, s'excusa Fenella. Je me suis conduite en égoïste. Il ne m'est pas venu à l'esprit que vous désiriez rentrer chez vous. Évidemment ! Vous devez vous entraîner. Allez-y puisqu'il le faut. Nous arriverons bien à nous débrouiller.

Se ravisant soudain, elle ajouta en plissant les yeux :

— Mais vous pourriez vous entraîner ici, non ? Mais non, bien sûr que non. Oubliez ce que je viens de dire.

Fenella était à la torture. Zoé s'en amusa.

— Pauvre Fen ! Je n'ai pas particulièrement envie de rentrer. Je pourrais certainement m'entraîner ici, pourvu que personne ne rechigne à manger ma cuisine. On rigole tellement chez vous !

Elle avait consulté des recettes en ligne à ses moments perdus et elle devait absolument en mettre certaines au banc d'essai. Cependant, elle avait eu quelques scrupules à se servir des deux familles comme cobayes, même si le temps lui aurait manqué pour cela. Toutefois, elle devait vraiment s'y mettre à présent, et elle avait d'autant plus mauvaise conscience qu'elle l'avait promis à Gideon.

Dans la mesure où les deux amants n'avaient pas eu le temps d'échanger leurs numéros, Somerby était le seul endroit où il pouvait la joindre. Elle était très déçue qu'il n'ait pas appelé. Il n'avait même pas passé un coup de fil à Rupert pour prendre des nouvelles du bébé. Il lui manquait terriblement. Elle se sentait seule dans l'étable, non que Cher lui manquât cependant. Mais au moins celle-ci aurait fait diversion.

— Avez-vous réellement besoin de moi ? s'enquit-elle.

— Besoin de vous ? Mon Dieu, oui ! Lorsque vous avez vidé la commode afin de faire de la place pour les vêtements de Glory, même la mère de Rupert a dit que vous n'étiez pas complètement irrécupérable. C'est un code secret pour « absolument inappréciable » ! Alors, si même elle vous accorde le diplôme, qui d'entre nous vous le contestera ? Néanmoins, je refuse, quelle que soit votre décision, que vous compromettiez vos chances de gagner parce que vous n'aurez pas eu le temps de vous exercer.

— Je prendrai le temps qu'il faudra, assura Zoé, à la fois soulagée et contente.

Elle se sentait plus proche de Gideon en restant à Somerby car c'est là qu'ils avaient été intimes pour la dernière fois. Elle resterait donc tant qu'on ne la mettrait pas dehors.

— Et, bien sûr, nous aurons besoin d'un gâteau de baptême, sans parler du repas !

— Le repas ?

— Glory sera baptisée pendant la messe. Nous reviendrons tous ici ensuite pour le déjeuner. Avec un peu de chance, le temps nous permettra d'installer une ou deux grandes tables sous les arbres pour faire comme si nous étions en France.

— Oh, oh, oh, cela s'annonce très chou !

— N'est-ce pas ? Rupert ira braconner deux ou trois saumons et fera son rôti de bœuf, qui est sa spécialité. Il y aura de la salade, du pain, du fromage, et du jambon fumé. Des fruits rouges et un gâteau en dessert.

Elle esquissa un sourire optimiste et ajouta :

— Je sais que c'est un peu culotté de vous demander quel genre de gâteau vous aimeriez faire ? Y a-t-il une recette à laquelle vous souhaiteriez vous entraîner ? Nous savons que vous êtes la championne des cupcakes, aussi je ne pense pas que vous ayez envie d'en refaire ?

— Non, pas vraiment. Je pense que j'ai besoin de m'entraîner sur autre chose…

Fenella réfléchit un instant.

— Je ne sais pas si c'est un bon argument, mais j'ai toujours eu envie d'une pièce montée avec des profiteroles…

— Un croquembouche ? suggéra Zoé en écarquillant les yeux. De la pâte à choux ? Je n'en ai jamais fait.

— Bah, faites ce que bon vous semble ! Je suis sûre que quoi que vous fassiez, ce sera délicieux.

— Pas question ! Si vous avez envie d'un croquembouche, je vous ferai un croquembouche. Je crois que ce sera un excellent entraînement. Même si cela risque de prendre beaucoup de temps, au cas où vous auriez besoin de moi ailleurs.

— Je ferai en sorte que cela n'arrive pas. Vous en avez déjà beaucoup trop fait.

Elle prit Zoé par la main et ajouta :

— Je ne trouve pas les mots pour vous exprimer ma gratitude. Vous avez été un ange avec nous. Et puis ma mère donnera un coup de main et tout ira comme sur des roulettes. Mais un croquembouche me ferait vraiment plaisir. Je l'imagine déjà… Si français et si savoureux !

— Alors allons-y pour un croquembouche !

Zoé calcula qu'elle devrait faire au moins une centaine de choux. Après en avoir discuté avec Fenella, il fut décidé qu'ils seraient à la crème et maintenus ensemble par un enrobage de caramel. Elle avait dégoté des fleurs roses aux pétales évoquant ceux d'une rose, afin de parfaire la décoration. C'était exactement le genre de gâteau spectaculaire qui l'aiderait à remporter la finale. Elle pensa à Gideon. Il aurait été content de voir qu'elle s'y mettait enfin.

Elle fit ses choux par fournées successives lorsque la cuisine était libre. Elle s'était entendue avec Fenella pour garder le secret le plus longtemps possible. Quoi qu'il en soit, Hermione ne fut pas longue à deviner que ce serait un dessert de baptême riche en pâte à choux.

— Quand vous n'épluchez pas des pommes de terre ou ne cuisinez pas autre chose pour nourrir ces gloutons...

Elle s'interrompit afin de s'assurer que Zoé avait compris à qui elle faisait allusion, puis elle reprit :

— Vous faites de la pâte à choux. Que manigancez-vous ?

Zoé gloussa.

— C'est un secret de polichinelle, même si Fen et moi-même essayons de rester discrètes afin de ménager l'effet de surprise. En fait, nous faisons une pièce montée.

— Vous voulez dire que vous, Zoé, faites une pièce montée ! Vous êtes une perle ! On dirait que cette pauvre Fen n'est plus capable que de fabriquer du lait pour son bébé. Dans le genre glouton ! Elle mange en permanence !

— C'est sûrement normal. En plus, Fen semble y prendre plaisir. Chaque fois que je lui monte un petit truc à grignoter, elle est pelotonnée avec Glory et un livre.

— En effet, et naturellement, qui vous savez répète à l'envi que c'est insensé et qu'elle ne devrait donner le sein à Glory que toutes les quatre heures. Personnellement, aucun de mes enfants n'a tenu quatre heures entre deux tétées.

— Tant que cela convient au bébé, qu'est-ce que cela peut faire ?

Zoé allait bientôt être incollable sur les bébés. Elle avait parfois l'impression qu'il suffisait en fait de les nourrir, de les changer et de leur donner le bain.

Même si tout le monde persistait à croire que tout se passerait «comme sur des roulettes», Zoé avait assez d'expérience en matière de repas de fête pour savoir qu'afin de rouler, les roulettes avaient besoin d'être bien huilées au moyen d'une bonne dose de réflexion en amont et d'une bonne organisation. Ainsi, tout le monde mit la main à la pâte : qui allant faire les courses, qui passant les commandes, qui se chargeant d'aller les chercher… Zoé alla chercher au moins quatre litres de crème épaisse à la ferme de Susan et Rob, profitant de l'occasion pour acheter du salami. C'était un véritable festin qui se préparait. Même si elle n'était pas notée et que personne ne chipoterait si sa pièce montée ne semblait pas tout droit sortie d'une pâtisserie française, Zoé avait sa fierté. Elle avait également besoin de sentir qu'elle œuvrait afin d'atteindre son but ultime, à savoir gagner le concours, et qu'elle ne se contentait pas de prendre du bon temps avec quelques amis, même si la tentation était forte de voir les choses sous cet angle.

Zoé rassemblait ses choux après avoir sorti du four la dernière fournée, Hermione faisait des cupcakes et Fenella était installée confortablement sur le sofa avec Glory dans son couffin, lorsque la mère de Rupert entra dans la cuisine.

— Que se passe-t-il ici ? éructa-t-elle, et Zoé se sentit comme une écolière prise la main dans le frigo au beau milieu de la nuit.

— Nous n'avons pas besoin de tant de profiteroles ! Pourquoi diable en avez-vous fait autant ?

— C'est pour le gâteau de baptême, expliqua Zoé d'un ton qui se voulait assuré.

— Mais pourquoi ? N'avez-vous pas gardé le dernier étage de votre gâteau de mariage comme le veut la tradition ? s'enquit Lady Gainsborough en déversant sa colère sur Fenella.

Fenella la regarda d'un air médusé.

— Aucune idée.

— Ah ! s'exclama Hermione. Je crois que je l'ai gardé quelque part. Il est au congélateur.

— Eh bien, il devrait servir pour le gâteau de baptême ! C'est la tradition !

Ce fut au tour de Lady Gainsborough de paraître déconcertée.

— Vous n'êtes sûrement pas sans le savoir, lança-t-elle aux personnes présentes à l'exception de Zoé qui, en tant que boniche, n'était pas censée savoir quoi que ce soit.

Zoé posa le cercle doré qui servait de socle à sa création en se demandant si elle ne ferait pas mieux d'attendre d'être seule pour continuer. C'était un dessert déjà assez retors à confectionner, mais avec la Troisième Guerre mondiale qui battait son plein autour d'elle, cela devenait quasiment impossible. D'un autre côté, ce serait l'entraînement idéal que de travailler dans un stress complet !

— Je n'arrive pas à croire que vous soyez aussi ignorante des traditions de baptême ! répéta Lady Gainsborough.

— Eh bien, j'ai dû le savoir, mais en venant ici, nous ignorions que nous serions propulsés dans une cérémonie de baptême, c'est pourquoi nous ne l'avons pas apporté, expliqua Hermione, dans son bon droit. Si vous n'aviez pas fait montre d'un tel empressement…

— Vous auriez dû prévoir ! Comme j'ai pris les devants pour la robe.

— C'est-à-dire que je pouvais difficilement l'envoyer à Fenella par la poste ! fit remarquer Hermione.

— Nous utiliserons le gâteau de mariage une autre fois, intervint Fenella avec diplomatie, bien qu'entre ses dents.

— Admettons ! Peut-être que vous aurez la bonne idée d'avoir un garçon, cette fois !

Bien qu'elle ne prononçât pas la phrase, toutes trois entendirent implicitement : « Puisque vous en avez été incapable ! »

Sur ces mots, Lady Gainsborough tourna les talons et quitta la pièce.

Zoé avait garni les choux de crème pâtissière. Elle les avait disposés par taille et tenait prêt le caramel qui allait servir de ciment. Elle redoutait cette ultime étape. Elle avait beaucoup appris à ce sujet sur YouTube. Mais tous les avis étaient loin de converger. Certains sites préconisaient l'usage de moules en acier affreusement chers. D'autres utilisaient des cure-dents et du polystyrène. Un site, aux ambitions beaucoup plus modestes, recommandait de construire la pièce montée sans support. Mais le plus problématique était de devoir s'acquitter de cette tâche au milieu d'une cohue de gens dont certains avaient besoin du plan de travail. Malgré le stress énorme auquel elle était soumise lorsqu'elle cuisinait pour le concours, elle avait au moins de la place pour travailler. Elle alla trouver Rupert et lui expliqua la situation.

— Bah ! ne vous inquiétez pas, fit-il d'un air dégagé. Il y a une salle à côté de la chapelle. Nous l'avons fait construire en cas d'affluence. Faites-en la salle du croquembouche ! Ce sera une accroche de plus pour la clientèle.

L'après-midi du samedi touchait à sa fin. Zoé commençait à assembler sa pièce montée qui serait son chef-d'œuvre. Sarah et Hugo avaient annoncé leur arrivée pour 9 heures le lendemain matin, juste à temps pour être à l'église à 11 heures. Tout le monde avait préparé sa tenue, et Fenella avait prêté à Zoé une très jolie robe qui tombait plus bas sur cette dernière que sur son amie, mais qui était parfaite pour l'occasion.

Elle avait refait du caramel ; il avait la consistance idéale. Elle avait déjà garni de crème pâtissière à la vanille et au cognac plus d'une centaine de choux et disposait de son cercle doré comme guide pour la base. C'était maintenant ou jamais. Le moment était venu de se lancer.

Elle en était à sa troisième profiterole et aucun incident ne s'était produit. Elle prenait confiance et en avait placé une quatrième lorsque Fenella vint la voir. Elle pleurait.

— Je n'arrive pas à croire que ma mère ait fait ça !

Zoé, qui était devenue une fervente supportrice d'Hermione, fut étonnée.

— Quoi ? Qu'a-t-elle fait ?

— Elle a lavé la robe des Gainsborough !

— Oh !

— Flavia lui avait dit de ne pas y toucher, qu'elle était trop fragile pour être lavée, et ma mère l'a lavée !

— Est-ce qu'elle est tombée en morceaux ?

C'était une très mauvaise nouvelle. Pas étonnant que Fenella soit en pleurs.

— Non. Du moins, je ne crois pas. Mais elle n'a plus du tout la même couleur.

— Ne me dites pas que votre mère l'a lavée avec une chaussette rouge et qu'elle est devenue rose !

Malgré son désarroi, Fenella gloussa.

— Elle n'a pas poussé le vice aussi loin. Elle l'a lavée à la main, très délicatement, avec du shampoing pour bébé.

— Et alors, d'où vient le problème ?

Hermione fit son apparition, droite dans ses bottes, n'éprouvant aucun remords.

— Il n'y a aucun problème ! La robe est parfaitement utilisable.

— Mais, maman, Flavia avait dit de ne pas la laver et tu l'as lavée !

— Je n'allais pas laisser ma petite-fille être baptisée dans une robe crasseuse !

Fenella gémit en se prenant la tête à deux mains.

— D'accord, mais quand elle s'en apercevra, elle va me tuer !

— Elle n'en fera rien. Bah ! peut-être que si. Mais au moins, la robe sera propre ! Je t'assure, elle avait une odeur infecte. Tu n'aurais pas voulu que Glory sente mauvais, quand même ! À présent qu'elle est propre, elle n'est pas mal du tout, en fait.

— Peut-être qu'elle ne verra pas que vous l'avez lavée ? suggéra Zoé afin d'écourter l'invasion et de se remettre au travail.

— Elle ne peut pas ne pas s'apercevoir qu'elle n'a plus cette couleur jaune sale, répondit Fenella. Ça crève les yeux, putain !

— Ta langue, ma chérie ! s'exclama Hermione.

— Tu t'en fiches, toi, maman. Tu n'as pas de comptes à lui rendre !

Fenella posa les yeux sur la table et poussa un petit cri horrifié.

— J'ai mis la main sur une profiterole ! Je peux la manger ?

— Il vaut mieux, oui ! répondit Zoé. À présent, si vous n'y voyez pas d'inconvénient, mesdames, j'aimerais être seule pour terminer !

De la crème plein la bouche, Fenella fit sortir sa mère qui continuait d'argumenter au sujet de la robe.

Et Zoé put enfin s'atteler à son croquembouche.

Elle se leva de très bonne heure le dimanche, et lorsqu'elle traversa la cour pour se rendre de l'étable à l'habitation principale, elle eut la joie de découvrir une légère brume annonciatrice de beau temps. Au fond d'elle-même, elle sentait qu'elle aurait pu passer sa vie en ce lieu, mais seulement avec Gideon, bien sûr. Quoi qu'il en soit, le rêve d'un repas à la française sous les arbres allait pouvoir se réaliser. La solution alternative, en cas de pluie, qui aurait supposé un repli sous le barnum n'avait jamais été envisagée, et personne n'avait fait le moindre préparatif en ce sens.

Zoé prit une paire de ciseaux dans le tiroir de la cuisine et partit en expédition dans le jardin à la recherche de roses rose pâle. Une fois qu'elle aurait trouvé la déco adéquate, elle irait aider Rupert à installer les tables et les chaises dehors.

Elle trouva la rose idéale. Sa mère aurait su dire de quelle variété il s'agissait, mais Zoé se contenta de son parfum odorant, de ses pétales rose pâle et du fait qu'elle était ouverte.

Le moment venu, elle ajouterait le sucre filé sur la pièce montée afin qu'il étincelle de tous ses feux à la lumière du jour. Cela promettait d'être magnifique !

Attirée à la cuisine par l'envie de boire un thé, Zoé y trouva Fenella avec Glory sur son épaule.

— Oh, je peux la prendre ? demanda Zoé.

Fenella lui tendit l'enfant.

— Oui, allez-y. Je vais vous faire un thé. Je parie que c'est pour cela que vous êtes venue.

— Je me suis dit que c'était mieux si j'en profitais avant que tout le monde ne descende pour le petit déjeuner.

Zoé tapota le dos de Glory en savourant le contact de sa petite tête douce comme du velours contre son cou. Seulement vêtue d'un petit maillot de corps et de sa couche, elle était mignonne comme tout.

— Elle n'a pas besoin d'une robe chic pour être belle comme une petite princesse !

— C'est ce que je pense aussi, mais c'est un peu comme pour un mariage. On est censé porter ses plus beaux atours.

Fenella tendit un mug de thé à Zoé.

— Asseyez-vous et buvez tranquillement avant que l'asile de fous ne rouvre ses portes !

Glory bâilla en ouvrant tout grand la bouche et Zoé fit de même.

— Je me suis levée tôt, expliqua-t-elle.

Fenella acquiesça.

— Nous aussi, mais ça va. Je serai morte de fatigue d'ici 17 heures.

Elle palpa l'un de ses seins, puis l'autre.

— Si vous voulez bien me la passer, je vais l'allaiter. Si je lui donne le sein maintenant, elle ne le réclamera de nouveau que vers 10 heures, et ensuite elle devrait tenir bon pendant toute la cérémonie.

Elle déboutonna son chemisier.

— Je n'aimerais pas être obligée de faire ça en pleine église !

— Je suis sûre que c'est déjà arrivé et que la foudre n'est pas tombée du ciel, fit remarquer Zoé en songeant qu'une tartine serait la bienvenue.

Elle désigna la miche de la pointe du couteau à pain au cas où Fenella en voudrait.

— Oh oui, avec plaisir. D'ailleurs, je suis sûre que le pasteur n'y verrait aucun inconvénient. Mais imaginez la tête de mes beaux-parents ! C'est l'arrêt cardiaque assuré !

— Pourquoi ne pas tenter le coup ? Ce serait le crime parfait, et nous pourrions célébrer leurs funérailles dans la foulée !

Fenella fut prise de fou rire.

— Cela promet d'être une sacrée pagaille au retour de l'église. Rupert occupera les invités en leur servant à boire, mais nous devrons nous activer parmi eux pour sortir les plats des réfrigérateurs.

— Ça ira, je m'en occuperai pendant que vous serez à l'église, assura Zoé.

Elle étala du beurre sur une tranche de pain grillé.

— Qu'est-ce que je mets dessus ?

— De la Marmite[1], s'il vous plaît. Mais vous venez à l'église !

— Je sais que vous m'y avez invitée, et c'est extrêmement gentil à vous de m'associer au bapt…

— D'autant que vous n'êtes qu'une domestique ! l'interrompit Fenella en souriant.

— En fait, je préférerais m'assurer que tout est prêt ici. Je veux apporter la dernière touche au croquembouche au tout dernier moment.

Elle mordit dans sa tartine et ajouta :

— Ce sera plus facile pour vous si tout est prêt lorsque vous arriverez.

— Je peux en avoir une autre ? J'ai une faim de loup permanente ! expliqua Fenella. Même si vous avez raison au sujet du timing, je préfère que vous vous joigniez à nous à l'église.

— Pourquoi ? s'enquit Zoé en lui tendant une deuxième tartine.

— Parce que… Voilà, j'aurais probablement dû vous en parler avant, mais Rupert et moi souhaiterions que vous soyez la marraine de Glory.

— Et Sarah ?

— Les filles ont généralement deux marraines. Vous avez joué un rôle si important depuis sa venue au monde et votre soutien, depuis, nous a tellement touchés que ce n'est que justice.

Zoé sentit soudain les larmes lui monter aux yeux.

---

1. Pâte à tartiner végétale très appréciée au Royaume-Uni.

— Vraiment, Fen, d'habitude les parents choisissent quelqu'un qu'ils connaissent depuis des années.

— Non, ils choisissent quelqu'un à qui ils n'hésiteraient pas à confier leur bébé si le pire survenait.

Zoé se laissa submerger par l'émotion. Des larmes brûlantes coulèrent de ses yeux malgré tous ses efforts pour les retenir. Puis elle prit un mouchoir en papier et se moucha.

— Je ne sais pas quoi dire !

— Dites tout simplement oui, suggéra Fenella. Oh ! et si nous buvions un autre thé, histoire de sceller l'entente ?

Si j'étais dans un film, songea Zoé en marchant à la suite des invités au baptême, *Gideon ferait son apparition à la fin, verrait Glory dans mes bras et prendrait conscience que je suis la femme de sa vie.* Et si le déroulement des événements avait été différent, et s'il n'avait pas eu vent de la naissance imminente de Glory, il aurait été surpris mais content, avant d'être quelque peu déçu en s'apercevant que le bébé n'était pas le leur. *Parfois, la vie, c'est mieux dans les films,* trancha-t-elle tristement en chassant Gideon de ses pensées. *Pour ne pas dire toujours, d'ailleurs !*

Le seul problème était que plus on s'efforce de chasser quelqu'un de son esprit, plus on y pense. Par chance, lorsque Sarah et Hugo arrivèrent et que le père de Fenella eut commencé à placer les uns et les autres dans tel ou tel véhicule, Zoé se sentit préoccupée et préféra se rendre à l'église seule dans sa propre voiture.

Zoé trouva la cérémonie très belle. Quant aux parents de Rupert, ils furent presque pétrifiés à l'idée de devoir serrer la main d'inconnus pour l'Échange de la Paix. Or, dans cette paroisse, l'Échange de la Paix supposait force serrements de main et moult embrassades. Les Gainsborough semblaient sur le point de succomber chaque fois qu'un nouveau « La paix du Christ » leur était adressé.

La partie concernant le baptême proprement dit fut elle aussi très touchante. Tout le monde participa et, lentement mais sûrement, les parents de Rupert furent contraints de se détendre et de prendre une part active à la cérémonie.

Zoé ne trouva pas celle-ci très émouvante dans son ensemble. Elle n'aurait su dire avec certitude si c'était parce qu'elle avait appris à la dernière minute qu'elle serait marraine et éviterait ainsi à Glory l'enfer promis par les Gainsborough, ou si c'était parce que ses sentiments pour Gideon coloraient toutes ses expériences. Elle ne pouvait s'empêcher d'envier Fenella, dont le mari était aux petits soins et qui avait donné naissance au plus beau bébé du monde. Même les affreux beaux-parents de Fenella ne ternissaient pas sa chance aux yeux de Zoé.

Quoi qu'il en soit, puisque tout le monde avait la larme à l'œil, Zoé put sécher les siennes avec le mouchoir en papier que lui tendit le pasteur – qui était elle-même très émue – en se laissant accroire que c'était seulement à cause du merveilleux miracle de la vie qu'elle pleurait. La vision de Fenella et Rupert berçant tendrement Glory dans leurs bras aurait suffi à attendrir le cœur le plus endurci. D'ailleurs, Zoé remarqua que Lady Gainsborough se tamponnait discrètement le coin des yeux à l'aide d'un mouchoir de dentelle brodé aux initiales de la famille.

Comme prévu, ce fut une pagaille sans nom lorsqu'ils rentrèrent à Somerby. Les invités entravaient la bonne organisation des choses en essayant de se rendre utiles. Ceux qui savaient où trouver la nourriture oublièrent d'y joindre les garnitures et de retirer le film alimentaire des plats. Les grands-pères de Glory prirent les lieux d'assaut à la recherche des bouteilles, et la mère de Rupert se planta en travers du chemin, entre les armoires frigorifiques et la table, en exigeant la venue d'hypothétiques domestiques.

Fenella et Glory prirent place en bout de table, indifférentes à la cohue, se contentant d'être ensemble, tandis que Glory se régalait d'une tétée d'après-baptême.

Puis, tout à coup, tout rentra dans l'ordre. Les plateaux de nourriture arrivèrent au centre de la table entre deux bouteilles. Les assiettes furent mises, il y eut assez de chaises, tout le monde avait un verre rempli. On porta des toasts suggérés par presque tout un chacun. Enfin, Fenella lança à la cantonade :

— Oh ! je vous en prie, attaquez, je meurs de faim !

Zoé se leva de table avant le dessert, laissant à d'autres le plaisir de débarrasser la table entre deux plats. Elle se retira dans son labo personnel spécial croquembouche afin d'apporter la dernière touche de décoration à son chef-d'œuvre. D'abord, elle fit réchauffer son caramel sur le petit réchaud électrique fourni par Rupert. Lorsqu'il eut atteint la température idéale, elle dessina des cercles de caramel sur du papier sulfurisé, puis elle tourna autour de sa pièce montée en décrivant des spirales de la même préparation. Enfin, elle décolla les cercles du papier et les disposa sur l'ensemble. Son croquembouche ressemblait à un cône d'or ou à une comète avec sa queue filandreuse. En fait, la ressemblance parut si frappante à Zoé qu'elle créa en toute hâte une étoile de caramel qu'elle fixa au sommet de l'édifice, avant de pousser un grand soupir de satisfaction et d'aller retrouver les convives.

Elle s'apprêtait à se rasseoir pour goûter un petit moment de répit lorsque Fenella lança :

— Je crois que nous pouvons servir le gâteau maintenant. Est-il prêt ?

— Je vais le chercher. Pouvez-vous faire de la place sur la table ?

C'était le cadre parfait. Les invités, sur leur trente-et-un, étaient assis, repus de nourriture et de vin, à la longue table sous les arbres. Rupert avait fait de la place au centre de la table, et Sarah aida Zoé à porter la pièce montée.

— Elle est superbe ! s'exclama Sarah. Il faut absolument que je propose un croquembouche à mes clients qui sont lassés du chocolat !

— Rien n'interdit de rajouter du chocolat par-dessus, mais à mon avis le caramel rend beaucoup mieux visuellement.

— Et l'aspect doré est de circonstance pour Glory, renchérit Sarah.

De retour au banquet, elles posèrent le gâteau au centre de la table.

— Oh, ouah ! s'exclama Fenella. Il est vraiment magnifique ! Il est encore plus beau que je n'avais imaginé. Vous êtes un petit génie culinaire, Zoé !

— Vraiment pas mal, pas mal du tout ! s'exclama Rupert à son tour, tout sourire, et Zoé se sentit très fière.

— C'est très joli, confirma Lady Gainsborough. Nous mangerons le dernier étage de leur gâteau de mariage pour la naissance de leur fils.

— Mais en attendant, faisons honneur à ce croquembouche, ajouta Fenella. Bon, comment dois-je le couper ?

Lorsque tous se furent extasiés sur la beauté de la création de Zoé et eurent regretté qu'il faille la couper, même s'ils avaient très envie d'en manger, Hugo prit quelques photos. Il avait photographié la cérémonie et avait promis à Zoé de faire quelques clichés pour son book, en plus d'une adorable photo d'elle et Glory. Zoé ne put s'empêcher de regretter l'absence de Gideon. Peut-être aurait-elle plus tard l'occasion de lui envoyer la photo ? Ou peut-être que non. Car cela pourrait signifier qu'elle ne le reverrait plus jamais.

Finalement, Rupert se dévoua pour accomplir l'impensable et coupa le gâteau avant de le servir en partant du sommet, gardant l'étoile de caramel pour plus tard. Il se révéla délicieux. Les choux croustillaient avant de fondre en bouche, libérant la saveur vanillée de leur crème. Ce fut un véritable triomphe.

— Cette fille n'est pas mauvaise cuisinière ! entendit Zoé par hasard de la bouche de Lady

Gainsborough qui s'adressait à l'une des convives. Mais la faire marraine, c'est pousser la reconnaissance un peu loin.

Sarah et Zoé finissaient de débarrasser. Les invités étaient partis. Rupert avait emmené ses parents faire un tour en voiture et Fenella était allée s'offrir une petite sieste bien méritée avec Glory.

— Quel succès ! s'exclama Sarah. C'est super quand tout fonctionne comme prévu. Trop souvent le mauvais temps s'en mêle, ou bien c'est la nourriture qui n'est pas au top, ou encore la salade se fane ou quelqu'un dérange un nid de guêpes. Mais là, c'était parfait !

— Je suis vraiment contente pour Fen. Tout a été si précipité pour elle. C'est génial que tout se soit si bien passé.

— Ils pourront toujours organiser un grand dîner pour tous leurs amis un peu plus tard, quand Glory sera en âge de porter la robe qu'elle voudra !

— Même si elle était mignonne tout plein dans celle-ci.

— C'est vrai. N'empêche que j'étais un peu inquiète de voir les invités la prendre avec leurs doigts collants.

Sarah marqua une pause et revint au présent.

— Alors, Zoé, quels sont vos projets ?

— Maintenant ou après le concours ?

— Après. J'imagine que maintenant vous allez établir des menus et vous entraîner comme une folle. Je pense vraiment que vous devriez faire un croquembouche en dessert pour la finale. Le succès a été éclatant.

— C'est probablement ce que je ferai. C'est une bonne synthèse de mes capacités : pâte à choux, caramel… que des trucs délicats.

— Donc ? insista Sarah qui semblait réellement intéressée.

— Eh bien, si je gagne – car ce n'est pas encore dans la poche –, j'aimerais ouvrir une épicerie fine.

Elle expliqua à Sarah tout ce qu'elle avait exposé à Gideon et, à l'instar de celui-ci, Sarah sembla trouver l'idée excellente.

— Je pense sincèrement que c'est une très bonne idée ; cependant, je me suis demandé si vous aimeriez devenir traiteur pour mariages ? Vous êtes manifestement douée pour ça.

— Pourquoi pas comme activité annexe, pour m'assurer un complément de revenus. Mince alors, voilà que je parle comme une adulte responsable ! Mais en fait, ce serait un tout, même si ce n'est pas mon activité principale. C'est vraiment une épicerie fine que je veux.

— Ma foi, restons en contact.

Après un silence, Sarah ajouta :

— Que ferez-vous si vous ne gagnez pas ? Contre toute attente, je veux dire.

— Oh ! ce ne sera pas la fin du monde. Si je perds, eh bien, je prendrai simplement un boulot comme cuisinière dans un pub, avec une activité de traiteur à côté, ce genre de choses.

Elle poussa un grand soupir, puis elle reprit :

— Je veux gagner. Au début, je croyais que je voulais juste vivre cette aventure, passer à la télé… Mais à présent, je veux vraiment gagner.

21

— Êtes-vous sûre de devoir partir ? s'enquit Fenella.

Elle serrait Glory contre sa poitrine, debout sur le perron de Somerby, tandis que Rupert chargeait les bagages de Zoé dans sa voiture.

— Oui ! Ma famille croit que je me suis expatriée et puis vous n'avez plus besoin de moi ici.

Zoé n'était pas certaine d'avoir envie de quitter Somerby et Fenella et Rupert, mais à présent que le reste de la famille était parti, elle n'avait plus de raison objective de rester. Et puis comme, de toute façon, Gideon n'avait pas appelé (avait-il seulement le numéro de Somerby ?), il était inutile qu'elle l'attende.

— Bon, je vous le redis, si jamais vous avez besoin d'un travail ou de quoi que ce soit d'autre, il y aura toujours une place pour vous ici, rappela Fenella. Nous aurons besoin d'un intendant, ou de l'équivalent, très bientôt.

— Je vous en suis vraiment reconnaissante...

— Bien sûr, quand vous aurez gagné le concours, vous ouvrirez votre épicerie fine, et alors vous n'aurez plus besoin d'un travail, l'interrompit Fenella. Si jamais vous avez besoin d'une lettre de recommandation...

— Ce n'est pas encore gagné. En fait, il se pourrait même que je perde et alors je serai sûrement heureuse d'accepter votre proposition.

Rupert s'approcha en quelques enjambées de Zoé et lui donna l'accolade.

— J'imagine que vous voulez prendre la route sans tarder. Fen vous garderait pour toujours si elle le pouvait.

— Merci de m'avoir permis de rester aussi longtemps. Ce serait avec joie. C'était un séjour merveilleux et j'ai appris plein de choses utiles. Mais je dois y aller, sinon je n'arriverai pas à l'heure pour le déjeuner. Et les parents comptent sur moi.

Ce fut un déchirement de quitter Somerby. L'endroit était si intimement lié à Gideon dans son cœur. C'était là qu'ils s'étaient rencontrés, ou non loin, c'était là aussi qu'elle était tombée amoureuse et qu'ils avaient appris à mieux se connaître.

Elle ne voulait pas faire une fixation sur le fait qu'il n'avait pas appelé. Il y avait sans doute de très bonnes raisons à cela.

Malgré cette posture raisonnable, le doute continua de miner sa confiance. N'était-elle qu'une fille amusante qu'il avait eue sous la main ? Les sentiments qu'elle avait pour lui étaient-ils à sens unique ? Tout venait-il d'elle ? Elle repensa à certains moments passés ensemble : eux deux jouant à la gouvernante et au majordome pour les parents de Rupert, eux deux dans les bois à l'insu de tous, leur dernier baiser passionné… Non, elle n'avait pas pu se tromper à ce point ! Il l'aimait sûrement.

Ainsi, tandis qu'elle roulait sur les routes secondaires bordées de haies hautes comme des maisons, elle s'efforça de donner le change à son inquiétude. Leur relation avait été joyeuse, pleine de rires et de bienveillance, avec une nuit d'amour époustouflante. Il ne fallait pas regretter que ce soit terminé. Car ce n'était pas terminé. C'était seulement une interruption.

Plus elle approchait de chez ses parents, plus elle hésitait sur la version qu'elle raconterait à sa mère. Car celle-ci lui poserait certainement des questions. Zoé lui aurait volontiers parlé de Gideon presque vingt-quatre heures sur vingt-quatre, sa mère serait inquiète du fait qu'il était membre du jury. Cela inquiétait également Zoé. Mais il était peu probable qu'elle s'en tire sans explication. Les mères avaient le chic pour reconnaître le moindre changement chez leurs filles.

Ses deux parents l'attendaient sur le pas de la porte lorsqu'elle s'engagea dans l'allée. Elle fut étonnée de voir son père.

— Tu n'es pas au travail, papa ? s'enquit-elle en le serrant dans ses bras.

— Non, je me suis débrouillé pour prendre mon après-midi.

— Comme je suis contente de te revoir, ma chérie ! s'exclama sa mère en la serrant très fort.

— Dites donc, vous deux, je ne suis pas restée si longtemps absente !

— Je sais, mais tu en as vécu des choses, répliqua sa mère en la faisant entrer. J'ai pensé qu'on pourrait grignoter quelque chose dans le jardin puisqu'il fait si beau.

Zoé divertit ses parents au moyen d'anecdotes de Somerby en dégustant une salade composée et en buvant un verre de vin. Les parents de Rupert, le croquembouche et une version expurgée de la rencontre avec Gideon composaient cette galerie de tableaux. Lorsque son père se retira dans son bureau afin de rattraper un petit retard dans son travail, sa mère fit du thé et posa un mug d'un geste ferme devant sa fille : elle attendait des détails.

Elle écouta en silence Zoé lui raconter les circonstances de leur rencontre et lui expliquer à quel point il était scandaleusement beau et extrêmement sexy. Elle poursuivit en faisant remarquer qu'il n'était pas comme les autres et que ses ambitions et ses projets coïncidaient avec les siens, dans une certaine mesure, du moins.

Sa mère laissa s'installer un long silence diplomatique, puis elle dit :

— Et le fait qu'il soit membre du jury ne le rend-il pas intouchable ?

Zoé hocha la tête en soupirant.

— Le problème, c'est qu'on ne choisit pas qui... vous plaît.

Elle n'en dit pas davantage, mais elle savait que sa mère n'était pas dupe. Celle-ci avait deviné qu'ils ne s'en étaient pas tenus à se faire les yeux doux.

— Je vais refaire du thé, annonça sa mère.

Lorsque sa mère revint avec le thé et un paquet de chocolats, elle reprit le cours de la conversation.

— N'était-il pas possible d'attendre la fin du concours ?

— C'est ce que nous faisons, plus ou moins. Nous n'en avons pas encore parlé, en fait. Je n'ai pas eu de nouvelles depuis qu'il est parti. Mais ça me va.

Elle sourit pour dissimuler son mensonge et poursuivit :

— Et peut-être qu'il pensait comme moi et que c'est pour ça qu'il n'a pas essayé de me contacter. Peut-être qu'il pense que c'est mieux si l'on ne se revoit pas avant que tout soit terminé.

— Le risque me paraît gros...

— Je sais, maman ! Inutile de me le rappeler. Et je suis résolue à ne pas compromettre mes chances.

Malgré son scepticisme, sa mère changea soudain de sujet.

— Oh ! Comment ai-je pu oublier ! Un courrier est arrivé pour toi il y a deux jours. Ce sont sans doute des instructions au sujet de ta finale.

Accueillant cette diversion avec joie, Zoé suivit sa mère à l'intérieur.

— Génial ! Ils nous ont dit qu'il s'agissait d'un dîner gastronomique, mais nous ignorons les détails.

— Tiens ! s'exclama sa mère en lui tendant un petit paquet d'enveloppes.

Elle avait mis celle qu'elle considérait comme la plus importante sur le dessus.

Tandis que Zoé prenait le courrier et le coupe-papier que sa mère lui tendait, elle remarqua que la deuxième enveloppe était écrite à la main. Elle ne reconnut pas l'écriture mais elle devina immédia tement qui était l'expéditeur. Elle eut aussitôt le cœur en fête et poussa un petit soupir amoureux, en espérant que sa mère ne remarquerait rien.

— Au fait, maman, que dirais-tu d'une autre tasse de thé ? Je m'en occupe.

Après deux mugs, Zoé avait déjà atteint sa limite, mais sa mère pouvait boire des litres de thé.

Lorsqu'elle revint avec le thé, elle avait retrouvé la maîtrise de ses émotions et ne songeait plus qu'au concours.

La grande enveloppe officielle contenait tout un tas de plis, à commencer par une invitation en bonne et due forme.

— Ouah! s'exclama-t-elle en la passant à sa mère.

— Une soirée de clôture! C'est super! Tu crois qu'il y aura plein de people?

— Peut-être, répondit Zoé en examinant l'invitation. Mais ne compte pas sur moi pour demander un autographe à Jamie Oliver, même si tu me supplies à genoux!

— Bon, d'accord! Paul McCartney alors?

— C'est un concours de cuisine, maman!

Sa mère poussa un soupir résigné.

— Bah, tant pis! Dis-moi plutôt comment tu vas t'habiller…

— Maman, ma tenue n'a pas d'importance. C'est ma cuisine qui compte! Regarde…

Elle sortit de l'enveloppe un descriptif de l'épreuve finale et le tendit à sa mère. Sans nul doute, celle-ci attendait de savoir si Gideon avait écrit, mais Zoé crut devoir faire passer sa vie professionnelle en premier.

— «Un repas de gala pour six: deux chefs, deux critiques gastronomiques, un gourmet connu du public et l'un des membres du jury initial», lut sa mère à voix haute.

— Saperlipopette! s'exclama Zoé en lisant par-dessus l'épaule de cette dernière.

Le fait de le découvrir noir sur blanc rendait la chose terriblement réelle.

— Quatre plats gastronomiques ! ajouta-t-elle, cédant à un accès de panique, car elle avait perdu un temps d'entraînement précieux à Somerby, même si elle l'avait fait pour la bonne cause.

Elle devrait rattraper son retard !

— Tu peux obtenir tous les ingrédients que tu veux. Ils disent que la bonne cuisine commence sur les étalages des marchands, ajouta sa mère, poursuivant sa lecture.

— Ou des producteurs ! rectifia Zoé. Il y en a d'excellents dans les environs de Somerby.

— Cela dit, pardonne ma franchise, mais je préfère être à ma place qu'à la tienne !

Zoé tira une chaise et s'installa à la table du jardin.

— Ça ira. Je suis arrivée en finale, c'est donc dans mes cordes. Et puis je sais déjà ce que je ferai comme dessert : un croquembouche.

— Oh, comme pour le baptême ? Très bonne idée !

Zoé se laissa gagner par l'enthousiasme de sa mère.

— J'aimerais dorer à la feuille d'or alimentaire des physalis, tu sais, ce qu'on appelle aussi des groseilles du Cap, ou un autre fruit, pour insérer des petites boules d'or entre les choux.

— En auras-tu le temps ? Ça me semble terriblement minutieux. Et puis, la feuille d'or alimentaire sera-t-elle assez collante ? Souviens-toi comme le caramel se détache toujours des pommes si l'on n'y prend pas garde. Et pour l'entrée ?

Zoé rassembla tous les papiers, y compris l'enveloppe manuscrite.

— En fait, maman, il faut que je réfléchisse un peu. Je vais emporter tout ça à l'étage et tout relire, et ensuite nous consulterons les livres de cuisine.

Serrant les documents contre elle, elle monta dans sa chambre quatre à quatre, laissa tomber le tout sur sa table de nuit, prit l'enveloppe manuscrite et s'assit sur son lit.

Elle pouvait enfin ouvrir la lettre de Gideon. Elle fut tentée de la décacheter à la hâte avec les doigts, mais comme elle avait monté le coupe-papier, elle l'ouvrit délicatement, préférant ne pas abîmer l'enveloppe.

Chère Zoé,

Je suis désolé de ne pas avoir pris contact. Je m'en veux encore de ne pas avoir échangé nos numéros. Je n'avais même pas le numéro de Somerby sur moi. Mais j'ai pu me procurer ton adresse personnelle par des moyens détournés !

J'ai tant à te dire. La vie est encore plus mouvementée que d'habitude. Mais nous serons bientôt ensemble et je pourrai alors tout t'expliquer.

On m'attend pour une réunion.

Bien à toi,

Gideon

Comme lettre d'amour, on pouvait s'attendre à plus de flamme ! Mais c'était quand même mieux que rien. En plus, c'était vraiment chouette de découvrir son écriture qui était belle et servie, apparemment, par un stylo-plume. La plupart des gens se contentaient d'envoyer des textos ou des e-mails. C'était appréciable d'avoir un mot écrit de lui qu'elle garderait toujours. Cela ressemblait bien à Gideon de lui envoyer une missive, même si celle-ci ne se terminait pas par une formule affectueuse. Lui aurait-il fallu beaucoup plus de temps pour écrire « Affectueusement » ? Non, sûrement pas. Mais « Bien à toi » n'était-il pas plus affectueux, au fond, que « Affectueusement » ? Zoé, pour sa part, recourait systématiquement à cette dernière formule avec ses proches.

Elle parcourut de nouveau la lettre. Le papier était celui d'un hôtel. Gideon ne lui donnait ni son e-mail, ni son numéro de portable ni rien du tout. Sans doute ne souhaitait-il pas qu'elle prenne contact ? Et si le but de cette lettre était de la maintenir à distance ?

Elle se laissa de nouveau envahir par la tristesse et relut encore une fois la lettre, au cas où. Il avait pris la peine de rechercher son adresse… Il n'était pas du tout obligé d'écrire… Finalement, elle chassa sa morosité et resta optimiste. Être heureuse ou malheureuse dépendait souvent de l'idée que l'on se faisait d'une chose. Cette idée s'imposa brusquement à elle, et elle se félicita d'avoir opté pour le bonheur.

Elle se redressa sur ses jambes et descendit. Le moment était venu d'écumer l'univers culinaire afin de dénicher quelques bonnes recettes !

Établir le menu fut une partie de plaisir. La mère de Zoé possédait des tonnes de livres de cuisine, lesquels, ajoutés à ceux – encore plus nombreux – de Zoé et à Internet, constituaient une mine. Sa mère se jeta dans la mêlée avec enthousiasme. Quant à son père, il consentit à goûter les échantillons à mesure qu'ils sortaient du four.

— C'est pas mal, Zoé! s'exclama-t-il en avalant une minuscule tartelette aux champignons émincés très fin et recouverte d'un œuf de caille poché.

Zoé le regardait d'un air dubitatif.

— Merci, dit-elle. Nous l'avons également trouvé bon, mais j'ai un doute. C'est trop petit pour une entrée, en fait.

— Fais-en deux par tête!

Telle était apparemment, pour son père, la solution qui s'imposait le plus évidemment du monde.

Zoé secoua la tête.

— Deux trahiraient une insuffisance. Et trois seraient trop. Il faut que je trouve autre chose.

— Dommage! déplora son père.

— Ne t'inquiète pas, il reste de quoi en faire plein. Ce sera notre repas de ce soir.

Concevoir les différents plats en compagnie de personnes qui souhaitaient vraiment votre victoire était tellement plus amusant que tout faire seule. Sa mère était elle-même un vrai cordon-bleu, même si les subtilités inhérentes au fait de cuisiner pour un concours lui échappaient un peu.

— Je sais qu'il n'y a rien de plus délicieux qu'un petit bol de soupe, mais ce n'est pas suffisant à ce stade de la compétition, expliqua Zoé.

Sa mère poussa un soupir.

— Je crois que je suis trop habituée à imaginer de bons plats faciles à servir.

Zoé essaya de se souvenir des repas qu'elle avait pris dans de très bons restaurants. Ils servaient parfois une minuscule quantité de soupe qui constituait souvent, à son avis, la meilleure partie du repas.

— Peut-être que sur quatre plats, j'ai droit à un entremets tout simple.

— Pourvu qu'il soit très haut de gamme, j'imagine?

— Et présenté avec art!

— Tu peux utiliser mes tasses à café de mariage si tu veux, suggéra sa mère. Je ne m'en suis pas servi depuis des années.

Zoé ne répondit pas tout de suite. Les tasses à café de sa mère étaient des pièces de collection en porcelaine, à motif végétal vert très pâle et dorure sur le rebord. Zoé y avait toujours été attachée.

— Mais, maman…

Elle s'éclaircit la voix à cause de l'émotion.

— Imagine qu'il y ait de la casse?

— Pourquoi diable y aurait-il de la casse? Et puis, ce serait au moins pour une bonne cause. Je ne m'en sers jamais de toute façon.

— Mais elles sont précieuses.

— Je sais. Ce n'est donc que justice que tu les mettes à contribution pour cette occasion exceptionnelle.

Zoé imagina une soupe de pois exactement de la même couleur que les tasses. Ce serait superbe! Elle fit un gros câlin à sa mère.

— Si tu es vraiment sûre…

— Évidemment! Bien, et que vas-tu leur faire ensuite? Une entrée? Un poisson?

— Un poisson, je pense. Ils nous évalueront sur notre technique. Ils attendent de la minutie et une préparation au long cours. Au moindre soupçon de facilité, je risque de perdre des points. Cela dit, je pense que je vais courir le risque et faire un poisson courant, peut-être un saint-pierre, ce qui nous ferait deux plats simples.

— Ma foi, tu as la pâte à choux du dessert pour satisfaire aux exigences de technicité.

— Oui, et là, je ne manque pas d'entraînement !

— Il paraît ! Mon club de lecture a adoré tes éclairs.

— Mais je vais peut-être devoir encore m'exercer pour le caramel et le sucre filé.

— Et quelles autres acrobaties dois-tu mettre en avant ? Le jonglage avec des profiteroles ? gloussa sa mère.

Zoé rit à son tour.

— Désossage, farce, trois recettes d'un truc que personne n'aurait l'idée de manger en temps normal.

— Comme du loir ?

— Exactement, mais plus probablement une espèce non protégée, comme du lapin !

— Tu aimes le lapin ? s'enquit sa mère, prête à passer Miffy à la casserole s'il le fallait.

— Pas tellement. Je pourrais faire une volaille ou du gibier.

Zoé passa ainsi en revue toutes les créatures possibles et imaginables, mais il n'en résulta rien de concluant. Elle n'était pas inspirée.

— Ou un steak !

Zoé considéra sa mère pendant quelques secondes comme si celle-ci était devenue folle. Puis elle se ravisa.

— Trois recettes de steak, ce serait assez original. Je pourrais faire un filet de bœuf Wellington miniature, un bon vieux steak à la poêle avec de grosses frites empilées en quinconce comme dans un jeu de construction, et pourquoi pas un steak tartare ?

Sa mère approuva d'un hochement de tête.

— Mais tu vas te retrouver avec un plat froid sur une assiette chaude !

Zoé réfléchit. Sa mère faisait sur les assiettes préchauffées une fixation que nul autre dans la famille ne comprenait, à part elle. Cependant, elle marquait un point.

— Ou alors, un tout petit burger ? Avec des beignets d'oignon bien craquants ? Et un condiment ultraraffiné ? Je pourrais probablement le préparer à l'avance. Ils nous ont dit que nous avions droit à six ingrédients tout prêts ou préparés en amont.

La conception du menu idéal prit plusieurs jours, de nombreuses feuilles de papier, des heures de consultation sur Internet, des allers-retours à la bibliothèque et d'interminables angoisses avant de se décider enfin. Mais dans l'ensemble, ce fut comme un jeu ; et lorsqu'elle ne pensait pas à Gideon ou qu'elle ne se demandait pas ce qu'il faisait, elle était tout entière à sa cuisine.

Enfin, elle arrêta un menu qui la satisfaisait et se lança à corps perdu dans la création du condiment parfait, ainsi que de la meilleure et de la plus légère des sauces pour son poisson. Elle dépensa pas mal d'argent en feuilles d'or alimentaire et en physalis.

Lorsqu'elles ne pensaient pas à la nourriture, Zoé et sa mère réfléchissaient à la tenue qu'elle porterait pour la soirée de clôture et la séance photo. La mère de Zoé semblait considérer que sa fille n'accordait pas assez d'importance à cet aspect du concours.

— Mais c'est un concours culinaire, maman! Pas un défilé de mode!

— Crois-moi, ma chérie, si tu ne fais pas un effort, tu t'en repentiras toute ta vie! Et je parie que Cher va courir les boutiques!

Jenny, qui était venue déjeuner avec elles, surtout pour peser dans la balance du côté de sa mère, acquiesça.

— Il faut que tu sois supersexy et que tu les éblouisses tous!

La mère de Zoé haussa les sourcils mais acquiesça néanmoins.

— Et le garçon dont tu t'es amourachée, sera-t-il là?

Zoé rit d'entendre sa mère appeler Gideon un « garçon ».

— C'est juste que je pensais faire plus sérieuse et plus impliquée si je n'essayais pas de rivaliser avec Cher pour ce qui est des apparences.

Sa mère et Jenny échangèrent un regard affligé.

— O.K., vous avez gagné, je me ferai belle! Du moins autant que possible, vu que je suis petite.

— Menue, ma chérie.

— Grâce à Jimmy Choo, à Louboutin et consorts, tu ne jureras pas au milieu des grandes perches, fit remarquer Jenny.

— Pour une fille qui ne pense presque qu'aux sabots des chevaux, tu en connais un rayon sur les chaussures de créateurs! marmonna Zoé.

— Je ne vis pas dans une grotte! rétorqua Jenny.

— Je préfère les Emma Hope, intervint la mère de Zoé d'un air mélancolique en se souvenant certainement de sa jeunesse.

— Je devrais peut-être penser aussi à une coiffure?

Zoé était à présent très partante pour se faire belle.

Jenny examina la tignasse de son amie. Ses cheveux partaient, comme d'habitude, un peu dans tous les sens.

— J'aime bien quand tu les portes plus longs, mais il est clair que tu as besoin d'une bonne coupe.

Zoé prit une de ses mèches bouclées entre ses doigts.

— Je me demande si ça m'irait si je les faisais lisser?

— Ça demande énormément d'entretien, fit remarquer Jenny.

— Pourquoi ne rendrais-tu pas une petite visite à Debbie? suggéra sa mère. C'est la meilleure coiffeuse du pays. Toutes mes amies se font coiffer par elle!

Zoé se mordit la lèvre, se demandant si c'était la meilleure recommandation pour elle qui appartenait à la jeune génération.

— Bonne idée! s'exclama Jenny. Elle est excellentissime! Elle a coiffé une copine pour son mariage. Elle trouvera la coupe qu'il te faut.

Elle jeta un regard plein d'envie à la dernière profiterole.

— Je peux la manger? Je sais que j'en ai déjà mangé deux mais elles sont à tomber par terre!

Zoé poussa l'assiette vers elle.

— Fais-toi plaisir. Plus personne ne peut manger de pâte à choux dans cette maison pour l'instant. Je la fais les yeux fermés !

— Vraiment ?

Jenny avait pris cette affirmation au premier degré.

— Mais non, pas encore tout à fait. Mais je me suis beaucoup entraînée pour que ce soit un souci en moins pendant la finale.

Debbie s'avéra effectivement excellentissime. D'abord, elle n'avait que quelques années de plus que Zoé et était parfaitement au courant des tendances actuelles. Elle sut tout de suite ce qui lui conviendrait. Zoé rentra chez elle avec des boucles qu'elle pouvait attacher en arrière, retenir avec un serre-tête ou porter faussement mal coiffées.

Elle ne put s'empêcher de se demander ce qu'en penserait Gideon. Il aimait son style affranchi des conventions, et il apprécierait sûrement cette coiffure. Du moins Zoé l'espérait-elle. Mais comme il lui manquait !

Sa mère lui prit un rendez-vous chez l'esthéticienne et lui offrit la manucure. Elle en profita pour se faire redessiner les sourcils. Elle envisagea un instant se faire poser des faux cils, mais l'esthéticienne l'en dissuada.

— Franchement, vous n'en avez pas besoin. Vos cils sont très beaux comme ils sont.

Elle rentra chez elle en se trémoussant et tourna sur elle-même afin que sa mère puisse l'admirer, et plus tard son père.

— Je pense que tu es exactement pareille qu'avant de dépenser tout cet argent, mais je ne suis pas un spécialiste, fit remarquer ce dernier.

Il fut chassé affectueusement et renvoyé à la lecture de son journal au salon.

— Tu es magnifique, ma chérie! Tu es effectivement la même que ce matin, mais en plus élégante, en plus soignée. Cela te donne un air presque français, très «gamine». Tu vas lui donner du fil à retordre, à cette Cher!

— Maman! Ce n'est pas un concours de beauté, tu sais!

— Détrompe-toi, assura sa mère. C'est toujours un concours de beauté.

Deux semaines plus tard, munie d'une valise remplie de recettes de secours, d'ingrédients introuvables, et nantie des tasses de collection de sa mère comme porte-bonheur, Zoé prit le train pour Londres.

— C'est d'autant mieux que tu ne sois pas obligée de changer à Swindon, assura son père, tandis qu'il l'aidait à porter ses bagages sur le quai.

— En effet. Je n'aurai plus qu'à sauter dans un taxi à Paddington.

— Cela me rappelle quand tu nous as quittés pour aller à l'université, mais en pire! s'exclama sa mère. Es-tu bien sûre de ne pas vouloir emporter mes fleurs de Bach pour t'aider à te recentrer en cas de besoin?

— Ça ira, maman. Je t'assure. Du moins autant que faire se peut.

— Fais simplement de ton mieux. Papa et moi sommes si fiers de toi !

— Vous êtes sûrs de ne pas pouvoir vous libérer pour la délibération et la soirée de clôture ?

— Mon cœur, j'adorerais, mais ton père doit partir en déplacement et je ne serais pas à l'aise toute seule au milieu de ces gens, à supposer que je ne sois pas débordée !

Zoé laissa échapper un soupir.

— Tu ne serais pas toute seule. Je serais là.

— Tu risques d'être très sollicitée et moi, je tremblerai pour toi. Non, ce serait épouvantable, et tu te ferais du souci pour moi.

C'était incontestable. Sa mère était très à l'aise avec ses connaissances, mais sa timidité foncière reprenait le dessus en présence d'inconnus. Elle se faisait également un sang d'encre pour sa fille. Zoé ne voulut donc pas la forcer à participer à un événement qui lui serait pénible.

— D'accord, si c'est vraiment ce que tu veux.

— Merci, ma chérie. Franchement, c'est mieux ainsi.

Zoé serra ses parents dans ses bras en priant pour que le train ne tarde pas trop ou que sa mère s'en aille avant qu'elle-même ne se mette à pleurer.

— Si vous voulez en profiter pour faire un peu les magasins, vous feriez mieux de ne pas user tout votre temps de stationnement pour me dire au revoir.

— O.K., O.K., on nous chasse…

Sa mère lui fit un dernier gros câlin.

— Donne de tes nouvelles !

Au moment où Zoé s'asseyait à sa place dans le train, son téléphone sonna.

C'était un texto de Jenny.

Bonne chance ! J'ai hâte de voir ça à la télé !

Zoé n'avait guère pensé à cet aspect-là du concours. À présent que Jenny l'avait mise sur cette piste, elle songea qu'elle serait peut-être obligée de se cacher lorsque l'émission passerait à la télé. Elle doutait d'être capable de la regarder. Sauf peut-être blottie contre Gideon. Alors ce serait supportable. Se reprochant de s'abandonner à des rêves éveillés, elle ouvrit son classeur et s'obligea à penser à ses trois recettes de steak.

22

Tandis que le taxi de Zoé se garait devant l'hôtel réservé par la production, elle aperçut Cher qui descendait du sien. Elle aussi avait beaucoup de bagages, qui furent longs à décharger. Lorsque les coffres de leurs taxis respectifs furent vidés, Zoé leva la tête. Cher la vit et lui sourit.

— Salut! lança-t-elle d'un ton inhabituellement amical.

Elle paraissait quelque peu étrange. Zoé se demanda ce qui avait changé chez elle mais ne parvint à aucune conclusion satisfaisante.

— Hello! Comme vas-tu?

— Super, merci!

Elle rejeta ses cheveux par-dessus son épaule. Ils étaient plus longs, encore plus blonds et encore plus méchés que jamais. C'est alors que Zoé s'avisa de ce qui avait changé chez sa rivale. Cher s'était fait injecter du Botox. Son front, que laissait entièrement voir sa nouvelle coupe, était lisse comme une peau de bébé.

Un employé de la société de production s'approcha d'elles.

— Avez-vous vos denrées périssables dans ces valises, les filles? s'enquit-il. Je vais m'en occuper.

La passation des ingrédients prit un peu de temps, mais finalement des portiers vêtus d'élégants uniformes prirent leurs valises et elles pénétrèrent enfin dans l'hôtel.

Libérée de tout bagage hormis un sac à main assez grand pour servir de niche à un caniche de taille moyenne, Cher se répandit en compliments.

— Ma chérie ! J'a-dore tes cheveux ! s'extasia-t-elle en embrassant le vide au-dessus de l'épaule de Zoé. Tu ressembles à Amélie Poulain. Trrrès frrrançais !

Zoé fit la bise à Cher et récolta une abondante moisson d'extensions capillaires sur son visage.

— Merci. C'était le but. Tu es superchic, comme d'hab' ! Ultrachic, même !

Cher était de ces femmes – agaçantes au possible – qui parvenaient à faire passer leur bronzage artificiel pour du vrai bronzage. Sur sa peau, l'autobronzant ne virait pas à l'orange ni en zébrures.

— Merci ! Je suis allée aux Maldives pour parfaire mon bronzage et mon dîner de gala, bien sûr !

Son rire s'égrenait comme de petites perles détachées d'un collier. Zoé ne l'imaginait pas potassant ses recettes sur une plage des Maldives.

— Mais j'en ai aussi profité pour me reposer. J'ai plein de trucs à te raconter, poursuivit-elle. Espérons que nos suites seront contiguës !

— Nos suites ? Génial ! s'exclama Zoé en regrettant soudain de ne pas loger toute seule dans un hôtel à bas prix.

— Oui, apparemment la chaîne hôtelière et la chaîne de télévision ont de gros intérêts en commun. Mon oncle m'a tout raconté. Il est dans le business.

— Si ces dames veulent bien monter ensemble dans l'ascenseur ? suggéra un groom. Vos bagages monteront séparément.

— Cela ira ! s'exclama Cher.

Tandis que l'ascenseur couvert de marbre et de miroirs les transportait d'étage en étage, Cher articula silencieusement : « Mignon ! » Zoé dut convenir que le garçon d'ascenseur était effectivement mignon, mais comme celui-ci avait peut-être vu Cher remuer les lèvres, elle ne fit aucun commentaire.

— Tu sais quoi ? commença Cher tandis que le groom la conduisait jusqu'à sa porte. Défais tes valises et rejoins-moi dans ma chambre. Nous viderons le minibar. C'est la production qui paie !

— À quelle heure nous attendent-ils pour le shooting ? À 18 heures dans le hall de l'hôtel, c'est bien ça ?

Zoé connaissait parfaitement l'heure et le lieu du rendez-vous, mais elle désirait que Cher convînt d'elle-même qu'elles n'auraient pas de temps à perdre si elles voulaient être prêtes à temps. Et puis, d'abord, elle n'avait aucune envie de se soûler avec Cher. Elles n'étaient pas là pour faire un enterrement de vie de jeune fille !

— Nous aurons le temps de nous en jeter un petit. C'est mieux si l'on est détendue pour les photos. Ce serait dommage si l'on avait l'air de lapins dans la lumière des phares, tu ne crois pas ?

Il fallait entendre par là que seule l'une d'entre elles risquait de justifier la comparaison, et ce n'était pas Cher.

— O.K., je viendrai frapper à ta porte à moins le quart. Nous sommes censées nous maquiller nous-mêmes, n'est-ce pas ?

Sans laisser le temps à Cher de répondre, Zoé fonça à toute vitesse dans le couloir, comme si elle était ultrapressée d'aller retrouver son recourbe-cils.

Cher avait fait monter une bouteille de champagne. Elle tendit une coupe à Zoé dès que celle-ci fut entrée dans sa chambre.

— Tiens, prends ça ! Toi et moi, il faut qu'on parle.

Même si Cher avait gardé le ton amical de tout à l'heure, Zoé fut brusquement refroidie. La direction avait dû forcer sur la climatisation.

Cher ouvrit son ordinateur portable.

— J'ai des photos à te montrer.

Zoé but une petite gorgée de champagne en se demandant si, sérieusement, elles avaient le temps pour une séance d'admiration des photos de vacances de Cher, forcément belle sur la plage.

Cette dernière posa un doigt à l'ongle carré sur le pavé tactile et une photo remplit aussitôt l'écran.

— Je les ai prises avec mon téléphone. C'est pour ça qu'elles ne sont pas super. Mais à mon avis, on voit assez bien. Qu'est-ce que tu en penses ?

Zoé examina l'écran en plissant les yeux. L'image ressemblait à un gros plan emprunté à une émission de télé sur la vie sauvage. C'est alors qu'elle se reconnut, puis Gideon. Ils s'embrassaient.

Plusieurs clichés identiques défilèrent.

— Et voilà ! s'exclama Cher. Alors ?

Zoé avait envie de vomir. Elle avait les jambes en coton. Elle se laissa tomber sur le divan. Elle avala une gorgée de champagne, mais cela ne lui fut d'aucun secours. Que pouvait-elle dire ?

Elle se rabattit sur des considérations triviales.

— Mince ! Mes cheveux ! Je me suis vraiment baladé avec cette coiffure ?

Elle s'efforçait de gagner du temps et fut assez satisfaite de sa performance.

— C'est mon genre de dire ça, mais ce n'est pas tes cheveux le plus inquiétant ici, mon chou.

— Tu veux dire que j'ai des bourrelets ?

Cher secoua la tête, faisant l'affligée.

— Non, ce qui devrait t'inquiéter, c'est le mec que tu embrasses : Gideon ! Un membre du jury ! Ce que tu as sous les yeux est une bombe potentielle ! Et pas seulement à cause de ta coiffure !

Zoé serra sa coupe comme on s'accroche à une bouée de sauvetage. Elle pressentit que Cher avait parfaitement appris son texte.

— Alors ? insista Cher en penchant la tête de côté.

Zoé haussa les épaules.

— Que veux-tu que j'y fasse ?

— C'est simple. Que tu ne gagnes pas le concours.

— Cher ! Je n'ai aucune chance. D'autres concurrents sont bien meilleurs que moi. Toi-même, tu es susceptible de gagner !

— Je sais, mais je veux mettre toutes les chances de mon côté. Tu es donnée favorite. Mais pas grâce à ta cuisine, expliqua-t-elle avec un rictus, comme si la cuisine de Zoé était au-dessous de tout. Plutôt grâce à ta prétendue capacité à surmonter les situations de crise. Je te l'ai dit : je sais tout. Et c'est pour ça que tu vas dégager. Ces photos y aideront.

— Supposons que je te dise que je m'en fous ? Supposons que je te dise : « Divulgue-les et va en enfer » ? lança Zoé.

Cher ne connaissait probablement pas cette citation de Wellington, lui-même menacé de chantage à un moment de sa vie, mais peu importait.

— Écoute, tu es libre de t'en foutre et de te foutre de ne pas gagner. Mais si l'émission est éclaboussée par ce gros scandale merdique, tout le monde en fera les frais et Gideon sera grillé pour toujours auprès des chaînes de télé. Sa carrière ? Pfut !

Elle mima une descente en piqué avec la main.

— En un rien de temps. Sauf si tu te sabotes toi-même.

— Je pourrais tout simplement me retirer ?

D'une certaine manière, il était pire pour Zoé de ne pas tout faire pour gagner que de déclarer forfait, même si cette deuxième solution était épouvantable. Elle s'était donné tant de mal !

Cher secoua la tête.

— Non, parce que la vraie raison filtrera et le résultat sera le même. Il ne te reste qu'à faire une infâme tambouille pour ne pas gagner. Tu n'auras peut-être même pas à te forcer ! ajouta Cher en gloussant.

Cela ressemblait en effet à une planche de salut.

— Il se peut que je perde…

Cher secoua de nouveau la tête.

— Non. Tu dois absolument faire en sorte de perdre. Tu dois foirer un plat. Je veux que ta réputation de cuisinière soit anéantie, à la télévision, en public. C'est tout ce que tu mérites !

Zoé fit mine de protester, mais Cher l'arrêta d'un geste de la main.

— Silence ! Tu as couché avec un membre du jury ! C'est incorrect à bien des égards. Tu dois faire en sorte de n'en tirer aucun avantage.

Zoé n'estima pas nécessaire d'arguer que les photos les incriminant n'impliquaient pas qu'ils avaient couché ensemble. De toute façon, cela ne changerait rien. Elle avait effectivement couché avec lui.

— Dis-moi, toi qui sembles tout savoir, as-tu un instant eu l'impression que Gideon me favorisait par rapport aux autres ?

Le subtil haussement d'épaules de Cher suffit amplement à Zoé.

— Ce n'est pas ce que j'ai dit, mais il aurait pu le faire. Et il reste que coucher avec lui était une infraction au règlement. Tu dois l'admettre.

Zoé garda le silence. Elle avait toujours eu conscience que coucher avec Gideon avait été une erreur, même si, pour tout dire, elle n'aurait pas agi autrement si cela avait été à refaire.

— On est d'accord ? s'enquit Cher, comme si elle demandait à une copine si son choix d'une première boîte de nuit pour la soirée lui convenait.

Zoé acquiesça. Que pouvait-elle faire d'autre ?

— Alors, santé !

Là-dessus, Cher remplit à nouveau leurs deux verres.

— On va bien rigoler ce soir !

23

Cher se montra particulièrement frétillante et charmante dans la limousine qui passa prendre les trois candidates pour les emmener à l'hôtel où devait se tenir la séance photo. La conférence de presse et la soirée de clôture se dérouleraient au même endroit. Cher traita Becca avec condescendance d'une manière qui révulsa Zoé, mais comme elle était elle-même prise dans son propre tourbillon, elle ne lui fut pas d'un grand secours, hormis un sourire de compassion de temps à autre. Elle avait des sentiments très partagés. Elle s'apprêtait à revoir Gideon, ce qui était à la fois extrêmement excitant et absolument terrifiant. Aurait-elle l'occasion de lui parler seule à seul ? Et, ce qui était le principal, comment prendrait-il la nouvelle de ce chantage initié par Cher ? Elle regrettait d'avoir décliné la bouteille de fleurs de Bach que sa mère avait essayé de lui donner. Ce qu'il lui fallait, c'était un tranquillisant. Quelqu'un lui proposerait peut-être un verre de cognac ? Gideon serait furieux. De fait, il avait également beaucoup à perdre. Pourquoi, bon sang, n'avaient-ils pas été plus discrets ?

— Je commence à m'habituer à ce train de vie ! s'exclama Cher en étendant ses longues et magnifiques jambes. À la fin de ce concours, certains d'entre nous deviendront des stars !

Elle avait prononcé ce mot avec une délectation qui fit tressaillir Zoé. Un coup d'œil à Becca lui apprit que celle-ci ressentait la même chose.

— Tu n'es pas sûre de gagner, Cher, fit hardiment remarquer Becca. Et puis, nous sommes des cuisiniers, pas des mannequins de mode.

— Je ne suis pas sûre de gagner, convint Cher, mais c'est très probable que je gagne. Le fait est que vous serez paralysées par le stress, toi et Zoé. D'ailleurs, Zoé n'est pas vraiment de taille, n'est-ce pas ? Quant aux mannequins de mode, je crois que je n'aurais pas beaucoup d'efforts à faire pour en devenir un.

— Tu es injuste ! s'emporta Becca. Zoé a fait un parcours remarquable !

— Mais pas comme cordon-bleu. Elle est juste drôlement débrouillarde, et fait sa starlette avec ses cupcakes, comme un saint-bernard qui fait ce qu'il peut pour rendre service quand tout part en eau de boudin. Mais le niveau demandé ici, c'est celui d'un chef étoilé au Guide Michelin, pas une simple éclaireuse scout.

Zoé se recroquevilla sur son siège. Les piques cruelles de Cher étaient d'ordinaire faciles à écarter, mais cette fois, elles firent mouche. Oui, elle avait agi en saint-bernard, parce qu'elle aimait se rendre utile ! Elle aimait aussi relever des défis, résoudre des difficultés. Peut-être n'aurait-elle pas dû se laisser guider par cette disposition ? Ce réflexe la désignait-elle comme manquant de professionnalisme ? Mais ce n'était pas le plus grave. Sa plus grande erreur, la plus énorme de sa vie et la plus déterminante pour son avenir, avait été de coucher avec l'un des membres du jury. Elle avait assez de talent pour mériter trois étoiles au Michelin, mais elle était incapable de se sortir de la poêle à frire où l'avait jetée Cher.

— Becca a le niveau, affirma Zoé, se forçant à dire quelque chose afin de dissimuler son épouvantable désarroi.

Elle était peut-être hors course, mais elle pouvait toujours soutenir Becca. Celle-ci méritait de gagner, de toute façon.

Cher secoua la tête d'un air peiné.

— Le stress, répéta-t-elle. C'est lui qui vous aura ! Vous vous voyez cuisiner pour tous ces chefs prestigieux, sous les projecteurs, tandis que le monde entier vous regarde ? Vous aurez les mains moites, vous laisserez échapper votre couteau. Vous risquez même de vous couper !

— Nous cuisinons dans ces mêmes conditions depuis le début de l'émission ! rappela Becca. Rien n'a changé. C'est le meilleur qui gagnera. Et puis tu oublies Shadrach. Il passe son temps à s'entailler les doigts mais n'empêche qu'il cuisine comme un dieu !

— Un dieu bordélique ! Il ne gagnera pas avec un poste de cuisson dans une telle pagaille.

Vu que le poste de travail de Cher était toujours immaculé, Zoé espéra qu'elle se trompait.

— Tu n'en sais rien ! insista Becca. C'est la nourriture qui compte. Il pourrait gagner les doigts dans le nez !

Pour la plus grande joie de Cher et pour la consternation des autres, ils durent passer au maquillage avant la séance photo. Toutefois, malgré son trouble intérieur, Zoé trouva cela plutôt amusant et curieusement relaxant.

Les trois filles étaient assises face à un miroir et chacune avait sa maquilleuse attitrée. Considérant mentalement que son propre cas nécessitait une tonne de crème, Zoé ne put s'empêcher de penser que le Botox de Cher lui donnait un air crispé et artificiel à présent qu'elle pouvait contempler le reflet de sa rivale dans la glace.

— Dis-moi, Cher, commença-t-elle en songeant qu'elle appréciait la crème qu'on lui appliquait sur le visage, pourquoi t'es-tu fait injecter du Botox ? Tu voulais effacer quelques rides d'inquiétude dues au concours ?

Cher ne se laissa pas décontenancer le moins du monde.

— Oh ! non, rien de ce genre. Je voulais juste être au top de ma beauté. Et parce que j'attache de l'importance à mon aspect physique.

— Mais tu n'as qu'une petite vingtaine !

— Et alors, où veux-tu en venir ?

Zoé capitula. Cher estimait manifestement qu'il était tout à fait normal de s'injecter des toxines sous la peau même si les défauts incriminés n'étaient visibles par personne d'autre qu'elle-même.

— Et tu es contente du résultat ?

Cher s'indigna.

— Évidemment ! En voilà une question ! Regarde !

Elle posa le doigt sur son front.

— Pas une ride !

— Aucune expression non plus ! intervint Becca, qui avait pris de l'assurance au fil de la compétition.

— Les rides d'expression sont très surfaites, affirma Cher en faisant une petite moue soupe au lait. Peut-on avoir des faux cils si on le souhaite ?

— Tout ce que vous voulez, répondit la maquilleuse. La cliente est reine !

— Je m'appelle Suzy, se présenta la maquilleuse chargée de Zoé. Quel genre de maquillage aimeriez-vous ?

— Hello ! En général, je préfère quelque chose de naturel.

Zoé prenait peu à peu conscience de l'amateurisme de ses propres talents de maquilleuse.

— Vous avez une chevelure superbe ! Vous bouclez naturellement ? Quelle chance ! Trop de filles se croient obligées de se lisser les cheveux en ce moment. C'est vraiment dommage !

Était-ce le fruit de l'imagination de Zoé, ou Suzy avait-elle jeté un coup d'œil désapprobateur vers Cher ?

— Peut-être que, comme c'est une occasion exceptionnelle, je devrais faire aussi une exception pour le maquillage ? hasarda Zoé en regardant Suzy de façon émouvante, espérant que celle-ci la conseillerait au mieux.

— Oui, c'est une possibilité. Une sorte d'effet naturel légèrement rehaussé. Avec des faux cils pour prolonger les vôtres et ajouter un peu de peps, si vous êtes d'accord.

Cependant, ce fut avec Rebecca que la transformation fut la plus spectaculaire. Elle qui ne mettait jamais de maquillage avait donné carte blanche à sa maquilleuse. Sans la farder, son maquillage rendait justice à la jolie fille qu'elle était, effaçant la petite souris apeurée qui avait fait ses débuts dans la compétition. Ce nouveau look soulignait également son assurance nouvellement conquise. Ce n'était pas le genre de fille à se faire avoir par les stratagèmes de la gent masculine.

Malgré son répertoire d'expressions faciales limité, Cher se débrouilla pour manifester son mécontentement lorsqu'elle avisa la transformation opérée par la maquilleuse de Becca. Elle voulait être la reine incontestée de la soirée.

— Et maintenant, mesdemoiselles, si vous êtes prêtes, nous allons passer à la séance photo! annonça une fille très glamour vêtue d'un jean filiforme et perchée sur des échasses.

Zoé la crut tout droit sortie d'un magazine de mode. Elle leur sourit d'un air approbateur.

Zoé avait hâte de retrouver Mike et l'équipe de tournage sympathique qu'ils avaient appris à connaître à Somerby. Les personnes qui les avaient prises en charge jusque-là étaient gentilles, mais venaient d'une autre planète. Tandis que les autres étaient devenues un peu comme une famille.

— Je ne me rappelle pas avoir vu autant de paillettes dans les autres émissions de téléréalité culinaires, glissa Zoé à mi-voix en s'adressant à Becca. On ne voyait que des gens en tenue de cuisine.

— Cette émission a le plus gros budget en date, intervint Cher. C'est mon oncle qui me l'a dit. Nous allons devenir des people!

— Je suis sûre que non, affirma Becca. Sauf si nous gagnons tous, or nous ne pouvons pas tous gagner. Et même alors, le gagnant connaîtra cinq minutes de gloire. Et seulement grâce à sa cuisine.

Cher lui coula un regard entendu qui semblait dire : « Tu n'y connais rien, ma cocotte ! »

Zoé suivit les autres jusqu'au décor prévu pour le shooting. Il s'agissait d'une fausse cuisine équipée d'un énorme piano de cuisson, de toute une batterie de casseroles en cuivre et de pots de fines herbes posés en plein milieu du plan de travail. C'était pittoresque mais pas du tout pratique s'il s'était agi d'une vraie cuisine.

— Bien, nous allons d'abord faire une photo de groupe, annonça la responsable de la séance. Venez par ici, Shadrach, mettez-vous au centre. Comme ça… c'est bien, oui.

Le shooting prit un temps infini. À un moment donné, Zoé se retrouva même allongée sur le ventre, jambes relevées à la perpendiculaire, le menton dans la main, l'air… Bref, jolie comme un cœur.

Elle semblait très douée pour poser. Elle aimait être au centre de l'attention de l'objectif et se prêta avec joie à toutes les demandes les plus extravagantes.

— Je suis sûr que s'ils lui demandaient de poser assise les jambes écartées sur la cuisinière brûlante, elle le ferait ! persifla Shadrach.

— J'ai besoin de boire un coup, lança Becca. Et pas un verre d'eau !

— Il ne nous reste plus que quelques photos à faire pour la presse magazine maintenant. Vous vous asseyez tous ensemble sur le sofa, ordonna la fille sur les échasses, toujours raide comme un piquet, toujours donnant des ordres.

Zoé se découvrit un talent caché pour le sourire sur commande. Cependant, au bout d'environ une heure, elle commença à ressentir des douleurs à la mâchoire et sa lèvre supérieure semblait vouloir rester collée sur ses dents du haut. Mais la séance arriva enfin à son terme et on les récompensa en leur glissant une coupe de champagne dans la main.

— Prenez un petit moment de détente, et ensuite, au dodo de bonne heure afin que vous soyez en forme pour le grand jour ! lança la fille en talons aiguilles. Sinon, vous ne trouverez pas le sommeil !

Zoé sortait des toilettes lorsque leur taxi arriva pour les ramener à leur hôtel. C'est alors qu'elle aperçut Gideon. Il la vit en même temps, et ils furent attirés l'un vers l'autre comme les pôles opposés de deux aimants, tout juste conscients de la foule qui s'affairait entre eux.

— Salut, toi ! lança-t-elle, hors d'haleine, et tout l'amour et tout le désir dont elle s'était plus ou moins convaincue qu'ils étaient irréels depuis leur dernière rencontre lui revinrent avec la force d'un raz-de-marée.

Puis elle se souvint de Cher et de son chantage.

— On peut se voir en privé ? s'enquit-elle. Il faut qu'on parle.

— Mais pas seulement ! s'esclaffa-t-il en posant des yeux gourmands sur elle.

— Mais non, Gideon, il ne s'agit pas de cela ! Je préférerais ! J'ai quelque chose à te dire. Mais pas ici.

Il hocha la tête.

— Je connais un endroit. Suis-moi. C'est là.

Il ouvrit une porte.

C'était un réduit encombré d'un empilement de chaises et de tables.

— Comment se fait-il que tu connaisses ce cagibi ? s'enquit Zoé d'un ton impressionné.

— J'ai ouvert la porte par erreur en cherchant les toilettes pour hommes.

L'air attendri, il ajouta :

— Oh ! Zoé, comme tu m'as manqué !

Il la serra dans ses bras, et ils restèrent ainsi pendant quelques instants, sans même s'embrasser. C'était un pur bonheur. Finalement, ce fut Zoé qui mit fin à leur étreinte. Levant les yeux vers lui, elle dit :

— Je dois déclarer forfait.

— Quoi ? Pourquoi ? Qu'est-ce que c'est que cette histoire ?

Il lui prit la main, comme s'il avait peur de la perdre.

— Je veux dire, pas officiellement. Mais je dois tout faire pour perdre.

— C'est encore plus absurde !

Il fronçait les sourcils à présent.

Elle s'écarta, consciente du fait qu'elle était sur le point de lui causer de l'agacement. Elle n'eut pas le courage de le regarder dans les yeux. Elle se sentait si honteuse, si sale, à cause de tout ce qui s'était passé.

— Cher a des photos de nous ensemble. Elle les a prises dans le bois pendant l'épreuve de cueillette.

— Et alors ?

Pour le coup, elle le dévisagea.

Il le faisait exprès ou quoi ?

— Alors ? Alors elle a dit que si je ne faisais pas en sorte de perdre, elle révélerait publiquement que nous avons une liaison. L'émission serait probablement annulée et je serais au centre d'un scandale !

Malgré tous ses efforts pour garder son sang-froid, Zoé était au bord de la crise de nerfs. Elle aurait eu besoin de faire les cent pas afin d'évacuer une partie de son stress, mais il y avait des tables et des chaises partout.

— Mais c'est du chantage !

— Oui. Mais fondé sur des faits, et elle a des preuves. Elle est en position de me faire chanter.

— De nous faire chanter. J'étais là aussi.

— Et ta carrière en pâtira, n'est-ce pas ?

— Oui, j'imagine que oui.

Après un soupir, il ajouta :

— Mais tu ne peux pas te laisser intimider maintenant. Tu as une vraie chance de gagner.

Elle secoua la tête.

— J'aurais dû y penser avant.

Pourquoi, oui, pourquoi n'avait-elle pas muselé ses sentiments ? Leur merveilleuse idylle tournait au sordide. Elle céda à un accès de colère. Lui aussi aurait dû se montrer plus prudent. Il fallait être deux pour danser la valse. Il l'avait incitée à enfreindre le règlement.

Gideon se passa la main dans les cheveux comme si ce geste l'aidait à réfléchir.

— Ce que je sais, c'est que je ne t'ai jamais avantagée. Cela doit être pris en considération.

— Rien ne fera le poids face au fait que tu es membre du jury, que je suis candidate et que nous avons couché ensemble.

Gideon émit un grognement.

— Il doit y avoir une issue. Il faut seulement qu'on la trouve. Merde ! C'est du sérieux !

— Telles que je vois les choses, deux possibilités s'offrent à moi : soit je déclare officiellement forfait, mais alors les vraies raisons seront révélées au grand jour, Cher y veillera personnellement ; soit je sabote l'une de mes recettes et perds dans les règles.

Zoé marqua une pause durant laquelle elle regarda Gideon dans les yeux.

— J'aurais probablement perdu, quoi qu'il en soit, ajouta-t-elle.

— Je refuse ! Tu ne vas pas renoncer à cause de Cher. Elle-même n'est pas exempte de toute tentative de séduction d'un membre du jury. Il se trouve que je suis bien placé pour le savoir !

Cette révélation affligea encore davantage Zoé.

— Hélas, je n'ai pas eu la chance de pouvoir vous photographier au lit…

— Je n'ai pas couché avec elle, banane !

— Je t'interdis de m'appeler banane ! Tu es le seul ici à refuser de voir l'évidence.

— Écoute, je vais régler ça. En attendant, tu restes en course !

— Je ne déclarerai pas forfait, mais je vais devoir perdre. Je suis sérieuse. Je ne veux pas compromettre ta carrière ni l'émission.

Gideon posa les mains sur ses épaules.

— Et moi, je ne te laisserai pas faire. Je n'arrive pas à croire que tu cèdes si facilement à Cher.

— Ma décision est prise, insista Zoé en s'efforçant de maîtriser sa voix. Tu ne peux pas m'en empêcher. Je dois le faire.

— Ne sois pas sotte ! Mince, Zoé, tu me déçois. Je croyais que ce concours comptait plus que tout pour toi ?

Il ressemblait à Zeus un jour d'orage. Il semblait prêt à la secouer jusqu'à ce qu'elle entende raison.

— Arrête de me crier dessus !

À cet instant, la porte s'ouvrit et une jeune femme – visiblement une employée – entra. Gideon, manifestement en colère, foudroyait toujours Zoé du regard. Zoé profita de l'occasion pour lui fausser compagnie.

Trop, c'est trop !

Elle en avait assez. Y compris de Gideon.

24

À 8 heures le lendemain matin, Zoé était en tenue pour cuisiner et arborait le logo de l'émission brodé sur la poitrine. On lui avait attribué un poste de travail et tous ses ingrédients étaient rangés dans des boîtes autour d'elle, à l'exception de ceux qui étaient conservés dans les armoires frigorifiques et les réfrigérateurs. Elle se sentait apathique. Gideon était furieux contre elle. Il faudrait qu'elle prenne un moment durant la soirée de clôture pour s'expliquer. Il avait dit qu'il réglerait l'affaire, mais elle savait qu'il ne le pouvait pas. Elle l'avait déçu et risquait donc de le perdre, mais la perspective de voir Cher révéler les photos était encore bien plus grave.

Elle avait résolu de mettre tout son cœur et toute son âme dans ce repas. Mais, à la dernière minute, elle le saboterait. Elle ne savait pas encore comment. Naturellement, si un pépin survenait en cours de route, elle ne serait pas obligée de se saborder. Il ne lui resterait plus qu'à faire croire à Cher que l'erreur était volontaire. Quant à Gideon, eh bien, il s'en remettrait. Lorsqu'il réfléchirait à la situation à tête reposée, il conviendrait forcément que c'était la seule solution.

Zoé avait conscience que trois recettes de filet de bœuf, ce n'était pas courant. Néanmoins, elle tenait à ce plat. Elle avait acheté sa viande de bœuf près de chez ses parents. C'était une viande qui promettait d'être délicieuse en raison de ses conditions particulières de conservation. Elle commença par préparer la pâte pour le pain brioché du burger. Personne ne s'attendrait à un burger. Accompagné de son filet de bœuf Wellington miniature, l'ensemble tiendrait peut-être un peu trop au corps, mais ses autres plats étaient plutôt légers.

Lorsque la pâte à pain briochée commença à lever, elle s'attaqua à sa pâte feuilletée simplifiée. Elle devrait l'étaler et la laisser reposer plusieurs fois. Ensuite, elle s'occupa de la soupe. Elle écossa ses pois et retira la peau avant de les faire blanchir dans un jus de poulet lié d'un peu de crème fraîche. Elle la terminerait à la dernière minute et la servirait *illico* dans les tasses de sa mère sous l'appellation « Cappuccino de petits pois ». Elle râpa un petit tas de copeaux de parmesan et les roula au rouleau à pâtisserie pour qu'ils ressemblent à des chips.

Ensuite, elle prépara les choux pour son croquembouche. La chaîne de télé avait loué pour elle un moule hors de prix qui lui faciliterait la construction de la pièce montée.

Comme elle n'avait pas envie que son repas soit qualifié de « lourd » ou de « trop copieux », elle décida de faire frire ses grosses frites carrées à trois reprises dans de la graisse de canard afin qu'elles soient croustillantes à souhait. On avait mis une friteuse spéciale à sa disposition.

Elle consulta sa liste. Il était capital de ne pas céder à la panique et de cuire ses ingrédients dans l'ordre. Tout ce qui demandait à être précuit était prioritaire, mais il ne fallait pas trop anticiper afin que les aliments conservent toute leur fraîcheur. Les frites feraient leur troisième plongée dans la graisse de canard pendant que les membres du jury dégusteraient leur saint-pierre. Le thym citronné du jardin familial, à l'instar des tasses de sa mère, était un porte-bonheur. Elle mit ses champignons sauvages, qui serviraient également d'accompagnement au saint-pierre, à tremper dans un saladier.

Elle commençait à croire que tout serait prêt pour 13 heures, sa tranche horaire, lorsque l'équipe de télévision et un chef renommé lui rendirent visite afin de l'interviewer au sujet de son menu. Évidemment, Cher avait sauté de joie lorsqu'elle avait vu toutes les célébrités qui composaient le jury.

Par chance, la célébrité qui vint lui poser des questions n'était pas Gideon. Ce qui eût été horrible !

— Alors, Zoé, vous nous avez concocté un menu qui sort plutôt de l'ordinaire : Cappuccino de petits pois frais… N'est-ce pas une façon chic de nommer une soupe de petits pois ?

Ce chef-là était connu pour aimer la confrontation. Mais comme Zoé avait déjà le sentiment d'avoir perdu tout ce à quoi elle tenait, elle ne recula pas devant la franchise.

— C'est exact. Pour une part, la gastronomie consiste à présenter les aliments sous leur meilleur jour. L'appellation cappuccino et le fait de le servir dans des tasses à café entrent dans cet aspect-là.

— Ainsi, nous n'aurons pas droit à un bon gros bol de soupe ?

— Non. Lors d'un repas en quatre plats, la soupe n'est qu'un amuse-bouche.

413

— Pensez-vous qu'une soupe suffise pour un dîner gastronomique?

— N'importe quel plat suffit pour un dîner gastronomique, à condition qu'il soit fait avec goût.

Elle ne fut pas mécontente de cette dernière repartie.

Le chef acquiesça.

— Cela fait un peu années 1980. Mais le vintage a le vent en poupe en ce moment.

— C'est la carte que j'ai choisi de jouer, répondit Zoé du tac au tac, même si, pour elle, une soupe restait une soupe et qu'elle ne voyait rien de «vintage» là-dedans.

— Ensuite, nous aurons du saint-pierre. Un poisson très courant. Mais vos trois recettes de filet de bœuf, est-ce une plaisanterie?

Zoé partit d'un grand rire.

— Pas du tout! Nous aurons un bœuf Wellington, une portion de steak poêlé et un burger miniature.

— Voilà qui est assez inattendu, si je peux me permettre, Zoé, fit remarquer le chef avec un grand sourire qui laissa penser à Zoé qu'il commençait à comprendre sa façon de concevoir la cuisine. Et un burger pour un dîner gastronomique?

— Pourquoi pas? Y a-t-il plus délicieux qu'un burger bien cuisiné?

— Et il sera accompagné de…

— D'un pain brioché, de tomates et d'une sauce au piment. J'utilise des tomates-cerises.

— Petites, mais avec de jolies formes, hein?

— C'est le but, répondit Zoé sans relever l'allusion. Je ferai probablement une mayonnaise

414

pour aller avec. Oh! et aussi des fines herbes hachées très menu pour ajouter un peu de couleur.

— O.K., et ensuite le croquembouche. C'est un gros dessert!

— En effet. J'aurais pu en faire des minis, mais c'eût été moins drôle. Une pièce montée se doit d'être grande. C'est le genre qui veut ça.

Tandis qu'elle parlait, Zoé sentait son stress diminuer. Elle était habituée aux caméras désormais. Elle se sentait à l'aise dans son rôle. Elle espérait seulement que, le moment venu, elle aurait le cran de saboter son propre travail. Puisqu'elle devait tirer sa révérence, autant le faire avec classe.

— Vous vous êtes déjà exercée au croquembouche, j'imagine?

— Oh oui! Pour le baptême de la fille d'une amie. Cette fois-là, je ne disposais pas d'un moule spécial. Aussi je pense que ce sera plus facile aujourd'hui.

— Croquembouche et physalis à la feuille d'or?

— Oui. J'avais envie de petites sphères dorées qui rappellent des joyaux.

— Eh bien, bonne chance, Zoé. J'ai hâte de goûter tout cela tout à l'heure.

Zoé était en veine! Ne plus penser à Gideon revenait un peu à vouloir que la statue de Nelson à Trafalgar Square ressemble à la tour de Pise, mais elle y parvint. D'une certaine manière, l'angoisse que lui causait leur relation (si c'en était une) et le fait d'être victime de chantage l'aidaient à se concentrer sur son travail. Tout cela était si affreux qu'elle l'effaça complètement de sa mémoire et employa toute son énergie à sa cuisine.

Et tout se passa pour le mieux. Elle avait l'impression de s'être transformée en robot incapable de mettre un pied de travers. Sa pâte à pain briochée était légère comme l'air et si croustillante que personne ne pourrait accuser le burger de lui peser sur l'estomac.

Elle avait toujours eu le coup de main pour la pâte mais, tandis qu'elle travaillait sa pâte feuilletée simplifiée, elle se demanda néanmoins si son calme apparent ne la rendait pas encore plus experte en la matière. Pétrir avec des mains froides était bon pour la pâte. Sans doute qu'un cœur froid et serré aussi. Elle fit des fonds de tartes avec le reste de pâte lorsqu'elle eut mis de côté ce dont elle avait besoin pour les friands de bœuf Wellington.

Puis elle s'attaqua à la viande hachée. Ses couteaux étaient aiguisés comme des rasoirs et le boucher de sa mère avait tenu ses promesses : le bœuf était parfait. Il était si tendre qu'il céda aisément et rapidement sous sa lame. Elle en fit cuire un petit morceau à la poêle pour le goûter et décida de ne l'assaisonner que très sommairement avant de faire les burgers. Elle aurait pu ajouter de l'oignon et des herbes, mais elle considéra qu'il se suffisait à lui-même.

Pendant tout ce temps, les caméras la filmaient, faisant des gros plans et des plans larges. Zoé ne leur prêtait pas plus attention qu'au bruit d'un ventilateur ou d'un réfrigérateur. Elles faisaient partie de l'ambiance générale.

Après mûre réflexion et quelques essais à la maison, Zoé avait décidé, pour son bœuf Wellington, d'enrouler la viande dans du jambon de Parme et d'ajouter de l'oignon et un peu d'ail au hachis de champignon. Elle fit également ces préparations à la main de préférence au mixeur afin de maîtriser parfaitement l'éminçage. Elle ne voulait pas d'une purée !

Puis, comme elle avait le temps, elle procéda à la précuisson à feu vif de chaque morceau de bœuf l'un après l'autre, de sorte que si elle commettait un impair, l'ensemble n'en pâtirait pas. En goûtant le premier morceau, elle se demanda pourquoi elle se donnait tant de mal alors qu'elle s'apprêtait à perdre le concours. En fait, sa fierté lui commandait de perdre volontairement, non par manque de savoir-faire.

Le croquembouche fut presque une partie de plaisir, grâce au moule ! Elle s'était entraînée à confectionner des choux de même calibre. Le résultat final fut un magnifique cône qui ne penchait ni d'un côté, ni de l'autre.

Elle jeta un coup d'œil à sa montre et vérifia qu'elle était dans les temps côté mise en place. Le moment était venu de s'occuper de ses groseilles du Cap dorées à la feuille d'or. Là encore, tout se passa extrêmement bien. Elle avait trempé les physalis dans de l'eau sucrée pour les rendre plus adhérents puis les avait enveloppés d'or alimentaire pour obtenir de petites boules dorées. Les feuilles retournées des fruits ressemblaient à de petites ailes. Elle n'ajouterait ces joyaux au croquembouche que lorsque les membres du jury dégusteraient leurs trois recettes de bœuf. Le sucre filé viendrait également au tout dernier moment.

Elle vérifia sa liste pour la énième fois et se mit finalement à stresser. Tant qu'elle avait été occupée à cuisiner, son esprit avait été complètement absorbé par sa tâche. Mais à présent, elle devait attendre que tous ses convives aient pris place pour mettre la dernière main à ses plats et les servir. Elle imagina que Gideon se trouvait quelque part dans la salle, et cela ne fit que la rendre encore plus nerveuse. Elle se demanda si les autres candidats éprouvaient le même trac. Chacun travaillait dans une pièce séparée. Zoé était aux anges de passer la première.

Elle se réjouissait également que ses parents n'aient pas fait le voyage jusqu'à Londres pour assister à la finale, aux résultats et à la soirée de clôture. Sa mère avait eu raison : elle se serait fait un sang d'encre pour eux. Avec Gideon d'un côté, son sabordage de l'autre, il y avait déjà de quoi devenir folle !

Enfin, Mike vint lui rendre une petite visite dans sa cuisine.

— Tout va bien ? Tout est prêt ? Vous semblez très calme et très organisée. Vous savez que vous êtes la première à présenter ? Quand vous aurez terminé, une voiture viendra vous prendre pour vous emmener à la salle de projection, où vous attendrez l'arrivée des autres participants et de toute l'équipe. Ensuite, il y aura une projection de l'émission. Naturellement, dans une version non montée, mais vous aurez tous les commentaires du jury.

— Oui, je sais.

On leur avait déjà tout expliqué précédemment. Mais elle savait aussi que Mike était l'honnêteté même et qu'il voulait s'assurer qu'elle avait bien tout compris.

— O.K., vous pouvez envoyer l'entrée !

25

Zoé avait émincé un peu de menthe si finement qu'elle était devenue poudreuse. Le but était d'évoquer le goût du cacao saupoudré sur le cappuccino de petits pois. Elle ajouta quelques pois débarrassés de leur peau en guise de grains de café. Quant aux chips de parmesan, elle les servit dans une petite panière comme des tuiles sucrées. Elle regretta brièvement de ne pas pouvoir prendre la soupe en photo pour sa mère. Mais bon, celle-ci la verrait à la télévision, si tout se passait bien, ce qui signifiait : si elle perdait la finale.

— On envoie ! lança-t-elle en reprenant ses esprits.

Dès que les entrées furent envoyées, elle se concentra sur son poisson.

Elle eut l'impression de se dédoubler. Il y avait, d'une part, la Zoé qui prenait plaisir à relever le défi et à veiller au bon déroulement des opérations ; et, d'autre part, la Zoé qui souffrait le martyre parce qu'elle savait qu'elle allait devoir saboter son travail d'un instant à l'autre. Gideon serait furieux, mais il se rangerait à son avis avec le temps. Elle se demanda de nouveau ce que ressentaient les autres candidats. Elle entendait presque la voix de Cher lui ordonnant d'échouer, car sinon, gare !

Elle saboterait le filet de bœuf. C'était trop tard pour le Wellington qui était déjà douillettement enveloppé dans sa pâte feuilletée, entre jambon de Parme et hachis de champignons. Mais tandis qu'elle donnait leur troisième bain à ses frites, elle prit la décision de mettre une tonne de sel sur le steak et dans le burger. Alors, le jugement tomberait sans appel ! Ils excuseraient peut-être qu'une recette soit mal assaisonnée, mais pas deux.

Elle étala de la pâte à tartiner au fromage à l'intérieur du pain brioché et le passa au chalumeau. Puis elle prit du sel dans le pot à sel avec un geste très professionnel, la main très en surplomb, et fit pleuvoir le sel en abondance avant de refermer le burger.

Les tasses à soupe revinrent.

— Vous vous en sortez ? s'enquit Mike. Serez-vous bientôt fin prête pour le plat principal ?

— Oh ! oui. Juste une minute.

De la même manière que pour le burger, elle fit pleuvoir un déluge de sel sur le steak, préleva une frite sur le tas pour la donner à Mike et s'écria :

— On envoie !

— N'avez-vous pas eu la main un peu lourde sur le sel pour le steak ? s'enquit Mike en mordant dans sa frite.

— Les chefs se plaignent toujours que les plats ne sont pas assez assaisonnés, répondit Zoé.

C'était la stricte vérité, mais c'était quand même un mensonge, et elle le savait. Cependant, elle ne pouvait pas mettre Mike dans la confidence.

Lorsque le serveur apporta le croquembouche aux membres du jury, Zoé se rendit compte qu'elle n'aurait jamais eu le cœur de saboter une si belle réalisation. Parce qu'elle en avait réalisé un pour le baptême de Glory, elle l'associait à de nombreux souvenirs heureux. Le saboter n'aurait pas été envisageable.

Cependant, elle avait pris un risque. Le sucre filé, la feuille d'or alimentaire et toutes les autres fioritures auraient pu rater, la dispensant ainsi de mettre trop de sel sur ses viandes.

— Ils ont eu l'air d'aimer, annonça Mike un peu plus tard en donnant une tape amicale à Zoé. Filez à l'hôtel vous changer et ensuite, la voiture viendra vous prendre pour vous emmener à la salle de projection. Une coupe de champagne vous y attend. Et après les délibérations, la soirée de clôture.

Elle était épuisée même si tout s'était bien passé, c'était un gros travail. La perspective d'une douche et de cinq minutes de repos sur son lit était alléchante.

Elle se réveilla vingt minutes après s'être allongée et dut accélérer le mouvement. La production avait exigé qu'ils portent des toques pour entendre la décision du jury. Zoé attrapa la sienne et la mit dans son sac en sortant à toute allure de la chambre pour aller prendre le taxi qui l'attendait. Elle ferait des essayages plus tard afin de ne pas paraître complètement ridicule.

Fenella fut la première personne qu'elle rencontra dans le hall de la salle de projection. Elle portait Glory renversée sur son épaule et lui donnait de toutes petites tapes dans le dos.

— Fen ! Comme je suis contente de vous voir !

Zoé résista à l'envie de lui arracher Glory des bras pour se consoler de ses malheurs en faisant un câlin au bébé.

— Zoé! Comme cela s'est-il passé?

— Oh, bien, en fait! répondit la jeune femme en affichant un sourire enthousiaste, malgré une forte envie de se confier à Fenella, ce qui était impossible.

Elle ne pouvait lui révéler la vérité. Après avoir fait de nombreux câlins à Glory, la mère de celle-ci et sa marraine pénétrèrent dans la salle de projection. La salle brillait de tous ses feux. La foule, composée, supposa Zoé, des amis et parents des candidats, ainsi que des techniciens qui avaient fini leur journée, patientait en bavardant. Glory, que ces bavardages ennuyaient, s'endormit.

Cher fut la deuxième candidate à rejoindre la salle de projection. Elle était superbe, avec son maquillage impeccable et sa toque inclinée de manière charmante sur sa tête.

— Comme ça s'est passé? s'enquit-elle en venant se placer à côté de Zoé.

— Oh, très bien!

Mieux valait ne pas révéler à Cher qu'elle avait saboté ses viandes en les salant exagérément, au cas où on les entendrait.

— Tu ne vas pas gagner, hein? insista Cher gaiement.

— Qui sait?…, répliqua Zoé. Comment ça s'est passé pour toi?

— Oh, super! C'était quoi, ton menu?

Zoé le lui dit.

— De la soupe? Tu as fait de la soupe? Tu ne t'es pas foulée!

— Eh bien…

— Et en dessert ?

— Un croquembouche.

Au moins Cher serait impressionnée par cette révélation.

— On ne fait pas plus vieillot ! s'exclama Cher en souriant d'aise. Tu ne peux pas gagner avec ce menu.

Zoé haussa les épaules. Cher avait à la fois raison et tort.

Becca fit son entrée, l'air décontenancé.

— Dieu merci, c'est terminé ! On ne m'y reprendra plus à cuisiner en public !

— Oh, pauvre petite chérie ! compatit faussement Cher. Tu leur as fait quoi ?

Zoé trouva le menu de Becca horriblement technique, mais elle croyait au talent de Becca. Elle désirait sincèrement que ce soit elle qui remporte la victoire, parce qu'elle était la meilleure, non parce qu'elle, Zoé, s'était sabordée.

Puis Shadrach arriva enfin, paraissant plus irritable que jamais.

— Tu me sembles un peu stressé, roucoula Cher.

Il ne répondit pas, se contentant de se laisser tomber sur son siège en se frottant le visage à deux mains. On pouvait présumer qu'il avait pris une douche après l'épreuve ; cependant, il était encore en sueur.

— Au moins, il ne risque pas de gagner, marmonna Cher en s'adressant à Zoé et Becca.

Enfin arriva, bien trop tard au goût de Zoé, le moment de la projection. Encore une fois, Zoé se félicita de passer en premier. Ses souffrances n'en seraient que plus brèves.

Cela faisait un drôle d'effet, convinrent unanimement les candidats à voix basse, de voir ce que devenait sa cuisine une fois passée la frontière du passe-plat. Les serveurs déferlaient comme un seul homme sur la salle de restaurant et posaient les assiettes devant les membres du jury. Un seul représentant du jury initial était présent. Et, inévitablement – telle fut du moins l'impression de Zoé –, c'était Gideon. Elle se pinça pour s'assurer qu'elle ne rêvait pas lorsqu'elle le vit à l'écran.

Il était accompagné du chef célèbre qui avait interviewé Zoé, d'un autre chef, de deux critiques gastronomiques – dont l'un était connu pour ses jugements acerbes – et d'une femme que Zoé ne connaissait pas.

Cette dernière se concentra si fort sur les assiettes qu'elle en fut prise de vertige. Cependant, elle se réjouit d'avoir quelque chose à quoi se raccrocher qui l'empêche de s'évanouir ou d'avoir la nausée, ou encore de trahir ses émotions d'une manière physique tout aussi gênante.

Dans l'ensemble, elle fut satisfaite de l'aspect de son cappuccino de petits pois. Il présentait très bien dans les tasses de sa mère, et la poudre de menthe imitait parfaitement la poudre de cacao. Cependant, l'idée même n'était-elle pas un lieu commun culinaire ? Zoé pensa que si.

Personne ne dit rien pendant quelques secondes qui semblèrent durer une éternité.

— C'est bon ! s'exclama l'un des chefs. Du feu de Dieu !

— Simple mais délicieux, entonna l'un des critiques gastronomiques. Mais une soupe n'est-elle pas une solution de facilité pour ce type d'épreuve ?

— Voyons voir comment elle s'en est sortie avec le saint-pierre, trancha le premier chef.

— En effet, intervint la blonde inconnue, c'est un poisson qui exige du doigté. Très facile à rater !

On desservit les tasses qui furent remplacées par le saint-pierre.

— Savoureux ! s'exclama Gideon, que parler semblait faire atrocement souffrir.

S'était-il attendu à un plat absolument immangeable ou bien à ce que Zoé ait changé d'avis ?

— C'est mangeable, commença le critique qui ne prenait pas de gants, mais je continue de penser que c'est une cuisine trop rudimentaire pour satisfaire aux exigences du concours. Nous attendons une cuisine digne d'un restaurant étoilé.

— Ne soyez pas grotesque ! grommela Gideon. C'est un concours destiné aux amateurs, pas à des cuisiniers émérites.

Cher se pencha vers Zoé et lui glissa :

— Ils couperont au montage.

Zoé ne répondit pas.

— Nous avons là une cuisine très raffinée, fit remarquer le chef. Je suis très impressionné.

— Le prochain plat devrait battre tous les records ! s'exclama le critique acariâtre. Trois recettes de bœuf ! Je vois ça d'ici. Un friand pour le Wellington et un pain brioché pour le burger. Du ciment pour l'estomac !

— Attendez au moins de l'avoir goûté, protesta l'un des chefs. Moi, je pense que c'est une idée originale. La pâte feuilletée et le petit pain brioché sont entièrement de la main de la candidate. Elle a de nombreuses cordes à son arc.

Zoé fut ravie de l'allure de son plat principal. Naturellement, ce n'était pas une découverte pour elle, et elle avait consacré beaucoup de temps à en soigner la présentation, notamment en ajoutant des feuilles de salade. Mais le voir ainsi lui conférait une tout autre dimension. Cependant, elle redoutait l'instant où ils mâcheraient la première bouchée.

Ils goûtèrent tous un aspect différent du plat. Gideon dégusta le minibœuf Wellington.

— Je suis toujours d'un avis mitigé au sujet du concept « trois recettes de… », commença-t-il. Je pense que c'est davantage une coquetterie du chef qui fait une démonstration de ses talents qu'un soucis de produire un bon plat.

Zoé fut quelque peu découragée, oubliant provisoirement qu'il devait à tout prix ne pas la soutenir.

— Cette pâte est délicieuse, fit remarquer le premier chef. Cela fond réellement dans la bouche.

— Le steak est très tendre mais beaucoup trop assaisonné, intervint l'autre chef en mâchant avec un enthousiasme surprenant.

— Je n'ai jamais été adepte des fines herbes émincées ultrafin, lança l'un des deux critiques gastronomiques. Mais je reconnais que c'est très décoratif.

Il prit une frite et ajouta :

— Hum, un régal de frite !

— Peut-on m'expliquer pourquoi, protesta l'autre critique, le steak est trop salé ?

— Ainsi que le burger, intervint la dame blonde. Sinon, c'est parfait !

Gideon avait un air renfrogné. Il releva la tête, et Zoé eut l'impression qu'il la regardait dans les yeux. Il avait certainement deviné pour la tonne de sel ! Elle fit la grimace.

— Les frites sont excellentes…, estima le premier critique, et Zoé se réjouit d'en avoir mis huit au lieu de seulement six.

— Passons au dessert à présent, lança le premier chef.

— Ouah ! s'exclamèrent-ils en chœur lorsqu'on apporta le croquembouche.

D'autres rumeurs admiratives montèrent également du public.

— Très futé, marmonna Cher dans l'oreille de Zoé. Mais vraiment vieux jeu.

La personne qui était assise derrière lui dit de se taire, et Cher se renversa contre le dossier de son siège en se tortillant de colère.

— Ma foi, c'est une pure merveille ! s'exclama la blonde. Mais si les choux sont détrempés, ce n'est qu'une pyramide d'éponges.

— Croquembouche signifie qui croustille en bouche, rappela Gideon.

— Nous nous en doutions un peu, répliqua l'un des critiques gastronomiques en lui jetant un regard noir, et Zoé se demanda s'ils étaient rivaux.

— Je m'adressais aux téléspectateurs, précisa Gideon.

— Oh, au temps pour moi, vieux !

— Eh bien, on peut dire que ça croustille ou je ne m'y connais pas, dit l'un des chefs. C'est l'une des meilleures pâtes à choux que j'aie jamais mangées.

— J'adore ces petits fruits d'or, dit la dame blonde avec enthousiasme. Ils en mettent plein la vue mais ils sont tout à fait à leur place.

— Cette candidate est douée pour faire toutes sortes de pâtes, manifestement, affirma un chef.

— Hum, dommage qu'elle ne s'en aperçoive pas quand c'est trop salé, fit remarquer un chef.

— Dites-nous, Gideon, vous qui avez goûté la cuisine de cette fille depuis le début…

— Cette fille s'appelle Zoé, la reprit Gideon. Chers téléspectateurs !

— Oh ! désolée, s'excusa la blonde, qui commençait sérieusement à énerver Zoé à présent. J'avais oublié. Voulez-vous bien nous dire, donc, si Zoé a réellement un palais peu fiable ?

Cher planta ses ongles dans le bras de Zoé. Il était difficile de savoir laquelle des deux était la plus tendue.

— Je dois dire que, jusque-là, elle a fait montre d'un palais sûr, répondit Gideon en insistant sur chaque mot.

Il avait compris qu'elle l'avait fait exprès.

Un silence s'ensuivit durant lequel l'un des deux critiques en profita pour avaler un autre chou de la pièce montée.

— Bien, le moment est venu de noter cette candidate, suggéra la blonde. Tout le monde a ses fiches de notation ?

Les chefs se consultèrent brièvement au sujet de points techniques. Pendant ce temps, les autres candidats félicitèrent Zoé.

— Tu as fait un carton ! s'exclama Becca. J'espère que ce sera toi la gagnante.

— Tu n'espères pas gagner ? s'enquit Shadrach avec étonnement.

— Non, répondit Becca. Je suis loin de m'en être aussi bien sortie que Zoé.

Cher fut la deuxième candidate à soumettre sa cuisine au jury. Gideon fut remplacé par Fred, le juré souriant que tous avaient pris en affection. Quant aux membres du jury, ils ne bougèrent pas.

— Ils auront tous voix au chapitre à la fin, expliqua Mike à la salle. Mais seul le jury originel tranchera.

L'entrée de Cher était une entrée au foie gras, sorbet et émulsion aux amandes. Tout cela parut affreusement compliqué à Zoé, mais Cher semblait confiante et sûre du résultat.

Les jurés gardèrent un long et pénible silence.

— Très ambitieux, fit remarquer l'un des chefs.

La blonde, que Zoé identifia enfin comme étant Laura Matheson, la propriétaire d'une petite chaîne de restaurants, piqua un morceau de foie gras avec sa fourchette, l'inspecta puis le mit dans sa bouche. Elle le mangea mais ne dit rien pendant un très long moment.

— Ma foi, je ne sais pas ce que vous en pensez, vous autres, mais moi, je trouve que ce sorbet a un goût de crachat sucré ! s'exclama le critique gastronomique.

— C'est répugnant! s'exclama Laura. Fallait-il que vous le tourniez ainsi?

— D'ailleurs, comment savez-vous quel goût a un crachat? s'enquit l'un des chefs. Je pense au contraire que nous avons affaire à quelqu'un de doué.

La controverse s'étira en longueur sans parvenir à mettre tout le monde d'accord.

— Passons au plat de résistance! suggéra Fred.

— Que Dieu me transforme en zèbre rose si ce que je vois là n'est pas une mousse! s'exclama le critique qui avait trouvé un goût de crachat au sorbet. Moi qui pensais que ce péril culinaire n'était plus qu'un affreux souvenir! Il semblerait que non.

— Il y a des mousses au menu des restaurants étoilés Michelin! lança Cher dans un feulement rauque.

Zoé se demanda soudain si Cher n'avait pas copié son menu sur un restaurant étoilé. C'était une forme de tricherie, mais si elle s'en tirait, c'était le succès assuré. En outre, Zoé ne put s'empêcher d'avoir de la peine pour elle à cause du crachat. Ce ne serait sûrement pas coupé au montage et passerait sur tous les écrans de télé du pays.

— Le calamar est bien cuit, déclara Laura. Mais la garniture est un peu insipide.

— Pas facile de réussir les encornets, fit remarquer un chef. Il faut l'en féliciter.

— Je l'ai rencontré, susurra Cher à l'oreille de Zoé, de bien meilleure humeur. Il est si gentil!

Zoé ne releva pas. Cher la faisait chanter alors qu'elle-même était tout à fait capable de coucher pour arriver.

— Poursuivons. Nous n'avons pas toute la vie, fit remarquer Fred après que Laura eut manifesté son approbation d'un hochement de tête.

— Je n'ignore pas que la chair du pigeon ramier doit être rosée, commença le critique qui, à l'évidence, n'était pas fan du style de cuisine pratiqué par Cher. Cependant, je crois qu'un bon chirurgien pourrait ramener celui-ci à la vie.

— Oh, ça va ! Nous attendons de vous un avis d'expert. C'est une cuisine haut de gamme ! rappela le chef que Cher avait rencontré.

— Les choux de Bruxelles sont vraiment délicieux ! s'exclama Laura.

— Et encore du foie gras ! fit remarquer l'autre chef. Est-elle actionnaire d'un élevage d'oies ?

— J'ai envie d'un dessert ! fit savoir le critique mal embouché. Et j'espère que ce sera une bonne vieille tarte aux pommes ou un crumble, ou quelque chose qui contrebalance cette nourriture à l'eau de rose à moitié cuite !

Le dessert s'appelait « Quatuor gourmand » et se composait d'une pannacotta, d'une gelée, d'un sorbet et d'un granité. Tous parfumés soit à la poire, soit à la citronnelle.

— Ce sont là des saveurs très subtiles, fit remarquer Laura.

— Un peu trop à mon goût, répliqua le critique qui avait gardé ses goûts d'enfant en matière de dessert.

Cher grommela à voix haute à côté de Zoé lorsque le jury examina la cuisine des deux autres candidats. Becca et Shadrach assistèrent dans l'angoisse à la dégustation. Zoé n'était pas moins angoissée qu'eux. Elle avait partiellement saboté son propre travail, mais Becca et Shadrach, qui étaient deux excellents cordons-bleus, avaient commis quelques petites erreurs ennuyeuses. Zoé risquait donc encore de gagner !

Cher, qui avait également compris cela, la regarda en plissant les yeux, et seul son Botox l'empêcha d'afficher tout son mépris.

Un long et angoissant interlude suivit la dégustation, durant lequel les jurés délibérèrent. La salle ne verrait que l'annonce du résultat. Mais personne ne savait combien de temps il faudrait attendre. Cher tira Zoé par le bras et l'entraîna jusqu'aux toilettes.

— Tu as bien dit à Gideon que tu ne devais pas gagner ? s'enquit-elle après avoir vérifié que toutes les cabines étaient désertes.

— Oui ! Et j'ai mis une tonne de sel sur mon steak et dans mon burger.

— Ah, c'était exprès, c'est ça ?

— Bien sûr !

— De toute façon, tu n'as aucune chance. Ton menu était si simple et rétro ! s'exclama Cher, puis elle se regarda dans la glace mais n'apporta aucune rectification à son apparence.

— Qu'est-ce qui t'inquiète, alors ? s'enquit Zoé en tirant sur ses boucles avant de rajuster sa toque.

— C'est toi qui as du souci à te faire ! S'ils se trompaient de gagnante…

C'était à se demander si Cher prendrait autant de plaisir à gagner qu'elle en prenait à la faire chanter ! songea Zoé. Quoi qu'il en soit, comme elle détenait toujours les photos du baiser, même au cas où Zoé perdrait, Cher n'en restait pas moins une menace.

Les délibérations semblèrent ne jamais devoir finir. L'assemblée se leva et se dégourdit les jambes en bavardant et en buvant. Tous étaient sur des charbons ardents.

— Je me demande comment j'ai même pu croire un instant remporter ce concours ! se lamenta Becca en trempant les lèvres dans sa deuxième coupe de champagne. Parce que c'est cuit d'avance ! Vous autres, en revanche, vous avez fait un véritable carton !

— Si on oublie le crachat sucré…, nuança Shadrach.

— Il vaut mieux l'oublier, assura Zoé. J'en ai la nausée rien que d'y penser.

— Et encore, tu n'as pas été obligée de le manger ! insista lourdement Shadrach.

— Oh, la ferme ! Ils n'ont pas beaucoup apprécié ton soufflé tout ratatiné, rappela Cher, toutes griffes dehors. Comment as-tu pu avoir l'idée de mettre une boule de glace dans un soufflé chaud ? Ça me dépasse !

— N'empêche qu'ils l'ont trouvé très bon ! intervint Zoé.

— Il avait l'air écœurant, tu veux dire !

Cher n'avait décidément rien à envier au critique mal embouché pour ce qui était de la causticité des propos.

Enfin, on leur demanda de regagner leurs places afin de visionner l'annonce des délibérations. Les chefs étoilés, la propriétaire de la chaîne de restaurants et les critiques avaient disparu de l'écran. Il n'y avait plus que les membres du jury qu'ils avaient appris à apprécier et, pour l'un d'entre eux en ce qui concernait Zoé, à aimer.

— Je pense que l'ensemble de son menu est bien équilibré et presque parfaitement réussi, lança Fred, mais personne ne savait à qui il faisait allusion.

— Nous avons dégusté des choses excellentes ce soir, commença Gideon. Personnellement, le soufflé m'a soufflé !

Zoé en eut le hoquet. Devait-elle se réjouir qu'il ne fasse pas l'éloge de sa cuisine ? Ou bien était-elle en droit de se sentir trahie ?

La discussion roula ainsi sur les plats des uns et des autres, jusqu'à ce qu'il apparaisse, pour la plus grande joie de Zoé et pour sa plus grande terreur, qu'elle était favorite.

— J'ai aimé tout ce qu'elle a fait depuis le début. En plus, elle sait très bien se tirer de situations difficiles, déclara Fred.

Un silence s'ensuivit, assez long pour lire *Guerre et Paix* de la première à la dernière page. Puis Gideon prit la parole.

— Peut-on passer l'éponge sur cet épouvantable excès de sel sur son steak ?

Il regarda la caméra d'un air de défi et, une fois encore, Zoé eut l'impression qu'il la regardait personnellement.

Elle avait vraiment hâte que ce soit fini et qu'elle puisse lui expliquer qu'elle n'avait vraiment pas eu le choix. Elle ne supportait pas qu'il ait une mauvaise opinion d'elle.

Un autre silence, aussi long que le précédent, succéda à cette déclaration.

— Non, répondit Fred. J'imagine que non.

— La gagnante est donc Becca ? s'enquit Gideon.

Les autres membres du jury acquiescèrent.

Il y eut un grand tumulte dans la salle. Cher en eut le souffle coupé.

— Non… Non !

Becca disparut sous une nuée d'amis et de proches qui se pressaient pour être les premiers à la féliciter. Ce fut à peine si Zoé put articuler deux mots :

— Bien joué.

Puis :

— Je savais que tu pouvais y arriver !

Et, aussitôt après, Becca fut accaparée pour livrer ses impressions à chaud.

Cher dévisagea Zoé en pinçant les lèvres. Elle avait recouvré son sang-froid.

— Tu dois être bien soulagée !

Zoé acquiesça.

— Tu dois être bien déçue ! Tu as essayé de faire chanter le mauvais cheval.

Cher secoua la tête.

— Ne crois pas ça. Tu as réellement bien mené ta barque, même avec ton menu à l'ancienne. Tu aurais gagné si tu n'avais pas trop salé ton bœuf.

Elle sourit, mais ses yeux ne se plissèrent pas.

— J'ai encore les photos, tu sais ?

Cette fille suintait le venin par tous les pores.

Zoé la considéra pendant un moment mais ne se donna pas la peine de protester afin qu'elle les efface de son ordinateur devant elle. Elle ne voulait pas fournir à Cher le moindre prétexte qui l'eût incité à faire du ramdam. Aussi se détourna-t-elle pour se diriger vers Mike qui leur faisait signe d'approcher.

— Vous retournez à l'hôtel pour vous changer, et puis zou, tout le monde à la soirée !

— Aurons-nous droit aux maquilleuses ? s'enquit Cher.

— Non ! répondit Mike d'un ton ferme. La soirée n'est pas diffusée. Il faudra vous maquiller toute seule.

Cher rejeta ses cheveux en arrière d'un mouvement de tête et haussa les épaules.

26

Tandis que Zoé retirait sa robe, elle se résigna à rejoindre la soirée malgré son cœur en miettes. Elle était prête à tout pour avoir une entrevue avec Gideon. Tant pis s'il était toujours disposé à l'accabler. Selon son point de vue, elle n'avait pas eu le choix d'agir autrement. Et si elle s'était sabordée, c'était autant pour lui que pour elle-même. Mais verrait-il les choses sous cet angle ? Ou, au contraire, arguerait-il – ce qui pouvait s'entendre – que le chantage ne s'arrêtait pas avec son échec à la finale, car Cher pouvait le faire durer, ce qui rendait son sabordage inutile.

Quoi qu'il en soit, pour se rendre à la soirée, elle avait besoin de toute sa carapace. Elle voulait être la petite amie élégante, irréprochable. Et c'était si agréable de mettre quelques paillettes pour une fois ! Gideon ne l'avait pas souvent vue en robe avec un beau maquillage et de belles chaussures. Certes, elle ne pouvait pas prétendre rivaliser avec Cher, dont le bronzage, le Botox, l'épilation et les courbes étaient dignes d'un top model. Mais, en même temps, elle n'avait plus à se préoccuper de cette dernière. *C'est vrai, quoi !* pensa-t-elle.

Grâce à un chronométrage subtil, Zoé et Becca s'arrangèrent pour voyager dans le même taxi. Cher était toujours occupée à se pomponner et Shadrach était allé directement à la soirée sans repasser par la case hôtel. Il comptait sûrement se pavaner parmi les invités en tenue de cuisinier, les convenances n'étant pas son fort.

Mike s'approcha d'elles.

— Becca ! Zoé ! Vous êtes superbes ! Vraiment très belles ! Non que ce n'ait pas été le cas avant, mais là, vous êtes… coiffées !

Il regarda tout particulièrement Zoé qui trouva la force de sourire.

— En effet, pas un cheveu qui dépasse.

Mike partit d'un grand rire.

— Ne me révélez pas tout ! Becca, je peux t'enlever à Zoé un moment ?

Zoé aurait préféré rester auprès de Becca pour bavarder avec elle. À présent qu'elle était seule, elle fut soudain prise de timidité. La salle était remplie de gens qui se parlaient très fort et aucun visage ne lui était familier. Sa mère aurait vraiment détesté ça.

C'est alors qu'elle repéra Gideon. Il se trouvait à l'autre bout de la salle. Elle ne voulait pas faire le premier pas mais, en se rapprochant quelque peu, elle consentit néanmoins à lui faire savoir qu'elle était là. Elle fit celle qui essayait de se frayer un chemin à travers la foule.

Tandis qu'elle approchait de sa cible, elle avisa Sylvie, qui l'avait soutenue lors de l'épreuve au restaurant chic à Londres, et alla lui parler, remerciant le ciel de ne plus être la cinquième roue du carrosse.

— Salut, Sylvie ! Comment allez-vous ?

— Zoé! Coucou! Quel dommage que vous n'ayez pas gagné! Vous les auriez tous battus si vous n'aviez pas eu la main lourde sur le sel. Cela ne vous ressemble vraiment pas. Je croyais que vous aviez un bon palais.

Sylvie semblait regretter sincèrement cet échec.

Zoé haussa les épaules d'un air désolé.

— Bah, vous savez ce que c'est… J'ai perdu mon sang-froid.

Sylvie secoua la tête, toujours incrédule.

— Votre poisson était la perfection même, pourtant, en tout cas visuellement. C'est une belle compensation.

— Vous vous êtes montrée tellement serviable avec moi. Je vous serai toujours reconnaissante pour ce que vous m'avez appris.

— Vous étiez une élève douée.

Après un silence, Sylvie ajouta :

— Qu'a pensé Gideon de cet excès de sel ?

— Je ne l'ai pas vu depuis, répondit Zoé.

— Il va vous faire rôtir vivante! fit remarquer Sylvie d'un ton calme. Il sait que vous pouvez exceller. C'est en tout cas ce qu'il dit à qui veut l'entendre.

Zoé ne s'était pas attendue à une telle révélation. Il ne lui était pas venu à l'esprit qu'il ferait l'éloge de ses talents de cordon-bleu auprès d'autres personnes. Cela lui parut quelque peu manquer de tact, vu les circonstances. Cédant brièvement à la panique, elle se demanda s'il commettait d'autres indiscrétions à son sujet, mais elle se rassura bien vite : Gideon ne ferait pas une chose pareille. Ce n'était pas son genre. Cependant, il fallut à Zoé un petit moment pour se remettre de ses émotions et cesser de s'agiter intérieurement comme un oiseau en cage.

Elle s'arma de courage et dit :

— Je vais aller lui parler.

Si Sylvie, qui ne connaissait que la moitié de la vérité, pensait que Gideon allait la faire rôtir vivante, alors en réalité il la mangerait probablement toute crue sans même la faire cuire.

— Je vous attends avec un cognac et une serviette éponge au cas où…, lança Sylvie. Mais quand même, faire justement aujourd'hui une telle erreur de débutant…

Zoé se préparait à avoir une conversation pas du tout plaisante avec Gideon, lorsqu'une magnifique blonde s'approcha de lui par-derrière. Gideon, qui parlait avec quelqu'un, ne la remarqua pas, mais Zoé et Sylvie étaient aux premières loges pour assister à la surprise qui se tramait. Elle l'enserra de ses bras et l'embrassa sur la joue. Zoé vit Gideon se retourner d'un air surpris, puis un grand sourire éclaira son visage lorsqu'il reconnut la blonde et qu'il lui fit un gros câlin affectueux.

— C'est sa femme, marmonna Sylvie. J'ai fait des recherches sur Internet après notre conversation de l'autre jour – genre harceleuse de célébrités – et j'ai vu sa photo.

Zoé se sentit chanceler et manqua de se raccrocher à Sylvie. Elle se força à déglutir pour mieux faire passer la nouvelle. Elle fut prise d'un tel malaise qu'elle aurait aimé pouvoir s'évanouir sur commande. Mais elle était presque complètement tétanisée. Pour une raison inexpliquée, la foule se massait autour d'elles, les forçant à se comprimer l'une contre l'autre. Aucune sortie discrète n'était envisageable. Elle considéra Gideon en lui ordonnant en silence de regarder vers elle afin que tout redevienne comme avant. Elle considéra également la blonde – sa femme! – qui le serrait contre elle.

— Chéri!

Zoé avait-elle entendu la blonde prononcer ce mot ou bien avait-elle lu sur ses lèvres, et prononcé à sa place dans sa tête? Elle n'aurait su le dire. En tout cas, son attitude ne laissait planer aucun doute. Il était évident que cette femme était très, très attachée à Gideon. Et la réciproque semblait vraie. Il avait gardé le bras autour de sa taille, qu'il serrait de près pendant qu'elle se penchait pour lui parler. Il rit d'un mot qu'elle lui glissa à l'oreille. Zoé était douloureusement peinée par ce spectacle, mais elle était condamnée à y assister. La foule qui les cernait était beaucoup trop dense pour qu'elle puisse s'enfuir.

C'est alors que Gideon tourna la tête et qu'il vit Zoé. Il lui sourit et lui fit signe de les rejoindre. C'était le déclic que ses membres avaient attendu pour se remettre à fonctionner. Avait-il l'intention de la présenter à sa femme? Comment pouvait-il – comment pouvait-on, lorsqu'on avait un cœur – faire une chose pareille?

— Le moment est mal choisi pour bavarder, marmonna-t-elle à l'intention de Sylvie. En plus, il faut absolument que j'aille faire pipi. On se voit plus tard.

Elle commença à se frayer un chemin dans la foule, mais elle se surprit bientôt à avoir de nouveau les yeux rivés sur Gideon.

Il lui rendit son regard d'un air déconcerté.

Il était incroyable ! Retenant ses larmes, elle secoua la tête et commença à traverser la cohue en jouant des coudes. Elle arriva enfin dans le couloir. Elle cherchait les toilettes pour dames, afin d'être seule et de reprendre ses esprits.

Mais Gideon avait dû traverser la foule tel un char d'assaut, car il arriva sur ses entrefaites. Il semblait perdu, blessé même.

— Zoé, qu'est-ce qui t'arrive ? Où vas-tu ?

— Chez moi ! répondit-elle par réflexe.

— Mais il faut qu'on parle ! Je veux te présenter à…

— Ta femme ? Non mais, tu es complètement zinzin !

Là-dessus, elle s'enfuit par le couloir aussi vite que ses hauts talons l'y autorisaient.

— Bon sang, Zoé !

Il lui courut après et la rattrapa par le bras à l'angle du corridor.

— Zoé ! Tu te comportes de manière insensée !

Elle secoua la tête.

— Non, pas du tout ! J'agis tout à fait raisonnablement, au contraire. Tu es un homme marié. Ta femme est ici. Et vous vous aimez à l'évidence. Épargne-moi le refrain du « Mais nous, c'est différent… » Nous deux…

Elle s'interrompit pour regarder d'un côté et de l'autre du couloir afin de s'assurer que personne ne venait, puis elle reprit :

— Nous deux, c'était une aventure sans lendemain. Et je ne veux pas briser ton ménage. Je vais donc rentrer chez moi et reprendre ma vie où je l'ai laissée.

— Ce n'est pas ce que tu crois.

Gideon posa sur elle un regard désapprobateur en pinçant les lèvres.

Zoé sentit monter ses larmes. Elle était fatiguée, à bout de nerfs.

— S'il te plaît, trouve-toi un autre dialoguiste. Cette réplique-là est usée jusqu'à la corde !

Il fut décontenancé.

— Tu n'es pas raisonnable !

— Ah bon, je ne suis pas raisonnable ? Eh bien, toutes mes excuses si je ne me joins pas à tes douillets projets de ménage à trois, mais je dois être un peu trop vieux jeu.

— Ce n'est pas du tout ce que j'avais en tête !

— Peu importe. Je romps notre relation, quelle qu'en soit la nature.

Non sans douleur, elle se souvint de leur idylle à Somerby, lorsqu'elle avait eu l'impression qu'ils formaient un vrai couple. Elle comprit alors qu'elle n'allait plus pouvoir retenir ses larmes longtemps.

— Tu ne peux pas tout plaquer comme ça !

— Si.

Elle s'arrêta pour enlever ses chaussures. Par miracle, elle aperçut l'écriteau qui indiquait les toilettes pour dames. Le bruit des pas de Gideon retentit derrière elle. Elle se mit à transpirer à grosses gouttes. Il fallait qu'elle atteigne la porte avant qu'il ne la rattrape.

Ce fut un événement inespéré qui vint à sa rescousse. Une voix à l'accent américain retentit dans le couloir.

— Gideon, mon chou ? Il faut absolument que je te présente quelqu'un…

Gideon s'arrêta, et Zoé entra dans les toilettes.

Elle s'appuya dos à la porte jusqu'à ce qu'elle ait l'assurance qu'il ne l'avait pas suivie puis se réfugia dans une cabine.

Elle s'aspergeait le visage d'eau lorsque Fenella entra avec Glory.

— Hé, Zoé ! Je suis contente de vous voir. C'est tellement plein à craquer ici que j'ai bien cru ne jamais pouvoir vous trouver pour vous dire au revoir. Je suis juste venue changer Glory et ensuite nous partons.

— Oh ! déjà ?

Zoé eut soudain le sentiment que ses seuls amis au monde émigraient vers un pays lointain, l'abandonnant à une longue et triste vie de solitude.

— Oui. Nous devons rentrer. Glory n'est pas très fan des voyages en voiture. Elle en souffrira moins si nous roulons de nuit.

Fenella étendit Glory sur la table à langer et commença à défaire sa couche.

— Quels sont vos projets ? s'enquit-elle.

— Bah ! j'imagine que je vais rentrer chez moi aussi. Si tant est que ce soit un projet.

— Vos parents seront-ils déçus que vous n'ayez pas gagné ?

Fen souleva les jambes de Glory et glissa une couche neuve sous ses fesses.

— Oui, mais ils ne sont pas du genre à me le reprocher.

— Vous vous faites des reproches ? s'enquit Fen d'un air intrigué. Vous avez fait du si bon travail !

— Non, pas vraiment de reproches.

Zoé se sentait si dépitée d'une manière générale qu'il lui était difficile de savoir pour quelle part elle le devait à son échec, sachant qu'elle aurait eu de très grandes chances de gagner si elle n'avait pas été victime d'un chantage.

— Alors, qu'allez-vous faire une fois de retour chez vous ? Hormis vous reposer ?

Zoé haussa les épaules, se demandant sincèrement si elle aurait le courage d'entreprendre de nouveau quoi que ce soit un jour.

— Entrer un peu en léthargie et ensuite chercher un travail, probablement.

— J'imagine que vous ne voulez pas rentrer avec nous ? Nous accueillons un grand groupe ce week-end et votre aide ne serait vraiment pas de refus. C'est un mariage qu'organise Sarah.

Zoé réfléchit. D'un côté, elle éprouvait le besoin de rentrer chez elle, d'être dorlotée par sa mère qui l'avait réconfortée à chacune de ses déceptions. Mais d'un autre côté, Somerby lui permettrait d'être occupée et de ne pas trop penser à Gideon ni à leur ratage.

— Il faut que je demande à ma mère, je veux être sûre qu'elle ne se sente pas abandonnée.

— Appelez-la !

Zoé sortit son téléphone portable. Sa mère répondit à la première sonnerie.

— Maman ? Maman, je n'ai pas gagné. Je m'y attendais. Becca, la fille qui a gagné, est géniale et elle a finalement réussi à ne pas perdre ses moyens.

— Eh, ma foi, c'est super que tu sois arrivée en finale, répondit sa mère. Mes tasses à café ont-elles plu ?

— Oh oui ! Et tu les reverras bientôt. Elles arrivent par courrier spécial !

— Tu ne les rapportes pas avec toi ?

Zoé ne répondit pas tout de suite.

— En fait, j'espère que tu ne m'en voudras pas, mais Fen m'a demandé si je voulais rentrer à Somerby avec eux. Ils attendent un gros mariage et elle a besoin d'aide pour s'occuper du bébé.

Elle inspira à fond et joua son va-tout :

— Je crois que ça me changerait les idées après cet échec.

— Dans ce cas, n'aie aucune hésitation, ma chérie, tu dois aller à Somerby.

Sa mère semblait contente que Zoé se lance aussitôt dans une autre occupation.

— Et qui sait, cela deviendra peut-être ton métier ?

— Ma petite maman, je ne resterai pas longtemps. J'ai tellement envie de te serrer très fort dans mes bras. Mais je crois vraiment que ça me fera du bien.

— Je suis désolée de vous embarquer de force, s'excusa Fenella tandis qu'elles sortaient dans la nuit. D'autres bébés sont dans leur siège auto comme dans un nid douillet et s'y endorment aussitôt. Mais pas notre petite Glory.

— Pas de souci ! assura Zoé. Je saute de joie rien qu'à l'idée que je ne risquerai plus de tomber par hasard sur Cher! J'ai un peu l'impression de filer à l'anglaise.

Après l'épisode des toilettes, elle n'était pas retournée à la soirée. Elle espérait cependant que les autres candidats ne lui en voudraient pas d'être partie sans dire au revoir.

— Oh, oh? lança Rupert en la regardant dans le rétroviseur intérieur.

— C'est-à-dire que…, reprit Zoé, craignant de s'être trahie. Il y a eu tant de tapage. Et nous n'avons jamais vraiment accroché, Cher et moi.

— Et Gideon? lança Fenella. Pardonnez mon indiscrétion, mais je n'ai pas pu m'empêcher de remarquer qu'il était accompagné à la soirée.

— Ouaip! confirma Zoé abruptement. Il est marié.

— Oh! mince, Zoé. Je suis vraiment désolée de l'apprendre! s'exclama Fenella. Le minable intégral!

— Ouaip! acquiesça Zoé. Tous des salauds, sauf Rupert.

Elle bâilla bruyamment et ajouta:

— Je vais fermer un peu les yeux, je crois. Je suis plutôt vannée.

— C'est une bonne idée, convint Fenella. Je vais en faire autant. Nous comploterons demain dans quelles affreuses souffrances nous allons mettre fin aux jours de Gideon.

Malgré la fatigue, Zoé n'avait pas sommeil. Cependant, faire semblant de dormir lui épargnerait de participer à la conversation.

Le gros Range Rover traversa les rues de Londres en vrombissant puis s'engagea sur l'autoroute. Malgré ses angoisses, Zoé finit par s'endormir vraiment. Lorsqu'elle se réveilla, ils sillonnaient les sinueuses routes secondaires du Herefordshire, plus très loin de leur destination.

Bien que ce fût l'été, à leur arrivée et après que Fenella eut allaité Glory, Zoé se vit remettre une bouillotte par la maîtresse de maison et offrir un remontant par Rupert. Elle emporta les deux dans sa chambre, laquelle, malheureusement, était celle où elle avait fait l'amour avec Gideon. Fenella lui toucha le bras d'un geste compatissant.

— Je suis désolée, s'excusa-t-elle, mais c'est parce que le lit est fait et que je ne veux pas vous faire coucher dans l'étable. Vous avez toute votre place avec nous dans la maison.

Hormis l'inévitable tristesse de passer la nuit dans le lit où elle avait été heureuse avec Gideon, Zoé fut reconnaissante à ses hôtes de leur hospitalité. Grâce à la bouillotte et au whisky, ainsi qu'à l'épuisement naturel dû aux épreuves traversées, elle s'endormit presque immédiatement.

Elle se réveilla au son du chant des oiseaux et sous la caresse d'un rayon de soleil. Il lui fallut quelques secondes pour se rappeler où elle était et pourquoi elle y était. Elle était si partagée qu'elle en eut une légère nausée. Avec un peu de chance, cette radieuse matinée d'été lui apporterait la détente dont elle avait besoin.

Bien sûr, Zoé se félicitait de ne pas avoir gagné et que le chantage de Cher se soit enlisé dans les sables, même si elle savait par ailleurs qu'elle ne retrouverait pas complètement sa tranquillité tant que sa rivale détiendrait les photos. Et bien sûr, elle était très heureuse d'être de retour à Somerby où personne ne pouvait l'atteindre. Mais le souvenir de sa dispute avec Gideon la faisait souffrir dans sa chair comme une blessure ouverte. Elle se souvint des expressions de son visage, naguère si bienveillantes à son égard, qui s'étaient muées en désarroi puis en incompréhension.

Non que ce fût sa seule faute à elle. Ils étaient tous deux responsables. En tout cas, elle avait su prendre ses propres responsabilités. Gideon avait une épouse dont il n'avait rien dit. Quant à Becca, elle avait mérité de gagner. Elle était de loin la meilleure d'entre eux. Mais Zoé avait eu ses chances, jusqu'à ce qu'elle laisse son cœur lui dicter sa conduite. Et tout ça pour un homme qui avait « oublié » de lui dire qu'il était marié !

Sauf qu'elle l'aimait, cet homme-là. Et elle l'aimerait tant que son cœur battrait et au-delà. Hélas ! son cœur ne voulait rien entendre de ce que sa raison savait. Elle qui ne manquait pourtant pas d'intelligence ne parvenait pas à convaincre son cœur, son corps, que Gideon était un salaud et qu'elle était bien mieux sans lui.

Elle prit une douche rapide, enfila une robe d'été et descendit à la cuisine, les cheveux encore humides et sans maquillage.

— J'adore l'été ! déclara-t-elle à Fenella et Rupert. Parce qu'on s'en tire avec seulement deux articles vestimentaires !

Elle était résolue à faire contre mauvaise fortune bon cœur. Elle s'était fait pigeonner, malgré les invitations à la prudence de Fenella.

Ses deux amis s'esclaffèrent comme il se devait.

— Insinuez-vous que vous n'en portez que deux ? s'enquit Fen.

— Oui. Mais vous serez soulagés d'apprendre que je porte une culotte.

Elle tira une chaise et s'assit.

— Où est ma filleule ce matin ?

— Toujours dans les bras de Morphée ! répondit Rupert, puis il prit le baby-phone pour vérifier s'il fonctionnait toujours. Elle a eu sa tétée à notre retour, c'est-à-dire plutôt tard, mais elle dort comme… un bébé depuis ! Bien, poursuivit-il en se frottant les mains. Petit déjeuner ?

Zoé accepta des œufs, du bacon et des saucisses, quelque peu étonnée d'avoir si faim. Son attitude résolument enjouée portait ses fruits. Fenella et Rupert ne la regardaient pas avec un air de commisération et ne la soumettaient pas à un interrogatoire en règle. Elle put donc savourer le thé que Fenella avait préparé pour elle en regardant Rupert s'activer au fourneau. Elle se demanda si l'envie de cuisiner lui reviendrait bientôt. Mais déjà le simple fait d'être assise dans la cuisine de Somerby l'apaisait.

— O.K. ! s'exclama Rupert en posant deux assiettes pleines sur la table. Toasts ou pain grillé au four ?

— Au four, sans hésitation ! répondit Zoé.

— Alors, Zoé, commença Fenella lorsqu'ils furent tous trois servis, qu'envisagez-vous maintenant ? Et pourquoi diable avez-vous trop salé le steak ?

— Fen ! s'indigna son mari. Tu as dit que je devais faire preuve de tact et toi, tu déboules avec tes gros sabots !

— Comment ? lança Zoé en les regardant à tour de rôle et se demandant comment elle allait pouvoir échapper à cette conversation.

— Fen a dit : « Bon, Rupert, tu tiens ta langue ! Tâche de faire preuve d'un peu de tact ! La pauvre chérie… » Et elle est la première à mettre les pieds dans le plat, sans la moindre discrétion.

— Ah…, soupira profondément Zoé.

Elle qui avait misé sur sa robe d'été et son humeur enjouée, ainsi que sur son appétit d'ogre, pour les convaincre que tout allait bien pour elle dans le meilleur des mondes. Il fallait croire que c'était raté.

— Que s'est-il passé ? s'enquit Fen. Vous étiez donnée favorite. Je refuse de croire que vous avez mis trop de sel par erreur !

— Pensez-vous que d'autres se sont dit la même chose ? Je risquerais des ennuis.

— Quoi ? Vous l'avez fait exprès ? s'exclama Fenella, pensive. Pour être franche, je pense que les gens qui ne connaissaient pas votre cuisine auront cru à une simple erreur.

— Mais ce n'est pas vrai ? intervint Rupert, avec à la main une darne de poisson qui s'apprêtait à aller rejoindre la tranche de pain qui dorait dans la graisse du bacon.

— Évidemment que c'est vrai ! trancha Fenella d'un ton sec. C'est un parfait cordon-bleu !

— Peut-être que Zoé n'a pas envie d'en parler, suggéra Rupert en appuyant sur la tranche de pain avec sa spatule.

— J'espère que vous allez nous faire goûter ce pain à la poêle ! lança Zoé afin de retarder le moment de vérité.

— Bien sûr! Je le passerai vite fait au four pour qu'il soit bien croustillant et pour éliminer l'excès de graisse.

— Je vais refaire du thé, annonça Fenella. Et ensuite Zoé nous racontera le fin mot de l'histoire.

— Seulement si elle le souhaite! rappela Rupert en mettant le pain au four, comme promis.

Fenella secoua la tête, très à l'aise dans son rôle du flic méchant.

— Désolée, mais en fait vous n'avez pas le choix, je veux tout savoir depuis le début!

— O.K., soupira Zoé de guerre lasse. Du thé et du pain grillé devraient suffire à me faire lâcher le morceau!

— La marmelade est offerte! fit savoir Rupert, dans la peau du flic gentil.

— N'en jetez plus, je balance tout! Voilà... enfin..., ça s'est passé comme ça..., commença-t-elle, la bouche pleine. Cher avait pris des photos de moi avec Gideon.

— Comment a-t-elle fait? s'enquit Fenella en faisant, d'indignation, claquer son mug sur la table dans une gerbe de thé. Nous nous sommes donné un mal fou pour que cet endroit soit un lieu à la fois sûr et discret afin que nos visiteurs puissent jouir d'une détente totale.

— Elle les a prises pendant l'épreuve de cueillette dans les bois, expliqua Zoé. Je vous rassure, elle ne s'est pas introduite dans notre chambre ni rien de ce genre.

Fenella se rassit en poussant un soupir de soulagement.

— Ah! fit-elle.

— Elle vous a surpris en train de batifoler dans les bois, c'est ça? hasarda Rupert en haussant un sourcil faussement désapprobateur.

— En train de cueillir des herbes! rectifia Zoé solennellement. Mais il est vrai que nous nous sommes peut-être embrassés une fois.

— Ces portables équipés de caméras sont une plaie! s'exclama Fenella. Il n'y a qu'à voir les dégâts qu'ils font!

— Cela dit, je ne prendrais jamais de photo si je n'avais pas mon téléphone, nuança Zoé.

— C'est vrai, convint Fenella.

Après encore un autre soupir, elle ajouta:

— Donc, elle vous a pris en photo. Quand l'avez-vous découvert?

— Seulement à Londres avant le début de la finale. Elle m'a dit que si je gagnais, elle les montrerait à la presse. J'imagine qu'elle connaît un paparazzi ou un type dans ce genre. Quoi qu'il en soit, j'ai eu l'impression que son oncle et elle connaissaient la terre entière. Elle a ajouté que ça jetterait le discrédit sur l'émission, ce qui était certainement exact, et détruirait aussi la carrière de Gideon.

— Et votre carrière à vous? s'enquit Fenella.

Zoé esquissa un sourire et se mordit la lèvre.

— Je ne pense pas qu'elle considérait que j'en avais une. D'ailleurs, jusqu'à nouvel ordre, elle ne se trompait pas.

— En avez-vous parlé à Gideon? Qu'en a-t-il dit? s'enquit Rupert.

— Il s'est mis en furie. Il a dit qu'il ne fallait pas que je cède au chantage. Mais comme ce chantage reposait sur des faits, je n'ai pas eu l'impression d'avoir beaucoup le choix.

Fenella toucha le bras de Zoé avec compassion.

— Et… vous vous êtes fâchés à cause de cela ?

Zoé faillit éclater de rire.

— Il était vert de rage ! Je n'ai pas réussi à lui faire comprendre que je n'avais pas le choix : il fallait que je me saborde.

— Je dois dire que c'était un piètre sabordage, fit remarquer Rupert. Votre performance était remarquable ! C'est d'ailleurs ce qui m'a mis la puce à l'oreille au sujet de l'excès de sel.

— Mazette, je m'en rends compte maintenant ! Sur le moment, je me suis donnée à plein en suivant mon idée. Sachant qu'il m'était interdit de gagner, j'ai perdu l'objectif de vue. Ce n'est qu'ensuite que j'ai arrêté un plan pour saboter mes chances.

— Mais les autres aussi ont commis des erreurs, rappela Rupert. Vous aviez fait un parcours sans faute.

— Rupert suit toutes les émissions de téléréalité culinaires, expliqua Fenella. Je me demande bien pourquoi…

— Exactement comme tu suis toutes les émissions sur les grandes propriétés, rétorqua-t-il. Peut-être un psychanalyste saurait-il en expliquer la cause… Parce qu'on ne peut pas dire que nous n'ayons pas déjà de quoi faire avec la nôtre.

— Dites-moi, Rupert, croyez-vous que les gens devineront que je l'ai fait exprès ? Ça m'inquiète !

— Tout le reste a plutôt été bien accueilli, fit remarquer Fenella.

— C'est dingue ! Je suis sûre que si j'avais tout fait pour gagner, toutes sortes de pépins seraient survenus. J'avais tellement peur que la carrière de Gideon soit détruite…

Elle laissa mourir sa voix lorsqu'elle s'avisa qu'elle en avait dit davantage que prévu.

— Et c'est après que j'ai découvert que Gideon était marié et que j'avais perdu bien plus qu'un fichu concours.

— Je crois que nous allons avoir besoin d'encore un peu de thé, lança Fenella en agitant la main à l'intention de Rupert sans toutefois le regarder.

— Donc, vous l'aimez vraiment ?

Zoé inspira profondément.

— J'étais déjà complètement dépitée parce qu'il était fâché contre moi, et voilà qu'au moment où je m'apprêtais à en discuter avec lui, je les vois tous les deux…

Elle ne termina pas sa phrase à cause des sanglots qui lui nouaient la gorge.

— Donc, vous êtes vraiment amoureuse ? répéta Fenella avec douceur.

Zoé acquiesça.

— Mais c'est sans avenir. Non seulement il ne voudra plus jamais m'adresser la parole, mais en plus il est marié ! Je suis peut-être complètement stupide, mais je ne veux pas gâcher ma vie en aimant un homme marié. Même s'il était attaché à moi.

Fenella ne dit rien pendant quelques instants, puis elle déclara :

— C'est probablement plus sage. Pourtant, vous sembliez bien vous entendre.

— Tant que ça a duré, c'est-à-dire pas longtemps. Même si je me serais passé de la culpabilité et de tout le reste. Et c'était avant que j'apprenne pour sa femme!

— Ne vous en faites pas pour le concours, intervint Rupert. Les téléspectateurs ne savent pas à quel point vous avez le palais fin.

Pour une raison connue d'elle seule, cette tentative de réconfort augmenta le malaise de Zoé.

Lorsque les gémissements de Glory retentirent dans le baby-phone, elle se leva d'un bond.

— J'y vais!

— Elle n'est pas encore réveillée! Vous avez encore quelques…

Mais Zoé n'entendit pas la suite, car elle montait déjà l'escalier à toute allure en remerciant le ciel pour cette occasion inespérée de se sauver.

Sarah et Hugo arrivèrent à l'heure pour le dîner ce soir-là. Zoé œuvra en qualité de second de cuisine auprès de Rupert et, à ce titre, prépara plusieurs sortes de pommes de terre et plusieurs légumes verts. Elle avait besoin de se tenir occupée, et Glory ne pouvait être câlinée qu'un nombre d'heures restreint par jour, étant donné qu'elle avait une maman.

La conversation ne roula plus guère sur la situation de Zoé. Tous savaient qu'ils en débattraient plus tard, autour de la table, en compagnie de Sarah et Hugo. Zoé avait l'impression d'être une montgolfière sans air chaud à l'intérieur. Toute cette cuisine, tout ce stress, tout cet entraînement et toutes ses prouesses finales avaient été en pure perte. Tout ce qui lui restait, c'était le sentiment d'avoir été une parfaite idiote, une midinette éblouie par l'homme célèbre. Son estime de soi était au plus bas. Rester occupée était le seul rempart qui la retenait de se jeter en travers de son lit et de pleurer pendant plusieurs jours de suite.

La généreuse hospitalité de Rupert leur valut une abondance de champagne et de *Pimm's* lorsque Sarah et Hugo se joignirent à eux.

— Je vous recommande le King Pimm, lança Rupert. Cava et *Pimm's*. Moins de sucre mais quatre fois plus capiteux !

— Je me contenterai d'un verre de cava, répondit Sarah. Le *Pimm's* me monte trop vite à la tête.

— Prenez une coupe de champ' dans ce cas. C'est mieux de garder le cava pour le *Pimm's*.

Zoé but son verre de champagne à petites gorgées, lentement. Elle était bien trop inquiète pour avoir la tête à faire la fête. Les réjouissances duraient trop longtemps à son goût ; elle souhaitait s'entretenir avec Sarah et Hugo de son problème. Fenella était certaine que ceux-ci sauraient trouver la solution, et puis Zoé n'avait pas oublié l'intérêt que Sarah avait porté naguère à ses projets.

Hugo sembla deviner son inquiétude et s'assit à côté d'elle. Il lui posa des questions anodines au sujet du concours, de sa cuisine et des critères qui l'avaient amenée à établir ce menu en particulier. Pendant ce temps, les trois autres plaisantaient, mettaient la table et ouvraient des bouteilles.

— Ne vous inquiétez pas, dit enfin Hugo. Sarah a un plan, et si Sarah a un plan, tout ira bien.

Le projet de Sarah incluait la participation d'une amie nantie d'une épicerie fine.

— Elle vient tout juste de la racheter à quelqu'un qui ne se débrouillait pas très bien avec son commerce. Elle projette de relancer l'affaire sur de tout autres bases.

Cela s'annonçait intéressant.

— Oh, oh?

— C'est une jolie petite boutique bien située dans une ville idéale pour ce genre de produits; enfin, vous voyez le genre, avec plein de gourmets qui veulent des ingrédients biz...

— Nous dirons «ésotériques», l'interrompit Rupert.

— Des ingrédients bizarres, insista Sarah. Mais elle a du travail par-dessus la tête. Je l'ai appelée cette après-midi pour lui demander ce qu'elle penserait d'une adorable assistante...

— Et? l'interrompit à son tour Zoé qui avait hâte de connaître la suite.

— Elle m'a sauté au cou, pour ainsi dire. Elle serait ravie de vous embaucher.

— Mais elle ne me connaît pas!

Sarah secoua la tête.

— Je lui ai dit que vous étiez une cuisinière hors pair, débrouillarde, et qui sait garder la tête sur les épaules quand tout part en cacahuète. Le seul inconvénient est qu'elle ne peut vous payer qu'au salaire minimum. Vous méritez bien davantage, mais si l'affaire décolle comme elle le devrait, elle pourra vous proposer une meilleure rémunération...

Il ne fallut qu'une seconde à Zoé pour se décider. C'était génial. Non seulement elle serait occupée, mais en plus elle exercerait sa passion. Ce serait également une excellente expérience en vue du jour où elle ouvrirait sa propre épicerie fine, pour laquelle elle était plus résolue que jamais à économiser.

— C'est exactement ce qu'il me faut! L'aspect financier ne m'inquiète pas trop. Je veux juste travailler! Travailler dur guérit de presque tout.

— Bravo! s'exclama Rupert en posant sa grosse main sur l'épaule de Zoé.

— Oui, bien joué! renchérit Hugo.

Zoé retrouva le sourire.

— Et où donc est cette épicerie fine, alors? Pas trop loin, j'espère?

— Non, non, c'est dans les Cotswolds.

— Dans quel coin? s'enquit Zoé, heureuse que ce soit non loin de chez elle et de Somerby.

— C'est à Fearnley, répondit Sarah. Juste de l'autre côté de…

Sarah fut de nouveau interrompue, mais cette fois par les éclats de rire de Rupert et Fenella.

— Nous ne connaissons que Fearnley! s'exclamèrent-ils en chœur.

— Ah oui? Et où est-ce alors? s'enquit Zoé, interloquée.

— C'est la ville où habitent les parents de Rupert! répondit Fenella en se tordant de rire. Ils font probablement leurs courses à la boutique, et vous allez devoir les servir à nouveau!

— Eh bien, au moins, je saurai qu'il ne faut pas leur proposer de petits pois ni de haricots! renchérit Zoé, enfin gagnée par la bonne humeur générale.

27

— C'est d'accord, maman ? Tu ne me réexpédies aucune lettre de Gideon ?

— Non, ma chérie.

— Et tu ne lui donnes pas non plus mon numéro de portable s'il appelle ici ?

— Non !

— Et tu ne lui dis pas non plus où je suis ?

La mère de Zoé prit sa fille dans ses bras.

— Bien sûr que non. Je sais à quel point tu souffres. Et je n'ai pas l'intention d'envenimer les choses.

Enfin rassurée, Zoé monta dans sa voiture. Elle avait soutiré les mêmes promesses à Fenella et à ses autres amis de Somerby. Fenella s'était fait prier un peu plus longuement mais, à sa décharge, elle connaissait Gideon. Elle savait à quel point il pouvait être ensorceleur.

— Je ne tournerai jamais la page si je continue d'attendre une lettre ou un e-mail, insista Zoé. Je dois faire la morte.

Et puis, de toute façon, pour ce qu'elle en savait, Gideon ne désirait probablement pas entrer en contact avec elle. Il se portait sans doute comme un charme dans les bras de sa femme où il avait sûrement encore des frissons en songeant qu'il l'avait échappé belle.

Ces promesses une fois obtenues (au cas où), deux semaines après la finale, Zoé se rendit en voiture jusqu'à la petite ville de Fearnley. Elle avait eu le cœur gros en quittant Somerby et la petite Glory. Elle s'était beaucoup attachée à tous les membres de la famille mais ne pouvait rester éternellement chez eux. D'abord parce qu'elle y était aisément débusquable, ensuite parce qu'elle y avait trop de souvenirs douloureux. Quelques jours chez elle avec sa propre famille, et avec Jenny en réserve, avaient quelque peu contribué à lui remonter le moral et à lui redonner confiance en l'avenir. Tant pis si elle mourait vieille fille au cœur brisé, mais un jour elle aurait sa propre épicerie fine, et seconder l'amie de Sarah serait un bon début. Elle avait l'impression d'être deux personnes en une. La première continuait, comme si de rien n'était, à fonctionner comme une adulte tout à fait normalement constituée. La seconde soignait ses plaies au cœur en se demandant si elle s'en remettrait un jour.

Tandis qu'elle cherchait la boutique, elle put constater que Fearnley était, en effet, l'endroit idéal pour une épicerie spécialisée. Tout un éventail d'antiquaires et de boutiques de cadeaux ponctuaient les alignements d'hôtels, de salons de thé et de magasins vendant de la porcelaine, des robes, de la quincaillerie. La ville était un attrape-touristes depuis des siècles, et il était sans doute grand temps qu'elle se dote d'une épicerie à même de pourvoir aux besoins des propriétaires de résidences secondaires et des officiers d'état-major à la retraite les plus éclairés.

Zoé songea aux parents de Rupert et se demanda s'ils achèteraient du thé en vrac, des biscuits *Bath Oliver* et du *Gentleman's Relish* si un commerce local les proposait à la vente.

Elle repéra la boutique aux vitrines passées au blanc d'Espagne. Jouxtant l'échoppe, une étroite ruelle conduisait à l'arrière du magasin et à une place de parking pour Zoé. Elle se gara à côté d'un vieux Transit défoncé et descendit de voiture. Elle inspecta l'arrière de la boutique avec un mélange de timidité et d'enthousiasme pour cette nouvelle phase de sa vie qui commençait.

Astrid, sa nouvelle patronne, la reçut avec un pinceau à émulsion à la main et une tasse de café dans l'autre. Elle portait un bleu de travail légèrement taché de peinture blanche.

— Salut! Tu es Zoé? Super! Prends-toi une tasse de café et après on s'y met! Tu n'as rien contre un peu de peinture et de rénovation? On pourra parler en travaillant.

— Je n'ai rien contre ce que je sais faire, c'est-à-dire des choses simples, pas de déco compliquée…

— Hourra! Sarah m'a dit que tu serais ravie de faire un peu de barbouille et puis on n'a pas besoin de déco compliquée. Je veux juste que tout soit propre et blanc avant que les menuisiers ne viennent installer les rayonnages. Je ne sais pas quelle mouche m'a piquée, mais j'ai envie d'avoir une super-longue étagère qui court le long du magasin et où je pourrais poser des assiettes et des boîtes en fer vintage, comme dans une cuisine.

— Ouais, super! J'aime bien l'idée.

Zoé était moins emballée qu'elle ne prétendait l'être, non parce qu'elle désapprouvait l'idée, mais parce qu'elle avait un gros pincement au cœur. Pour l'instant, elle était condamnée à simuler tout enthousiasme. Néanmoins, elle serait occupée du matin au soir. Peut-être qu'en se couchant tous les soirs complètement vannée à cause d'un travail physique, elle trouverait le sommeil et ne se repasserait pas en boucle ses souvenirs de Gideon.

Astrid, qui savait déléguer, ne tarda pas à dégoter pour Zoé un bleu de travail assorti au sien, puis elle trouva une station de radio qui diffusait de la musique bien binaire. Elle passa le rouleau à Zoé.

— Allez, fais-toi plaisir avec cette grosse peluche !

Zoé sourit. Astrid lui plaisait. Travailler avec elle ne serait pas triste.

Lorsque Astrid annonça que, si elle ne mangeait pas quelque chose, elle allait tomber raide morte de faim, Zoé alla chercher des sandwichs. Elle les prit dans une superette, et ils n'avaient pas l'air ragoûtant. Un sandwich préparé à base de produits frais était un mets qu'une bonne épicerie fine devait proposer à ses clients. Zoé résolut d'en faire la suggestion à Astrid au cas où celle-ci n'y aurait pas encore pensé.

— Oh, mais oui ! s'exclama cette dernière lorsque Zoé lui soumit son idée. J'avais pensé à des sans-wiiiches, comme mon grand-père disait. Mais toutes les idées, même celles qui paraissent les plus saugrenues, sont les bienvenues !

— Des fiches-recettes ? Je pourrais vous aider à les rédiger.

— Idée monumentale ! Nous pourrions préparer des paniers-ingrédients et glisser la recette avec. La cuisine gastronomique pour les nuls ! Je suis vraiment contente que Sarah m'ait parlé de toi. Tu es une perle !

— J'en doute…

— Hé, viens voir ce que j'ai fait pendant que tu étais sortie.

Zoé suivit Astrid à l'étage.

— J'ai commencé à arranger l'appartement du haut. C'est là que tu habiteras. Je m'en suis seulement servi comme bureau jusqu'ici. Mais il est meublé !

Pendant que Zoé faisait le tour du propriétaire, Astrid alla chercher deux bières blondes dans un réfrigérateur au rez-de-chaussée pour arroser leur pique-nique. L'appartement avait beaucoup de potentiel et une belle surface. Il comportait deux chambres à coucher, dont l'une abritait un lit deux places et l'autre un bureau et des tonnes de paperasses. Il y avait également une pièce de taille respectable qui donnait sur la rue et où trônaient un canapé et un fauteuil. Ensuite venaient une minuscule cuisine et la salle de bains.

— Veux-tu que j'enlève mes affaires de la deuxième chambre ? s'enquit Astrid en tendant à Zoé une canette ouverte de *Beck's*.

Zoé comprit à demi-mot.

— Sûrement pas ! Une seule chambre me suffit amplement.

— Je suis consciente que c'est loin d'être un palace, mais j'ai une télé chez moi que je t'apporterai. Mais le lit, la couette et le reste sont neufs. Tu as besoin d'autre chose ?

Zoé jeta un coup d'œil alentour.

— Juste une table pour mon ordi.

— La cuisine est vraiment minuscule, la salle de bains aussi, et elles sont toutes les deux glaciales comme une œuvre de bienfaisance. Mais on réglera le problème avant l'hiver, poursuivit Astrid.

La perspective de l'hiver donna des frissons à Zoé, non seulement à cause du froid éventuel, mais aussi parce qu'elle ne se voyait pas passer un hiver dans cet appartement. Aurait-elle oublié Gideon ? Ou hanterait-il toujours ses pensées ? Encore qu'elle ait passé un long moment ce matin-là – dix minutes au bas mot – sans penser à lui. Elle faisait des progrès !

Les jours passèrent très vite, même si les heures traînaient en longueur. Zoé se retrouva préposée à toutes les tâches, depuis la peinture et la vérification des livraisons (en s'efforçant de ne pas chercher à savoir si l'huile d'olive était fournie par la société de Gideon) jusqu'à sa participation à la rédaction du communiqué de presse d'Astrid.

— Ils organisent toujours une grande soirée d'inauguration à la télé, lança à brûle-pourpoint Astrid.

— Ne m'en parle pas ! Ma mère est accro à ces émissions où ils viennent au secours d'un hôtel crasseux afin que les services d'hygiène ne le fassent pas fermer, renchérit Zoé en trempant un biscuit au gingembre dans son thé.

Assises sur des chaises couvertes d'éclabous-sures de peinture autour d'un carton retourné en guise de table basse, elles faisaient une pause dans le remplissage des étagères.

— Je suis accro moi aussi ! J'aime bien tous ces trucs de relooking, surtout quand la présentatrice ne l'envoie pas dire aux aristos et qu'ils se rangent à ses avis comme des toutous. La plus souvent.

Après un bref silence, Astrid ajouta :

— Quant à nous, nous ferons d'abord l'ouverture sans tambours ni trompettes quand tout sera prêt et que nous aurons reçu l'agrément de service de l'hygiène et de la santé. Nous inviterons tout le monde ensuite à une mégafête !

Elle marqua de nouveau une pause, puis elle reprit :

— Ce serait super si tu t'occupais du buffet, enfin, si tu es d'accord...

Astrid avait pu mesurer l'ampleur des talents de Zoé en matière culinaire. Elle avait eu des échos de l'affaire des canapés et des cupcakes que son employée avait dû faire en même temps. Elle avait également beaucoup entendu parler de Gideon. Étant elle-même passée par là, elle approuvait la politique de tolérance zéro de Zoé concernant les contacts avec lui.

— O.K. L'important est de déterminer le nombre de personnes, expliqua Zoé en sortant un carnet usé et un crayon IKEA de la poche arrière de son jean. Tu voudrais un buffet chaud ou froid ? Avec du sucré ?

— Oui, tout ça. Et..., s'interrompit Astrid en considérant Zoé d'un air interrogateur. Ce qui serait vraiment super, ce serait d'exposer un croquembouche en vitrine.

Zoé soupira.

— Je n'aurais jamais dû t'en parler ! Mais bon, je crois que j'ai pris le coup maintenant.

— Ce serait très accrocheur. Et classe, ajouta-t-elle d'un ton rêveur.

Zoé était un cordon-bleu, non une étalagiste.

— Si tu le dis…

— Et je souligne ! J'ai une pote qui a une boutique d'ustensiles de cuisine à Birmingham. Elle nous prêtera un moule. Je dois la voir ce week-end. J'en profiterai pour le prendre.

— Nous ne pourrons pas garnir les choux de quoi que ce soit, mais je devrais pouvoir faire une belle déco. C'est vrai, tu as raison, ça attirera les clients.

Elle tapota son carnet avec le crayon et ajouta :

— Alors, pour combien ?

Astrid prit une mine anxieuse.

— Ils ne disent jamais comment ils établissent la liste des invités dans ces émissions de télé. On devra commencer par écumer l'annuaire.

— Et le journal local ?

Astrid acquiesça.

Zoé prit note de tout cela.

Elles furent enfin prêtes. Le service de l'hygiène avait donné son agrément sous la forme d'un document officiel qu'elles durent accrocher au mur, la peinture était sèche et les rayonnages bien remplis. Zoé était assez fière et satisfaite du travail accompli. Dommage que ce ne fût pas sa propre épicerie fine. Mais bon, ce n'était quand même pas si mal. Astrid s'était révélée une patronne exemplaire, et exception faite du week-end que celle-ci avait passé à Birmingham et des soirées passées toute seule dans l'appartement au-dessus de la boutique, Zoé n'avait vraiment pas eu beaucoup de temps pour penser à Gideon. Une petite chaîne de production de repas tout prêts installée dans la cuisine d'Astrid contribua également à l'aider à se concentrer sur les aliments plutôt que sur l'amour. Et grâce à son logement gratuit et à son salaire minimum, Zoé était assurée de pouvoir rester travailler là tant qu'Astrid aurait besoin de ses services. Avec un peu de chance, son cœur aurait guéri entre-temps.

L'ouverture, et non l'inauguration, passa, pour leur plus grande déception, presque inaperçue. Astrid ouvrit la porte du magasin et retourna le panneau «Ouvert». Et ce fut tout.

Quoi qu'il en soit, elles furent toutes deux enchantées de l'aspect de la boutique. La longue étagère rendait merveilleusement. Elle représentait également un espace de rangement pour des objets hétéroclites dont Astrid ne savait trop quoi faire. Il y avait un énorme pot en majolique très joli, bien que très ébréché, sur lequel elle avait craqué dans une brocante. Des quantités de boîtes d'huile d'olive ainsi que des bocaux d'olives et un bocal de citrons marinés alternaient avec des assiettes décoratives dont un certain nombre avaient été données par la mère d'Astrid.

— Je suis contente que nous ayons eu l'idée de cette étagère, lança Astrid avec exaltation. Elle rend super bien!

— C'était ton idée, rappela Zoé.

— D'accord, mais c'est toi qui as disposé les assiettes et le reste. Ne pas monter sur les escabeaux est un terrible handicap pour une commerçante.

— Je me suis appuyée sur les autres étagères, gloussa Zoé. Quoi qu'il en soit, ce n'est plus à faire à présent. Avec un plumeau à long manche, ce sera facile d'enlever la poussière.

— Excellent! approuva aussitôt Astrid.

Hormis leur chère étagère dévolue à la seule décoration, les autres rayonnages étaient garnis de produits rares, parfois utiles, et toujours délicieux. Les plats prêts à emporter de Zoé étaient conservés dans un petit congélateur afin d'offrir aux propriétaires de résidences secondaires la possibilité d'acheter quelque chose de rapide et de facile à faire réchauffer lorsqu'ils avaient invité des amis à dîner sans y penser. Un rayon présentait des assortiments d'ingrédients et la recette qui allait avec pour les cordons-bleus en mal d'inspiration. Elles vendaient également des légumes bio produits par des maraîchers des environs, ainsi qu'une gamme de fromages et de produits de charcuterie «exclusivement régionaux».

Zoé se réjouit de pouvoir ainsi offrir un nouveau débouché à certains producteurs auxquels elle avait eu recours durant le concours. Elles vendaient le lait et la crème d'une ferme labellisée «terroir» au point que le nom de la vache qui les avait donnés figurait presque sur l'emballage. On trouvait également dans leur boutique un pudding au pain. Elles tenaient la recette d'une vieille dame qu'Astrid avait rencontrée par hasard. Zoé en avait assuré la fabrication. À elles deux, elles avaient presque entièrement dévoré la première fournée, tellement il était bon, mais elles avaient juré de ne plus y toucher tant qu'elles n'en auraient pas vendu.

— La marge est excellente ! s'exclama Astrid. Il nous reste toujours du pain de la veille. Cela ne nous coûte presque rien.

Zoé se demanda fugitivement ce que devenaient les autres candidats. Cher avait-elle été recrutée comme Miss Météo ? Elle ne raterait sûrement pas l'occasion si elle se présentait. Elle se demanda également si Gideon était entré en contact avec Fenella et Rupert, puis elle chassa cette pensée de son esprit. Cela ne servait à rien de se lamenter comme une âme en peine.

Dans la mesure où elles ne furent pas très bousculées au début, Zoé eut tout loisir d'organiser le buffet pour l'inauguration pendant qu'Astrid s'occupait des clients. Et cette dernière apporta quelques petites modifications à sa liste d'invités et à son communiqué de presse pendant que Zoé servait à la boutique.

Elles mangeaient souvent ensemble le soir venu, le plus souvent chez Astrid qui habitait une petite maison nantie d'un minuscule jardin intérieur avec sa table qui, selon Astrid, était juste assez grande pour deux.

— J'ai la presse locale avec nous, y compris les gratuits et le *Cotswold Life*, annonça Astrid. Ainsi qu'un nouveau magazine pour gourmets qui a ses bureaux dans la région. Ça devrait nous faire pas mal de publicité !

— Carrément ! Mais je dois préparer un buffet pour combien ?

— Cinquante personnes, répondit Astrid sans hésitation.

— Tu sors ce chiffre de ton chapeau, hein ?

Astrid hocha la tête.

— C'est une méthode comme une autre pour prendre une décision ! On pourra toujours proposer l'excédent à la vente.

— Je ne crois pas, non ! s'indigna Zoé. Mais on pourra toujours le manger.

Quelques jours plus tard, Astrid passait une commande tandis que Zoé apportait quelques modifications au présentoir de fleurs de Bach situé derrière le comptoir, lorsque la sonnerie de la porte retentit. Elle se retourna, un sourire accueillant aux lèvres, mais lorsqu'elle avisa les clients, elle se baissa pour ne pas être vue. *Mince, les parents de Rupert !* s'exclama-t-elle intérieurement.

Par chance pour elle, ils échangeaient des paroles d'une voix forte et ne lui prêtèrent pas attention.

— Va-t-on enfin venir nous servir ? Pour une fois qu'une épicerie digne de ce nom ouvre en ville, il n'y a personne pour s'occuper de la clientèle !

Astrid fit volte-face. Zoé avait soudainement disparu.

— Puis-je vous aider ? s'enquit-elle.

— Ah, enfin ! Ce magasin n'est donc pas complètement désert ! Ma femme aimerait fureter dans vos rayonnages, n'est-ce pas, très chère ?

Cachée derrière le comptoir, Zoé sentit le fou rire monter.

Elle entendit Lord et Lady Gainsborough déambuler dans la boutique, prenant des articles en main puis les reposant en émettant de petits commentaires désapprobateurs avant de passer à autre chose.

— Qu'est-ce donc que cette chose ? Cela ressemble à de la cervelle séchée !

« Cette chose » était sans doute un bocal de champignons sauvages incroyablement onéreux, en déduisit Zoé.

— Que vois-je ? Des haricots à la tomate dans une boutique de ce standing ? Qu'est-ce donc que cette étiquette sophistiquée ? Où sont ceux que nous prenons d'habitude et qui sont tout à fait délicieux ?

Hein-hein-hein ! J'espère que tous les habitants de la ville ne rechigneront pas à payer un supplément pour avoir des haricots à la tomate à la mélasse noire de canne à sucre en provenance d'Amérique !

— Algy ! s'exclama soudain Lady Gainsborough. Ils ont de cet ignoble beurre de poisson dont tu te régales !

Elle veut sans doute parler du Gentleman's Relish, songea Zoé qui commençait à avoir des crampes.

— Dieu merci, ils vendent aussi des aliments comestibles !

Zoé pria pour qu'ils se décident à acheter quelque chose ou à ressortir avant qu'elle ne tombe à la renverse. Elle regretta également de ne pas les avoir tout simplement servis en première instance.

Tandis que le père de Rupert s'approchait à grands pas de la vitrine réfrigérée, Zoé comprit que son refus de tout contact avec Gideon l'avait rendue parano. Il y avait peu de chances qu'il se tourne vers les Gainsborough pour trouver son adresse. Sur ces considérations, elle s'assit par terre, pouvant difficilement surgir de derrière le comptoir comme un diable de sa boîte.

— De l'or! s'exclama le père de Rupert d'une voix tonitruante. J'ai trouvé de l'or!

Lady Gainsborough accourut aussitôt.

— Qu'as-tu donc trouvé pour t'agiter comme cela?

— Du pudding au pain! répondit Lord Gainsborough. Je n'aurais jamais cru en remanger un jour!

Astrid partit d'un grand rire lorsque Zoé émergea de derrière le comptoir, une fois qu'elle fut certaine que la voie était libre, en s'étirant et en se massant les jambes.

— C'est donc là que tu te cachais! s'exclama Astrid. Faut croire que tu portes ces vieilles peaux dans ton cœur. Ils ont pris tout le pudding au pain. Cela nous fait dix livres dans le tiroir-caisse presque sans investissement, sauf, bien sûr, ton savoir-faire, s'empressa-t-elle d'ajouter.

Zoé répondit par un sourire. Le simple fait d'imaginer la réaction indignée des Gainsborough s'ils s'étaient entendu traiter de «vieilles peaux» valait bien quelques crampes!

28

Astrid et Zoé avaient décidé que l'inauguration de l'épicerie fine se tiendrait au pub gastronomique situé à deux numéros de la boutique, car celle-ci était trop petite pour recevoir tout le monde attendu. Mais naturellement, le magasin serait ouvert et les convives seraient invités à faire leur tour dûment munis de leurs bons de réduction. Elles avaient réussi à soudoyer la fille dotée d'une très belle plastique d'un ami d'Astrid afin que celle-ci serve les clients alcoolisés lorsqu'ils se présenteraient.

La patronne et son employée firent les dernières vérifications dans la salle du pub. Les plateaux de canapés alternaient avec des carafes de Pimm's et de vin, de bière et de boissons sans alcool.

— Le problème, commença Astrid, qui n'était toujours pas satisfaite du lieu malgré l'absence d'alternative, c'est que ça ne nous ressemble pas. Ça pourrait être n'importe quelle autre soirée au pub !

— C'est un pub huppé, rappela Zoé. Mais je comprends ce que tu veux dire. Nous inaugurons la boutique et elle est en quelque sorte absente de la fête.

— Ces plateaux de traiteur avec les canapés n'arrangent rien, fit remarquer Astrid.

— Je sais. Je vais aller chercher deux ou trois assiettes au magasin, elles sont gigantesques. On s'en servira pour présenter les petits fours. Ça accentuera le côté méditerranéen et exceptionnel de la chose.

— Sauf qu'elles sont perchées sur l'étagère, objecta Astrid. Et Tilly n'arrivera pas avant une demi-heure.

— Bah, je n'ai pas le vertige ! C'est moi qui les ai perchées là-haut, je peux aussi bien les en faire redescendre.

Zoé avait tout prévu. Elle plaça l'escabeau de manière à pouvoir déposer les assiettes dans un panier accroché à celui-ci, évitant ainsi d'en redescendre les échelons avec de la porcelaine de collection dans les mains. Astrid avait insisté pour qu'elle mette son portable dans son corsage afin de pouvoir l'appeler en cas de pépin. Seule l'arrivée imminente des invités l'avait retenue d'accompagner Zoé afin de s'assurer que tout se passait sans encombre.

Zoé avait posé délicatement deux plats dans son panier et s'apprêtait à en attraper un troisième situé un peu plus à l'écart, lorsque quelqu'un dont elle reconnut aussitôt la voix l'appela par son nom depuis l'entrée de la boutique.

Prise de panique, elle leva le pied au lieu de le baisser et se retrouva debout sur une étagère tandis qu'elle s'accrochait à celle située au-dessus de sa tête.

— Je ne veux plus te voir, Gideon ! parvint-elle à s'exclamer malgré une bouche très sèche.

Elle l'entendit glousser en dessous d'elle.

— Je ne crois pas que tu sois en position de m'éviter.

Zoé ferma les yeux avec l'idée qu'elle courrait un moindre risque si elle ne pouvait pas voir son visage. Au fond, elle se demandait si elle n'avait pas fini par le faire apparaître comme un génie par la seule force de son imagination débridée. En fait, elle avait pensé à lui en attrapant le deuxième plat, par association d'idées avec la boîte d'huile d'olive qu'elle savait à présent avoir été importée par sa société.

Elle l'entendit venir se placer face à elle, mais elle se garda bien de rouvrir les yeux.

— Zoé, je t'en prie, écoute-moi. Laisse-moi t'expliquer. Je cherche à te joindre depuis des semaines. Personne n'a voulu me dire où tu étais.

— À juste titre !

Ses amis et sa famille avaient tenu parole.

— Comment as-tu fait pour me retrouver, alors ?

Tant qu'elle ne voyait pas son visage, elle avait l'impression qu'elle pouvait sans risque lui poser des questions.

— J'étais chez des amis. Il est écrivain gastronomique et il a eu le communiqué de presse. Quand j'ai vu la photo du croquembouche, j'ai deviné que c'était toi qui l'avais fait. Et je me suis précipité ici.

Les yeux toujours clos, elle poussa un profond soupir. *Comme ce serait romantique, si une relation était possible entre nous !* songea-t-elle. Qu'espérait-il en venant la voir ? Il était marié, bon sang ! Cette dernière pensée l'affermit dans sa décision de se montrer inflexible.

— Zoé, pourrais-tu descendre de ton perchoir ? Ce n'est pas facile de parler à ton dos, et en plus, tu commences à donner des signes de fatigue.

— Tu vois ça d'où tu es ? Et puis d'ailleurs, je ne fatigue même pas ! Je n'ai absolument pas le vertige.

Certes, elle n'avait pas le vertige, mais sa position était tout de même très inconfortable pour converser avec un ex-amant. Tout aurait été tellement plus simple si sa venue ne lui avait pas fait secrètement plaisir ! Naturellement, c'était une faute grave de sa part, n'empêche qu'elle était toute retournée. Son cœur et son corps s'apprêtaient de nouveau à se liguer contre elle.

— S'il te plaît ?

Le ton était plutôt poli, venant de quelqu'un qui était davantage habitué à donner des ordres qu'à demander la permission ou à formuler une demande.

— Non ! répondit-elle en pensant « oui ».

Il lui tardait de redescendre de son perchoir, de sa hauteur dans tous les sens du terme. Mais elle se devait de ne pas céder.

Elle l'entendit soupirer.

— Désolé d'employer les grands moyens, mais aux grands maux les grands remèdes !

Zoé se sentit soudain empoignée par les genoux et ramenée en arrière. Elle s'accrocha à son étagère afin de garder l'équilibre. Gideon fit demi-tour de manière à se placer face à elle. En un instant, elle se retrouva portée comme un sac à patates sur son épaule.

— Gideon ! protesta-t-elle à pleine voix. Pose-moi par terre !

Elle s'efforça de garder un ton pas trop hystérique, mais elle avait quand même du mal à respirer. Il restait à espérer que personne n'aurait la bonne idée d'entrer juste à ce moment-là ! Ç'aurait été trop humiliant ! Et puis d'abord, qui était-il pour la manutentionner comme une vulgaire marchandise ?

— Que se passe-t-il ?

Zoé aperçut les sandales ornées de paillettes d'or d'Astrid.

— À l'aide ! C'est un enlèvement !

— Sans doute, ma mignonne, mais tu as vu qui est ton ravisseur ? s'enquit-elle dans une pâle imitation d'une comédie des années 1950.

Pourquoi Astrid ne l'aidait-elle pas plutôt que de faire l'andouille ? Gideon avait manifestement eu le temps de la faire passer dans son camp.

— Oui ! C'est Gideon ! Pose-moi par terre ! Nous avons une inauguration sur le feu ! Je travaille !

— Je te donne ta journée, lança Astrid la Traîtresse.

— T'a-t-il soudoyée ? s'enquit Zoé. Pense aux remords ! C'est une histoire de fous !

Personne ne l'écoutait. Elle se retrouva bientôt dans la rue. Déjà écarlate, elle ne pouvait pas se sentir plus honteuse. D'ailleurs, elle avait renoncé à se débattre. Lutter n'aurait qu'aggravé son cas aux yeux des passants.

Par chance, la voiture de Gideon était garée juste devant la boutique. Elle entendit qu'il déverrouillait la portière à l'aide de sa commande à distance. Puis il la fit basculer sur la banquette arrière. Elle se redressa enfin.

— Attachez vos ceintures, s'il vous plaît! lança Gideon.

Zoé poussa un soupir abyssal. L'odeur à l'intérieur de l'habitacle ravit de nouveau ses sens. Elle obtempéra et attacha sa ceinture de sécurité.

— Où m'emmènes-tu ? s'enquit-elle d'un ton fâché.

— Quelque part où nous pourrons parler.

Nouveau soupir.

Elle se renversa contre le dossier en cuir râpé. Quelle révélation pouvait-il bien avoir à lui faire qui puisse tout régler ?

Elle envisagea brièvement de lui demander de s'arrêter afin qu'elle puisse s'asseoir sur le fauteuil passager car cela lui faisait bizarre de voyager toute seule sur la banquette arrière. Mais elle se ravisa : elle ne devait surtout pas s'approcher davantage de sa personne. Elle risquait de craquer en étant trop près de lui, au cas où il essaierait de la reconquérir. Elle ne devait céder sous aucun prétexte. Elle avait commencé à l'oublier, enfin un tout petit peu. Si elle retombait dans ses bras à la première occasion, elle serait plus malheureuse que jamais. Et s'il était venu pour s'excuser, pour lui dire qu'il s'était trouvé bien avec elle mais que c'était terminé et qu'il espérait qu'elle ne se sentait pas coupable ? Il aurait alors agi en gentleman, même si elle aurait préféré qu'il s'abstienne.

Au bout d'un quart d'heure sans échange de paroles, Gideon se gara sur une aire de dégagement en lisière d'un bois. Plus loin sur le chemin forestier, il y avait une Ford et une Seat. Les branches des arbres effleuraient la surface d'un cours d'eau, et une éclaircie répandait une lumière dorée sur toute l'étendue boisée. C'était un spectacle incroyablement romantique. *Quelle ironie!* songea Zoé.

— Et voilà! lança Gideon en lui ouvrant la portière afin qu'elle descende de voiture.

Zoé sentit chanceler sa détermination à se montrer inflexible, mais elle se reprit aussitôt. Dans le silence de l'habitacle, elle était parvenue à la conclusion que la meilleure manière de sortir de l'impasse était de s'en tenir à la surface des choses. Elle ne lui parlerait pas de l'effet qu'il avait sur elle ni du mal qu'il lui avait fait.

— Il ne manque plus qu'une bouteille de champagne ou un panier pique-nique avec nappe amidonnée et œufs de caille! s'exclama-t-elle en se voulant désinvolte sans réellement y parvenir.

Gideon secoua la tête.

— Désolé, je n'ai aucune surprise, ni dans ma manche, ni dans le coffre. Je n'étais pas sûr de te trouver et quand j'ai vu le flyer, eh bien…

Il s'interrompit, tout sourire.

— J'ai accouru.

Il semblait nerveux et parut soudain manquer d'assurance. Zoé eut au moins ce plaisir.

Puis ce sourire un peu décalé qu'elle connaissait bien lui fit perdre tous ses moyens en même temps qu'il lui laissait entrevoir le paradis. Le mélange de ces deux sensations lui donna un peu le vertige, et elle eut les jambes en coton à cause du désir et de son trouble.

— Faisons quelques pas, suggéra-t-il. J'aime beaucoup ta robe, ajouta-t-il.

Le compliment tomba un peu à côté. Elle ne portait qu'une simple robe sans manches à col rond, taillée pour être portée avantageusement sous un petit tablier. Elle n'avait donc rien de bien extraordinaire. Zoé le soupçonna d'essayer de se faire bien voir.

— Ah oui ?

— Oui.

Il lui tendit la main, mais elle eut soin de ne pas la prendre. Il haussa les épaules et ajouta :

— Viens !

— Je ne peux pas aller très loin. Ces chaussures ne sont pas faites pour marcher dans la boue.

Elle s'était exprimée comme une enfant grognon, mais, après tout, elle avait l'impression d'en être une. Et puis elle avait une épicerie fine à inaugurer. Elle n'avait pas le temps de se promener dans les bois.

— Le chemin n'est pas boueux et nous nous arrêterons au prochain banc. J'ai tant de choses à te dire.

— Je devrais être en train d'aider Astrid ! Il nous reste beaucoup à faire. Je ne peux pas me sauver comme ça.

— Je suis sûr qu'Astrid se débrouillera très bien, et d'ailleurs, tu ne t'es pas sauvée, tu as été enlevée.

Zoé accepta de l'écouter. Elle commençait à se réhabituer à sa présence et elle retrouvait peu à peu son sens de l'humour.

— C'est vrai, avec son consentement !

— Elle a même poussé à la charrue.

— Je sais. C'est une romantique invétérée ! s'exclama Zoé en secouant la tête. Elle m'a laissée me faire enlever comme une Sabine.

Gideon fit comme s'il essayait de se souvenir.

— Hum, je crois que tu déformes un peu. Si j'en crois *Les Sept Femmes de Barbe-Rousse*, les Sabines furent enlevées toutes ensemble.

— Bon, tu vois ce que je veux dire…

Il s'arrêta et la considéra attentivement, comme s'il essayait de lire ses pensées, celles écrites en tout petits caractères.

— Ce que l'histoire ne dit pas, c'est s'il y a eu consentement de ta part lors de cet enlèvement.

Zoé retint son souffle, espérant qu'il ne s'apercevrait pas que, malgré le front inflexible qu'elle lui opposait, elle l'aimait de toute son âme, et qu'il en avait toujours été ainsi, et qu'elle était sienne pourvu qu'il soit libre. Mais elle devait surtout n'en rien laisser paraître. Pour ce faire, il fallait qu'elle évite tout contact physique avec lui. Cependant, il affichait une certaine timidité qui donna bon espoir à Zoé. D'ailleurs, qu'espérait-elle au juste ? Qu'il lui ficherait la paix une bonne fois pour toutes ? Ou que, par un coup de baguette magique, il cesserait subitement d'être un homme épris et marié avec son amour de jeunesse ?

— Je ne sais pas quoi dire…

Elle ne savait pas non plus que penser ni où elle en était. Une seule chose était sûre, elle ne reconnaîtrait pas les faits !

— Tout est très embrouillé entre nous, lança-t-il.

— Drôle de façon de dire que tu es marié, répliqua-t-elle à mi-voix.

Ils avaient atteint le banc; Zoé aurait peut-être préféré marcher encore un peu, mais la boue collait à la semelle de ses chaussures et il était trop tard pour avouer à Gideon que cela lui était indifférent.

— Asseyons-nous, suggéra-t-il en l'invitant délicatement à s'asseoir à côté de lui.

Ils se perdirent tous deux dans la contemplation de la rivière. Celle-ci était si large et si peu profonde qu'on aurait pu la traverser avec de simples bottes de pluie. Des hirondelles rasaient la surface de l'eau en gobant des mouches et des bergeronnettes s'affairaient d'une manière qui évoqua à Zoé un poème qu'elle avait appris enfant. Loin dans la futaie, un oiseau chanta. Zoé aurait apprécié ce moment si elle n'avait pas été si perdue et si angoissée. Il avait cherché à la retrouver, mais pourquoi? À supposer qu'il lui déclare son amour, quelle différence cela ferait-il?

— J'ai été effectivement marié, mais je serai bientôt de nouveau célibataire, commença-t-il, rompant le silence. Mon divorce sera prononcé le mois prochain.

Pour toute réponse, Zoé soupira profondément. Le couple qu'elle avait observé à la soirée de clôture ne lui avait pas donné l'impression d'être en instance de divorce. Il lui avait plutôt fait l'effet d'un couple amoureux.

— Je m'attendais à ce que tu aies du mal à me croire, poursuivit-il. Parce que, comme tu me l'as dit avant de t'enfuir aux toilettes, c'est l'excuse de tous les hommes infidèles: «Notre couple n'est plus qu'une coquille vide» ou «Elle ne me comprend pas».

Après un silence, il ajouta :

— Pourtant c'est la vérité. Tu es partie en courant sans me laisser le temps de t'expliquer.

Une minuscule lueur d'espoir se fit jour dans le cœur de Zoé. Était-il vraiment sincère ? Il semblait sincère, malgré l'élégance de son phrasé. Mais n'était-ce pas l'arme habituelle des charmeurs lorsqu'ils s'efforçaient d'apparaître sous leur meilleur jour afin d'obtenir ce qu'ils voulaient ? Elle s'écarta insensiblement de lui sur le banc. C'était un supplice de le sentir si près.

— Zoé, que se passe-t-il, tu sembles extrêmement agitée ?

— Je le suis.

— Pour quelle raison ? As-tu peur de moi ? s'enquit-il, au comble du désarroi.

— Bien sûr que non ! Pas de toi, précisément…

— De quoi alors ? s'enquit-il de nouveau d'une voix à peine audible, pleine de sollicitude et de tendresse, qui faillit arracher des larmes à Zoé.

Elle ferma les yeux et renversa la tête en arrière, s'efforçant de se concentrer sur le chant des oiseaux.

— J'ai passé tout mon temps depuis notre dernière rencontre à essayer de t'oublier.

— Mais je ne veux pas que tu m'oublies. Je veux que nous restions ensemble.

Zoé passa à l'attaque.

— Mais tu es marié ! Et en dépit de tout ce que tu dis au sujet de ton divorce, tu m'as semblé entretenir d'excellents rapports avec ta femme !

— Oui, nous entretenons de bons rapports. C'est quelqu'un de très tactile…

Il ne termina pas sa phrase, prenant conscience qu'il aggravait probablement son cas.

— Ce que j'essaie de te dire, d'une manière très maladroite, je sais, c'est que nous nous sommes toujours bien entendus mais qu'il n'y a absolument plus rien entre nous depuis des lustres. Elle vit aux États-Unis depuis des années. Que faut-il que je dise pour que tu me croies ?

— Pourquoi est-elle venue te voir ?

— Elle voulait que je m'installe aux États-Unis pour y organiser un concours gastronomique. Elle travaille comme productrice de télé là-bas. Tu te souviens quand je suis allé à New York en plein milieu de l'émission ? C'était pour en discuter sur place avec elle et l'équipe. Elle est venue ici pour essayer de…

— Alors pourquoi as-tu renoncé à partir ? l'interrompit Zoé.

Gideon se mordit la lèvre.

— Je voulais m'assurer qu'il y avait une possibilité d'emploi pour toi aussi. Il s'est avéré que non. Je ne l'ai pas su tout de suite. J'ai vraiment tout essayé. Mais sans toi, je n'avais aucune raison de partir. Rosalind est venue pour essayer de me convaincre d'aller quand même à New York. Elle m'a dit que je passais délibérément à côté de la chance de ma vie. Mais pour moi, c'était impossible de partir sans toi.

— Oh !…

Zoé ferma les yeux, s'efforçant de retenir ses larmes qui menaçaient de provoquer un véritable déluge sur ses joues.

— Peut-être aurais-tu refusé de m'accompagner, mais il fallait quand même que je sache s'il y avait un travail pour toi.

Zoé ne parvenait toujours pas à le regarder. À chaque parole, elle reprenait un peu plus espoir. Mais elle voulait d'abord être tout à fait sûre.

— Pourquoi avoir attendu tout ce temps pour divorcer ? Je veux dire pourquoi ne pas avoir divorcé quand tu t'es rendu compte que tu étais malheureux en ménage ?

Gideon soupira.

— Je ne vais rien te cacher. Nous étions très jeunes. Nous nous sommes rencontrés à l'université. En fait, presque en arrivant. Nous avons tout de suite accroché. C'était un mélange d'amitié et de sexe, et nous avons pris cela pour de l'amour.

— N'est-ce pas au fond ce qu'est l'amour ?

Gideon la considéra avec la plus grande attention.

— Je ne crois pas. L'amour, c'est quand on ne s'imagine plus vivre sans l'autre, quand l'autre personne occupe toutes vos pensées, quand on serait prêt à se couper un bras de bon cœur si cela pouvait tirer l'autre d'un mauvais pas.

Il émit un son, à mi-chemin entre le rire et la manifestation de désespoir.

— En fait, ça ressemble à peu près à ce que je ressens pour toi.

Il lui prit la main et embrassa son poignet dans un geste de somnambule. Elle ne retira pas sa main.

Chacune des paroles de Gideon résonnait avec véracité dans le cœur de Zoé. « Oui, c'est ça ! C'est exactement ce que je ressens pour toi aussi ! » aurait-elle aimé pouvoir dire, mais elle ne pouvait se le permettre avant de l'avoir écouté jusqu'au bout. Il ne lui avait toujours pas expliqué pourquoi il était resté marié pendant si longtemps, malgré tout.

— Mais pourquoi l'as-tu épousée si tu n'éprouvais pas… si tu n'étais pas vraiment amoureux d'elle ?

Il secoua la tête.

— Nous avons abordé le sujet récemment et nous en avons conclu que c'était dû à un mélange de pression familiale, de bonne entente entre nous et de grandes ambitions partagées. Quand elle a reçu cette proposition de travail faramineuse, nous savions que nous ne pourrions pas vivre ensemble aux États-Unis si nous n'étions pas mariés. Disons que l'idée nous a paru bonne à l'époque.

Après un silence, il ajouta :

— Puis le temps a passé et nos routes se sont séparées. Mais nous sommes restés amis et nous avons perdu de vue la question du divorce. Ça n'avait pas d'importance jusque-là. En fait, et je suis sincère, même si ce n'est pas à mon avantage, cela m'a parfois bien servi de pouvoir dire que j'étais marié.

Zoé frémit en songeant au nombre de cœurs qu'il avait pu ainsi briser par pure indifférence.

— Mais désormais…, s'interrompit Gideon.

— Désormais quoi ?

— Désormais c'est important parce que je t'ai rencontrée. C'est pourquoi je suis allé aux États-Unis pour annoncer à Rosalind que je voulais entamer une procédure de divorce. Et c'est l'une des nouvelles qu'elle est venue m'annoncer, que nous serions bientôt tous deux de nouveau célibataires.

Zoé avait déjà le cœur en fête, mais pas encore tout à fait.

— J'ai fait la connaissance d'une fille, Sylvie – tu ne te souviens probablement pas d'elle –, qui m'a dit qu'elle te pensait très amoureux de quelqu'un que tu connaissais depuis toujours.

— Je n'ai pas oublié Sylvie. Je ne suis pas le Casanova que tu crois. Mais elle se trompe au sujet de mon amour perdu. C'est juste que j'attendais de trouver la perle.

Il la regarda dans les yeux, et Zoé remarqua de nouveau cette timidité inhabituelle chez lui.

— Est-ce que cela fait de moi une midinette ? s'enquit-il.

Zoé sourit et se mordit la lèvre.

— Un peu.

— Désolé. Ce n'est pas bon pour mon image de marque !

— Ton image de marque n'en souffre pas trop.

— Bon, c'est au moins ça. Mais j'aimerais tant que nos cœurs ne souffrent pas trop non plus. Par exemple en recouvrant ta confiance.

Soudain, tout sourire, il ajouta :

— Si je te plais toujours, bien sûr. Je m'en contenterais pour un début.

Zoé se surprit à sourire également, d'un sourire radieux. Elle se jeta dans ses bras et, en un instant, ils renouèrent avec les câlins, les baisers et les rires de naguère. Puis il la serra si fort qu'elle en eut le souffle coupé.

— Tu m'as tant manqué ! Je t'aurais retrouvée plus tôt si je n'avais pas cru devoir régulariser ma situation avec Rosalind avant de partir à ta recherche.

— Et où m'aurais-tu cherchée ? s'enquit-elle, le nez dans sa chemise dont au moins deux boutons avaient été défaits depuis tout à l'heure.

— J'étais déjà allé voir à Somerby, chez toi…

— Je leur ai fait promettre à tous de ne pas te dire où j'étais.

— Et ils ont tenu parole ! Ta mère s'est cependant montrée très aimable.

— Tu lui as fait du charme ? s'enquit Zoé d'un ton accusateur.

— Naturellement, mais elle n'a quand même rien voulu me dire. Malgré un bon repas au restaurant et tout et tout.

Il marqua une pause, puis il reprit :

— Je l'ai bien regardée. Si tu deviens comme elle, tu es un investissement sur l'avenir !

— Ah oui, vraiment ? Et quand me présenteras-tu ton père afin que je le mate ?

— Oh ! quand tu voudras. Il a encore presque tous ses cheveux, ce qui veut dire que tu n'as pas misé sur le mauvais cheval non plus.

Elle se blottit contre son torse et soupira d'aise.

— À quoi penses-tu ? s'enquit-il au bout d'un moment.

— Je me demande si je t'aimerais encore si tu devenais chauve…

— Friponne ! Bien sûr que tu m'aimerais encore !

Il leur fallut encore un peu de temps pour trancher la controverse, puis ils retournèrent à la voiture. Sur le chemin, tandis qu'ils marchaient bras dessus, bras dessous, il lança :

— Oh! et puis j'ai aussi bouclé un autre dossier.

— Ah, lequel?

— Celui de Cher, notre photographe attitrée!

Zoé eut une légère montée d'angoisse. Ces maudites photos! Elle espérait bien ne plus jamais en entendre parler.

— Je m'étonne qu'elle y ait renoncé si facilement. Je n'ai cessé de me faire du souci à ce sujet, par intermittence.

C'était, pour Zoé, une manière de ne pas avouer prématurément à Gideon qu'elle avait pensé à lui au point d'en oublier l'importance du chantage orchestré par Cher.

— Cela s'est fait tout seul, en fait. Je l'ai emmenée boire un verre. Elle s'est jetée sur l'invitation. Et là, je lui ai dit que si elle divulguait les photos, l'émission ne serait pas diffusée et que par conséquent ses chances de faire carrière dans les médias seraient à jamais réduites à néant.

— Les a-t-elle supprimées de son téléphone devant toi?

— Ouaip! Et aussi de son ordinateur.

— Mais elle a peut-être gardé des copies?

— Je crains de m'être montré un tantinet sournois. J'ai vite compris qu'elle et la technologie faisaient deux. C'est donc une possibilité, mais peu probable. Et même si elle a des copies, la menace de ne pas passer en *prime time* dans une émission de cuisine à diffusion nationale la fera réfléchir à deux fois.

— Espérons! Je regrette de m'être sabordée, mais sur le coup, il m'a semblé que je n'avais pas le choix si je voulais nous préserver tous les deux.

491

— Je sais que tu avais ma carrière à l'esprit, c'était d'ailleurs l'une des raisons de ma colère. À propos, l'émission a été montrée à un petit groupe de privilégiés, et tu es très télégénique. Je suis sûr qu'un bailleur de fonds te contactera pour financer ton épicerie fine, si ce projet te tient toujours à cœur ?

— Plus que jamais ! Je m'éclate tellement avec Astrid. Au fait, il faut que j'y retourne.

Il l'embrassa sur le sommet du crâne.

— Après t'avoir déposée, je retournerai chercher mon ami. Il est rédacteur en chef d'un magazine gastronomique très haut de gamme et il peut devenir un contact précieux pour Astrid. Ensuite, je réserverai une chambre dans l'hôtel le plus luxueux des Cotswolds et je t'y emmènerai après l'inauguration. Et là, je te dirai et te montrerai exactement à quel point je t'aime…

— Et j'aurai le droit de compter les positions ? gloussa Zoé.

— Oh, je suis outré ! Ne penses-tu donc qu'au sexe ?

— Mais c'était la minute poétique ! D'ailleurs, il m'arrive aussi de penser à la cuisine.

— Je suis ravi de l'apprendre ! Et je dois reconnaître, non sans plaisir, que tu es très douée pour les deux.

Remerciements

Les écrivains sont comme des boules de neige : ils traversent l'existence en accumulant des fragments de savoir, souvent à leur insu. Cependant, je connais bien ceux auprès de qui je me suis endettée pour la rédaction de ce livre. Dans le désordre, merci à :

Elizabeth Garret pour avoir mis Cliff Cottage à ma disposition. Il m'a vraiment aidé à respecter la date butoir sans céder à la panique.

Judy Astley et Kate Lace, les assistants de Cliff Cottage.

Edd Kimber @theboywhobakes dont l'aide s'est révélée très précieuse sur les questions touchant aux concours de cuisine.

Liz Godsell qui m'a ouvert l'univers du fromage.

Heidi Crawley pour sa connaissance des épiceries fines, pour sa *pancetta* maison et pour m'avoir emmenée en courses, et aussi pour avoir appris avec moi l'art des cupcakes.

Franck Fford pour ses conseils de professionnel de la cuisine et pour l'idée de la crème anglaise d'urgence à base de chocolat blanc.

Helen Child Villiers, de Chepstow Cupcakes, qui m'a appris à faire les cupcakes malgré mes piètres tentatives.

Molly Hayes qui, lorsque j'ai lancé un appel sur Twitter pour trouver des recettes de canapés, m'a envoyé de délicieux échantillons.

Karin Cawley pour son pain perdu si bon que je ne pouvais pas ne pas l'inclure dans mon histoire. Elle est également la maman de Heidi, ce qui est encore plus génial.

Et, comme toujours, Desmond Fford, mon merveilleux mari et assistant pour la collecte des matériaux et parce qu'il continue de me supporter.

Et enfin Briony Fford, qui me fait garder les pieds sur terre et me fait rire.

Car rien ne va jamais comme sur des roulettes sans éclats de rire !

Achevé d'imprimer par N.I.I.A.G.
en avril 017
pour le compte de France Loisirs, Paris

Numéro d'éditeur : 88677
Dépôt légal : avril 2017
Imprimé en Italie

Composition:
Soft Office